Über die Autorin

Maria Fagyas, 1905 als Tochter eines Offiziers in Budapest geboren, besuchte dort Gymnasium und Universität; 1937 wanderte sie mit ihrem Mann, dem Bühnen- und Drehbuchautor Bush-Fekete, nach den USA aus und arbeitete als Drehbuchautorin in Hollywood.

In der Reihe der rororo-Taschenbücher liegen ihre historischen Romane «Die Zwillingsschwester» (Nr. 4792) und «Der Leutnant und sein Richter» (Nr. 5434), der vom Fernsehen verfilmt wurde, vor. Maria Fagyas starb am 24. Juni 1985 in Palm Springs / Kalifornien.

Maria Fagyas

Die Witwenmacherin

Deutsch von
Konrad Fuchs

ro
ro
ro

Rowohlt

15.–19. Tausend April 1987

Veröffentlicht im Rowohlt Taschenbuch Verlag GmbH,
Reinbek bei Hamburg, Juli 1986

Die Originalausgabe erschien
bei Doubleday & Company, Inc.,
Garden City, New York unter dem Titel
«The Widowmaker»

Umschlagentwurf Werner Rebhuhn
(Foto: Dietger Wuest / ZEFA)
Gesamtherstellung Clausen & Bosse, Leck
Printed in Germany
780-ISBN 3 499 15772 1

Die Anregung zu diesem Buch gab ein Kriminalfall aus den zwanziger Jahren. In Tiszazug, einer entlegenen und rückständigen Gegend Ungarns, wurden damals rund fünfzig Personen, meistens Männer, von ihren Frauen, Töchtern oder anderen weiblichen Verwandten vergiftet. Zwanzig der angeklagten Frauen wurden für schuldig befunden, sechs davon zum Tode, die übrigen zu verschieden langen Gefängnisstrafen verurteilt. Manch eine Missetäterin entging der Strafe, weil in ihrem Fall ein zu großer Zeitraum zwischen der Begehung und der Aufdeckung des Verbrechens lag und ihre Schuld nicht zweifelsfrei nachgewiesen werden konnte.

Die Tatsachen und Personen des Falles haben nur den Anstoß zu dieser Geschichte gegeben, die zu den historischen Vorgängen so gut wie keine Beziehung hat.

1

Ein Mann schlurfte die Reihe der in der Sonne bratenden Häuser entlang. Er war mittelgroß und ging mit leicht gebeugtem Rücken, als trüge er eine schwere Last, obwohl nur eine Segeltuchtasche an einer Schnur über seiner Schulter hing. Seine Kleidung war für Juli zu warm und zu zerlumpt für jede Jahreszeit. Der Schweiß lief ihm in kleinen Rinnsalen über die Wangen hinunter und wurde von seinem wochenalten rostfarbenen Stoppelbart aufgesogen.

Es war mitten am Nachmittag, und das Dorf lag ausgedörrt und leblos unter dem Himmel da. Die Läden vor den schmalen, tiefen Fenstern waren dicht geschlossen. Von der Hauptgasse erstreckten sich die Grundstücke hinunter bis ins sumpfige Tal des schmutziggelben, launenhaften Flüßchens Hamar. Da und dort stieß einer der mageren, ewig hungrigen Bauernköter ein kurzes rauhes Gebell aus, nicht drohend oder gehässig, nur um seine Wachsamkeit zu beweisen. Das einzige Geräusch sonst war das Schlurren der Männerfüße auf dem bekiesten Gehsteig.

Er kam am Haus des Notars, dann ungefähr zweihundert Meter weiter am Schloß Pongrátz vorbei. Die alte Frau Pongrátz und die zweite Magd, ein fünfzehnjähriges Mädchen mit festen Brüsten, waren dabei, im vorderen Schlafzimmer die Bettücher zu wechseln. Als die Frau durch das Fenster den abgerissenen Mann erblickte, erstarrte sie.

»Mutter Gottes«, sagte sie, »wieder einer!«

Die Magd, Viki, tat so, als hätte sie es nicht gehört. Ihre Herrin war schon den ganzen Morgen schlecht gelaunt, und das Mädchen wußte aus Erfahrung, daß selbst eine harmlose Bemerkung bei der Frau einen ihrer unberechenbaren Wutanfälle auslösen konnte. Es war vorsichtiger, ein Gespräch einfach zu vermeiden.

»Das kann nicht sein! Oh, aber es ist so! Es ist der Kozma-Junge«, rief Frau Pongrátz. »Es ist tatsächlich Péter Kozma. Armer Teufel! Nicht einen Tag älter als zweiunddreißig, aber sieh dir ihn an! Wenn das nicht ein gebrochener alter Mann ist? Sieh dir ihn bloß an!«

Das Mädchen blickte nicht hin. Sie mühte sich weiter mit der Decke ab, schlug sie zwischen Sprungfedermatratze und Matratze ein und zog sie über den Leintüchern straff, wie sie es gelernt hatte. Vor einer Woche hatte Frau Pongrátz sie so hart geschlagen, daß ihr Gesicht geschwollen war, nur weil sie die Decke unter der Daunendecke nicht ganz glattgestrichen hatte.

Viki war ein großes Mädchen mit einem schön entwikkelten, kräftigen Körper und dem Verstand eines achtjährigen Kindes. Immer wieder war ihr gesagt worden, sie habe kein Hirn, und sie hatte gelernt, mit ihrer Geistesschwäche zu leben, wie ein Amputierter mit der traurigen Tatsache leben lernt, daß er ein Krüppel ist. Und wie einer ohne Arm sich mit der Zeit zu helfen weiß, hatte auch sie ihren eigenen Weg gefunden, an den sie sich beharrlich hielt. Ihre Hauptzuflucht war Schweigen. Was auch zu ihr gesagt wurde, sie antwortete meistens mit unverbindlichen einsilbigen Wörtern wie Ja oder Nein. Sie versuchte auch, alle Befehle auszuführen, vor allem diejenigen der alten Frau Pongrátz, deren schnelle, ohne langes Fackeln ausgeteilte Ohrfeigen höllisch schmerzten. Die junge hob nie eine Hand gegen sie – und übrigens auch gegen niemand anderen.

»Ob Teréz weiß, daß er zurück ist?« grübelte Frau Pongrátz. »Eine solche Überraschung hätte ich wahrhaftig nicht gern. Weiß der Himmel, was aus diesem Ort noch wird.«

Unterdessen hatte der Mann die Ecke bei der Post erreicht und ging die Bemstraße hinunter, die leicht abfallend zur Senke führte, wo die Zigeunerhütten standen. Er schleppte sich an einer langen Reihe von Häusern vorüber; seines befand sich fast am Ende der Straße. Er bemerkte, daß zwei Nachbarn das Stroh auf dem Dach durch Schindeln ersetzt hatten.

Sein Haus war genauso wie die andern: ein rechteckiges getünchtes Gebäude auf einem länglichen Grundstück. Die Front mit den beiden Fenstern des vorderen Zimmers sah zur Straße hin. Die Eingangstür war auf der Hofseite und führte geradewegs in die Küche, durch die man die beiden Stuben – eine zur Rechten, die andere zur Linken – erreichte. Eine schmale Veranda, deren Dach von einer Reihe verwitterter Holzpfosten getragen wurde, säumte die ganze Längsseite des Hauses. Der Hof war nichts Besonderes, einfach ein kümmerlicher Streifen Land mit einem Lattenzaun.

Als Kozma zum Tor kam, blieb er einen Augenblick stehen, um sich wieder zurechtzufinden. Sein Haus hatte ebenfalls ein neues Dach, und wo früher der Werkzeugschuppen gewesen war, blühten jetzt in einem kleinen, wirren Blumengarten Rosenbäumchen, Verbenen, Blumenrohr, Rittersporn und Nelken. Sonnenblumen hingen über den Zaun, und Bienen summten um die üppigen rosafarbenen Blütenstände der Malven. Der schwere, süße Duft der Rosen vermischte sich mit dem Geruch von Kuhdung und Pferdeäpfeln, die in dem heißen Straßenstaub trockneten.

Der Mann machte das Tor auf und war überrascht, daß es nicht quietschte. Er bückte sich und entdeckte die neuen Angeln. Dann ging er durch den Hof und stieg die beiden Betonstufen zur Veranda hinauf. Es gab ihm ein Gefühl der Sicherheit und des Trostes, als er den tiefen Sprung in der unteren Stufe sah, der schon vor sieben Jahren dort gewesen war.

Kein Laut drang aus dem Haus. Der Mann langte hinauf zu der Leiste über dem Türrahmen, wo sie den Schlüssel zu verstecken pflegten. Er war nicht dort, und als Kozma auf die Klinke drückte, ging die Tür auf.

Die Küche sah so aus, wie er sie in Erinnerung hatte: der alte Holzherd, der Geschirrschrank, das schmale Fenster, das auf das Gärtchen des Nachbarn hinausging, die langen Fliegenfänger, die von den Dachbalken herunterhingen. Alles war genau gleich, bis auf den Fußboden. Früher war es ein Ziegelboden gewesen, uneben, abgetreten und stellenweise abgebröckelt, und doch hatte er dem Auge nicht so weh getan wie das häßliche gelb-braune Linoleum, das ihn jetzt bedeckte.

Er hörte die Schlafzimmertür knarren und drehte sich um – da stand seine Frau auf der Schwelle. An dem Tag, da er an die Front gefahren war, hatte er sie das letzte Mal gesehen. Damals hatte sie ihr schwarzes Sonntagskleid getragen, mit einem Kopftuch, und leise, hilflos geweint. Die Frau, die ihn jetzt anstarrte, hatte wenig Ähnlichkeit mit diesem zärtlichen Bild. Sie schien reifer zu sein, nicht nur sieben Jahre älter, sondern auch viel größer, selbstbeherrscht und gänzlich fremd. Als er den Ausdruck auf ihrem schönen Gesicht mit den klaren Zügen sah, schnürte plötzlich ein trockenes Würgen seine Kehle zu.

»Ich bin's ... Ich bin zurück ...«, brachte er schließlich hervor.

»Das seh' ich«, sagte sie so nüchtern, als wäre er bloß fünf Minuten weggewesen.

Die Erschöpfung von seiner langen Reise überflutete ihn wie eine riesige Welle und warf ihn um. Er ließ sich auf die schmale Bank neben dem Herd fallen.

»Du hast mich nicht erwartet, oder?« fragte er.

»O doch«, entgegnete sie. »Jeden Tag, seit Pali Retek zurückgekommen ist. Er hat mir erzählt, er wär' mit dir in einem Lager in Sibirien gewesen. Es ginge dir gut, hat er gesagt – ich meine, im Vergleich zu andern. Er hat auch gesagt, du wärst zu gleicher Zeit wie er nach Hause aufgebrochen. Ich fragte mich, weshalb ihr nicht zusammen heimgekommen seid.«

Der Mann überhörte die Frage.

»Wann ist er eigentlich zurückgekommen?« wollte er wissen.

»Letzten Oktober«, antwortete sie. Eine lange Pause trat ein. Als Teréz fortfuhr, hatte ihre Stimme eine beißende, metallische Kälte. »Aber er ist tot. Am Freitag vor drei Wochen wurde er begraben. Seine Frau will in Korond einen schwarzen Marmorgrabstein für ihn bestellen. Das hat sie wenigstens an der Beerdigung gesagt.«

Erneute Pause.

»Hast du nicht Hunger? Soll ich dir etwas zu essen bringen?« fragte sie in verändertem Ton, fast wie früher.

Der Mann erhob sich mühsam und ging auf das Schlafzimmer zu.

»Ich möchte mich lieber hinlegen«, sagte er. »Ich bin müde.«

Sie vertrat ihm den Weg.

»Dann wasch dich zuerst.« Ihre Stimme klang wieder schrill und feindselig. »Ich will nicht, daß mein sauberes Bett schmutzig wird. Zieh diese abscheulichen Lumpen aus. Vielleicht hab' ich noch Sachen von dir in der Truhe. Himmel, du stinkst wie ein Ziegenbock!«

Der Mann sah sie seltsam gefesselt an, als wäre sie ein merkwürdiges Tier, eine Art, der er zum ersten Mal begegnete. In den letzten sieben Jahren war seine Heimkehr ein Traum gewesen, den er sich bis in die kleinsten Einzelheiten ausgemalt hatte. Als Zeit hatte er einen Augustabend gewählt, kurz vor Einbruch der Dämmerung, wenn die Leute schon von den Feldern zurück wären. Dicker, nach Eichen duftender Rauch würde kräuselnd aus den Kaminen aufsteigen, und die von der Weide nach Hause getriebenen Kühe und Schweine des Dorfes würden Staubwolken aufwirbeln. In seiner Phantasie kam er heim, gerade wenn Teréz mit dem Eimer Schweinetränke den Hof überquerte. Bodri, der alte Hund, trottete hinter ihr her und erkannte ihn plötzlich. Der Köter sprang kläffend und winselnd an ihm hoch und warf ihn beinahe um. Er hatte sich nie viel aus Bodri gemacht, ließ ihn aber stets in seinem Traum auftreten. Der Hund gehörte, genauso wie das quietschende Tor und der Spalt in der Treppenstufe, zu dem Bild, das er sieben lange Jahre mit sich herumgetragen hatte, fast wie einen Kompaß, ohne den er seinen Weg nach Hause nicht finden könnte. Auf das Gebell hin drehte sich die Frau um. Sie starrte ihn eine lange Weile an, dann warf sie lautlos weinend die Arme um ihn. Er spürte durch den Stoff ihrer Kleider hindurch ihre tierhafte Wärme, und der starke ölige Geruch ihres Haares stieg ihm in die Nase. Und seine Hand glitt hinunter zu ihren Brüsten.

Das war der Traum. Er hatte ihn so oft durchlebt, daß er selbst jetzt wirklich schien, während das tatsächliche Geschehen erschreckend sinnlos war wie ein Nachtmahr.

»Schon gut«, sagte er, »ich will mich saubermachen. Laß mich nur ein Weilchen ausruhen. Ich hab' den ganzen Weg von Korond her zu Fuß machen müssen. Ich hielt nach einem Wagen zum Mitfahren Ausschau, aber es kam keiner in meiner Richtung.«

Teréz stand noch immer vor der Schlafzimmertür, die Arme über der Brust verschränkt, die Füße fest auf dem Boden, als müßte sie sich gegen eine unerlaubte Besitzstörung zur Wehr setzen.

»Hast du nicht Hunger?« fragte sie ein zweites Mal.

»Nun ... ja, ich glaube schon«, murmelte er. Eigentlich wollte er sagen, er habe eher Durst als Hunger, aber irgendwie brachte er das nicht hervor.

In seinem Traum hätte sie ihm nun schon einen Krug Wein aus dem Keller gebracht. Sie bauten ihren eigenen Wein in dem zwei Joch großen Rebberg, der an einem sandigen Hang am andern Ufer der Hamar lag. Es war ein freundlicher kleiner Tropfen, trocken, erfrischend und recht stark. In den letzten sieben Jahren hätte er manchmal einen Arm oder ein Auge gegeben für ein großes kühles Glas von diesem Wein.

Urplötzlich spürte er, wie sich eine Zorneswelle in ihm regte. Es war ein brennendes Gefühl, wie von einem Schluck starkem Schnaps; nur daß es hochschoß, zuerst seine Eingeweide versengte, dann in den Magen stieg und schließlich sich in seinem Kopf in einem Feuerball entlud.

»Bring mir Wein, gottverdammich!« brüllte er sie an.

Sie reagierte wie auf einen Fußtritt.

»Schrei du mich bloß nicht an!« fauchte sie. »Von dir laß ich mir nämlich nichts gefallen. Das ist vorbei, hörst du? Du kommandierst mich nicht mehr herum. Und wenn du mich nur anrührst, sollst du bereuen, daß du überhaupt geboren bist.«

Sie sprach langsam, fast flüsternd, aber mit einem Haß, der auf ihn wie ein Nervengas wirkte. Eine ganze Weile lang fand er keine Worte. Sie hatten sich auch früher etwas gezankt; sie war leicht erregbar und blieb keine Antwort schuldig, aber diese Streitereien von Zeit zu Zeit hatten auf ihre Beziehung nicht mehr Einfluß gehabt als ein vorüberziehender Sturm auf die Sommerhitze. Was er jetzt in ihren Augen sah, war die Winterkälte, der Nordpol, die Eiszeit, der Tod. Er stierte sie fassungslos an. Er war in seinem Dorf, unter seinem Dach, und doch kam er sich weiter von zu Hause entfernt vor als im sibirischen Gefangenenlager.

Schließlich fand er die Sprache wieder. »Was soll das heißen? Was hast du gegen mich? Daß ich noch am Leben bin? Daß ich zurückgekehrt bin? Hättest du lieber, ich wäre im Krieg umgekommen? Oder im Lager? Sag mir – hättest du das lieber?«

Sie erwiderte seinen Blick in stummer Herausforderung. Er trat zu ihr hin und faßte sie am Arm.

»Antworte.« Er versuchte die Stimme zu heben, aber der Laut, der aus seiner Kehle kam, glich mehr einem Stöhnen als einem Befehl.

Sie sah ihn kalt, erbarmungslos an.

»Merk dir lieber gleich eines«, sagte sie, »so wie früher geht es nicht mehr weiter. Sieben Jahre lang mußte ich für mich selbst sorgen und verflucht hart arbeiten, aber dafür hatte ich meinen Frieden und meine Freiheit. Das ist's – Freiheit. Ich konnte tun, was mir paßte, und gehen, wohin ich wollte, und mein sauer verdientes Geld ausgeben, wie es mir gefiel. Also kommandier mich bloß nicht herum, denn ich will verdammt sein, wenn ich noch je einmal Befehle annehme von dir oder von sonst einem großschnauzigen, versoffenen, nichtsnutzigen Saukerl!«

»Das ist mein Haus«, sagte er eher verblüfft als zornig. »Also gebe immer noch ich den Ton an. Und *du* wirst hier ausziehen, wenn's mal soweit kommt.« Er mußte kurz innehalten, weil ihm das Atmen Mühe bereitete. »Jetzt hol mir Wein!«

»Woher?« fragte sie.

»Aus dem Keller oder wo du ihn sonst aufbewahrst.«

»Ich habe keinen Wein im Haus. Nicht mehr. Seit dem Frühjahr neunzehn, da ich den Baloghs den Rebberg verpachtete.«

»Verpachtet? Weshalb?« schnaubte er.

»Weil ich ihn nicht allein bebauen konnte, deshalb. Seit dem Kriegsende nicht mehr. Ich hatte alle Hände voll zu tun mit den Feldern. Fünfundzwanzig Joch und ein Gespann! Das würde selbst einen Mann in Atem halten!«

»Zwanzig Joch«, verbesserte er.

»Fünfundzwanzig«, wiederholte sie. »Ich habe Koltays Land gekauft, als der alte Mann starb. Ende sechzehn war das. Ich nahm bei der Bank ein Darlehen auf und zahlte es zurück mit dem, was der Weinberg in zwei Jahren einbrachte.«

Er verdaute die Neuigkeit. Eigentlich hätte er sich darüber freuen sollen, aber es gefiel ihm nicht.

»Wie kommt's, daß du damals den Rebberg bebauen konntest?«

Eine lange Pause trat ein.

»Ich hatte einen Russen«, sagte sie schließlich. Ihre Stimme klang wie von weither.

»Ach so«, war seine ganze Antwort. Er wandte sich ab, weil er den Anblick ihres Gesichts nicht ertragen konnte. Sie war rot geworden, atmete in kurzen, nervösen Zügen die Luft ein und knackte mit den Fingergelenken ihrer linken Hand, als versuchte sie einen plötzlich aufgetretenen Schmerz wegzumassieren.

»Eine Menge Frauen hatten sie – Russen, meine ich. Vier, nein, fünf allein hier in Ladány. Auf Betrieben mit über zwanzig Joch, wo die Männer gestorben oder an der Front waren. Mit andern Worten, wo die Frauen mit der Arbeit nicht fertig wurden.« Nach einer Pause fuhr sie fort: »Nikolaj. Nikolaj Iwanowitsch – so hieß unserer. Er war sehr gut bei der Arbeit.«

Sie sprach, ohne es zu wollen, denn sie hatte nicht das Gefühl, sie sei ihrem Mann eine Erklärung schuldig – oder überhaupt einem Mann. Sie richtete ihre Worte nicht an ihn, sondern an die Luft um ihn herum.

Nikolajs Namen laut auszusprechen, verschaffte ihr immer eine Art von besänftigendem Trost, wie ihn ihr vor langer Zeit – bevor sie die Verbindung mit Gott verloren hatte – das Gebet zu bringen pflegte. Der Russe war schon mehr als zwei Jahre weg, und trotzdem schien er ihr so gegenwärtig, als wäre er nur kurz zum Spritzen der Trauben in den Weinberg hinaufgeeilt oder zum Holzhacken in den Schuppen gegangen.

Er war untersetzt und breitschultrig, mit dem Gesicht eines häßlichen, plattnasigen Kindes. Er stammte aus der Ukraine und war Ende 1914 in Galizien in Gefangenschaft geraten. Als er und die vier anderen Russen im Frühjahr ins Dorf gebracht wurden, wo sie beim Pflügen helfen sollten, gingen die Leute immer wieder hinter dem Haus des Notars am Schuppen vorbei, der den Gefangenen als Unterkunft diente, und begafften sie voller Furcht und Schrecken, als erwarteten sie Geschöpfe zu erblicken, die nicht ganz tierisch, aber auch nicht ganz menschlich wären. In Wirklichkeit sahen sie fünf junge Männer mit dichtem, etwas zu langem blondem Haar, zerknitterten, schlecht sitzenden Uniformen und einem besorgten, beschämten Blick in ihren niedergeschlagenen Augen. Nachdem Teréz vom Notar erfahren hatte, daß ihr einer der Gefangenen zugesprochen worden sei, brauchte sie eine ganze Weile, bis sie sich entschloß, ihn beim Schuppen abzuholen. Es war ein seltsames Erlebnis, gleichsam als besuchte sie den Markt, um ein Pferd zu kaufen, und zugleich hatte sie das Gefühl, etwas Unanständiges zu tun. Zum Glück mußte sie nicht unter ihnen auswählen; Nikolaj wurde ihr durch den Richter zugewiesen. Sie sollte sich mit zwei Nachbarsfrauen in seine Dienste teilen. Die eine war schon Kriegerwitwe, die andere hatte Mann und Sohn an der Front. Die beiden Frauen hatten weniger Land als Teréz, was ihr ein Vorrecht auf den Gefangenen gab.

Zu Beginn wurde Nikolaj bei Tagesanbruch von einem Gendarmen zu ihrem Haus begleitet und am Abend wieder zum Schuppen zurückgebracht. Damals sprach er noch kein Wort Ungarisch, und sie beide verständigten sich in Zeichensprache. Nachdem sich ihre anfängliche mißtrauische Furcht vor ihm gelegt hatte, begann sie das in ihm zu sehen, was er wirklich war – nicht der tückische, unergründliche Feind, sondern ein geschlagener, trauriger junger Mann, weit weg von zu Hause. Bei der Arbeit war er hervorragend: stark, überlegt, unermüdlich. Sie stellte erstaunt fest, daß er die Sense mit der gleichen abgemessenen Bewegung seiner kräftigen, behaarten Arme schwang wie die Männer ihres Dorfes, und das brachte ihr irgendwie die Sinnlosigkeit von Kriegen zum Bewußtsein. Andererseits hatte Nikolaj doch auch Gewohnheiten, die ihr fremdartig vorkamen. Er pflegte zum Beispiel eine rohe Gurke zu nehmen, sie in dicke Stücke zu zerschneiden und wie einen Apfel zu essen, statt davon ganz dünne Scheiben zu machen und in Salz und Essig einzulegen wie sonst jedermann in Ladány. Dieser Unterschied zwischen seinen und ihren Gepflogenheiten war jedoch so gering, daß er eigentlich keinen Krieg rechtfertigte.

Um die Erntezeit hörten die Gendarmen stillschweigend auf, die Gefangenen bei Sonnenuntergang abzuholen und zum Schuppen des Notars zurückzuführen. Von da an schliefen die Russen in den Ställen und Scheunen der Frauen. Sie brauchten zwischen ein paar Tagen und sechs Monaten, bis sie in die weichen, schmalen Betten der Hinterzimmer eingeladen wurden. In Nikolajs Fall dauerte es siebeneinhalb Wochen.

Teréz bereute auch nicht einen Augenblick, daß sie Nikolaj angeboten hatte, ihr Bett mit ihm zu teilen. Sooft sie das, was angeblich ein sündiges Verhältnis war, mit der von der Kirche genehmigten Geschlechtsbeziehung verglich, kam sie unweigerlich zum Schluß, daß die Liebschaft lohnender und ehrlicher war. Nikolaj brauchte sie nie – so wie ihr Mann – zu seinem eigenen Vergnügen; er war sanft, rücksichtsvoll und bemüht, sie zu befriedigen. Er war ihr Gefangener in mehr als einer Hinsicht – ein starker, männlicher junger Bursche, der demütig wie ein Bettler und hungrig wie ein Wolf von ihrem Körper Besitz ergriff. Er antwortete mit Freude und Dankbarkeit auf jede Gunst, die sie ihm gewährte, ob das nun eine Scheibe Schinken, ein Stück wohlriechender Seife oder eine Umarmung war. Bis zu allerletzt verständigten sie sich nur mit ganz wenigen Wörtern, da er ziemlich langsam war im Lernen ihrer Sprache, noch langsamer als seine Kameraden. Zuweilen zweifelte sie an seinen geistigen Fähigkeiten, ließ sich jedoch von seiner kindlichen Einfalt nicht stören – sie gehörte zu seinem Reiz, genauso wie seine tiefe, traurige, singende Stimme oder sein breites Grinsen oder seine Arbeitswilligkeit. Er hatte Arbeit nicht nur gern, sondern er blühte auf dabei. Wenn er seine Kraft einsetzen konnte, schien das auf ihn fast wie ein Aphrodisiakum zu wirken. Er war nie so feurig wie nach einem anstrengenden Tag oben auf einer Dreschmaschine, wo er Garbe um Garbe in ihren unersättlichen Schlund gestopft, oder drüben im Weinberg, wo er von Hand mehr Reihen gejätet hatte als andere mit einer Egge. Ohne ihn hätte Teréz Koltays Land nicht kaufen können.

»Gut bei der Arbeit? Aber der hatte drei richtige Mahlzeiten im Tag und eine warme Decke zum Schlafen!« sagte Kozma nach einer langen Pause. Seine Stimme klang verdrießlich und hohl. »Wir schliefen auf dem Boden, auf dem gefrorenen Erdboden in den Baracken. Es war so kalt, daß bis zum Frühjahr die Hälfte von uns draufging. Nicht mal die Ratten überlebten, bloß die Läuse.« Ein plötzlicher Hustenanfall schüttelte ihn. »Sie behandelten uns wie Tiere in dem Lager!«

»Du hast jedenfalls überlebt«, sagte Teréz.

»Anders wär's dir lieber.«

»Wenn es so werden soll wie früher, dann ja!« stieß sie heftig hervor.

»Wie war es denn früher?« wollte der Mann wissen.

»Ich hab' immer gedacht, es ist in Ordnung gewesen. Das hab' ich wenigstens gedacht.«

Sie folgte ihrem eigenen Gedankengang und ließ seine Frage unbeantwortet.

»Unsere Russen wußten, wohin sie gehörten«, fuhr sie fort. »Und sie verstanden zu arbeiten und betranken sich nicht jeden Samstagabend. Teufel, wenn du nur halb solch ein Mann wärst wie die, du –«

Sie beendete den Satz nicht, da Péter Kozma zusammenklappte, wie von einem jähen Hieb getroffen. Sein Rücken war vornübergebeugt und sein Kopf berührte fast die Knie, so daß er plötzlich zur Hälfte seiner eigenen Größe zusammengeschrumpft schien. Zuerst dachte Teréz, er sei ohnmächtig geworden, dann vernahm sie aber sein gurgelndes Schluchzen. Sie hatte noch nie einen Mann schluchzen hören, es sei denn, sie betrachtete Jóska, den Dorftrottel, als Mann. Sooft ihn seine Mutter verprügelte oder in einer bitterkalten Winternacht nicht ins Haus ließ, heulte er den Mond an wie ein verwundetes Tier.

»Was ist los?« fragte sie und versuchte leise zu sprechen. Sie empfand kein Mitleid, ja das Schluchzen machte sie wütend. Der Anblick des Mannes, der da zusammengesunken auf der schmalen Bank kauerte, erfüllte sie mit Verachtung. Sie wünschte, er wäre tot.

»Das ist entsetzlich«, jammerte der Mann. »Nach sieben Jahren Hölle heimzukommen und zu entdecken, daß deine Frau dich nicht mehr will!« Er hob seine Stimme und sah ihr ins Gesicht. «Jesus Maria, was hab' ich getan, daß ich das verdiene? Bin ich dir nicht ein guter Mann gewesen? Selbst wenn ich nicht mustergültig war – hab' ich nicht für meine Sünden schwer gebüßt? Weshalb muß ich weiterbüßen? Um Gottes willen, weshalb muß ich weiterbüßen?«

Sie lehnte am Türpfosten und wartete geduldig, aber ungerührt, bis der Erguß vorüber war.

»Ich geh' rasch rüber zu den Baloghs und hole Wein. Dort ist er billiger als bei Rosenzweigs«, sagte sie, als er verstummte.

Der Anflug eines Lächelns breitete sich auf Kozmas Gesicht aus.

»Ist Herr Rosenzweig immer noch da?« fragte er.

»O ja. Er und seine Frau führen immer noch den Laden und das Wirtshaus. Béla, der ältere Junge, ist im Krieg gefallen. Moni, der mit den Sommersprossen, ist jetzt ein Doktor. Er hat eine Praxis in Korond. Jawohl, der Sohn vom alten Rosenzweig, der kleine Moni, ist jetzt ein Doktor!« Sie seufzte. »Ich hole den Wein lieber, bevor Frau Balogh zu Mittag ißt. Seit sie Witwe ist, tut sie, als gehörte das Dorf ihr.«

»Ist Balogh auch tot?«

»Jawohl«, sagte sie und ging zur Tür.

»Woran ist er gestorben?« fragte Kozma. »Er war noch nicht alt, und er hatte einen Klumpfuß – die Armee hat keine Leute mit Klumpfüßen genommen. Woran ist er gestorben?«

Sie erstarrte auf der Schwelle. Wie sie dort stand, von den Strahlen der untergehenden Sonne eingerahmt, erinnerte sie ihn an die vor Alter fast schwarze Ikone der Heiligen Jungfrau im sibirischen Gefangenenlager. Das Gesicht seiner Frau war beinahe so dunkel wie das der Jungfrau, mit Ausnahme eines dünnen weißen Streifens auf Stirn und Wangen entlang des Haaransatzes, wo das Kopftuch, das sie auf dem Feld draußen trug, ihre Haut geschützt hatte. Ihre Beine unter dem kurzen, weiten Rock waren noch brauner als das Gesicht. Sie war barfuß, wie immer im Sommer, doch ihre Füße wirkten so schmal und zierlich, als ginge sie nie ohne Schuhe.

»Er ist vor ungefähr einem Jahr gestorben«, antwortete sie.

»Woran?«

»Was weiß ich? Ein Schlaganfall oder so was. Ziemlich plötzlich. Was weiß ich?« sagte sie achselzuckend und war draußen.

Während ihrer Abwesenheit ging Kozma durch die Küche und die beiden anstoßenden Zimmer. Das Haus hatte seinem Vater gehört und vorher seinem Großvater und vorher seinem Urgroßvater, der es mit eigenen Händen erbaut hatte. Die meisten Möbel stammten aus der Mitgift seiner Mutter. Nicht nur im Schlafzimmer, sondern auch in der vorderen Stube standen Betten, auf denen sich Kissen und Daunendecken türmten. Eine Barockkommode aus köstlichem, mit der Zeit ganz blank gewordenem Nußbaumholz diente zum Aufbewahren von Wäsche und allerlei Krimskrams. Auf der vom Gebrauch vieler Generationen abgenützten Platte lag eine billige, maschinengewirkte Spitzendecke. Inmitten der Sammlung von Humpen und Jahrmarktstrophäen befand sich, einsam und gar nicht dazu passend, die große Muschel, die sein Großonkel 1866 von Kaiser Franz Josephs Italienfeldzug nach Hause gebracht hatte. Kozma hob sie ans Ohr und lauschte dem fernen Meeresrauschen, das ihn als Junge mit Entzücken und Scheu erfüllt hatte.

Er trat näher zur Rückwand, um sich die gerahmten Photographien anzusehen, und entdeckte das Grammophon auf einem kleinen Tisch. Es war ein altes Vorkriegsmodell mit einer Kurbel und einem gewaltigen Schalltrichter. Daneben lag ein Stapel von Platten. Sie waren ziemlich abgespielt, und im Halbdunkel konnte er die Aufschriften nur mit Mühe entziffern: *Walzer aus der Lustigen Witwe, Ein Potpourri aus Kálmán-Operetten, Zigeunerkapellen spielen Volksweisen.* Der Rest bestand aus ungarischen Aufnahmen russischer Volkslieder.

Er stand eine ganze Weile reglos da und hielt den Stapel ausgestreckt in den Händen wie einen Klumpen Unrat. Ihm wurde übel, und er begann zu zittern. Dann hob er mühsam, zögernd mit seinen kraftlosen Armen die Platten über seinen Kopf hoch und schmetterte sie zu Boden. Sie zersprangen krachend in tausend Stücke, die sich über das ganze Zimmer verstreuten. Er betrachtete sich die Bescherung kurz, und als er eine Platte erspähte, die nur gespalten war, trampelte er noch darauf herum.

Dann legte er sich im Schlafzimmer aufs Bett und streckte seine Füße mit den schmutzstarrenden Stiefeln auf der handgewobenen, rot-weiß-karierten Decke aus. Er dachte an seinen ungarischen Sergeanten in der Roten Armee. Der Sergeant war Kriegsgefangener gewesen, genau wie Kozma, aber nach dem Frieden von Brest-Litowsk nach Hause entlassen worden. Er erreichte sein Heimatdorf im Süden von Ungarn in einer kalten Frühlingsnacht und fand seine Frau im Bett mit einem Nachbarn, der zu alt war für die Aushebung zum Wehrdienst – und dabei wurden zu der Zeit auch die letzten verfügbaren Kräfte zusammengekratzt. Der Sergeant tötete die Frau, den Nachbarn und das außereheliche kleine Kind seiner Frau. Still, wie er gekommen war, verließ er das Haus, das Dorf, Ungarn und kehrte nach Rußland zurück, wo er sich als Freiwilliger bei den Bolschewiken meldete. Wenn er zuviel trank, was recht oft der Fall war, ergötzte er seinen Zug mit einer Streich-für-Streich-Schilderung seiner privaten Bartholomäusnacht. Die

Einzelheiten kehrten Kozma jedesmal den Magen um, und er war insgeheim erleichtert, daß eine Wrangel-Kugel schließlich den Sergeanten samt seinen Erinnerungen auslöschte.

Als Teréz das Zimmer betrat und ihren Mann sich auf dem fleckenlosen Bett rekeln sah, wollte sie ihn zuerst gleich auf den Boden kippen. Doch sie beherrschte sich. Seine Absicht war, sie aus der Fassung zu bringen, deshalb weigerte sie sich, die Fassung zu verlieren. Sie stellte die Korbflasche auf den Tisch, holte in der Küche zwei Gläser, goß sie bis zum Rand voll und reichte ihm eins davon.

»Da«, sagte sie. »Frau Balogh läßt dich grüßen. Sie wollte nichts für den Wein.«

Kozma setzte sich auf und leerte das Glas. Teréz leerte ihres ebenfalls, nicht ganz so durstig wie er.

»Seit wann trinkst du?« fragte er und hielt ihr das Glas zum Nachfüllen hin.

»Seitdem du nicht mehr da warst. Ich habe gelernt, wie ein Mann zu arbeiten und wie ein Mann zu trinken. Es hat sich einiges geändert hier, ich hab's dir ja gesagt.«

»Und seit wann gibst du dein sauer verdientes Geld für Dinge aus wie zum Beispiel ein Grammophon?«

»Ich wollte ein Grammophon, folglich hab' ich eins gekauft. Ich hab' auch Kleider und Pullover und Schuhe gekauft. Und neue Pflüge, Rebenhacken und anderes mehr. Und ließ das Dach mit Schindeln decken und eine Sommerküche einrichten; und ich habe vor, noch ein Zimmer am Haus anzubauen. Heutzutage bewahrt man seine Ersparnisse nicht in einem Strumpf auf. Man legt sie an. Es herrscht Inflation, und vielleicht wachst du eines Morgens auf und stellst fest, daß das Geld weniger Wert hat als das Papier, auf das es gedruckt ist.«

»Du hast eine deiner Kapitalanlagen zu erwähnen vergessen. Den Stoß von Schallplatten, die du für das Grammophon gekauft hast.«

»Was nützt mir ein Grammophon ohne Platten?«

»Platten mit russischen Liedern?«

»Ich hab' eben russische Lieder gern. Und?«

Er stürzte sein drittes Glas hinunter, und seine Wangen liefen hellrot an.

»Mir wird übel davon«, sagte er wild. »Sieben Jahre lang hab' ich nichts anderes gehört, tagein, tagaus – in den Schützengräben, im Lager, bei der Roten Armee. Ich habe mich oft gefragt, was zum Teufel es denn da für sie zu singen gab. Es ist dreißig unter Null und du wagst den Mund nicht aufzumachen, aus Furcht, die Zunge könnte abfrieren – aber die stört das nicht. Die singen sich einfach weiter die verdammten Lungen aus dem Hals. Die letzten drei Jahre waren am schlimmsten. Im Frühjahr achtzehn wurde das gesamte Lager auf Züge verladen zum Transport an die österreichische Grenze. In einer Woche sollten wir daheim sein. Am nächsten Tag wurde der Zug von einem Bataillon der Roten Armee gestoppt, und wir erhielten den Befehl, uns ihnen anzuschließen. Und das taten wir auch. Der ganze Transport, mit Ausnahme von einem Dutzend Leuten, die erschossen wurden, weil sie sich weigerten. Jawohl, zuerst hast du gegen die verfluchten Rußkis gekämpft und dann mit ihnen. Es heißt, die Bolschewiken hätten den Zaren umgebracht, weil er den Krieg anfing, aber die Bolschewiken fuhren fort, wo der Zar aufhörte, und fingen mit dem verfluchten Krieg von vorne an.«

Er war jetzt ziemlich betrunken, seine Sprache wurde undeutlich. Teréz verspürte plötzlich den Drang, ihn zu fragen, ob er auf seiner Wanderschaft je einem gewissen Nikolaj Iwanowitsch Nekrassow begegnet sei, besann sich jedoch eines Bessern und schwieg. Sie trat ans Fenster und guckte hinaus. Die Nachmittagsschatten wurden länger, und ein Lüftchen regte sich in den Blumen im kleinen Garten. Es gab Pflichten zu erfüllen, die nicht warten konnten. Sie stellte die Flasche auf den Stuhl neben dem Bett und ging in den Hof hinaus.

Die Hühner drängten sich schon um den Korb. Sie warf ihnen eine Tasse voll Futter hin und zählte sie, während sie die Körner aufpickten. Teréz fluchte leise, weil schon wieder zwei fehlten. Aus der Sommerküche, die Nikolaj ans Haus angebaut hatte, holte sie den Kessel mit der Tränke, mischte ein paar Handvoll Kleie darunter und schüttete sie der Sau und den beiden Ferkeln hin, die gerade von einem ganztägigen Ausflug zurückgekehrt waren. Teréz kratzte der alten Sau den Rücken, und das Tier gab durch kurzes, höfliches Grunzen sein Behagen zu verstehen, ohne die Schnauze aus dem Trog zu nehmen. Nun kam auch Fatyol, die Kuh, von der Weide zurück. Sie war groß, fromm und von guter Rasse, eine der besten Milchkühe im Dorf. Teréz hatte eine Schwäche für Fatyol, die sie nie eingestand, nicht einmal sich selbst, denn in ihrer Welt war man nicht gefühlvoll gegenüber Nutztieren. Und doch, sooft ihr Blick auf den schönen Kopf mit den dunklen, feuchten, fast menschlichen Augen fiel, streckte sie unwillkürlich ihre Hand aus und gab ihm einen zärtlichen Klaps.

Sie fütterte und tränkte die Kuh und die Pferde, dann striegelte sie Fatyol das dicke kurze Fell und wusch ihr Euter und Hinterhand. Während das Tier weiter Heu fraß, stellte sie den Schemel auf und machte sich ans Melken. Das war ihre liebste Tageszeit: das Licht draußen schwand, der Wind wehte durch die offene Tür, die Tiere kauten im

Takt und wehrten mit den Schwänzen den lästigen Fliegen; die Milch spritzte aus den Zitzen der Kuh und traf die Wand des Eimers. Es war Frieden, Vertrautheit, Glückseligkeit. Es war die Fülle des Lebens.

Sie trug die Milch zum Schuppen und schüttete sie in die Molkereikanne, die früh am nächsten Morgen abgeholt werden sollte, dann ging sie zurück zum Haus, um nachzusehen, was der Mann machte.

Sie durchquerte die Küche und stellte fest, daß die Tür zur vorderen Stube einen Spalt breit offenstand. Als Teréz sie zuzuziehen versuchte, merkte sie, daß etwas zwischen Türpfosten und -rahmen stak. Es war eine Scherbe von einer zerschmetterten Schallplatte. Sie las die Scherbe auf und entdeckte die Verwüstung. Ihre weit aufgerissenen, ungläubigen Augen überflogen den Boden des Zimmers, dann wirbelte sie herum und rannte aus dem Haus. Die Küchentür schmetterte sie mit einer solchen Wucht zu, daß der Putz herunterrieselte.

Zu dieser Stunde am späten Nachmittag herrschte immer lebhafter Betrieb auf der Straße. Bauern kamen zu Fuß oder auf Karren von den Feldern zurück, Kinder mühten sich mit Milchkannen ab oder schleiften ein entlaufenes Tier nach Hause, Männer lehnten an Lattenzäunen und rauchten langstielige Pfeifen und riefen über die Straße anderen Männern etwas zu, die an Lattenzäunen lehnten und langstielige Pfeifen rauchten.

Teréz eilte durch die Bemstraße, überquerte die Hauptgasse und ging auf der Türkenstraße weiter bis zu einem Haus, das mitten auf einem ziemlich großen Grundstück mit jungen Bäumen und Zierbüschen stand. Es hatte sechs breite, moderne Fenster und ein Schieferdach und überragte all die schmalen, buckligen Häuser der Nachbarschaft.

Eine niedrige Mauer mit Eisengitter trennte den vorderen Garten von der Straße. Das Tor lag zwischen zwei mächtigen Pfeilern. Rechts hing ein schwarzes Schild mit der Aufschrift:

AMÁLIA KOVÁCH
Staatlich zugelassene Hebamme

Das Tor war geschlossen. Teréz zwängte ihre Hand durch die Schnörkel des Gitterwerks, tastete nach der versteckten Klinke, stieß das Tor auf und verschwand dahinter.

Die Leute auf der Straße mußten gesehen haben, wie sie den Garten betrat, aber als sie eine Woche später ausgefragt wurden, wollte sich niemand daran erinnern.

2

Der Leutnant war ein wahres Prachtexemplar männlicher Vollkommenheit: groß, breitschultrig und langbeinig, mit dichten blonden Naturwellen und den klassischen Zügen einer griechischen Statue. Er war Mitte zwanzig, deshalb versprach seine göttergleiche Schönheit dauerhaft und gegen solche Menschenplagen wie Trunksucht, Übermüdung, Enttäuschung, Herzeleid oder Geschlechtskrankheit nicht anfällig zu sein. Männer mochten ihn gern, wahrscheinlich weil er trotz seinem guten Aussehen nicht viel Glück mit den Frauen hatte. Er war wie Wachs in ihren Händen, da er immer in die falschen Hände geriet, die langfingrigen, zarten, müßigen Hände mit scharfen, polierten, grausamen Krallen. Er hatte etwas erzengelhaft Reines und Unschuldiges, das bei gewissen Frauen stets das Ärgste zutage förderte.

Der Leutnant saß an seinem Schreibtisch und starrte auf den Bericht des Leichenbeschauers vor ihm.

»Was steht darin?« fragte ihn der Besucher.

Er war ungefähr gleich alt wie der Leutnant, aber nicht von dessen Schlag, sondern kurz, reizlos und ein Jude. Das Jüdische an ihm wirkte so übertrieben und grotesk wie eine Fastnachtsmaske. Nur seine Augen waren schön: leuchtend, samten und flink, fast als gehörten sie zu dem Gesicht hinter der Maske und beguckten sich die Welt durch die beiden schmalen Schlitze. Er war Dr. Moritz Rosenzweig, praktischer Arzt, und wurde Moni genannt.

»Aterioklose«, entzifferte der Leutnant das Gekritzel auf dem Bericht. »Das setzt der Kerl auf die meisten seiner Totenscheine. Wahrscheinlich meint er Arteriosklerose damit. Er schreibt es selbst bei einem sechsmonatigen Säugling. Das ist noch nicht alles. Einmal ließ er eine alte Frau an Klaustrophobie sterben. Allerdings schrieb er Kolestrobie. Ich fragte ihn, woher er den Ausdruck habe, aber er erinnerte sich nicht mehr.«

»Er wird allmählich senil«, sagte Dr. Rosenzweig. »Er ist bestimmt über siebzig. Ist seit Gott weiß wann Küster von Ladány. Aber was diesen armen Teufel Péter Kozma betrifft«, wechselte er das Thema, »da mußt du unbedingt etwas unternehmen. Es geht allmählich zu weit. Dr. Horváth sitzt einfach auf seinem breiten Hintern und rührt keinen Finger. Letzten Freitag schaute ich beim Krankenrevier in Ladány vorbei. An dem Tag sollte er eigentlich dort sein, war es aber nicht. Nein, mein Lieber, er hatte Temperatur und blieb daheim. Das hat wenigstens seine Krankenschwester behauptet. Wie üblich schmiß sie den Laden. Selbst bei den ganz wenigen Gelegenheiten, da Horváth wirklich erscheint, behandelt *sie* die Patienten. Und das ist nicht nur in Ladány so. In Bér und Ardó ist es dasselbe. Leute werden geboren, leben und sterben, ohne daß ein Arzt sie auch nur ein einziges Mal angeschaut hätte. Und die Sterbeurkunde wird von trotteligen Küstern ausgestellt, die Kolestrobie als Todesursache angeben.«

»Nun, was kann ich machen?« Der Leutnant zuckte die Achseln. »Das ist Ungarn.«

»Nein. Das ist der Kreis Korond. Ich wette, es gibt keine zwei wie den im ganzen Land. Was wir hier brauchen, ist ein großes, noch nie dagewesenes Reinemachen. Jeder gottverdammte Notar, Kanzlist, Oberstuhlrichter, Wachtmeister, Leichenbeschauer, Kreisarzt gehört mit einem Tritt in den Hintern rausgeschmissen.«

»Wer soll das übernehmen? Die Regierung? Das Komitat? Die Wähler? Wer?«

Der Arzt lachte verschmitzt. »Du – indem du den Fall Kozma unter die Lupe nimmst. Da wirst du genug Sprengstoff finden, um das ganze Komitat in die Luft zu jagen!«

»Du spinnst ja, Moni. Vor allen Dingen gibt es gar keinen Fall Kozma. Ein Mann kommt zurück nach sieben Jahren Krieg, Gefangenschaft und einer Wanderung durch Asien und halb Europa. Er trifft glücklich zu Hause ein, dann bricht er tot zusammen. Ohne seinen Willen, heimzugelangen, wäre er wahrscheinlich längst gestorben. Das hat ihn auf den Beinen gehalten. Kaum hat er sein Ziel erreicht, läßt er sich einfach gehen und stirbt. Er ist nicht der erste. Hast du je vom Marathonläufer gehört?« fragte der Leutnant.

»Ich?« Der Arzt grinste. »Deine Hausarbeit darüber habe *ich* geschrieben!«

»Ja«, sagte der Leutnant und mußte lachen. »Sonst wäre ich in Geschichte durchgefallen.«

Sie hatten zusammen das Gymnasium in Korond besucht. Der Arzt war Klassenbester gewesen, wogegen der Leutnant es jeweils nur knapp geschafft hatte, versetzt zu werden. Nach dem Krieg war es Moni gelungen, einen Furunkel am Hals seines Freundes zu heilen, den vorher – mit nahezu verheerenden Folgen – Dr. Horváth, der Kreisarzt, behandelt hatte. Danach wechselten der Leutnant und seine Familie von Dr. Horváth zu Dr. Rosenzweig. Er hatte soeben seine Praxis in Korond eröffnet, einer Stadt, die an die heimelig vorsintflutlichen Methoden des Dr. Horváth und des achtundsiebzigjährigen Dr. Pataky gewöhnt war. Moni hatte drei Hindernisse zu überwinden: er war jung, Jude und ortsansässiger Jude. Leuten, die sich noch erinnerten, wie er als sommersprossiger Schuljunge in seines Vaters Gemischtwarenhandlung die Sachen eingewickelt hatte, widerstrebte es, Leib und Seele vor ihm zu entblößen. Was ihn trotzdem in Korond zurückhielt, war die Gewißheit, daß früher oder später Dr. Pataky sterben und Dr. Horváth den einen großen, kolossalen Schnitzer machen mußte, der seine ärztliche Laufbahn beenden würde. Mittlerweile konnte Moni darauf zählen, daß ihm des guten Doktors kleine Schnitzer wenigstens genügend Patienten zum Bezahlen von Miete, Strom und Telephonrechnung verschafften. Jeden Freitag schickte seine Mutter von Ladány einen Korb voll Leberkäse, Pökelfleisch und Gebäck, folglich war die Verpflegung kein Problem. Auch Wäsche nicht, die er im selben Korb zurücksandte.

»Ich würde dir deine Theorie abnehmen«, sagte der Arzt zum Leutnant, »wenn es nur einen Kozma gegeben hätte. Aber er ist nicht der einzige.«

»Augenblick! Ich weiß von keinem andern Fall, da einer am Tag seiner Heimkehr aus dem Krieg gestorben wäre.«

»Na gut, nicht am selben Tag – aber ein paar Wochen oder ein paar Monate später. Du gehst heute nachmittag nach Ladány. Warum besuchst du nicht rasch Mama? Sie hat immer eine Geschichte von irgendeinem Feri oder Laci oder Sanyi auf Lager, der am Samstagabend im Wirtshaus einen Mordskrach schlug und am Dienstag darauf begraben wurde. Ich weiß, ich weiß, diese Leute hatten vier Jahre Krieg durchgemacht und waren obendrein noch Alkoholiker. Aber in andern Dörfern gibt es ebenso viele kriegsversehrte, trunksüchtige Veteranen, und doch ist die Sterblichkeitsziffer fünfzig Prozent niedriger!«

»He! Es ist zwanzig nach zehn!« rief der Leutnant nach einem Blick auf die Uhr. »Ich bin bei Pongrátzens zum Mittagessen eingeladen!«

»Welch eine Ehre!« Der Arzt schmunzelte, dann setzte er hinzu: »Für Pongrátzens!«

Der Leutnant hieß Rudolf Mikay. Seine Vorfahren waren jahrhundertelang die ortsansässigen Gutsherren gewesen. Um das Jahr 1900 war der Familienbesitz zusammengeschmolzen auf ein geräumiges Herrenhaus inmitten eines dschungelartigen Parks und etwa achthundert Joch Ackerland. Fünfhundert davon brachte sein Vater durch, ein Mann von klassischer Bildung und einer Neigung für Kunst, Reisen und die guten Dinge im Leben, die man nicht umsonst bekommt. Er scheiterte auch in seinem Beruf als Anwalt, nicht weil er zweitrangig gewesen wäre, sondern weil er sich mit seinem reichen Wissen und seinem tief verwurzelten Gerechtigkeitssinn als zu gut erwies für Korond und Umgebung. Die Zeiten verlangten keinen unnachgiebigen Juristen, sondern einen geschmeidigen; keinen Anwalt, der das Gesetz, sondern einen, der dessen Hintertürchen kannte. Er gab seine Praxis auf, zog sich ins

Studierzimmer zu seinen Büchern zurück und überließ selbst die Verwaltung des Gutes seiner Frau Alma. Sein Sohn war vermutlich die bitterste aller Enttäuschungen seines Lebens. Er hatte eine Karriere im diplomatischen Dienst für ihn vorgesehen, aber Rudolf Mikay bestand 1914 das Abitur, wurde sogleich zum Wehrdienst einberufen und an die Front geschickt. Als er 1918 entlassen wurde, ein müder und gereifter Zweiundzwanzigjähriger, verspürte er keinen Drang, zum Studium zurückzukehren. Nach einigem Herumlungern und Grübeln trat er der Gendarmerie bei, da der Beruf des Soldaten der einzige war, den er kannte.

Der Leutnant stand auf.

»Jetzt geh' ich dann lieber«, erklärte er. »Ich muß zuerst noch beim Notar im Büro vorbei. Es hat eine Menge Wildfrevel gegeben in der Gegend von Ladány. Dazu ist das ganze Dorf in Aufruhr wegen der Pongrátz-Hunde. Sie behaupten, es seien Leute angefallen, Röcke und Hosen in Fetzen gerissen, Hühner, Gänse, Lämmer und Ferkel getötet worden. Ich weiß nicht, wie ich Pongrátz begreiflich machen soll, daß sich die Zeiten geändert haben. Daß wir eines Tages vielleicht seine Hunde mit einer Kugel im Bauch finden werden – oder ihn selbst mit einer Heugabel im Rücken.«

»Ich werde ihn nicht heftig betrauern«, sagte der Arzt. »Ich habe oft gedacht, meine Ohren seien so groß, weil er sie jedesmal packte und fast ausriß, wenn er in meines Vaters Handlung kam und mich hinter dem Ladentisch entdeckte. Das war seine Art, seine Liebe für die Juden zu beweisen.«

Der Leutnant lachte. »Komm, komm! Du kannst den alten Pongrátz für vieles verantwortlich machen, aber für deine Ohren nicht.«

Der Arzt stand ebenfalls auf.

»Viel Vergnügen, und vergiß ja nicht, mir zu erzählen, was es zum Essen gab. Wenn das sittliche Niveau von Kálmán Pongrátz so hoch wäre wie das seiner Küche, ließe sich in Ladány viel besser leben.«

»Er hat seine Köchin geheiratet. Das erklärt beides«, sagte der Leutnant und lachte wieder.

Mikay brauchte fünfundzwanzig Minuten für den neun Kilometer langen Ritt nach Ladány. Er trieb sein Pferd absichtlich nur zu einem leichten Galopp an, denn es war drückend heiß und schwüler als gewöhnlich, und er wollte nicht verschwitzt und mit zerknitterter Uniform bei den Pongrátz eintreffen.

Das Büro des Notars war angenehm kühl. Mikay lehnte den Wein, den ihm die Frau des Notars anbot, höflich ab, auch das aus Rücksicht auf das Mittagessen. Er hatte einen klaren Kopf nötig.

Ferenc Hauser war ein kleiner, kugelköpfiger Mann mit einem grauen Haarschopf und einem martialischen Kaiser-Wilhelm-Schnurrbart über einem Mund voller Stummel; nur die Eckzähne waren noch ganz und ragten heraus wie lange, scharfe Fänge, weshalb sein Gesicht an ein Wildschwein erinnerte. Er trug Jacke und Reithosen aus schmutzigem weißem Drillich und hohe Stiefel. Er roch nach Pfeifentabak, Schnaps, Zwiebeln und Schweiß. Ohne jeden Zweifel war er der am wenigsten beliebte Beamte im ganzen Komitat, was ihn jedoch nicht im geringsten dazu bewog, sich zu bessern – das tat er nicht einmal nach der Demütigung durch die wütenden Dorfbewohner, die ihn eines Tages auf eine nahe Wiese geschleppt und gezwungen hatten, auf allen Vieren Gras zu fressen wie ein weidendes Tier. Dieser denkwürdige Zwischenfall ereignete sich 1919 während der kurzlebigen kommunistischen Herrschaft und war die Vergeltung für seine Missetaten und seine Unbarmherzigkeit. Unter großem Beifall und inmitten ausgelassener Belustigung wurde ihm eine Dosis seiner eigenen Medizin verabreicht – genau das, was er mit Vorliebe Witwen und Waisen in Not angeraten hatte. Natürlich übernahm er nach dem Sturz von Béla Kun sein Amt wieder, und die Rädelsführer bei dem Streich wurden vor Gericht gebracht und verurteilt, doch das Bild von Ferenc Hauser, wie er auf der feuchten Wiese kniete, mit den Zähnen Büschel von bereiftem Gras ausriß und sie kaute und schluckte samt den Erdkrümeln, die an den Wurzeln hingen, blieb unauslöschlich in der Erinnerung von vielen Leuten und bereitete ihnen unendliches Vergnügen, sooft sie daran dachten.

Daß Hauser übel geworden wäre oder daß er das ungewöhnliche Mahl wieder ausgespien hätte, dafür gab es übrigens kein Anzeichen – er hatte eben nicht nur das Aussehen, sondern auch den Magen eines Wildschweins.

»Was gibt's Neues in Ladány?« fragte der Leutnant.

»Zum erstenmal in den tausendundfünfundzwanzig Jahren ungarischer Geschichte werden die Bauern reich. Aber das ist nichts Neues. Im ganzen Land ist es dasselbe. Merken Sie sich meine Worte, die verrückte Inflation wird noch in einer schrecklichen Katastrophe enden. Kein Gehaltsempfänger, kein Angestellter kommt mit seinem Geld aus. In letzter Zeit hängt meine Frau die Wäsche in der Küche auf, weil es sich mit meiner Stellung nicht verträgt, wenn solch zerlumpte Unterwäsche im Hinterhof an der Leine flattert. Andererseits hat Frau Balogh sich soeben ein neues Polstersofa mit dazu passenden Sesseln gekauft.«

»Oh, aber das Bild ist sehr irreführend«, sagte Mikay.

»Frau Balogh ist noch immer jeden lieben Morgen bei Sonnenaufgang, die Hacke in der Hand, unterwegs zum Weinberg und arbeitet dort bis Sonnenuntergang, wogegen unsereiner Hypothek um Hypothek auf seinen Besitz häuft, um weiterhin die Ansprüche zu erfüllen, die sich für unsern Stand ziemen.« Er dachte an seinen Vater, und Hauser wußte es. Rasch wechselte der Leutnant das Thema und erkundigte sich nach den Wilderern und den Hunden von Pongrátz. »Was ist Ihre Meinung zum Tod von Péter Kozma?« fragte er schließlich.

Hausers Antwort war ein verdutzter Blick. Er brauchte einige Zeit, bis ihm einfiel, wer Péter Kozma war.

»Meine Meinung?« Er zuckte die Achseln. »Er ist tot, erledigt, begraben. Was sonst?«

»Finden Sie nicht, es geschah viel zu plötzlich?«

»Zu plötzlich?« Hausers Augenbrauen schossen hoch. »So sterben die Leute eben. Heute rot, morgen tot.«

»Sie glauben also nicht, eine Untersuchung sei nötig?«

»Wozu? Nehmen wir mal an, es sei tatsächlich nicht mit rechten Dingen zugegangen. Wie wollen Sie das herausfinden? Das ist Ladány! Allem Anschein nach ein friedliches Dorf mit getünchten Häusern und schwer arbeitenden Bewohnern, aber in Wirklichkeit ein Sumpf von Verderbtheit, ein wahrer Abgrund, ein Höllenpfuhl, bevölkert von Lüstlingen, liederlichen Weibern und Dieben. Wissen Sie, daß Sie in diesem Dorf in keinem Haus mehr als gerade *ein* Kind finden? Nur eins! Wie kommt's? Huren die denn nicht? Aber sicher. Sie können ihr Leben wetten, die huren wie verrückt und beseitigen die Folgen vor oder nach der Geburt. Doch versuchen Sie mal einen Mord zu beweisen, wenn wieder ein kleiner weißer Sarg auf den Friedhof gebracht wird. Versuchen Sie das mal! ›Das arme kleine Würmchen – war zu gut für diese sündige Welt – der Herr hat's gegeben, der Herr hat's genommen, gelobt sei der Name des Herrn!‹ Mehr bringen Sie nicht heraus. Es ist zwecklos, zu den Nachbarn oder den Feinden oder zu dieser staatlich zugelassenen Engelmacherin Amália Kovách zu gehen. Sie können sie auf die Folter spannen und werden keinen Pieps aus denen herauskriegen. Ich kenne die Mistbande, ich lebe jetzt seit zwanzig Jahren unter ihnen!«

Als der Leutnant vor dem Kozma-Haus abstieg, war Teréz eben von der Kirche zurückgekommen. Sie stand auf der Veranda, schlank und aufrecht in ihrer schwarzen Sonntagskleidung, einem bauschigen Wollrock und einer eng anliegenden Taffetbluse. Das seidene Kopftuch hatte sie abgenommen. Sie sah dem Besucher überrascht, aber furchtlos entgegen.

»Guten Tag, Frau Kozma«, sagte der Leutnant. Als keine Antwort erfolgte, hob er die Stimme. »Ich habe mit Ihnen zu reden.«

Endlich erwachte sie aus ihrer Erstarrung. Auf ihrem Gesicht erschien ein Lächeln, das Mikay gezwungen vorkam.

»Gewiß, Herr Leutnant.«

Er band sein Pferd an den Maulbeerbaum.

»Wollen wir hineingehen?« fragte sie. »Es ist kühler im Haus drinnen.«

Sie machte die Tür auf und lud ihn mit einer Geste zum Eintreten ein. Sie hatte eine rauhe Hand, die Nägel waren gebrochen vom Arbeiten, aber die Geste wirkte elegant und anmutig. Mikay staunte oft über die angeborene Würde und das natürliche Gespür der ›dummen Bauern‹, wie sie von Leuten seiner Klasse bezeichnet wurden. Teréz führte ihn in die vordere Stube. Dort brannte auf der Kommode eine kleine Kerze vor einem gerahmten Schnappschuß des verstorbenen Péter Kozma. Es war ein grellfarbiges Bild, das ihn in der hechtgrauen Uniform der ehemaligen Österreichisch-Ungarischen Armee zeigte.

»Ihr Mann?« fragte der Leutnant. Er war froh, daß er die Aufnahme entdeckt hatte. Sie verschaffte ihm einen Anknüpfungspunkt für das Gespräch.

»Ja«, antwortete die Frau. Obwohl das Zimmer im Halbdunkel lag, bemerkte der Leutnant ein nervöses Zucken um ihren Mund.

»Würden Sie bitte die Fensterläden aufmachen? Ich sehe die Leute gern, mit denen ich rede«, sagte er und versuchte seiner Stimme einen energischen und gebieterischen Klang zu geben. Er wollte jedoch nicht, daß sie aus Angst etwa widerspenstig wurde, und fügte in liebenswürdigerem Ton hinzu: »Wenigstens einen der Läden. Es ist wirklich stockfinster hier.«

Sie tat wortlos wie geheißen, dann setzte sie sich und faltete die Hände im Schoß. Ihre Augen sahen ins Leere. Sie wirkte unbeteiligt und innerlich abwesend.

Er packte den Stier bei den Hörnern. »Frau Kozma, der Tod Ihres Mannes scheint einigen Leuten zu denken zu geben. Würden Sie so freundlich sein und mir in chronologischer Reihenfolge –« er verbesserte sich sofort, weil er merkte, daß dieser Ausdruck zu hoch war für sie –, »und mir genau schildern, was geschehen ist von dem Zeitpunkt, da Ihr Mann das Haus betrat, bis zu seinem Tod?«

Sie wandte den Kopf und blickte den Leutnant lange an. Jetzt sah er, daß ihre Augen wirklich schön waren, dunkel, aber leuchtend. Er entdeckte ein belustigtes Flimmern darin, das ihn seltsam verwirrte.

Teréz setzte mit ihrer Geschichte dort ein, wo sie Kozma in der Küche gegenübergestanden war. Mit leiser, eintöniger Stimme beschrieb sie, wie er ausgesehen hatte: ein Schatten seines einstigen Selbst, erschöpft, krank, ausgemergelt. Sie sprach etwas stockend, und trotzdem hatte Mikay den Eindruck, sie sage eine gut einstudierte und oft wiederholte Erzählung auf. Über einige Einzelheiten glitt sie hinweg, ließ den Streit mit ihrem Mann aus und sprang von ihrer ersten Begegnung gleich über zu der Stelle, da sie den Wein holen gegangen war. Sie beschrieb, wie sie ein Glas mit ihm getrunken, ihn dann im Schlafzimmer allein gelassen und ihre Tiere besorgt hatte.

»Als ich die Schweine füttern wollte«, fuhr sie fort, »bemerkte ich, daß eines nicht mit den andern zurückgekommen war, und ging es suchen ...« Ihre Stimme versagte. Sie war nicht gut im Lügen.

»Wo sind Sie hingegangen?«

Es folgte eine kurze Pause.

»Hinauf bis zur Hauptgasse. Dann zur Türkenstraße.«

»Weshalb zur Türkenstraße?«

»Weil ich es letztes Mal dort gefunden habe. Dienstag war nicht das erstemal, daß es davongelaufen ist.«

»Und haben Sie es gefunden?«

»Nein – das heißt, ja. Aber nicht auf der Straße. Als ich nach Hause zurückkam, war es im Hof. Ich trieb es in den Pferch und ...«

»Und was geschah dann?«

»Ich fütterte es – ich meine, sie. Ich hab' eine Sau und zwei Ferkel. Ich sah zu, wie sie fraßen.« Wieder hielt sie inne. »Dann zündete ich die Lampe in der Küche an. Darauf ging ich ins Schlafzimmer und zündete die Lampe dort an. Und dabei hab' ich Péter gefunden.«

»Ihren Mann?«

»Ja«, sagte sie mit lauter und plötzlich lebhafter Stimme. »Er war tot.« Sie holte tief Atem und stieß die Luft wieder aus, langsam und sichtlich erleichtert, als hätte sie nach einem langen, anstrengenden Aufstieg den Gipfel eines hohen Berges erreicht.

»Sie betraten die Stube und sahen, daß er tot war?«

»Ja.« Sie nickte. »Eigentlich nicht sofort. Als ich auf den Tisch zuging, um die Lampe anzuzünden, stieß ich gegen die Korbflasche. Er hatte sie wohl auf den Boden fallen lassen, und dann war sie bis mitten ins Zimmer gerollt. Ich stolperte darüber. Ich wurde wütend und schrie ihn an. Er antwortete nicht, deshalb trat ich ans Bett, und da merkte ich, daß er tot war.« Sie rasselte den Schluß des Satzes herunter, als befürchtete sie, der Atem reiche nicht mehr.

»Sie sahen ihn einfach an und wußten es? Wieso denn?«

»Aus der Stellung, in der er dalag, mit gekrümmten Beinen, hängendem Kopf und offenem Mund. Und seine Augen – ja. Sie stierten an die Decke, ganz glasig.«

»Haben Sie ihn berührt?«

Sie überlegte kurz.

»Das ist möglich. Ich weiß es wirklich nicht. Ich war durcheinander. Ich war nicht darauf vorbereitet, ihn tot vorzufinden. Es war – es war wie ein Traum.« Sie rieb mit beiden Händen die Stirn. »Zuerst seine Rückkehr, und ein paar Stunden später liegt er entschlafen im Herrn da. Es war genau wie ein böser Traum.«

»Sie meinen seine Rückkehr? Gehörte das auch zu dem bösen Traum?«

Sie blickte ihn nachdenklich an.

»Nun«, sagte sie und zuckte leicht ihre breiten, kräftigen Schultern, »wenn ich aufrichtig sein will mit dem Herrn

Leutnant, ja. Sieben Jahre ist eine lange Zeit. Sieben Jahre zusammen oder sieben Jahre getrennt zu sein. Sie waren nie verheiratet, deshalb wissen Sie das nicht.« Nach einer kurzen Pause setzte sie hinzu: »Ehrlich gesagt, ich war nicht froh über seine Heimkehr.«

»Dann waren Sie bestimmt froh über seinen Tod.«

»Nein, nicht froh. Das nicht. Eher verwirrt. Er war gestorben, und plötzlich hatte ich das Gefühl, wenn er am Leben geblieben wäre und wenn wir von vorne angefangen hätten, so wär's vielleicht doch gut gegangen. Er war eigentlich kein so schlechter Mann. Nicht schlechter als die meisten andern auch. Aber er war tot, deshalb hatte es keinen Sinn, zu rätseln, wie's hätte sein können . . .«

Leutnant Mikay war ein begeisterter Kriminalromanleser, ja das waren die einzigen Romane, die er gerne las. Was er an den erfundenen Detektiven am meisten bewunderte, war ihre unheimliche Gabe, mit Sicherheit zu wissen, wenn ein Verdächtiger log. Sie wußten das immer, diese legendären Polizeibeamten, wogegen er selbst es höchst selten wußte. Besonders dann nicht, wenn der mutmaßliche Täter eine Frau war. Sie brauchte ihn bloß mit großen Augen anzublicken und zu beteuern, sie habe die Handtasche nicht geklaut oder das Neugeborene nicht ertränkt, und schon war er geneigt, sie für unschuldig zu halten, es sei denn, sehr gewichtige Zeugenbeweise wurden gegen sie vorgebracht. Zudem gelang es ihm nie, eine der gerissenen Fallen oder Schachzüge auszuhecken, mit denen die sagenhaften Sherlock Holmese ihre Opfer fingen. Er mußte eine Person auf frischer Tat ertappen, damit er ihre Schuld beweisen konnte.

»Was machten Sie, als Sie merkten, daß er tot war?« fragte er, weil ihm nichts Besseres einfiel.

»Ich ging aus dem Zimmer. Schloß die Tür und setzte mich auf die Veranda.«

»Warum?«

»Ich weiß nicht. Ich war ziemlich mitgenommen. Die Knie schlotterten mir. Ich setzte mich hin und wartete.«

»Worauf?«

Keine Antwort, nur ein Achselzucken.

»Wie lange warteten Sie?«

»Ich weiß nicht. Vielleicht Stunden.« Plötzlich wurde sie wütend. »Ich hab' dem Herrn Leutnant gesagt, daß ich durcheinander war. Ich konnte nicht vernünftig überlegen. Es kam mir eben nicht in den Sinn, auf die Uhr zu schauen.«

»Kam es Ihnen nicht in den Sinn, Hilfe herbeizurufen? Einen Arzt zu holen?«

»Einen Arzt!« schrie sie. »Was hätte ein Arzt einem Toten nützen können? Und welchen Arzt hätte ich holen sollen? Dr. Horváth? Wann ist er das letztemal in Ladány gewesen? Es sind gut vier Wochen her. Glaubt der Herr Leutnant, Dr. Horváth wäre mitten in der Nacht angerannt gekommen, bloß um sich einen Toten anzusehen? Wenn man krank ist, kommt er nicht, weil man nicht im Sterben liegt, und wenn man im Sterben liegt, kommt er nicht, weil's zu spät ist und er verdammt kein Priester nicht ist!« Sie schüttelte den Kopf. »Nein, wir zählen nicht auf Ärzte hier.« Sie hielt kurz inne. »Nach einer Weile ging ich hinüber zu den Nachbarn und weckte sie. Sie schickten ihren Jungen zum Küster.«

»Sie haben nicht daran gedacht, Amália zu rufen?«

»Amália – wie?« Teréz stellte sich dumm.

»Amália Kovách – die Hebamme.«

»Weshalb Amália Kovách?« fragte sie schrill. »Er lag nicht in den Wehen. Er war tot.«

»Aber ruft ihr Frauen sie nicht jedesmal, wenn einer krank ist?«

»Er war nicht krank. Er war tot«, sagte sie trotzig.

Amália Kovách war nun schon an die zehn Jahre Dorfhebamme. Sie war in mittleren Jahren, unverheiratet, sehr selbständig, sehr geschickt, sehr tüchtig; ihr Zorn erwachte ebenso rasch wie ihre Hilfsbereitschaft. Amália scheute kein Ungemach oder Opfer, wenn ihre Frauen sie brauchten. Sie hatte weit besser für deren leibliches Wohl gesorgt als Dr. Horváth, der Kreisarzt, und war eine weit stärkere seelische Stütze für sie als Dekan Markos mit all seinen früheren und gegenwärtigen Hilfsgeistlichen. Mehrmals war sie verhaftet worden unter dem Verdacht, unerlaubte Eingriffe vorgenommen zu haben, aber zu einer Anklage war es nie gekommen – erstens, weil sie sich nicht erwischen ließ, und zweitens, weil sie mehr von ihrem Beruf verstand als jeder Amtsarzt des Komitats.

»Ich bin trotzdem der Ansicht, Sie hätten Hilfe holen sollen, als Sie sahen, daß ihr Mann bewußtlos war«, sagte Mikay.

»Ich sah, daß er tot war«, betonte Teréz knapp.

Der Leutnant stand auf. Er wußte genausowenig wie zuvor. Er hatte nichts erfahren, was Licht auf den Fall Kozma werfen könnte. Ja, er war nicht einmal sicher, ob es tatsächlich einen Fall Kozma gab.

»Das wär's für heute«, sagte er kurz.

Sie folgte ihm hinaus auf den Hof und stand neben ihm, während er sein Pferd losband. Jetzt schien sie wieder entspannt zu sein. In ihren Augen funkelte es sogar belustigt auf.

»Gehen Sie noch immer im Hamar-Wald jagen, Herr Leutnant?« fragte sie unvermittelt.

Er blickte sie rasch an und spürte, wie ihm das Blut in den Kopf stieg. Welch ein ausgemachter Dummkopf er doch war, sagte er wütend zu sich selbst. Eine halbe Stunde lang hatte er nun die Frau vor sich gehabt, ohne daß ihm der Vorfall im Hamar-Wald wieder in den Sinn gekommen wäre. Zugegeben, die Erinnerung daran war fast zehn Jahre in seinem Gedächtnis begraben gewesen, aber trotzdem hätte er sich von ihr nicht so überrumpeln lassen dürfen.

Damals war er fünfzehn gewesen. Er war mit den Pongrátz-Jungen jagen gegangen: mit dem gleichaltrigen Toni und dem zwei Jahre älteren Bálint. Die beiden galten als die wildesten, frechsten jungen Draufgänger im ganzen Komitat, insbesondere Bálint, der Jahre danach – wie recht und billig – den Verletzungen erlag, die er sich bei einer Keilerei unter Betrunkenen zuzog. Trotz ihrem schlechten Ruf, oder wahrscheinlich deswegen, hatten sie eine seltsame Gewalt über Mikay. Er schlich immer wieder von zu Hause weg und verbrachte den Nachmittag mit den beiden, obwohl er wußte, daß es einen Mordskrach gab, wenn sein Vater es entdeckte.

An jenem Tag hatten sie Pech, sie schossen nur einen Habicht und einen räudigen Fuchs. Sie waren auf dem Heimweg. Mitten im Wald stießen sie auf zwei Bauerntöchter, die Heidelbeeren pflückten. Die Mädchen, obschon kaum älter als sechzehn, waren gut entwickelt. Die Frauen in dieser Gegend wurden in der Regel früh reif. Mikay entsann sich nicht mehr, wessen Einfall es gewesen war, jedenfalls kamen Toni und Bálint nach einer Beratung im Flüsterton überein, es wäre lustig, die Mädchen zu vergewaltigen. Die Pongrátz-Jungen waren schlank und drahtig, von mittlerer Größe, verwegen, aber nicht so stark wie Mikay. Sie warfen sich auf das drallere Mädchen, wahrscheinlich, weil Bálint sein Leben lang eine Vorliebe für dicke Frauen hatte.

»Du nimmst die Magere«, riefen sie Mikay zu.

Er stand wie in dem weichen, moosbedeckten Waldboden festgewurzelt. Er war noch nie mit einer Frau zusammengewesen, schämte sich jedoch, das zuzugeben, weil die beiden Burschen zu prahlen pflegten, sie hätten schon als Mittelschüler ihr erstes geschlechtliches Erlebnis gehabt. Er wußte, daß es recht ernste Folgen haben könnte, die Mädchen anzufallen, tröstete sich aber mit dem Gedanken, daß er mit den Pongrátz-Jungen zusammen war, die ihres Vaters wegen im ganzen Komitat stillschweigend eine Art Gesetzesfreiheit genossen.

Mikay atmete tief ein und stürzte sich auf die Magere, die schon schreiend davonlief. Er packte sie bei ihrem kurzen flatternden Rock, und sie fielen beide zu Boden. Sie war barfuß und trug keine Hose unter den verschiedenen Schichten von Unterröcken. Mitten in dem Ringen faßte er sie zwischen den weichen, heißen Oberschenkeln. Für einen Augenblick war er eher verblüfft als erregt. Es war fast, als hielte er ein kleines Nagetier in der Hand, ein Geschöpf mit rauhem Pelz und feuchter Schnauze, dessen Herz in rasender Angst schlug und dessen Adern zwischen seinen Fingern pochten. Was danach geschah, wußte er nicht mehr genau. Entweder wehrte sich das dicke Mädchen so verzweifelt, daß den Pongrátz-Jungen die Lust verging, oder sie hörten Schritte – auf jeden Fall ließen die Brüder ihre Beute los, was für Mikay ein Zeichen war, die Magere ebenfalls freizugeben. Sie stand keuchend und mit rotem Gesicht auf und strich ihre Kleider glatt, dann blickte sie ihn lange und lässig an.

»Du gibst ja riesig schnell auf, oder?« bemerkte sie,

drehte sich um und rannte mit gellendem Lachen den waldigen Abhang hinunter.

Es war Teréz, die zukünftige Witwe Kozma, die jetzt mit dem gleichen spöttischen Ausdruck auf ihrem gebräunten Madonnengesicht vor ihm stand.

3

DAS ›SCHLOSS‹ PONGRÁTZ war ein großes, zweistöckiges Haus, gebaut, umgebaut und erweitert von einer Reihe von Generationen. Dick und üppig wuchernder Efeu, der seine Wände bedeckte, bewahrte es davor, ein architektonisches Schreckgespenst zu sein. Der Efeu verlieh ihm die Herrenwürde, die ein gepflegter Bart einem hasenschartigen Männergesicht verleiht. Die Bauern nannten es wohl Schloß, weil es das größte Gebäude im ganzen Kreis war, ein wahrer Riese im Vergleich zu ihren Dreizimmerbehausungen. In Wirklichkeit war es ein alter, muffiger Kasten.

Nur ein schmaler Gartenstreifen trennte das Schloß vom Betrieb der Straße. Alle Fenster im Erdgeschoß hatten schmiedeeiserne Ziergitter. Es gab keinen Strom und kein fließendes Wasser im Haus. Dutzende von Kerzen und Petroleumlampen wurden für die Beleuchtung benötigt. Herrschaft und Gäste badeten in großen Holzwannen, die von Hausburschen zu den Zimmern hinaufgeschleppt, nach Gebrauch hinausgeschafft und auf die Blumenbeete ausgeleert wurden. Eine Reihe von Aborten war in der Nähe des Haupteingangs diskret hinter dichtem Buschwerk versteckt. Für jeden, der zu faul war, sie zu benützen, standen Leibstühle, Kindersärgen gleich, zur Verfügung.

Das Grundstück, mindestens fünfzehn Joch groß, verlief mehrere hundert Meter der Straße entlang, erstreckte sich hinunter zum Ufer der Hamar und umfaßte auf dem Hang gegenüber noch einen Weinberg. Der Rest der Pongrátz-Ländereien, über fünftausend Joch fetten, fruchtbaren Bodens, lag im offenen Gelände, eine halbe Stunde mit dem Wagen vom Dorf entfernt.

Das Tor stand weit offen, und der Leutnant ritt die bekieste, geschwungene Zufahrt hinauf zum Haupteingang. Er übergab sein Pferd einem Stalljungen und stieg die Stufen zur Veranda hinauf, die die ganze Länge des Hauses einnahm.

Sooft er in den Kreis der Familie Pongrátz trat, beschlich ihn ein leises Unbehagen, obwohl er sich keinen Grund dafür vorstellen konnte. Der alte Pongrátz war von jeher überaus freundlich zu ihm und hieß ihn immer herzlich willkommen.

Die Gesellschaft war in einem der Empfangszimmer oder Salons, wie sie genannt wurden, versammelt. Diese Räume hatten alle vergilbte weiße Wände, blank gebohnerte Eichenböden und Möbel, die durch Generationen weitervererbt und ohne das geringste Gefühl für Ausgewogenheit oder Wirkung aufgestellt worden waren.

Der alte Pongrátz war ein ziemlich großer Mann von gut erhaltener, magerer Gestalt – ausgenommen ein Embonpoint, das aussah, als hätte er sich eine kleine Melone unter den Gürtel geklemmt. Er hatte die dunkle Gesichtsfarbe, die Knollennase und die zusammengekniffenen Schlitzaugen eines Kirgisenhäuptlings. Selbst wenn er ruhig auf einem Stuhl saß, war etwas Gebieterisches an ihm, das ihn von den meisten Leuten unterschied. Über zwanzig Jahre hatte er als Obergespan des Komitats gedient, war aber unter der kommunistischen Herrschaft zum Rücktritt gezwungen worden und nachher nicht mehr ins Amt zurückgekehrt. Seither hatte er auf dem Familienbesitz in Ladány gelebt und das Gut verwaltet. Er war ein erfahrener, erfolgreicher Landwirt und ein Mann von mannigfaltigen Interessen, wozu nicht zuletzt junge Bauernmädchen mit festen Brüsten gehörten. Er hatte zweimal geheiratet. Seine erste Frau war eine schwindsüchtige Gräfin gewesen; die zweite, die jetzige Frau, unscheinbar, mürrisch und luchsäugig, war seine ehemalige Köchin.

Als Mikay den Salon betrat, steckte der alte Pongrátz mitten in einer Geschichte. Er wußte hervorragend zu erzählen, klar, witzig und ohne jegliche Achtung vor den Gefühlen anderer Leute. Von seinem hohen Sitz aus beobachtete er die Welt wie einen Flohzirkus, wo widerwärtige kleine Insekten, in Röcke und Hosen gekleidet, das Tun und Treiben einer höheren Gattung nachmachten, ohne sich oder die Zuschauer wirklich zu täuschen.

Er erblickte den Leutnant und verstummte; nur ein leichtes Stirnrunzeln verriet sein Mißfallen über den unzeitigen Auftritt. Dann erhob er sich und begrüßte Mikay mit einer Herzlichkeit, wie sie einzig einflußreichen Politikern und Nachkommen alter Familien zustand.

Pfarrer Markos, der Dekan von Korond, und seine ›Hausdame‹ waren vor dem Leutnant eingetroffen. Jeden vierten Sonntag las er in Ladány die heilige Messe und kam nachher zum Mittagessen ins Schloß. Der Dekan war ein kleiner, kränklicher Mann. Die ›Hausdame‹, eine pummelige Blondine mit dem zärtlichen Wesen und der leise gurrenden Stimme einer Turteltaube, war seit vielen Jahren seine Haushälterin und Gesellschafterin. Sie trug ein weißes Batistkleid mit blauer Seidenschärpe und war unbarmherzig geschnürt. Wie sie sich da in dem tiefen Sessel rekelte, mahnte sie den Leutnant an ein großes, weiches Plumeau, mit einem blauen Band umbunden. Er fragte sich, wie der winzige Priester, wenn er mit ihr in dem breiten pfarrherrlichen Bett lag, sagen konnte, wo das Plumeau aufhörte und die Frau begann. Offiziell war sie die Nichte des Dekans, aber kein Beweis für die Verwandtschaft wurde je beigebracht. Sonderbarerweise stellten weder die Kirche noch die Gemeindemitglieder sie je in Frage. Die Gründe für diese tolerante Haltung waren wohl Dekan Markos' zarte Gesundheit und die Anerkennung der Tatsache, daß selbst die Geistlichkeit nicht vom Brot allein lebt.

Der Gastgeber erzählte seine Geschichte fertig und entlockte dem Priester einige Gluckser, seiner Dame ein kehliges Lachen und dem Leutnant – der den Anfang verpaßt hatte und deshalb die Pointe nicht erfaßte – ein höfliches Lächeln. Dann wurde es still im Zimmer.

»Hochwürden«, unterbrach Mikay das Schweigen, indem er sich an den Priester wandte, »kennen Sie zufällig die Witwe Kozma?«

»Kozma ... Kozma ...« Der Dekan runzelte die Stirn. Er blickte seine Nichte fragend an. »Ilonka, kenne ich eine Witwe Kozma?«

»Aber ja, Onkel Berti.« Ilonka kicherte. Sie gehörte zu der Art von Frauen, die alles komisch finden außer dem, was tatsächlich lustig ist. »Wenn ich mich nicht täusche, hast du sie getraut.« Der Pfarrer schüttelte den Kopf, aber sie fuhr fort: »Doch, das hast du. Sie war ›Einaug‹ Bognars Tochter. Sie hatte eine große Hochzeit. Ihr Mann wurde an der russischen Front vermißt gemeldet.«

»Er ist wieder aufgetaucht«, sagte Mikay. »Letzte Woche. Er kam nach Hause und starb. Wußten Sie das nicht?«

Dekan Markos schüttelte den Kopf.

»War das nicht seine Leichenfeier, die Kaplan Tóth letzte Woche in Ladány gehalten hat?« fragte Ilonka. »An dem Tag, da ich der Schneiderin absagen mußte, weil Tóth den Wagen brauchte? Er kam in einer abscheulichen Laune zurück. Also wirklich, ich mache mir allmählich Gedanken um Kaplan Tóth. Wenn's nach ihm ginge, würde er uns gleich alle dem ewigen Höllenfeuer übergeben. Er würde die Inquisition wieder einführen und im Pfarrhaus eine Folterbank und ein Rad aufstellen.«

»Er ist zu jung, das ist's«, sagte Pongrátz und lachte leise. »Zu stark beeindruckt von der Soutane, die er trägt. Er möchte viel zustande bringen, und erst noch schnell. Das ist das Übel mit den Jungen. Sie haben jede Menge Zeit, doch sie führen sich auf, als könnten sie keine Sekunde verlieren. Es gibt freilich Ausnahmen. Zum Beispiel mein Freund hier.« Er wies auf Mikay. »Der ist die Stütze des Alten und Bewährten. Ein entschiedener Hüter des *status quo.*«

Mikay rutschte verlegen hin und her ob des ungerufenen Lobes. Den Blick von Pongrátz' Schlitzaugen auf sich gerichtet zu fühlen, war ungefähr so, wie wenn man von einer *Boa constrictor* für ihr nächstes Mahl ausgelesen wurde. In seinem Lob klang auch deutlicher Spott mit, was den Leutnant ärgerte, vor allem, weil er nicht wußte, was die Ursache dafür war.

Er suchte noch nach einer passenden Antwort, als ein junges Paar hereinkam. Genau zehn Jahre waren vergangen seit dem Vorfall im Hamar-Wald, und Toni war jetzt fünfundzwanzig und verheiratet. Er wirkte muskulös, obgleich er noch immer schlank war. Sein Gesicht hatte sich kaum verändert; es war nicht im wahren Sinne des Wortes schön, bloß unwiderstehlich anziehend: das Gesicht eines jugendlichen Fauns. Es strahlte Charme und Lebensfreude aus, aber nur solange die Dinge nach seinem Kopf gingen. Jede Enttäuschung, jeder Mißerfolg löschte den strahlenden Glanz aus und warf einen finsteren Schatten auf das Gesicht. Er konnte schmollen, so bitter wie ein Kind, so ausdauernd wie ein Fakir und so nachtragend wie ein Plantagenet. Wenn sein Lächeln schließlich wieder erschien, atmete das ganze Haus auf wie Noah, als er den ersten Schimmer von Blau hinter den Regenwolken der Sintflut erspähte.

Seine ihm seit drei Monaten angetraute Frau war das entzückendste Geschöpf, das der Leutnant je zu Gesicht bekommen hatte. Frauen ihrer Art hatte er einzig auf der Filmleinwand oder auf Postkarten gesehen, doch selbst die erschienen ihm gewöhnlich und künstlich im Vergleich zu Phyllis Pongrátz, geborene Hornbeam-Wills. Sie war Amerikanerin, die wohlerzogene Tochter einer Familie aus New England, und hatte Toni in Paris kennengelernt, wo ihr Vater für ein großes New Yorker Bankhaus Verhandlungen führte. Toni verbrachte den Winter dort, angeblich um Vorlesungen an der Sorbonne zu hören, in Wirklichkeit aber wollte er nach einem heftigen Zusammenstoß mit seinem Bruder Bálint einfach nicht mehr zu Hause bleiben. Sein Vater hatte wie immer Bálints Partei ergriffen, worauf Toni seine Koffer packte und ging.

Sechs Monate später erhielt er das Telegramm mit der Nachricht, sein Bruder sei den Verletzungen erlegen, die er sich bei einem Unfall zugezogen habe. Das Telegramm verschwieg taktvoll die Tatsache, daß der Unfall eine Schlägerei im Wirtshaus der Rosenzweigs gewesen war. Am nächsten Tag wurden Toni und Phyllis vom ungarischen Generalkonsul getraut. In Korond munkelte man, es sei eine ziemlich hastige und unromantische Zeremonie gewesen. Kein Brautschleier, keine Trauringe. Die Eltern von Phyllis erschienen nicht zu der Feier, was dem Gerücht Nahrung verlieh, sie seien gegen die Heirat. Am selben Abend bestiegen die Neuvermählten den Orientexpreß, damit sie rechtzeitig zum Begräbnis kämen. Es schien von schlechter Vorbedeutung zu sein, darin waren sich die Leute einig, wenn man seine neuen Verwandten unter derart unglücklichen Umständen kennenlernte. Als er sie während der Leichenfeier anstaunte, hatte Leutnant Mikay nicht den Eindruck, daß sich Phyllis von solch schauerlichen Vorstellungen stören lasse. Sie war ganz in Schwarz gekleidet und strahlte vor Glück. Sie sah so rosig und taufrisch, so wenig nach Trauer aus wie der Kranz langstieliger Treibhausrosen zu Füßen des Katafalks.

Das war drei Monate her, aber als er sie jetzt anblickte, fand er, sie habe sich verändert. Die Schönheit war noch da, das Strahlen jedoch verschwunden. Dann bemerkte er, daß ihre Lippen leicht bebten und ihre Hände zitterten. Sie war über etwas aufgebracht und gab sich große Mühe, sich zu beherrschen. Ihr Schwiegervater nahm ihren Zustand auch wahr. Der Aufmerksamkeit von Kálmán Pongrátz entging nie etwas. Die Leute in seinem Haus lebten ständig unter seinem forschenden Blick, der wie eine Röntgenröhre auf sie gerichtet war. Ein Wunder, daß sie sich nicht einen Ausschlag zuzogen oder Hautkrebs bekamen.

»Was ist denn jetzt los, Phyllis?« fragte der alte Mann.

»Oh, nichts – wirklich nichts.« Sie schüttelte den Kopf und schluckte schwer. Nach drei Monaten Aufenthalt im Land sprach sie recht gut ungarisch, allerdings mit starkem Akzent.

Toni war zum Serviertisch hinübergegangen, der als Bar diente, und goß sich ein Glas starken, duftenden Sliwowitz ein.

»Diese Gans von Mari, die Frau des Kutschers, hat sie durcheinandergebracht«, sagte er und stürzte den Schnaps herunter. »Solche Schwachköpfe! Aber Schwamm drüber, Papa. Wir wollen Phyllis nicht noch mehr aufregen.«

»Was hat Mari gemacht?« fragte der Alte in einem Ton, der Antwort heischte.

Phyllis zog ein Tüchlein aus der Tasche ihres weißen Kleides und wischte sich die Augen. Es war eine nervöse Bewegung, denn sie weinte nicht.

»Einen Wurf junger Hunde vergraben«, sagte sie ausdruckslos.

»Aha.« Der Alte zuckte die Achseln. Es bedeutete soviel wie: na und?

»Aber sie hat sie lebendig vergraben!« rief Phyllis heftig. Plötzlich schien sie furchtbar zornig zu sein. »Sie schaufelte ein Loch unter dem Apfelbaum und warf sie hinein. Es waren fünf oder sechs. Sie lebten noch und wedelten mit dem Schwanz – und ihre Mutter war an einen andern Baum gebunden und heulte! Und dann scharrte die Frau Erde darüber und trampelte sie mit den Füßen nieder!«

Der alte Pongrátz war mit dem Stopfen seiner Pfeife beschäftigt.

»Nun, was hätte sie denn deiner Ansicht nach tun sollen? Sie aufziehen? Diese Weibchen werfen zweimal im Jahr. Man kann nicht alle Jungen aufziehen. In kürzester Zeit hätten wir mehr Hunde als Leute.«

»Aber sie lebendig begraben?« Jetzt hatte sie Tränen in den Augen.

»Also gut, sie hätte sie ertränken können. Was hätte das

für einen Unterschied gemacht? Wie tut man in Amerika einen Wurf junger Köter ab?«

»Man schläfert sie ein. Der Tierarzt gibt ihnen eine Spritze. Eine rasche und schmerzlose Methode.«

Dekan Markos blickte sie völlig entgeistert an. Ilonka kicherte. Der alte Pongrátz ging zu Phyllis hinüber und tätschelte sie freundschaftlich auf die Schulter.

»Mein liebes Kind«, sagte er, »hier bei uns werden nicht einmal *Menschen* so rücksichtsvoll behandelt. Sie werden unter Schmerzen geboren und sterben unter Schmerzen. Und erzähl du ja nicht den Leuten, sie sollen den Tierarzt kommen lassen mit seiner Spritze, damit er ein paar nutzlose Welpen in den Hundehimmel befördere, denn die glauben sonst, es sei nicht ganz richtig in deinem hübschen Köpfchen.«

»Ich habe der Frau gesagt, sie solle es nicht tun, aber sie lachte mir bloß ins Gesicht und machte unbekümmert weiter. Sie behauptete, es sei gut für den Apfelbaum. Er trage dann nächstes Jahr mehr Obst. Das hat sie gesagt.«

»Wir sind hier nicht in Amerika, meine Liebe.« Der Alte schmunzelte. »Unsere Wirtschaft beruht nicht auf Verschwendung, sondern auf Sparsamkeit. Eure Bauern können sich teure Düngemittel leisten, unsere nicht. Sie müssen verwenden, was erhältlich ist und nichts kostet. Kuhmist, Menschenkot, Tierkadaver.«

Vom andern Ende des Zimmers kam ein leises Rascheln und das Knarren der Diele. Mikay drehte sich um und sah die alte Frau Pongrátz reglos im Schatten der Tür stehen. Sie war bestimmt schon eine ganze Weile dort und hörte mit steinernem Gesicht zu, die Augen halb geschlossen und die Lippen zu einem schmalen, unfreundlichen Strich zusammengepreßt.

»Das Essen ist auf dem Tisch«, sagte sie, als eine Pause einzutreten schien.

»Das hör' ich gern.« Toni grinste. Die Qualen seiner Frau ließen ihn offensichtlich kalt. Er trat zu der starren Gestalt in der düstern schwarzen Sonntagskleidung und rieb seine Wange an der ihren.

»Was gibt's? Ich habe Hunger!«

»Fein«, sagte die Frau und lächelte ihn an. Einen Augenblick lang war sie fast hübsch. »Dann wirst du deinen Teller diesmal schön leer essen.«

Sie war ursprünglich als Amme für Toni ins Haus gekommen, dann zur Köchin, zur Haushälterin und schließlich zur Ehefrau befördert worden. Noch immer besprach man eifrig die Art und Weise, in der ihr Mann die Vermählung der Welt mitzuteilen beschlossen hatte. Es war nach einem Herrenabend geschehen, als Pongrátz sich auf der Veranda von seinen Gästen verabschiedet hatte.

»Ihr braucht Emma kein Trinkgeld zu geben, Freunde«, hatte er ganz sachlich gesagt, »ich habe sie letzte Woche geheiratet.«

Sie hatte eine klanglose Stimme und den unschönen Akzent der Gegend. Trotz zwanzig Jahren Ehe mit einem ›Herrn‹ machte sie nicht den geringsten Versuch, die Umgangsformen oder die Sprache seiner Klasse anzunehmen. Sie blieb, stolz und eigensinnig, eine mürrische, reizlose Bäuerin. Es war fast, als hätte sie bewußt die Bekannten ihres Mannes abgelehnt, bevor diese sie selbst ablehnen konnten. Sie sprach nur mit Priestern, ihren Ilonkas und Leutnant Mikay. Die Geistlichen standen über der Gesellschaft, den Haushalt führende Nichten darunter. Was Mikay betraf, so sah sie in ihm noch immer den kleinen Jungen, dessen Windeln sie gewechselt hatte, sooft er mit seiner Mutter herübergekommen war, um mit Toni zu spielen. Der Leutnant sagte ›Tante Emma‹ zu ihr und gehörte zu den ganz wenigen männlichen Wesen, die es wagten, ihr einen Kuß zu geben.

Für ihre eigenen Angehörigen hatte sie ebensowenig Liebe übrig wie für diejenigen ihres Mannes. Die einzige Ausnahme war ihre bucklige Schwester Terka, die das Haus betreten durfte, sofern sie unauffällig den Dienstboteneingang benützte. Terka hatte Emmas Kind aus ihrer ersten Ehe mit einem trunksüchtigen Küfer, der vor der Geburt seines Sohnes gestorben war, aufgezogen. Der Junge wuchs auf, ohne von seiner Mutter je das geringste Zeichen von Zuneigung zu erhalten. Sie zahlte für seinen Unterhalt, das war alles. Er hatte den Anstand, 1914 an der serbischen Front zu fallen. Kein Mensch sah Emma je eine Träne um ihn vergießen. All ihre Tränen, ihre Anteilnahme, Sorge und große Liebe blieben – so wie es die Milch ihrer Brust gewesen war – Toni vorbehalten, dem jüngeren Sohn ihres Mannes.

»Die Suppe wird kalt«, sagte sie jetzt nach einer Pause, als Pongrátz sich nicht rührte. Sie redete ihn nur ganz selten direkt an.

»Dann schick sie eben in die Küche zurück und laß sie aufwärmen«, knurrte er.

»Heiliger Joseph, Papa!« begehrte Toni auf. »Muß denn das Theater wieder sein? Können wir uns nicht wenigstens einmal zu Tisch setzen, ohne daß du eine Szene machst?«

Pongrátz nahm langsam die Pfeife aus dem Mund und legte sie auf die Marmorplatte der Konsole. Schweigend maß er seinen Sohn, die Lippen verzogen sich zu einem Lächeln, das väterliche Duldsamkeit ausdrücken sollte, obwohl es ihm weder väterlich noch duldsam zumute war.

Der Dekan duckte sich, als versuchte er jeden Laut von seinen Ohren abzuhalten. Ilonka starrte gebannt zum Fenster hinaus, als sähe sie zum ersten Mal eine Pappelreihe. Phyllis holte eine kleine Puderdose aus der Tasche ihres Kleides und betupfte die von den Tränen geröteten Stellen in ihrem Gesicht. Der Leutnant begann lautlos die Sekunden zu zählen, wie ein Arbeiter auf einem Straßenbauplatz, der darauf wartet, daß eine Sprengladung losgeht.

Die Ladung ging nicht los, diesmal. Der alte Pongrátz fummelte weiter mit seiner Pfeife. Er klopfte die Asche aus, dann fing er an, sie mit großer Sorgfalt zu putzen.

»Kümmere dich nicht um deinen Papa, Schatz«, sagte Emma zu Toni, aber erst, als die Gefahr offensichtlich vorüber war. »Wir essen, wenn es ihm paßt. So ist es seit je gewesen. Wir warten einfach, bis er bereit ist.«

»Und das ist eben jetzt.« Der Alte ließ seine Pfeife liegen und bot Phyllis den Arm: der regierende Fürst und die Gemahlin des Thronfolgers. Phyllis nahm den Arm mit gequältem Lächeln. Das Bild der glatten kleinen Leiber, die sich auf dem Boden der Grube wanden, verfolgte sie immer noch.

Die Suppe war heiß und köstlich. Ihr folgten dicke Stengel von zarten weißen Spargeln in einer Buttersauce, dann Platten mit paniertem Backhuhn, Petersilienkartoffeln und grünem Salat, und dazu wurde ein Riesling aus der Gegend getrunken. Der nächste Gang stellte sich als ein Bauerngericht heraus: kleine viereckige Plätzchen aus hausgemachtem Nudelteig in fein gehacktem sautiertem Kohl. Danach kam ein gespickter Filetbraten mit Cumberlandsauce und verschiedenen Gemüsen, und hinuntergespült wurde er mit ›Stierblut‹, einem roten Egerwein. Zum Nachtisch gab es Kirschenstrudel, dazu einen schweren süßlichen Tokajer. Phyllis, die während des ganzen Essens einen hartnäckigen Übelkeitsanfall bekämpfen mußte, staunte mit unbezwinglicher Neugier den schmächtigen Dekan Markos an, der von jedem Gang zwei Portionen vertilgte, mit Ausnahme der Nudeln, wo er es auf drei brachte. Die Mahlzeit endete mit einem vortrefflichen Pfirsichparfait und Kleingebäck. Der starke türkische Kaffee wurde im braunen Salon serviert, der so hieß, weil der verschossene Mohairstoff der kleinen Polstersofas noch schwach das ursprüngliche eichelfarbige Muster erkennen ließ. Ansonsten war der Raum genauso vollgestopft, schäbig, wohnlich und gemütlich unzweckhaft wie der Rest des Hauses. Er lag gleich neben dem Eßzimmer, und auch nach einem schweren Mahl konnte man ihn mühelos erreichen. Dank der geschlossenen Fenster und Läden war es angenehm kühl dort drin.

Es gab eine Gesprächspause. Außer dem leisen Klirren der Kaffeetassen unterbrach kein Laut die friedliche Stille, nicht einmal das Summen einer Fliege. Viki hatte vorher mit einer Klatsche gewirkt, und sie war nicht so dumm, auch nur eine einzige Fliege am Leben zu lassen.

»Hochwürden«, wandte sich der Leutnant an Dekan Markos, »Verzeihung, aber Sie haben mir immer noch nicht gesagt, ob Sie Teréz Kozma kennen oder nicht.«

Der Priester war eingenickt und schrak jetzt schnaufend auf.

»Teréz Kozma?« wiederholte er den Namen. Er blinzelte, wie von grellem Licht geblendet. »Ich bin sicher, daß ich sie kenne – ich kenne sie alle. Sagen Sie mir doch, wie sie aussieht – um meinem Gedächtnis aufzuhelfen.«

»Dunkelhaarig – recht gut aussehend.« Mikay schoß das Blut ins Gesicht. »Wohnt in der Bemstraße.«

»Kozma – natürlich, Kozma«, gurrte Ilonka heiter. Sie saß in einem tiefen Lehnstuhl, dessen müde Federn unter ihrem Gewicht durchhingen. Sie sah aus wie in einem Sitzbad. »Das war der Mann, den Kaplan Tóth letzte Woche beerdigt hat. Jetzt bin ich ziemlich sicher. Du erinnerst dich bestimmt auch an die Frau, Onkel Berti. Sie hat uns einmal ein Spanferkel verkauft. Sie ist groß, schlank und recht hübsch – für eine Bäuerin wenigstens.«

»Was ist mit ihr?« fragte der alte Pongrátz. Er hatte seine Schläfrigkeit nach dem Essen überwunden und war wieder so wach und aufmerksam wie üblich.

»Zu viele Leute hier herum sind ganz plötzlich gestorben«, antwortete der Leutnant. »Wir auf der Wache fanden, eine Untersuchung könnte nichts schaden.«

»Plötzlich gestorben? Ich wüßte nicht, wer.«

»Da war ein Bauer namens Balogh. Der starb zwölf Stunden, nachdem er ein Stück von Frau Baloghs berühmtem Apfelstrudel gegessen hatte. Das ist ein Jahr her. Vor vier Wochen ist Pali Retek gestorben. Auch er war gesund und munter, bis seine Frau ein Blech voll Honigkuchen buk. Letzte Woche war Péter Kozma an der Reihe.«

»Was hat seine Frau gebacken?«

»Nichts. Allerdings holte sie Wein für ihn.«

»So wurde mir berichtet«, sagte Pongrátz senior ein bißchen gereizt. »Mir wurde auch berichtet, daß er eine ganze Korbflasche ausgetrunken hat. Fünf Liter. Das könnte einen Bullen töten. Freilich hat ein Bulle so viel Verstand, daß er keine fünf Liter Wein trinkt.«

Mikay stellte mit heimlicher Genugtuung fest, daß sich auch sein Gastgeber über den Fall Kozma einige Gedanken gemacht hatte.

»Kozma hat nicht den ganzen Wein getrunken«, warf

er ein. »Das meiste wurde verschüttet, als er die Flasche fallen ließ.«

»Also gut, nehmen wir an, er sei nicht eines natürlichen Todes gestorben. Nehmen wir an, er sei vergiftet worden. Nehmen wir an, die andern seien ebenfalls vergiftet worden.«

»Das hab' ich nicht gesagt«, versuchte der Leutnant ihn zu unterbrechen. »Ich habe bloß –«

»Du hast es nicht gesagt. Aber ich habe es gesagt. Nehmen wir an, habe ich gesagt. Nun gestatte mir bitte eine Frage: Was würde geschehen, wenn sich dein Verdacht als begründet erweisen sollte? Es gäbe eine Untersuchung – Strafklagen – Gestank!« Jetzt stand der alte Pongrátz vor Mikay und richtete anklagend den Zeigefinger auf ihn. »Die ganze Budapester Presse würde über uns herfallen. All die Judenjungen, die Kommunisten, die Sozialisten. Ladány käme in die Schlagzeilen. Unsere schmutzige Wäsche würde über die ganzen Titelseiten ausgebreitet. Unsere Wahlschiebungen, unsere lausigen Schulen, unsere korrupte Verwaltung, unsere wurstigen Priester!«

»Ich bitte Sie!« Ilonka setzte sich für die Geistlichkeit zur Wehr.

»Ich zitiere bloß, was die Presse schreiben würde«, sagte der Gastgeber und lächelte sie an. Er konnte mit verwirrender Geschwindigkeit von Wut auf Artigkeit umschalten. Als er sich wieder an Mikay wandte, loderte in seinen kleinen, boshaften Augen gerechter Zorn. »Ich erinnere mich noch ganz genau an jede Phase der Untersuchung, als mein Junge in der Keilerei zusammengeschlagen wurde. Ich sage zusammengeschlagen, obwohl das nicht das richtige Wort ist. Aufgeschlitzt, zerfetzt, ausgeweidet! Ich könnte jeden Schweinehund mit Namen nennen, der in jener Nacht Hand an ihn gelegt hat. Alle elf, die in der Kneipe waren. Ich könnte dir auch sagen, inwiefern jeder einzelne daran beteiligt war – wer ein Messer hatte, wer ein Stuhlbein schwang, wer danebenstand und sie anfeuerte. Mein Junge brauchte drei Wochen zum Sterben. Er starb stückchenweise. Jedesmal wenn Dr. Horváth herkam, schnitt er ein Stück fauliges Fleisch ab, und Emma trug es in einer Schüssel hinaus und vergrub es im Garten. Aber in all den Wochen dachte ich nicht ein einziges Mal daran, die elf anzuzeigen. Ich reichte keine Klage gegen sie ein, nicht einmal nach seinem Tod. Es fand eine Leichenschau statt, wie du weißt, und als Todesursache wurde Lungenentzündung angegeben. Vorher schon waren drei der Männer der tätlichen Beleidigung schuldig befunden und zu kurzen Gefängnisstrafen verurteilt worden. Sie machten Notwehr als mildernden Umstand geltend. Sie wären des Mordes angeklagt worden, wenn ich darauf bestanden hätte. Aber ich bestand nicht darauf, obwohl ich wußte, daß es Mord gewesen war. Vorsätzlicher Mord! Die Dreckskerle waren darauf aus, ihn fertigzumachen, und taten's auch. Doch ein Sensationsprozeß hätte mir meinen Jungen nicht zurückgebracht. Höchstens sein Andenken besudelt. Irgendein Winkeladvokat aus Budapest hätte seine Verteidigung darauf aufgebaut, wie die Armen in diesem Dorf ausgebeutet, betrogen, ausgeraubt würden von den privilegierten Klassen – von uns! Nein. Den Aasgeiern von der Presse wollte ich die Leiche meines Jungen nicht zum Fraß vorwerfen. Ich brauche die Anteilnahme all der niederträchtigen, kommunistisch beeinflußten, klatschsüchtigen Revolverblätter nicht!«

Bálint war ein überheblicher, launenhafter, ruheloser junger Mann gewesen. Mitglieder seiner eigenen Schicht langweilten ihn, und er zog die Schenkstuben der Dorfkneipen mit ihrem schweren Geruch von verschüttetem Wein, billigem Tabak und Männerschweiß den Tanzsälen und Nachtlokalen der Städte vor. Er war höchst unbeliebt bei den Bauern, doch ein selbstzerstörerischer Zug in seiner Natur trieb ihn dazu, ihre Gesellschaft zu suchen. Am Samstagabend pflegte er im Wirtshaus von Ladány zu erscheinen, sich an einem Ecktisch hinzuflegeln und eine Flasche Schnaps zu bestellen. Wenn er dann die Flasche halb geleert hatte, war er bereit, sich mit jedem, der daherkam, zu prügeln. Meist hatte er kein Glück. Keiner nahm seine Herausforderung an. Die Gäste bezahlten einfach ihre Zeche und verdrückten sich. Mitunter geriet er jedoch zufällig an einen, der genug getrunken oder einen niedrigen Siedepunkt hatte, und dann kam er zu seiner Rauferei. Er war rücksichtslos und stark und gewann alle seine Kämpfe. Alle, mit Ausnahme des letzten.

»Ich kann dir leider nicht zustimmen, Onkel Kálmán«, sagte der Leutnant. Seine Mutter war eine Base dritten Grades von Pongrátz, deshalb gebrauchte er die vertrauliche Anrede. »Wir haben einen Krieg, Revolutionen, Gegenrevolutionen, Kommunismus, weißen Terror, roten Terror, Besatzung und Befreiung durchgemacht. Die Leute haben sich an Gesetzlosigkeit gewöhnt. Aber jetzt ist wieder Friede. Wir müssen ihnen Achtung vor dem Gesetz des Landes beibringen.«

»Nicht, indem wir unsere schmutzige Wäsche vor aller Öffentlichkeit ausbreiten, nein, mein Lieber!« rief der alte Pongrátz. »Und wenn ich dir einen bescheidenen Rat geben darf: Dämpfe deinen jugendlichen Eifer, mein Junge. Falls du entschlossen bist, so ein gottverfluchter Sozialreformer zu werden, geh und fang dir ein paar Hühner- und Viehdiebe und bring *denen* die Gesetze des Landes bei. Dazu seid ihr Gendarmen ja auch da. Aber versuch nicht, dir eine Beförderung zu ergattern, indem du hilflose Witwen durch den Dreck ziehst.«

Die letzten Sätze kamen heraus wie das wütende Geknatter eines Maschinengewehrs. Die Nase des alten Mannes schien noch knolliger als sonst und nahm langsam die Farbe einer Blutwurst an. Mikay starrte ihn entgeistert an. Wie ein mächtiger Rülpser, der sich nicht unterdrücken ließ, stieg Trotz aus seiner Magengrube hoch.

»Ich bin nicht auf eine Beförderung aus«, sagte er ruhig. »Ja, ich habe im Sinn, mein Pflicht zu tun, selbst wenn das bedeutet, daß ich überhaupt nie befördert werde. Ehrlich gesagt, verstehe ich deine Haltung nicht ganz, Onkel Kálmán. Du bist jetzt seit mehr als zwei Jahren nicht mehr in der Komitatsverwaltung. Dein Ruf wird nicht angetastet durch das, was ich möglicherweise ausgrabe. Es sei denn, da steckt mehr dahinter.«

Der alte Pongrátz blickte ihn verdutzt an. Seine Kirgisenäuglein wurden glasig, fast als wären sie Zeugen einer Geistererscheinung.

Toni stieß einen lauten, schrillen Pfiff aus. »Haste Töne!« krähte er. »Das klingt ja wie eine Verdächtigung, Papa. Du läßt wohl nach. Oder hat unser guter Rudi mehr Courage, als wir ihm zutrauten?«

Der Alte richtete seine bösen Augen auf seinen Sohn.

»Ich würde nicht so viel trinken an deiner Stelle. Du bist widerlich in betrunkenem Zustand.« Er sprach leise, aber in einem solch gehässigen Ton, daß die Luft für den Rest des Nachmittags vergiftet war. Dann drehte er sich um und sah dem Leutnant ins Gesicht. »Und was dich angeht, mein Junge, da kann ich bloß sagen, daß ich deinen Pflichteifer bewundere und dir alles erdenkliche Glück für deine Untersuchung wünsche.«

Es war die honigsüße, schmeichlerische Stimme eines politischen Kandidaten, der zu einem Wähler spricht. Er klopfte Mikay herzlich auf den Rücken, und der Leutnant begriff, daß es sehr lange dauern konnte, bis er wieder bei den Pongrátz zum Essen eingeladen würde, wenn überhaupt noch einmal.

Dieser Gedanke heiterte Mikay irgendwie auf. Er bedauerte nur, daß er von Phyllis nicht viel sehen würde. Nicht daß er sich romantische Illusionen über sie machte. Sie hatte nicht mehr als ein paar höfliche Worte an ihn gerichtet und würde wahrscheinlich vergessen, daß es ihn überhaupt gab, sobald er das Zimmer verließ. Doch ihr Anblick hatte die gleiche Wirkung auf ihn, wie Debussys *La mer*. Phyllis gehörte ebenfalls zu einer fremden Welt und kam ihm so merkwürdig, andersartig und unverständlich vor wie Debussys Werk seinen an Volksmusik und Schlager gewöhnten Ohren. Beide erfüllten ihn mit einer Sehnsucht, die ihn unerklärlich beunruhigte.

Mikay verabschiedete sich, sobald sein Aufbruch nicht wie ein Rückzug aussah. Er unterließ es, die Klage wegen der Hunde mit dem Gastgeber zu besprechen, da die Stimmung dafür nicht günstig gewesen wäre. Als er die Stufen zum Hof hinunterging, traf ihn die Erkenntnis, daß er nach der Auseinandersetzung keine andere Wahl mehr hatte, als die Untersuchung des Falles Kozma weiterzuführen. Sekundenlang kam er sich wie in einer Falle vor und dachte mit einem Anflug von Ärger, eigentlich sei Moni Rosenzweig schuld daran. Dann entschied er, daß es gerade recht war. Wenn es bloß die Eintönigkeit des Lebens in Korond unterbrach.

Auf dem Heimweg schaute er bei Monis Eltern vorbei. Ihnen gehörte nicht nur die Gemischtwarenhandlung, sondern auch das Wirtshaus nebenan, und er traf sie dort beim Bedienen der Sonntagnachmittagsgäste.

Rosenzweigs waren die einzigen Juden im Dorf. Sie hatten ein Leben lang Leute versorgt, die ihnen beharrlich fremd blieben. Ihre wachsamen Augen hatten Männer und Frauen von der Kindheit zur Reife, und andere von der Reife zum Grab verfolgt, aber stets so, als stünden sie hinter einem Spiegelfenster, durch das sie die vorüberziehende Prozession beobachten konnten, ohne selbst gesehen zu werden. Sie hörten zu, redeten jedoch nie, zumindest nicht von ihren Wünschen, Träumen, Schmerzen oder Sorgen. Sie waren gute Leute, gottesfürchtig, friedlich, vaterlandsliebend und immerdar einsam.

Entweder wußten sie wenig über Frau Kozma oder sprachen nicht gern in Hörweite der Dorfbewohner, und so verließ der Leutnant die Schenke, ohne etwas von ihnen erfahren zu haben.

Die Julihitzewelle hatte ein bißchen nachgelassen, ein leises Lüftchen bewegte die Blätter der majestätischen Roßkastanien entlang der Straße, und sie raschelten wie hundert seidene Unterröcke. Es waren mehr Leute draußen als an Werktagen; Frauen saßen auf Küchenstühlen mit geraden Rückenlehnen vor den Häusern und klatschten, Mädchen in roten, rosa oder weißen gestärkten Kleidern standen kichernd in einem Schwarm beieinander und sahen von weitem aus wie große Büschel Pfingstrosen.

Als Mikay vor dem Wirtshaus sein Pferd losband, löste sich eine rosarote Pfingstrose aus dem Blumenstrauß. Ihr Gesicht kam ihm bekannt vor, aber er wußte nicht, wo er es unterbringen sollte. Es war ein voll erblühtes Mädchen mit schönen Augen und festen, aufreizenden Brüsten, gleichzeitig hatte sie jedoch etwas Engelhaftes. Sie kam nahe zu ihm heran und tätschelte seinem Pferd den Hals.

»Teréz hat ihren alten Kater vergiftet«, sagte sie im Flüsterton. Sie schien den Tränen nahe zu sein.

Mikay fiel plötzlich ein, wer sie war: eines der Pongrátzschen Dienstmädchen. Sie hatte in strenger schwarzer Tracht mit weißer Schürze und einem Rüschenhäubchen auf dem glänzenden Haar bei Tisch bedient. In dem rosaroten Sonntagskleid sah sie aus wie eine Gestalt aus einer Wiener Operette.

»Teréz – wie?« fragte er, obschon er die Antwort wußte.

»Teréz Kozma – wer sonst?«

Sie schien erstaunt zu sein, daß der Leutnant nicht sogleich begriffen hatte. »Es war ein schöner Kater. Ganz schwarz mit einer weißen Pfote – sie hat ihn vergiftet.«

»Woher weißt du das?«

»Er ist gestorben, oder etwa nicht?«

»Vielleicht hatte er eine Krankheit. Auch Katzen haben Krankheiten, weißt du, nicht nur Menschen.«

Jetzt fiel ihm auch wieder der Name des Mädchens ein, Viki Torma. Ihr Vater, ein Schweinehirt bei Pongrátz, war im Kriege gefallen. Sie war erst vierzehn und geistig zurückgeblieben, was ihre seltsame, kindliche Art erklärte.

»Nicht diese Katze! Die hatte keine Krankheit. Teréz hätte das nicht tun dürfen. Der Kater hat fürchterlich gelitten. Es war schrecklich, wie er heulte. Sie hat ihm bestimmt eine Riesenmenge gefüttert. Genauso wie –« Plötzlich verstummte sie. Ein angstvoller Ausdruck kam in ihre Augen.

»Genauso wie –?« drängte Mikay, aber es war zwecklos, weil sie sich schon davonmachte. Er griff nach ihr, um sie festzuhalten, doch sie riß ihre Hand los.

»Lassen Sie mich los«, sagte sie. »Ich will keinen Ärger mit Ihnen oder sonstwem haben!«

Ihre Mutter wohnte in der Bemstraße zwei Häuser weiter als Teréz Kozma, und Viki hatte den schwarzen Kater schon als kleines Mädchen gekannt. Er war ein bösartiges Tier, aber er hatte sie niemals gekratzt oder gebissen, wie die andern Kinder in der Nachbarschaft. Das war eine der Wonnen und Genugtuungen ihres jungen und freudlosen Lebens. Ihr Schmerz über sein grausames Ende bewirkte, daß sie ihr selbstauferlegtes Schweigegebot brach, an das sie sich so streng gehalten hatte. Doch kaum war es geschehen, bereute sie es und dachte, wenn sie schnell genug weglaufe, könne sie abstreiten, überhaupt mit dem Leutnant gesprochen zu haben.

Am selben Abend kehrte Leutnant Mikay nach Ladány zurück. Diesmal fuhr er im Dienstwagen und brachte seinen Sergeanten, zwei Gendarmen und einen Haussuchungsbefehl mit, ausgestellt von der Staatsanwaltschaft in Szolnok, der Komitatshauptstadt.

Gerade als Teréz mit Melken fertig war, fielen sie über das Kozma-Haus her. Sie verwahrte sich empört gegen die Besitzesstörung und verweigerte jede Antwort auf Mikays Fragen. Die Gendarmen entdeckten einen Hügel mit frisch umgestochener Erde im Obstgarten und gruben den Kater aus. Unterdessen durchsuchten Mikay und der Sergeant das Haus. In der Kommode im vorderen Zimmer fanden sie eine ganze Anzahl von Töpfen und Flaschen mit Aufklebeschildchen der Apotheke; zum Teil waren sie leer, zum Teil enthielten sie noch übriggebliebene Medizin. Mikay schickte einen Gendarmen damit und mit der Leiche des Katers im Nachtzug nach Budapest ins Staatliche Toxikologische Institut.

Der Bericht traf drei Tage später ein. Der Kater war mit so viel Arsenik vergiftet worden, daß es einen Ochsen umgelegt hätte. In einer der Arzneiflaschen war getrockneter Bodensatz gefunden worden, ebenfalls Arsenik.

Am Donnerstagmorgen früh schickte der Leutnant zwei Gendarmen nach Ladány mit dem Befehl, Teréz Kozma zur Vernehmung zu holen. Sie kamen kurz nach Mittag mit ihr an, nach einem Marsch hin und zurück. Er hätte ihnen einen Wagen geben können, aber es bereitete ihm ein schändlich boshaftes Vergnügen, wenn er sich vorstellte, daß sie die staubige, in der Sonne brütende Strecke von neun Kilometern zu Fuß zurücklegen mußte, links und rechts einen Gendarmen, und unterwegs überall angegafft wurde. Bisher hatte er sich bemüht, alle weiblichen Verdächtigen freundlich und rücksichtsvoll zu behandeln, auch wenn es ihm gelegentlich bewußt gewesen war, daß er damit bei seinen Vorgesetzten Mißfallen erregte und von den Frauen selbst nur Spott erntete. Teréz Kozma weckte eine sinnlose, unerklärliche Rachsucht in ihm, die in keinem Verhältnis zum Vergehen stand. Die ganze Anwandlung war seinem Wesen so urfremd, daß es ihn stark beunruhigte.

Teréz betrat das Büro voller Zorn, mit rotem Kopf und aufgelöstem Haar. Sie trug eine schwarze Taffetbluse, einen schweren Wollrock und enge Lackschuhe und war nach dem langen Marsch in der Mittagssonne von Kopf bis Fuß in heißen, juckenden Schweiß gebadet. Die körperliche Pein, zusammen mit der erlittenen Schmach, brachte ihre Wut zum Kochen.

»Weshalb zum Teufel hetzen Sie mich?« fuhr sie den Leutnant an. »Am Sonntagabend haben Sie und ihre verfluchten Leute mein Gemüse und die Blumen zertrampelt

– heut lassen Sie mich am hellichten Tag hierherschleppen, so daß ich angeglotzt werde wie ein Zirkuswunder! Was meinen Sie eigentlich, wer Sie sind? Und was meinen Sie, wer ich bin?«

Sie mußte Atem holen, und das verschaffte dem Leutnant Gelegenheit, zum Wort zu kommen.

»Augenblick mal! Dies ist zufällig mein Büro, und hier stelle ich die Fragen.«

»Na, dann schießen Sie schon los. Ich kann es mir nicht leisten, den ganzen Tag zu verplempern«, versetzte sie unwirsch.

Er stellte mit heimlicher Genugtuung fest, daß die Wut ihr gar nicht gut stand. Ihr Gesicht war staubbedeckt, und widerspenstige, fettige Haarsträhnen fielen ihr in die Stirn. Unter ihren Armen verfärbten große dunkle Flecken die Bluse, fast bis zur Taille hinunter. Obwohl sie drei Meter von ihm entfernt stand, konnte er ihre scharfe, tierische Ausdünstung riechen.

»Also gut, Frau Kozma«, fing er an, »würden Sie mir sagen, weshalb Sie Ihren Kater vergiftet haben?«

Teréz starrte ihn einen Augenblick an, dann brach sie in Gelächter aus. Sie hatte ein kehliges, pulsierendes Lachen.

»Deshalb haben Sie mich hergeholt? Um mich für einen unnützen Kater zur Rechenschaft zu ziehen? Ich hab' ihn abgetan. Na und? Seit wann kümmern Sie sich um das Leben einer räudigen Katze? Seit wann geht das die Gendarmerie etwas an? Haben Sie nicht genug zu tun mit Dieben und Wilderern?«

Mikay wartete geduldig, bis der Wortschwall nachließ. Er deutete auf einen Stuhl vor seinem Schreibtisch.

»Setzen Sie sich, Frau Kozma. Ich habe ein paar Fragen

an Sie zu richten. Und Sie beantworten sie besser, sonst verlassen Sie diesen Raum nicht als freier Mensch.«

Sie ließ sich auf den Stuhl fallen, verschränkte die Arme und blickte verdrießlich auf das Bildnis des Reichsverwesers Horthy an der Wand.

»Also dann«, begann der Leutnant, »lassen Sie mich wiederholen – weshalb haben Sie den Kater vergiftet?«

»Er wurde mir lästig. Wurde allmählich alt und krank und böse. Es ist kaum drei Wochen her, da hat er die Kleine von Nagys gebissen. Jawohl, gebissen hat er sie. Wie ein Hund. Herr Nagy sagte, er würd' ihn totschlagen, wenn ich ihn nicht abtue.«

»Gut, das war vor drei Wochen. Aber Sie haben ihn in Ruhe gelassen – den Kater, meine ich. Bis zu dem Tag, da Ihr Mann aus Rußland zurückkam. Dann haben Sie ihn vergiftet – den Kater, meine ich.«

»Wer sagt, daß ich ihn am selben Tag vergiftet habe?« fragte sie.

»Das Toxikologische Institut. Die Wissenschaft hat Mittel und Wege, solche Sachen festzustellen.«

»Ich scheiße auf die Wissenschaft«, sagte sie mit lauter Stimme. Dann setzte sie hinzu. »Und wenn schon? Wie sollte ich denn wissen, daß mein Mann am selben Tag nach Hause kommt?«

»Frau Kozma, der Kater wurde noch gesehen, *nachdem* Ihr Mann zurückgekommen war. Am späten Nachmittag. Und er – der Kater, meine ich – war springlebendig.«

Das stimmte nicht. Die einzige Person, mit der er über den Kater gesprochen hatte, war Viki, und sie hatte mit keinem Wort erwähnt, wann das Tier getötet worden war. Er spekulierte einfach auf einen bloßen Verdacht hin, und es schien sich zu seiner eigenen Überraschung zu lohnen, denn Teréz erblaßte, und ihre Lippen bebten, als sie zum Sprechen ansetzte.

»Wer hat ihn gesehen?« fragte sie. Ihre Stimme hatte den scharfen Klang verloren. Doch Teréz war weit davon entfernt, sich zu ergeben.

»Das spielt jetzt keine Rolle. Berichten Sie mir einfach, wie es vorgegangen ist. Wann genau haben Sie dem Kater das Gift gegeben? Bevor Sie merkten, daß Ihr Mann tot war – oder nachher?«

Sie wurde sichtlich aufgeregt. Immer wieder strich sie die losen Haarsträhnen zurück, die ihr in die Augen fielen.

»Ich ... ich glaube, es war vorher«, antwortete sie.

»Letzten Sonntag erzählten Sie mir die Ereignisse jenes Nachmittags. Wie Sie Wein holten für Ihren Mann ... wie Sie das entlaufene Ferkel suchten ... wie Sie es im Hof fanden. Aber kein Wort davon, daß Sie den Kater vergifteten.«

»Nun«, sagte sie langsam, »Sie haben mir letzten Sonntag irgendwie einen Schrecken eingejagt. Wie Sie mich ausfragten, als würden Sie mich einer Missetat verdächtigen. Ich konnte Ihnen einfach nicht erzählen, daß ich den Kater vergiftet hatte. Ihre nächste Frage wäre gewesen, ob ich –« Ihre Stimme erstarb. Teréz schloß die Augen und drehte den Kopf weg, wie vor einem grausigen Anblick.

» – ob ich meinen Mann vergiftet habe?« beendete Mikay den Satz. »Wollten Sie das sagen?«

»Legen Sie mir ja nichts in den Mund, hören Sie?« schrie sie ihn an. »Ich weiß, wie ihr Gendarmen unschuldige Leute mit allerlei Kniffen dazu bringt, daß sie die scheußlichsten Verbrechen gestehen. Aber bei mir gelingt Ihnen das nicht! Ich bin nämlich nicht von gestern. Ich besuchte vier Jahre die Mittelschule in Szolnok. Ich bin also keine von denen, die eine Heidenangst kriegen, wenn sie bloß eine Hahnenfeder auf dem Tschako eines Gendarmen nikken sehen!«

»Beruhigen Sie sich«, sagte der Leutnant. »Niemand versucht Sie hereinzulegen.« Bevor sie ihn unterbrechen konnte, fuhr er fort: »Würden Sie jetzt bitte eine sehr wichtige Frage beantworten? Wie sind Sie zu dem Arsenik gekommen und woher stammt es?«

»Was für Arsenik?« fragte sie.

»Das Gift, das Sie verwendeten.«

»Das war es also – Arsenik?« Sie schmunzelte.

»Ja, das war es.« Mikay nickte. »Als ob Sie das nicht gewußt hätten. Also, wer hat es Ihnen gegeben oder verkauft?«

»Niemand«, antwortete sie lächelnd. »Ich hatte es schon die ganze Zeit. Es war im Geschirrschrank, solange ich mich erinnern kann. Es stammte sicher von meiner Schwiegermutter, die es irgendwoher gekriegt hatte. Das würde ihr ähnlich sehen. So eine war sie, immer eine Giftflasche zur Hand zu haben. Einfach für den Fall.« Zum ersten Mal während des Verhörs erschien ein Funke echter Fröhlichkeit in ihren Augen.

»Ich schließe aus Ihrem Ton, daß sie nicht mehr am Leben ist«, sagte Mikay grimmig.

»Nein. Sie ist schon vor Jahren gestorben.« Sie lachte so heiter, als plauderte sie mit dem Leutnant bei einem eleganten Gartenfest.

Mikay stand auf.

»Ich muß Sie hierbehalten, Frau Kozma«, erklärte er. »Sehen Sie, ich bin überzeugt, daß Sie dem Kater das Gift verabreichten, um es auszuprobieren, bevor Sie es Ihrem Mann gaben.«

Sie stieß einen Wutschrei aus, aber er fuhr unbeirrt fort: »Wir werden das Grab Ihres Mannes öffnen und durch Dr. Havel, den Komitatspathologen, eine Leichenöffnung vornehmen lassen. Das Weitere hängt von ihm ab.«

Die Nachricht, daß die Leiche von Péter Kozma ausgegraben werde, verbreitete sich in ganz Ladány. Das Gerücht ging um, nicht nur er, sondern auch Pali Retek solle exhumiert werden. Am nächsten Morgen verkündete eine dicke Schlagzeile auf der Titelseite der Szolnoker Zeitung die Untersuchung, aber Teréz bekam sie nicht zu Gesicht, da sie auf dem Posten in Gewahrsam gehalten wurde. Der Leutnant wies Sergeant Iszer an, sie im Büro auf einem Sofa übernachten zu lassen und ein wachsames Auge auf sie zu haben. Sie schäumte vor Entrüstung, stieß Drohungen und Flüche gegen den Sergeanten und den Leutnant aus, dann fielen ihr die Augen zu, und sie schlief die ganze Nacht hindurch wie ein Kind.

Dr. Havel rief früh am nächsten Nachmittag den Posten an. Sein Bericht fiel kurz und enttäuschend aus. Nicht eine Spur von Arsenik war in Péter Kozmas Leiche gefunden worden. Der Mann hatte eine fortgeschrittene Tuberkulose gehabt, die unmittelbare Todesursache jedoch war eine arterielle Embolie gewesen.

Der Sarg mit Péter Kozmas sterblichen Überresten wurde in aller Stille wieder unter dem kleinen Holzkreuz mit seinem Namen vergraben. Sergeant Iszer sagte Teréz, sie könne nach Hause gehen. Ihre dunklen, buschigen Augenbrauen schossen triumphierend in die Höhe, als sie die Nachricht vernahm, dann ging sie zum Büro des Leutnants und öffnete die Tür, ohne anzuklopfen. Mikay saß hinter seinem Schreibtisch und starrte immer noch auf den Bericht, den ihm Dr. Havel über das Telephon diktiert hatte.

»Es scheint, Sie können mich einfach nicht ... Herr Leutnant, oder?« rief sie, dann drehte sie sich um und eilte davon. Ihr lustiges Lachen, aufreizend und herausfordernd, hallte durch den gewölbten Gang der Gendarmeriewache.

4

Es war eine Hochzeit, die alles bisher Dagewesene übertraf. Frau Baloghs einziger Sohn, Ferenc, heiratete das Kardos-Mädchen; oder, um es beim Namen zu nennen, vierzig Joch fruchtbaren schwarzen Bodens der Baloghs vereinigten sich im heiligen Bunde der Ehe mit zweiunddreißig nicht ganz so unvergleichlichen Joch Landes, die Lidi, ebenfalls ein einziges Kind, nach dem Tode ihres verwitweten Vaters erben würde.

Hundertundzehn Gäste saßen an acht langen Tischen in Frau Baloghs Hof. Ein Kalb, zwei Ferkel und zwei Lämmer waren geschlachtet worden, dazu Dutzende von Hühnern, Enten und Gänsen. Knechte und arme Verwandte wurden auf das Gras im Obstgarten verbannt und mit Gulasch abgespeist, das in einem gewaltigen Kessel über offenem Feuer brodelte. Mit Rücksicht auf die Hochzeit hatte Frau Balogh den Misthaufen aus der Ecke des Hofes wegschaffen lassen und so Platz gewonnen für die Musikbühne und die Tanzfläche. Leider hatte sie nicht früh genug daran gedacht, und den ganzen Abend führten die appetitlichen Düfte aus der Küche einen aussichtslosen Kampf gegen das Andenken an schweren reifen Dung. Zwei der acht Tische waren mit Damasttüchern, Porzellangeschirr und Silberbesteck gedeckt. Von der Familie Pongrátz über János Simko, den Lehrer von Ladány, und seine Frau bis hinunter zu Amália Kovách hatten alle Persönlichkeiten von Rang die Einladung angenommen. Viele, wie die ganze Mikay-Sippe – der Leutnant mit Vater, Mutter und Schwester –, waren aus benachbarten Städten und Dörfern gekommen. Die Geistlichkeit war ebenfalls anwesend – nicht nur Dekan Markos und seine Ilonka, sondern auch Kaplan Tóth, sein Pfarrvikar, ein magerer, knochiger junger Mann mit dem schmallippigen Mund und dem strengen Glaubenseifer eines spanischen Inquisitors. Der Kaplan schien in noch galligerer Stimmung zu sein als sonst. Er war aufgebracht über die Dreistigkeit der Hebamme, sich mit bewußter Herausforderung an seinen Tisch zu setzen. Von dem Tage an, da er sein Amt in der Gemeinde Korond angetreten hatte, waren sie Feinde gewesen. Er schleuderte in seinen Sonntagspredigten ätzende Anschuldigungen gegen sie und richtete Beschwerde um Beschwerde an die Kanzlei des Staatsanwalts in Szolnok, in denen er sie der Abtreibung bezichtigte. Sie tat seine Schmähungen je nach Laune mit einem nachsichtigen Lächeln oder einer bissigen Bemerkung ab. Mit jedem Mal, da man sie aus Mangel an Beweisen wieder laufen lassen mußte, wurde sie unverschämter und immer offener rebellisch. Auf der Rückfahrt von Szolnok ließ sie ihren Kutscher jeweils einen Umweg am Pfarrhaus vorbei machen, damit der Kaplan sie sehen konnte, frei und unbescholten, siegreich ihren rosaroten Parasol zwirbelnd.

Sie war Ende vierzig, mittelgroß, mit brauner Haut und dunklen, stechenden Äuglein. Wer sie zum ersten Mal sah, dem erschien sie häßlich. Ihre Häßlichkeit hielt den Blick jedoch gefangen und zwang ihn, die Hügel und Täler ihres Gesichts zu erforschen, bis er am Ende versteckte Schönheit darin fand. Ihre Haut war weich und samtig, und wenn sie etwas anregend oder erheiternd fand, glühte sie auf, wie plötzlich von einem Scheinwerfer beleuchtet. Das dunkle Haar kämmte sie in einen schlichten Knoten, kleidete sich phantasielos und schminkte sich nicht.

Leutnant Mikay stand, im Gegensatz zu Kaplan Tóth, auf gutem Fuße mit Amália. Er brannte genauso wie der Priester darauf, sie auf frischer Tat zu ertappen, aber da er geduldiger und bequemer war, weder ein passionierter noch ein strebsamer Polizeibeamter, konnte er den rechten Augenblick abwarten. Amália amüsierte und erstaunte ihn, und an einem langweiligen Ort wie Korond mußte man für jegliche Zerstreuung dankbar sein. Sie war ein gerissenes und nur schwer zu greifendes Wild, aber er wußte, daß er sie zuletzt doch fangen würde.

Die Hochzeit bildete einen der seltenen Anlässe, da Emma Pongrátz bereit war, ihren Mann zu begleiten. In einem schwarzen Gewand mit langen Ärmeln und hohem Kragen, das nicht ganz die Landestracht und auch nicht ganz ein Stadtkleid war, saß sie steif und kalt da wie eine Wachsfigur und rührte das Essen kaum an.

Toni und Phyllis kamen zu spät, gute zehn Minuten nach dem ersten Gang. Von seinem Platz aus konnte der Leutnant Phyllis sehen, sooft die Frau neben ihr sich vorlehnte und mit jemandem auf der anderen Tischseite sprach. In einem einfachen weißen Kleid aus Seidenkrepp wirkte Phyllis kühl und mädchenhaft inmitten der blühenden Gesichter und der in viel zu enge Mieder gepreßten üppigen Busen. Als ihre Augen sich einmal trafen, fing er ein flüchtiges, warmes Lächeln von ihr auf. Sie schien glücklich und zufrieden zu sein und unterhielt sich angeregt mit Ferenc Hauser zur Rechten und Dr. Horváth zur Linken.

Wie er sie so beobachtete, wurde Mikay das Gefühl nicht los, daß sie sich verzweifelt bemühte, Teil der Menge zu sein, mit der Umgebung zu verschmelzen, dazu zu gehören. Es war ein tapferer Versuch, aber ein völlig aussichtsloser.

Frau Balogh, die Gastgeberin und Mutter des Bräutigams, huschte mit der schwerfälligen Anmut eines dressierten Elefanten von Tisch zu Tisch. Sie war eine plumpe Frau: ihr Fleisch fühlte sich so weich und elastisch an wie Brotteig, ihr rundes, stupsnasiges Gesicht glänzte wie ein freundlicher und lustiger Vollmond, und ihre Augen hatten das kalte, wässerige Blau von billigem Glas. Das war ihr großer Abend, die glorreiche Krönung lebenslanger Arbeit und geriebener Manöver, und sie schien es restlos zu genießen. Dessenungeachtet wußte sie, was sich geziemte, und gesellte sich nur hin und wieder zu ihren vornehmen Gästen, um mit ihnen anzustoßen und Komplimente über Speise und Trank einzuheimsen. Mit ihnen zu essen, wäre anmaßend gewesen und hätte sich mit ihrem Rang nicht vertragen. Sie waren in ihr Haus gekommen und wurden großzügig bewirtet, was sie Frau Balogh gegenüber verpflichtete. Die Leute würden ihre Rechnung nicht einfach mit dem Kleingeld herablassender Kameraderie begleichen, dafür wollte sie schon sorgen. Bisher war das Fest genau nach ihren Wünschen verlaufen: es sollte ein Anlaß sein, an den man sich erinnern, über den man gar manchen Winterabend lang in den Salons von Herrschaftshäusern und in den qualmigen Schenkstuben von Dorfkneipen sprechen würde. Auch das Wetter war tadellos. Warm und lind, mit einem Mond so groß und leuchtend wie ein frisch poliertes Kupferschild. Wenn bloß die Braut ein bißchen hübscher gewesen wäre!

Das Essen hatte um sieben Uhr begonnen, doch um acht strömten immer noch Platten aus der Küche, und volle Weinkrüge erschienen wie durch Zauber anstelle der leeren. Der Brautführer, der Küster und Leichenbeschauer von Ladány, hatte sich seiner Pflicht schon entledigt und mit seiner hohen Greisenstimme die traditionellen Strophen aufgesagt, ohne die sich keine Braut, die etwas auf sich hielt, richtig verheiratet vorgekommen wäre. Dieselben holprigen und naiven Verse hatte er nun schon an die fünfzig Jahre bei Hochzeiten heruntergeleiert, aber trotzdem lauschte sein Publikum in hingerissenem Schweigen, als hörten sie ihn zum ersten Mal. Seine Darbietung leitete zum Brauttanz über. Ein mit rot-weiß-grünen Bändern geschmückter Korb – die einzige patriotische Note beim ganzen Anlaß – wurde auf einen dreibeinigen Küchenschemel vor der Musikbühne gestellt, und der Küster führte die Versteigerung durch. Der erste, der einen Tanz mit der Braut kaufte, war Lajos Kardos, ihr Vater, ein schmächtiges Männchen mit einem Gesicht wie eine wurmstichige Birne. Es war allgemein bekannt in Ladány, daß Frau Balogh ein Verhältnis mit ihm hatte. Sie bildeten ein groteskes Gespann, und wenn er sie beide betrachtete, wünschte der Leutnant, es gäbe ein Gesetz, das zwei solchen Mißgeburten verböte, sich zu paaren. Weshalb Frau Balogh eine Heirat zwischen ihrem Sohn und Kardos' Tochter betrieb, obwohl der Bursche in eine andere verliebt war und Lidi Kardos sich der Kirche versprochen hatte, war allen ein Rätsel.

Der Leutnant fühlte sich unbehaglich, und er bereute, daß er gekommen war. Seit dem Kozma-Reinfall sahen ihn die Leute mit triumphierendem Grinsen an. Er hatte die Pongrátz geflissentlich gemieden, was keineswegs schwierig war, da auch sie Abstand hielten. Als sie sich an diesem Abend begegneten, schüttelte der alte Pongrátz dem Leutnant so munter wie eh und je die Hand und fragte sogar, wo er denn die ganze Zeit geblieben sei. Dann, ohne die Antwort abzuwarten, machte er sich hurtig davon, um jemanden auf der andern Seite des Hofes zu begrüßen.

Mikay stand auf und ging mit dem Glas in der Hand zur Musikbühne hinüber. Der Korb war jetzt bis zum Rand voll mit Geldscheinen. Die Braut hatte mit den Notabeln getanzt und wurde nun unter dem Fußvolk von Arm zu Arm weitergereicht. Ein viel zu beflissenes Lächeln glühte auf ihrem rührenden Gesichtchen. Der Bräutigam, ein ungeschlachter, stiernackiger Bursche von zweiundzwanzig Jahren, saß möglichst weit von den Tanzenden entfernt an einem Tisch und trank sich verdrossen einen Rausch an. Dafür hopste sein im Gegensatz zu ihm nur angeheiterter Schwiegervater umher, als wäre er der junge Springer, der zugelassen werden sollte.

»Ich würde nicht trinken an Ihrer Stelle«, rief Dr. Horváth Kardos zu. Es war wohlbekannt, daß der gute Doktor einen vermöglichen Patienten behandelte, bis der Tod sie schied – das heißt, des Patienten Tod. Lajos Kardos und sein Geschwür hatten sich schon beträchtliche Zeit in Dr. Horváths Pflege befunden, und eine Besserung war nur in den finanziellen Verhältnissen des Arztes, nicht aber im Gesundheitszustand des Patienten eingetreten.

»Aber Herr Dr. Horváth«, gluckste Frau Balogh, »lassen Sie ihm sein Vergnügen. Es ist die Hochzeit seiner Tochter! Wenigstens da darf er doch ein bißchen über die Schnur hauen.« Sie legte ihre schinkenartigen Arme um Kardos, der aussah wie ein spindeldürrer Moskito in der tödlichen Umschlingung einer Venusfliegenfalle. Er langte mit der rechten Hand hinab und kniff sie in ihr üppig gepolstertes Hinterteil. Sie stieß einen lustigen kleinen Schrei aus und ließ Kardos los. In der Nähe des Leutnants bemerkte jemand, die Alten, und nicht die Jungen führten sich wie Neuvermählte auf.

Etwa zwanzig Paare sprangen zu der Melodie eines wilden Csárdás' umher und wirbelten eine Wolke von scharf riechendem Staub auf. Die meisten waren jung, so um zwanzig herum; nur einige wenige gehörten zur älteren Generation, und das waren ausschließlich Hochgestellte, denn die bäuerliche Sitte erlaubte verheirateten Männern und Frauen nicht, in der Öffentlichkeit zu tanzen. Mikay langweilte sich und beschloß, sich bei der ersten Gelegenheit zu verziehen. Eben da trat ein neues Paar in den von Laternen beleuchteten Kreis. In Trauerkleidung und mit hochhackigen Lackschuhen, die wohl – dem prächtigen Glanz nach zu urteilen – eigens für diesen Anlaß gekauft worden waren, schloß sich Teréz Kozma am Arm eines hübschen Bauernburschen der stampfenden Menge an. Keine vier Wochen waren vergangen seit dem Tode ihres Mannes, keine drei seit ihrer Entlassung aus der Haft in der Gendarmeriewache von Korond, und hier nahm sie nicht nur an einer fröhlichen und lärmigen Hochzeit teil, sondern tanzte mit, als wäre sie ein heiratsfähiges Mädchen. Ein seltsamer Schauer der Erregung – halb Unwille, halb Lust – durchrieselte den Leutnant bei ihrem unerwarteten Auftreten. Die Heftigkeit seiner Gefühle machte ihn verlegen und wütend. Er war sicher, daß sie seine Gemütsbewegung bemerkt hatte, er erkannte es an der Art, wie sie den Kopf zurückwarf und zum Himmel hinauflachte. Mikay erwartete einen Sturm der Entrüstung und sah sich um, aber nichts dergleichen geschah. Im Gegenteil, er begegnete Zeichen des Beifalls, besonders von den älteren Frauen. Sie schauten grinsend zu. Einige klatschten Beifall, und andere warfen dem Leutnant verstohlen spöttische Blicke zu, so als hätte Teréz Kozmas Unverschämtheit seine Niederlage noch vernichtender und lächerlicher gemacht.

Die Zigeuner gingen zu einer Polka über. An einem Tisch im Hintergrund stand die schlanke, bleiche Witwe von Pali Retek auf, der knapp zwei Monate tot war, und reichte dem Gepäckmeister von Korond, einem Junggesellen, den Arm. Dessen Kumpan, ein verheirateter Eisenbahner, klatschte Teréz ab. Jetzt tanzten also zwei Witwen. Und bald waren es drei, wenn man Frau Balogh dazuzählte, die ihr Trauerjahr freilich schon hinter sich hatte. Sie schaukelte sich am Arm des stellvertretenden Notars, der ihr Sohn hätte sein können; sie hüpfte mit ihrer fülligen Gestalt frei und fröhlich auf und ab wie ein Ballon, der eben Ballast abgeworfen hat. Kurz darauf waren es vier Witwen, dank Juli Merczel, einem schönen jungen Geschöpf mit großen hellen Augen. Ihr Mann war Ende 1916 blind von der russischen Front zurückgekommen und im nächsten Jahr gestorben. Sie hatte nicht wieder geheiratet und hielt sich auch keinen Liebhaber – oder aber sie wußte es zu verheimlichen. Doch da war sie jetzt, mitten auf dem Tanzboden, und drehte sich und wirbelte wie eine besessene Mänade.

Plötzlich schlängelte sich ein dünner schwarzer Schatten durch die Menge. Er blieb vor den Zigeunern stehen.

»Halt!« donnerte Kaplan Tóth. »Hört auf mit eurer höllischen Musik!«

Der Kapellmeister ließ den Bogen sinken und glotzte den Kaplan verdutzt an, während der zweite Geiger, der

Cellist und der Zimbalspieler die Unterbrechung nicht beachteten und munter weitermachten.

Der Primas kreischte empört: »Was zum Teufel ist mit Ihnen los, Hochwürden?«

Er hob den Bogen und setzte ihn an. Der Kaplan streckte die Hand aus und umklammerte mit seinen langen Spinnenfingern den Arm des Geigers. Langsam ließen die anderen Mitglieder der Kapelle ihre Instrumente sinken. Nur der Zimbalspieler hämmerte weiter auf sein Hackbrett ein und forderte den Priester mit spöttischen Blicken heraus. Die Tänzer waren stehengeblieben. Geflüster und Gezwitscher, vor allem von der jungen Generation, war zu vernehmen.

»Ihr gehört aus der Gemeinde der gottesfürchtigen Menschen ausgestoßen!« fuhr Kaplan Tóth Juli Merczel an, die am nächsten stand. Seine Augen glitten über die Gesichter und suchten die Witwen heraus. Zuerst Teréz, dann Sári Retek und schließlich Frau Balogh. »Habt ihr denn kein Gefühl für Schicklichkeit? Schämt ihr euch überhaupt nicht?« schrie er. »Genügt es nicht, daß ihr sie ins Grab gebracht habt? Müßt ihr mit euren Sünden noch prahlen? Müßt ihr die Toten verspotten?«

Mittlerweile waren alle auf den Vorfall aufmerksam geworden, und es trat Stille ein. Ein paar Leute standen auf und reckten die Hälse, aber keiner mischte sich ein.

»Hör auf, du Satan!« bellte der Kaplan nun den Zimbalspieler an. Der Zigeuner grinste breit und legte die Hämmerchen nieder.

Der Leutnant blickte sich im Hof um. Die Szene glich einem Tableau, jedermann war in einer Positur erstarrt, keiner gab einen Laut von sich. Frau Balogh stierte den Priester mit offenem Mund an. Sie sah aus wie ein Karpfen auf dem Trockenen. Schließlich regte sich jemand; ein Stuhl wurde umgestoßen und fiel zu Boden mit einem Knall, der das gespannte Schweigen wie ein Schuß durchpeitschte. Mikay drehte den Kopf in der Richtung des Lärms und sah Amália Kovách auf den Kaplan losstürzen.

»Nun lassen Sie bloß diese Frauen in Ruhe, Hochwürden«, rief sie laut. »Sie haben genug gelitten. Verderben Sie ihnen den Spaß nicht.« Sie hatte die Angewohnheit, der Person, mit der sie sprach, den Finger zwischen die Rippen zu bohren. Das tat sie auch jetzt, und der Kaplan sprang zurück, als hätte sie ihn mit einem rotglühenden Eisen berührt.

»Wie wagen Sie?« zischte er. »Wie wagen Sie, ausgerechnet Sie! Das Gesetz mögen Sie hinters Licht geführt haben, aber mich nicht. Ich weiß, was Sie sind. Und ich ruhe nicht, bis Sie überführt und verurteilt und hinter Gitter gebracht sind! Dort gehören Sie hin – ins Gefängnis, wo es aus ist mit Ihrem üblen Treiben, wo Sie nicht noch mehr Seelen in die Verdammnis bringen können.«

Sári Retek stieß einen durchdringenden Schrei aus. Sie versteckte ihr Gesicht in den Händen und brach in heftiges Schluchzen aus.

»Da sehen Sie jetzt! Sie haben sie ganz durcheinandergebracht«, sagte Amália vorwurfsvoll, als wäre der Kaplan ein unartiger Junge. »Zwei Monate lang hat das gute Kind gelebt wie ein krankes Tier. Sie wollte ihre vier Wände nicht verlassen, wollte mit keinem Menschen sprechen. Wo waren Sie während dieser Zeit, Hochwürden? Haben Sie daran gedacht, sie zu besuchen und zu trösten? Nein. Sie war nur eine Bäuerin, die Mühe nicht wert. Aber jetzt, da sie ihren Lebenswillen zurückgewonnen hat, jetzt wollen Sie sie mit Teufels Gewalt kreuzigen!«

Der Kaplan starrte die Frau in empörtem Schweigen an und suchte angestrengt nach einer vernichtenden Antwort. Er war kein Stegreifredner, außer er konnte bei seinem Lieblingsthema verweilen: Sünde und Strafe. Dann jedoch ließ er wilde Tiraden los über das ›Feuer, das nie gelöscht werden soll‹, und den Engel mit dem ›Schlüssel zum Höllenreich‹. Er beschrieb die Hölle, als wären ihm jeder Scheiterhaufen, jeder Kessel, jede Folterkammer ebenso vertraut wie die dickwandigen, muffigen Zimmer des Pfarrhauses von Korond. Die Situation erforderte jetzt eine Debatte. Unglücklicherweise war der Monolog seine Stärke.

»Um Himmels willen, Hochwürden, die Zeiten haben sich geändert.« Frau Balogh fand endlich ihre Stimme wieder. »Niemand hält sich mehr an die alten Bräuche. Ein ganzes Jahr Leid zu tragen, das ist einfach zu lange. Die Leute haben zuviel Trauriges erlebt. Sie wollen sich nicht daran erinnern. Sie wollen vergessen.«

Teréz Kozma löste sich aus dem Arm des Eisenbahners und attackierte den Kaplan.

»Wo waren Sie, Hochwürden, als unsere Männer an die Front verfrachtet wurden wie Vieh? Sie waren auf dem Bahnsteig und forderten sie zum Abschied auf, tapfer zu sein und bis zum Tod für König und Vaterland zu kämpfen!«

»Und als sie erledigt und gebrochen heimkamen, haben Sie sie gepflegt?« fragte Juli Merczel gellend. »Haben Sie sie gewaschen und gefüttert und nachts ihrem Wimmern und Stöhnen zugehört?«

»Nein. Begraben hat er sie«, sagte die Hebamme. »Und jetzt möchte er euch begraben. Lebendig begraben!«

Plötzlich redeten alle gleichzeitig. Der Kaplan war von zornroten Gesichtern umringt. Er sagte etwas, seine dünnen, blutleeren Lippen öffneten und schlossen sich grimassenhaft über kräftigen gelben Zähnen, aber seine Stimme ging im Lärm unter. Die Braut stand einsam und vergessen im Rücken der Menge und heulte in ein Spitzentüchlein. Der Zimbalspieler streckte die Hand aus und schnappte eine Fünfhundertkronennote aus dem bebänderten Korb.

Es war Kálmán Pongrátz, der dem Gezänk ein Ende bereitete, bevor es in einen Aufruhr ausarten konnte. Er bahnte sich mit den Ellbogen einen Weg zum Kaplan, nahm ihn ruhig beim Arm und führte ihn zurück an den Tisch. Über die Schulter erteilte er dem Leutnant einen scharfen kurzen Verweis.

»Da siehst du, was geschieht, wenn du aus dem Tod eines gottverdammten Katers eine *cause célèbre* machst!«

Mikay antwortete nicht. Er drehte sich um und ging unauffällig hinaus auf die Türkenstraße zu einem Spaziergang. Er war schon fast bei der Hauptgasse, als er rasche, leichte Schritte hinter sich hörte. Die Person holte ihn ein, und da sah er, daß es sich um Viki handelte, das Dienstmädchen der Pongrátz. Vermutlich war sie bei der Hochzeit gewesen, nicht als Gast, sondern als eine der Neugierigen, die dem Spaß über den Zaun zuschauten. Ihre Geschichte mit dem toten Kater hatte ihn zu der Untersuchung von Kozmas Tod veranlaßt, deshalb war er ihr ein bißchen böse und gab jetzt vor, sie nicht zu erkennen. Sie hielt jedoch beharrlich mit ihm Schritt. Eine ganze Weile gingen sie schweigend Seite an Seite.

»Sonne bei der Hochzeit, Regen bei der Beerdigung«, platzte sie plötzlich heraus.

»Was für eine Beerdigung?« fragte Mikay und bereute es sogleich. Er hätte ihr keine Gelegenheit geben sollen, ihm eine neue Katergeschichte aufzutischen.

»Teréz hat Sie schön zum Narren gehalten, nicht wahr?« sagte sie, ohne seine Frage zu beantworten. Als er nichts erwiderte, fuhr sie fort: »Und die Doktoren auch! Das hätt' ich Ihnen gleich gesagt, daß die bei Péter Kozma nichts finden. Die können einem Menschen die Leber und den Magen und das Gedärm aufschneiden und Hackfleisch daraus machen, aber Teréz Kozma erwischen sie nie!«

Der Leutnant blieb stehen.

»Meinst du damit, daß sie ihren Mann doch vergiftet hat?«

Viki warf ihm einen listigen Blick zu.

»Ich meine damit, daß ihr sie nicht erwischt. Das meine ich damit.« Sie lachte, dann drehte sie sich geschwind um und rannte davon.

Plötzlich begriff der Leutnant, weshalb er jedesmal eine rätselhafte Spannung in der Luft zu spüren glaubte, sobald er nach Ladány kam. Péter Kozma war tatsächlich eines natürlichen Todes gestorben, aber das Dorf war überzeugt, daß Teréz ihn vergiftet und eine Entdeckung durch irgendeinen Schlich unmöglich gemacht habe.

Die kleinen getünchten Häuser zu beiden Seiten der Straße mit ihren Geranienkisten vor den Fenstern sahen reizend unschuldig aus im Mondschein, doch die Leute, die darin wohnten, die einfachen, unverdorbenen Bauern, machten eine Heldin aus einer Frau, die sie für eine Mörderin hielten. Mit einem solchen Dorf stimmte etwas von Grund aus nicht. Es war wie ein krebskranker Mensch: kein Anzeichen in seinem Gesicht verrät, daß seine Eingeweide verfaulen.

Das Hochzeitsfest dauerte drei Tage. Dem Vernehmen nach war die Ehe nicht vollzogen worden, obschon man die Neuvermählten ordnungsgemäß um Mitternacht zum vorderen Schlafzimmer geleitet hatte; die Braut war durch die Brautführerin von Schleier und Hochzeitskleid befreit und auf das eheliche Lager neben den schnarchenden Bräutigam gebettet worden, den seine Freunde schon vorher dort hingelegt hatten. Als die Gäste am folgenden Morgen nach altem Brauch zurückkamen, war Ferenc Balogh noch immer für niemand zu sprechen. Gegen Mittag erwachte er, frühstückte – ein Glas Schnaps – und war sogleich wieder weg. Auf diese Weise machte er weiter bis zum dritten Tag, als die Festlichkeiten beendet wurden. Um fünf Uhr nachmittags öffnete er die Augen und erhielt von seiner Mutter den Bescheid, seine Frau, Lidi, sei nach Hause gegangen, um bei ihrem Vater zu wachen, den man am Morgen tot in seinem Bett gefunden habe.

Sobald die Nachricht von Lajos Kardos' Tod den Leutnant erreichte, ritt er nach Ladány. Dr. Horváth war gerade mit der Untersuchung der Leiche fertig geworden.

»Ich habe den Narren vor dem Trinken gewarnt«, sagte der Arzt zum Leutnant. »Ein blutendes Geschwür ist keine Lappalie. Aber mit den Leuten kann man nicht vernünftig reden. Zum Teufel auch, tot ist er besser dran. Wenigstens hat er sich vorher noch amüsiert.«

5

Nach einem regnerischen September schien es fast, als wollte die Natur im Oktober den Winter zurückhalten und das Jahr mit einem zweiten Frühling beschenken. Selbst die Roßkastanien ließen sich dazu verführen, noch einmal zu blühen, und an geschützten, sonnigen Stellen erschienen ein paar zaghafte, blasse Blüten an den Fliederbüschen. Die Tennisplätze von Korond wurden rasch instand gesetzt, und beherzte Gemüter gingen in der von den Septemberregen her geschwollenen Hamar schwimmen. Wenn man auf Feldwegen spazierte, konnte man wiederum Liebespaare in Heuschobern und Maisfeldern aufscheuchen. Wahrscheinlich weil die Leute nicht damit rechneten, daß das warme Wetter anhielt, und sich beeilten, das Beste daraus zu machen, wurden mehr Mädchen schwanger als während des mildesten Sommers.

Auch für den Leutnant war es eine ruhelose Zeit. Mitte des Monats hätte er sich beinahe mit einer Budapesterin, die bei Horváths zu Besuch weilte, verlobt. Sie war schlank und geschmeidig, spielte gut Tennis und hervorragend Bridge, und aus einem bestimmten Gesichtswinkel mahnte sie ihn an Phyllis Pongrátz. Nach einigem Grübeln sah er ein, daß das für eine Ehe nicht genügte. Um der Versuchung zu entgehen, fing er wieder an, in Flora Schneiders Bordell in Szolnok zu verkehren.

Flora war eine große flaumige Blondine mit der atemlosen Piepsstimme einer ewigen Unschuld. Sie hatte ein kluges Köpfchen, einen verwegenen Sinn für Humor, ein goldenes Herz und ein Haus, das von den besten Leuten im ganzen Komitat besucht wurde. Sie führte es eher als einen Klub, ein Zuhause weg von Zuhause, wo die Herren die Art von Liebesspielen, Unterhaltung, Verständnis und Herzenswärme finden konnten, die ihre Frauen ihnen nicht boten; all das zu einem Preis, der das Gesindel fernhielt, aber andererseits einen Mann auch nicht zum Diebstahl trieb.

Rudolf Mikays Favoritin war eine Aschblonde namens Valerie. Ihre erfahrenen und zarten Liebeskünste bildeten das wirksamste Mittel gegen die listigen Manöver von artigen jungen Frauen, die darauf aus waren, artige junge Männer in das Ehejoch zu spannen.

»Weißt du, wen ich neulich abends unterhielt?« fragte sie den Leutnant, als sie in dem riesigen überladenen Salon mit den Wänden voller Spiegel und den Jugendstilmöbeln ein Glas tranken. Ein großer schwarzer Bösendorfer mit einem dazugehörigen kleinen schwarzen Pianisten stand in einer Ecke.

»Du errätst es nicht. Toni Pongrátz! Was sagst du dazu?«

»Er ist ein Lump und Tunichtgut, das sag' ich.« In einer Zornesanwandlung sprudelte das aus ihm heraus, und das Mädchen warf ihm einen verwunderten Blick zu.

Flora lachte. »Wie der Vater, so der Sohn.« Sie saß auf dem Plaudersofa neben dem Leutnant und ergötzte einige Herren aus Szolnok, darunter den Oberstuhlrichter, mit ihren Erinnerungen an das Leben in der guten alten Vorkriegszeit. »Du lieber Himmel, Kálmán war vielleicht eine tolle Nummer! Hab' ich euch je von dem Morgen erzählt, an dem seine Frau gestorben ist? Seine erste Frau. Nicht die Köchin – die Gräfin.«

»Die Köchin lebt noch«, bemerkte Herr Lukács, der Apotheker. Er ging gegen die Siebzig und war halb verkrüppelt von einer ziemlich fortgeschrittenen Form von Syphilis. Aber er stattete Flora sozusagen jeden Abend einen Besuch ab, obwohl es eine große Anstrengung bedeutete für seine armen, ataktisch schlenkernden Beine, die fünf Stufen zu ihrer Haustür hinaufzusteigen. Er pflegte seinen Cognac zu schlürfen, mit den Mädchen, die ihn vergötterten, zu scherzen, mit den Männern – von denen einige ebenfalls den ganzen Abend unten blieben – zu klatschen oder zu politisieren, dann humpelte er, auf seinen Ebenholzstock mit dem silbernen Griff gestützt, hinaus zu dem wartenden Wagen, wobei er sich Zeit ließ, damit jedermann auf der Straße ihn sehen und die Nachricht verbreiten konnte, daß er schon wieder bei Flora Schneider gewesen sei.

»Natürlich lebt die Köchin noch«, sagte Madame Schneider. »*Die* wird der alte Pongrátz nicht begraben. Eher sie ihn.« Flora war eine gute Menschenkennerin. Sechs Wochen später neigte der Leutnant zu der Ansicht, daß sie auch eine Hellseherin sei. »Also die Gräfin, Gott hab sie selig«, fuhr Flora fort, »für sie war er keine standesgemäße Partie. Sie heiratete ihn gegen den Willen ihrer Familie. Es war die große Liebesgeschichte des Jahrzehnts. Doch ein paar Jahre später gehörte er schon zu unsern Stammkunden. Jedermann wußte, daß die Gräfin an Tuberkulose dahinstarb, und trotzdem verbrachte Kálmán Nacht um Nacht mit uns im ›Roten Hirsch‹ in Korond. Dort waren wir auch in dieser letzten Nacht. Einer verrückten Regung folgend, beorderte er plötzlich die ganze Gesellschaft – uns, seine Kumpane, die Zigeuner, ja sogar die Kellner samt Kisten voll Champagner – auf Fuhrwerke und ließ uns seinem Wagen nach Ladány hinaus folgen. Dort plumpste er unter dem Fenster seiner Frau auf den Boden, und die Zigeuner mußten ihr ein Ständchen bringen und ihre Lieblingsweisen spielen. Sie kam ans Fenster, aber als sie ihn und die Kapelle und uns Mädchen – mit Champagnerkelchen in der Hand auf dem Fuhrwerk – sah, zog sie sich ins Zimmer zurück. Gleich darauf erschien sie wieder, etwas Großes und Schweres mit sich schleppend. Erst nachdem sie dessen Inhalt Pongrátz über den Kopf geleert hatte, merkten wir, daß es ein Nachttopf war. Wir kreischten vor Lachen, aber Kálmán war aschgrau und sagte, wir sollten uns zum Teufel scheren. Gerade da rief ihm jemand aus dem Hause zu, seine Frau habe einen Blutsturz. Zehn Minuten später war sie tot.« Flora nahm einen Schluck Cognac. »Stellt euch vor, eine Frau wie sie, eine Adlige und richtige Dame, erhebt sich aus dem Totenbett, um so etwas zu machen!«

»Wahrscheinlich hat er deshalb nachher seine Köchin geheiratet«, sagte Vera, ein modisch flachbrüstiges Mädchen aus einem Budapester Elendsviertel.

»Auf diese Frage hat noch keiner die Antwort gefunden«, meinte der Oberstuhlrichter nachdenklich.

Eine blasse Rothaarige, angeblich die Tochter eines Universitätsprofessors, gab ihre Ansicht zum besten. »Vielleicht war er gezwungen, sie zu heiraten. Er verführte sie, und dann drohte sie ihm mit einem Skandal.« Sie war sehr romantisch veranlagt und lebte – nach vielen Jahren in verschiedenen Bordellen – immer noch in einer Traumwelt.

»Kálmán Pongrátz sollte Angst vor einem Skandal haben?« Der Oberstuhlrichter lachte schallend. »In seiner besten Zeit war im Umkreis von fünfzig Kilometern kein gutgewachsenes Bauernmädchen vor ihm sicher. Ihr würdet staunen, wie viele junge Leute mit seinen Schlitzaugen und der großen Kartoffelnase man in Ladány findet. Es ist eine Tradition in seiner Familie, Bastarde zu zeugen. Das geht zurück auf die Zeit des *ius primae noctis.* Er war ein Wüstling und hat kein Geheimnis daraus gemacht. Im Gegenteil! Er war stolz darauf, ein Wüstling zu sein.«

»Da wurde eine Geschichte herumgeboten, daß er die Köchin geheiratet haben soll, um den Verwandten der Gräfin eins auszuwischen«, sagte Flora. »Seine verstorbene Frau hatte eine altjüngferliche Schwester, die vom Pferd gefallen war und sich nie mehr richtig von dem Sturz erholte –

sie war lahm oder verkrüppelt oder sowas. Item, die Familie verabscheute Kálmán geradezu. Dessen ungeachtet beschlossen sie, als er Witwer wurde, ihm die Schwester anzuhängen. Aber er witterte die Falle und heiratete die Köchin, um ihnen eins auszuwischen.«

»Oh, so war das nicht!« fiel Herr Lukács ein. »Die Familie hatte es auf die Köchin abgesehen. Auf ihre Dienste, meine ich. Weil sie besser war – und sie ist es noch immer – als die besten Küchenchefs von Budapest. Ein Genie.«

»Das ist sie«, pflichtete der Leutnant bei.

»Also, die Familie wollte sie Pongrátz abspenstig machen. Sein Schwager, den er besonders haßte, ging mit ihm eine riesige Wette ein, er werde ihm Emma wegschnappen, koste es, was es wolle. Er biete ihr ein solch ungeheures Gehalt an, daß sie einfach nicht widerstehen könnte. Deshalb hat Kálmán sie geheiratet – um sie nicht zu verlieren und die Wette zu gewinnen.«

»Aber nicht ein einziges Mal mit ihr zu schlafen«, setzte der Oberstuhlrichter hinzu. »Mein Kutscher, Zoli, kommt von Ladány. Er sagt, jedermann weiß, daß Kálmán sie nie berührt hat. In der Hochzeitsnacht hat er die Frau des Gastwirts von Ardó ins Schloß kommen lassen, damit sie ihm Gesellschaft leiste.«

»Mit einem solchen Vater, wer kann da Toni schon für sein Verhalten tadeln«, sagte die Magere aus Budapest.

Der Leutnant sah Phyllis zweimal im Oktober. Beim ersten Mal war sie mit Amália Kovách in die Stadt gekommen. Er traf sie auf dem Marktplatz, gerade als sie vor der Apotheke aus dem Pongrátzschen Wagen stiegen. Mikay war selbst auch auf dem Wege dorthin mit einem Rezept. Er war überrascht, daß die beiden Frauen, die junge und die in mittleren Jahren, beinahe vertrauten Umgang hatten. Aus ihrem Gespräch schloß er, daß Amália in letzter Zeit das Haus Pongrátz ein- oder zweimal in der Woche zu besuchen pflegte. Aus einem unerfindlichen Grunde gefiel ihm das nicht.

»Was gibt's Neues in Ladány«, fragte er Amália. »War die Beerdigung von Kardos ebenso lustig wie die Hochzeit?«

»Fast. Kaplan Tóth war groß in Fahrt. Er beschrieb die Schrecken des Jenseits höchst farbig. Zum Glück war Kardos schon tot, denn nach der Predigt wäre ihm angst und bang geworden vor dem Sterben. Leider regnete es, so daß viele Leute zu Hause blieben und den Spaß verpaßten.«

Phyllis lachte. In gewisser Hinsicht konnte Mikay verstehen, weshalb sie sich zu der Hebamme hingezogen fühlte. Niemand in der Familie Pongrátz oder dem Freundeskreis hatte Amálias schlagfertige, scharfe, respektlose Zunge. Der Witz des Alten war der eines Tyrannen – beißend, Aufmerksamkeit heischend und oft hochtrabend. Tonis Spott war wie das Gekreisch eines Affen, der mit einer gestohlenen Banane auf einen Baum hinaufflieht: höhnisch, triumphierend und zugleich angsterfüllt. Die Knechte hatten einen derben, rauhen Humor, und Phyllis bereitete ihr Dialekt ohnehin Mühe. Die Freunde hatten überhaupt keinen Geist. Sie waren brav, ehrbar und langweilig.

»Wie trägt es Frau Balogh? Zuerst verliert sie den Mann und dann den Liebhaber. Beide innerhalb eines Jahres!«

»Es geht ihr besser denn je«, antwortete Amália. »Balogh war ein Schreihals und Dummkopf und Kardos ein alter Jammerlappen. Sie brauchte die beiden nicht. Jetzt ist sie frei und kann tun, wie es ihr paßt.«

»Ich wußte gar nicht, daß Sie eine Frauenrechtlerin sind«, sagte der Leutnant.

»Ihnen erginge es auch so, wenn Sie meinen Beruf hätten! Letzten Freitag war ich draußen bei Vargas auf dem Hof. Ich besuchte die junge Frau Varga, die Schwiegertochter, die am Tag vorher eine Fehlgeburt hatte. Sie wußte, daß sie im Bett bleiben mußte, weil es ihr sehr schlecht ging. Am Freitag traf ich sie draußen auf dem Feld an, wo sie mit der Familie und ihrem Schwachkopf von Mann Kartoffeln grub. Sie blutete wie ein gestochenes Schwein. Ich schrie sie an, sie gehöre sofort ins Bett, und die Familie schrie zurück, sie müßten mit den Kartoffeln fertig werden, bevor es wieder zu regnen anfange. Schließlich, als ich ihnen mit dem Zorn Gottes und einer Meldung an den Kreisarzt drohte, ließ ihr Schwiegervater sie gehen. Ich steckte sie ins Bett und telephonierte Dr. Horváth, er solle kommen, bevor es zu spät sei. Nun, es *war* zu spät. Morgen wird sie beerdigt.«

»Das ist bedauerlich«, sagte Mikay, »aber ich sehe immer noch keinen Zusammenhang.«

»Nicht? Na ja, wenn die junge Frau Varga ihrem Mann gesagt hätte, er solle sich zum Teufel scheren, als er ihr befahl, aufs Feld zu kommen, dann lebte sie noch heute. Ihr Unglück war, daß sie draußen auf dem gottverlassenen Hof wohnte. Im Dorf hätten die Frauen ihr den Kopf zurechtgesetzt. Sie sind nicht mehr die stumpfen Lasttiere wie ihre Mütter. Der Krieg hat sie ein paar Dinge gelehrt – unter anderem, daß das männliche Geschlecht nicht das stärkere ist und daß ein Bauernhof oder ein Geschäft ebensogut gedeihen, wenn sie von einer Frau statt einem Mann geführt werden.«

»Na, na, Amália, geben Sie zu, daß wir auch noch für etwas gut sind.«

»Gewiß. Besonders Männer wie Sie.«

»Was meinen Sie damit?«

»Große, prächtige Mannsbilder!« Sie sah, daß er rot wurde, und schmunzelte unverschämt. »Ja, Sie sind wahrhaftig zu gut für Korond. An Ihrer Stelle gäbe es für mich nichts als weg von hier, raus aus dem Land. Ich würde in einen der mondänen Kurorte an der Riviera oder in der Schweiz gehen, oder nach Biarritz und Deauville, wo die reichen amerikanischen Witwen das Geld ihrer verstorbenen Männer durchbringen. Oh, wenn ich ein Mann wie Sie wäre, ich wüßte, was tun!«

»Sie scheinen eigenartige sittliche Grundsätze zu haben, Amália«, sagte er gereizt.

»Na kommen Sie schon, Herr Leutnant, tun Sie nicht so. Versuchen Sie doch nicht, den Johannes der Täufer von Korond zu spielen. Überlassen Sie das Kaplan Tóth. Er hat die richtige Veranlagung dazu und auch einen Kopf, der sich gut machen würde auf einem Silberteller – für meinen Geschmack wenigstens.« Amália kicherte.

Phyllis hatte ihrem Gestichel schweigend zugehört. Ab und zu zuckte ein Lächeln um ihre Lippen. Das störte den Leutnant, weil er aus irgendeinem Grund das Gefühl hatte, sie gehe mit der Hebamme einig.

Auf dem Rückweg zum Posten machte er Moni einen Besuch. Die Haushälterin des Arztes – die nachmittags auch noch Sprechstundenhilfe spielte – sagte, er solle nur hineingehen, ihr Brotherr sei im Augenblick nicht beschäftigt. Ein Seufzer begleitete die Auskunft und verriet, daß das die übliche Lage der Dinge in der Praxis war.

»Was hört man so aus Ladány?« fragte der Leutnant, nachdem Moni ihm ein Glas Schnaps eingeschenkt hatte.

»Laß mal sehen . . . Nicht viel, oder eine Menge. Kommt drauf an, was du erwartest.«

»Ich bin bei der Apotheke zufällig Phyllis Pongrátz begegnet. Weißt du, mit wem sie hergefahren ist? Du errätst es nie.«

Moni nippte an seinem Schnaps und warf Mikay über den Rand des Glases hinweg einen listigen Blick zu.

»Wäre es möglich, daß Amália Kovách sie begleitet hat?«

»Du hast den Beruf verfehlt. Du hättest Detektiv werden sollen. Ich kann mir dein Schild gut vorstellen: Dr. Moritz Rosenzweig – Auskunftei.«

»Eins ist sicher, es würde mehr Leute hierherbringen als mein jetziges Schild«, sagte der Arzt etwas bitter. »Zum Teufel auch! Na ja, um aufs Thema zurückzukommen: Amália wurde vor etwa zwei Monaten in die Festung Pongrátz bestellt, um die kleine Miss Amerika zu untersuchen, deren Periode ausblieb. Das arme Mädchen wollte einen Gynäkologen, aber der Alte entschied dagegen, weil er es nicht schätzt, wenn fremde Männer in den Geschlechtsorganen einer Pongrátz-Frau herumstochern. Der Wahlspruch für Pongrátz-Frauen lautet: Züchtigkeit und Tod. Amália, die auf ihrem Gebiet recht tüchtig ist, das gebe ich zu, stellte eine negative Diagnose, was den Alten – wie ich hörte – tief enttäuscht hat. Er betrachtet das Widerstreben der jungen Frau Pongrátz, einen Nachkommen zu produzieren, als ein Zeichen von Ungehorsam und eine Pflichtversäumnis. Es liegt ihm plötzlich sehr viel daran, Großvater zu werden. Man munkelt, er habe sich in letzter Zeit nicht der besten Gesundheit erfreut. Vielleicht hat das etwas mit seiner Ungeduld zu tun. Jedenfalls hält sich Toni am besten ran, sonst legt sich der Alte womöglich noch selbst ins Zeug.«

»Laß das Schweinigeln«, sagte Mikay. Er fand es nicht lustig.

Der Arzt machte ein überraschtes Gesicht.

»Entschuldigung. Ich wußte nicht, daß du zärtliche Gefühle für sie hegst.«

»Das tue ich nicht. Ich mag bloß schlüpfrige Witze nicht.«

»Du liebe Güte, das war doch nichts Schlüpfriges. Ich hab' einen faulen Witz gemacht, das ist alles. Aber ich möchte dir einen bescheidenen Rat geben. Nimm die Leute nicht für das, was sie zu sein scheinen. Stell eine Frau nicht auf einen Sockel, bloß weil sie eine herrliche Statue abgeben würde.«

»Was willst du damit sagen?«

»Nichts. Schwamm drüber. Kehren wir zum ursprünglichen Thema zurück: in Ladány schwirrt es nur so von Gerüchten, daß zwischen Toni und dem Alten nicht alles zum besten stehe. Unlängst gerieten sie sich in einem Weizenfeld, vor den Augen der Knechte, in die Haare. Anscheinend ließ Toni das falsche Feld pflügen, und Kálmán hätte ihn beinahe ausgepeitscht deswegen. Miss Amerika verbringt ihre Tage, indem sie mit einem Buch in der Hand, das sie nicht liest, durch die Gegend streift, während die alte Frau Pongrátz stumm und rätselhaft wie immer bleibt. Aber es gibt nicht den geringsten Zweifel für mich, daß sie zu Toni halten würde, wenn es zu einem Bruch zwischen Vater und Sohn kommen sollte. Und nun – Amália! Welche Rolle sie dort spielt, weiß ich nicht. Aber eins kann ich dir sagen: einem Haus, in dem Amália Kovách zu einer ständigen Einrichtung wurde, ist noch nie etwas Gutes zugestoßen.«

Mikays zweite zufällige Begegnung mit Phyllis in dem milden Oktober fand im Hotel von Korond statt. Er durchquerte nach dem Mittagessen die Halle, als er sie entdeckte. Sie saß, von Gepäckstapeln umgeben, in einer Ecke.

»Wir sind von Ladány hierhergezogen, nur für kurze Zeit«, sagte sie, bevor er sie fragen konnte, was die Koffer zu bedeuten hätten. »Toni hat Zahngeschichten. Er muß jeden Tag zum Zahnarzt, und die Behandlung kann Wochen dauern. Es wäre zu lästig für ihn, immer hin- und herzufahren.« Sie sprach rasch und ungewöhnlich fließend, so als sagte sie einen auswendig gelernten Spruch auf.

»Ist das Ihr Gepäck?« fragte er. Es war eine alberne Frage, aber es fiel ihm gerade nichts Besseres ein.

»Unsere Zimmer sind noch nicht bereit. Toni wollte unbedingt die Ecksuite im zweiten Stock, aber sie war nicht frei. Und nun muß der Direktor den Gast umquartieren, ob es ihm paßt oder nicht. Sie kennen Toni länger als ich, deshalb ist es bestimmt keine Überraschung für Sie, daß immer alles nach seinem Kopf geht.«

»Warum nicht, wenn die Leute nachgeben«, sagte Mikay. »Wo ist er jetzt?«

»Bei seinem Anwalt. Dann muß er zum Zahnarzt.«

»Haben Sie etwas vor inzwischen?«

»Nein.« Sie zuckte die Achseln. »Ich sitze einfach hier herum und warte, bis die Zimmer fertig sind.«

»Hätten Sie ...« Fast so etwas wie Lampenfieber schnürte ihm die Kehle zu. »Hätten Sie vielleicht Lust, einen Spaziergang zu machen oder eine Tasse Tee zu trinken?«

»Und alle Zungen in Bewegung zu setzen?« Sie lachte und stand auf. »Ja, gern. Wenn ich nur nicht hier zu sitzen und an die Decke zu starren brauche. Ich sage dem Portier, er soll auf das Gepäck aufpassen.«

»Was wäre Ihnen am liebsten?« fragte der Leutnant, als sie auf die Straße traten. Es war mitten am Nachmittag. Die werktätigen Leute waren noch an der Arbeit, und wer nichts zu tun hatte, hielt sein Mittagsschläfchen hinter geschlossenen Fensterläden, deshalb lag die Straße friedlich und verlassen da. Der Himmel war blau, nur eine kleine Schar von zerfetzten Wolken kroch wie die versprengte Nachhut einer geschlagenen Armee über die riesige Fläche.

»Ach, ich weiß nicht. Ich hätte schrecklich gern eine Tasse Kaffee. Könnten wir uns irgendwo an die Sonne setzen? Wir werden wohl nicht mehr viele solche Tage haben.«

In der Konditorei waren keine Gäste, und die Kassiererin saß gelangweilt und gähnend hinter der Kasse. Als es im September zu regnen angefangen hatte, waren Tische und Stühle vom Gehsteig auf die hintere Veranda geschafft worden. Mikay, seit seiner frühen Jugend ein Kunde des Lokals, zog einen Tisch und zwei Stühle aus dem Stapel und stellte sie im sonnigen Hof auf. Nach einem Weilchen tauchte eine schläfrige Kellnerin aus der Küche auf, breitete eine Decke über den Tisch und brachte ihnen eine Kanne mit frischem Kaffee und etwas Gebäck.

»Das ist himmlisch! Oh, ich bin so froh, daß Sie mich gefragt haben.« Phyllis lächelte und drehte ihr Gesicht mit geschlossenen Augen der Sonne zu. Der Leutnant war geschmeichelt, aber auch ein bißchen verblüfft. Konnte eine Frau wie Phyllis entzückt sein über die Einladung zu einer Tasse Kaffee in einer Kleinstadtkonditorei?

Eine Zeitlang sprach keines von beiden.

»Wie hat Ihnen das Leben in Ladány gefallen?« fragte er schließlich.

»Die Leute hatte ich gern«, sagte sie ausweichend. »Ich meine die Bauern. Frau Balogh zum Beispiel, ist sie nicht hinreißend? Lädt das ganze Dorf zur Hochzeit ihres Sohnes ein und tischt jedermann ein fabelhaftes Festessen auf.«

»Die Bauern betrachten eine Hochzeit als ein einmaliges Ereignis.«

»Das ist es auch – oder sollte es wenigstens sein. Ach, die Leute hatte ich wirklich gern«, wiederholte sie. »Und ich beneidete sie. Sie besitzen so wenig und sind trotzdem mit sich und der Welt vollkommen zufrieden. Sie sind einfach und gut.«

»Die einen sind's, die andern nicht«, warf Mikay ein.

»Sie sind gut. In ihrem Innersten, meine ich. Selbst die Leute, die einen aufbringen. Wie zum Beispiel die Frau, die die jungen Hunde vergrub. Sie wollte nicht grausam sein, sie wußte es einfach nicht besser. Wie ein Kind, das nicht versteht, daß es ein Unterschied ist, ob man einem Gänseblümchen die Blumenblätter ausrupft oder einem Schmetterling die Flügel ausreißt.«

Der Leutnant fragte sich, ob sie nicht Spaß mache; dann, als er ihr ernstes kleines Gesicht ansah, wurde ihm bewußt, daß Ladány für sie wie das Bild eines Dorfes im Lesebuch für Erstkläßler war: Kamine rauchen, Väter pflügen, Mütter backen Brot, Buben spalten Holz, Mädchen spielen Himmel und Hölle – lauter Reinheit, emsiger Fleiß, Liebe und einfache Grammatik.

»Haben Sie sich nicht gelangweilt?« fragte er.

»O nein. Es gab immer etwas zu tun. In den ersten paar Monaten mußten wir die Runde bei Tonis Verwandten machen. Dann besuchten sie uns. Das machte Spaß. Nur –«

»Nur was?«

»Ich hätte gern auch ein paar Leute aus dem Dorf kennengelernt, aber mein Schwiegervater wollte das nicht haben. Es scheint mir, er verkehrt überhaupt nicht mit ihnen.«

»Wen hätten Sie gern kennengelernt?«

»Den Lehrer zum Beispiel, Herrn Simko. Und seine Frau. Ich hätte gern einen Besuch in der Schule gemacht, zu den Kindern gesprochen.«

Mikay sah sie mit einer Mischung aus Mitgefühl, Belustigung und Staunen an. Sie hatte sich verraten. Sie war einsam gewesen und wahrscheinlich auch heimwehkrank.

»Worüber?« fragte er.

»Über eine ganze Menge. Unter anderem, daß man von einem Bad nicht Lungenentzündung bekommt und daß der Misthaufen nicht gleich neben dem Ziehbrunnen zu sein braucht, aus dem man das Trinkwasser heraufholt.«

Der Leutnant grinste.

»Also hat Ihnen Ladány doch nicht gefallen.«

»O doch!« Das klang ein bißchen zu heftig. »Nur, ich habe Augen, ich kann sehen. Ich bemerke Dinge, die mich aufregen. Weil es so wenig braucht, sie zu verbessern. Ich habe auch eine Nase«, setzte sie leise lachend hinzu. »Uh, die Gerüche! Während meiner ersten Woche in Ladány brach die Schweinepest aus. Später spazierte ich einmal hinunter bis ans Ende der Bemstraße, wo die Zigeuner leben. Die ganze Horde hockte um ein Lagerfeuer herum, über dem an einem Spieß ein dickes, fettes Schwein brutzelte. Es war Ende April, ein kühler Wind wehte, und trotzdem trugen die Männer und Frauen nur Fetzen und die Kinder überhaupt nichts. Holzrauch, Fliederduft und der eigenartige, süßliche Gestank von verwestem Fleisch stieg mir in die Nase. Stellen Sie sich vor, die Zigeuner hatten eines der kranken Schweine ausgegraben, die abgetan worden waren, und brieten es. Ich frage mich ja bloß, wie viele nach dem Essen gestorben sind.«

»Keiner«, sagte Mikay. »Ja, die Mahlzeit hat vielleicht einigen das Leben verlängert, hat ihnen neue Kraft gegeben.«

»Schrecklich! Die Kinder vergesse ich nie. Sie hatten dünne, schwache Beine und aufgedunsene Bäuche und schönes lockiges Haar, das dreckverfilzt war. Wissen Sie, was mich überrascht hat? Ein paar von ihnen waren blond und blauäugig.«

»Was beweist, daß die Wollust keine Rassenschranken kennt«, bemerkte er und wurde sogleich verlegen. Er fragte sich, ob sie wohl über das Wort ›Wollust‹ entsetzt war. Eine Frau aus Korond hätte nämlich daran Anstoß genommen.

Es schien sie nicht zu stören, aber eben, sie stammte nicht aus Korond.

»Wieso tut die Regierung nichts für sie?« fragte sie. »Verschafft ihnen nicht wenigstens eine Bildung?«

»Es ist schwierig, Leute zu bilden, die sich weigern, gebildet zu werden.«

»Deshalb wollte ich Herrn Simko kennenlernen. Vielleicht hätten wir zusammen etwas erreichen können. Ich sah ihn bei der Hochzeit. Ich hatte den Eindruck, er sei ein so netter und freundlicher Mann.«

»Das ist er«, sagte der Leutnant vorsichtig. Er fand es nicht angebracht, ihr zu erklären, daß Lehrer Simko nicht die geeignetste Person sei, einen Kreuzzug gegen Unwissenheit zu unternehmen. Er war kein unrechter Mann, nein, nur hatte er mit sich selbst so arg zu tun, daß nicht viel Verständnis für die Nöte anderer übrigblieb. Es verging keine Woche, ohne daß ihm oder seiner Frau nicht ein kleineres Unglück zugestoßen wäre, eines der unbedeutenden Mißgeschicke, die in jedem Haushalt vorkommen, bloß nicht so häufig wie bei ihnen. Frau Simko machte sich oft lustig über ihren Mann ›mit zwei linken Händen‹, und er gab zurück und neckte sie wegen ihres ›tolpatschigen‹ Wesens. Aber nachts hörte man gedämpfte Schreie und Flüche hinter den verriegelten Türen ihres Hauses, besonders seit es klar geworden war, daß Lacika, ihr einziges Kind, ein sechsjähriger Junge mit dem pausbäckigen, ausdruckslosen Gesicht eines Puttos, nie sprechen lernen würde. Die Leute luden sie immer seltener ein, und Gastgeberinnen hielten ihre Dienstboten an, alles Porzellan oder Besteck, das die Simkos berührt hatten, auszukochen. Ihr Pech wurde zurückgeführt auf das Jahr 1909, als Lehrer Simko am Feldzug zur Annexion von Bosnien-Herzegowina teilgenommen und seiner Braut einen prächtigen rot-gelben Smyrnateppich und eine stattliche Syphilis als Andenken nach Hause gebracht hatte.

»Vielleicht bin ich zu kritisch«, fuhr Phyllis fort. »Das liegt an meiner Erziehung. Ich hatte ein sehr behütetes Leben. Zu behütet. Ich bin sicher, die Elendsviertel in den amerikanischen Großstädten sind noch schlimmer als Ladány. Aber ich habe sie eben nie gesehen. Vielleicht verlangt biblische Einfalt biblische Verhältnisse. Gibt es kein fließendes Wasser im Haus, so sind die Ableitungsröhren nicht verstopft. Und hat man kein Automobil, geht einem das Benzin nie aus. Und wohnt man in einem einstöckigen Haus, bleibt man nicht zwischen zwei Geschossen im Lift stecken.«

Sie lachten beide. Phyllis sah auf die Uhr.

»Ich muß leider zurück. Die Zimmer sind jetzt wohl bereit«, erklärte sie, machte jedoch keinen Versuch aufzustehen. Sie saß ruhig da und folgte mit ihren Blicken der Luftakrobatik einer Biene. »Wir sind nicht wegen Tonis Zahnarzt nach Korond gekommen«, sagte sie nach einer Weile. »Wir sind für immer aus dem Haus meines Schwiegervaters ausgezogen.«

Der Leutnant zeigte keine Überraschung.

»Das habe ich vermutet. Nur für einen kurzen Aufenthalt hatten Sie zuviel Gepäck. Selbst für eine Miss Amerika.«

»Miss Amerika.« Sie machte ein drolliges Gesicht. »So nennt mich mein Schwiegervater. Ich glaube, er hat mich nicht überaus gern. Er ist nie unfreundlich. Nein, das wäre nicht recht, wenn ich sagte, er sei unfreundlich. Er ist ein ›Herr‹ und ich bin eine ›Dame‹, aber er ist böse auf mich. Wahrscheinlich nicht auf mich persönlich. Er hegt einen Groll gegen Amerika, weil es Präsident Wilson mit seinen Vierzehn Punkten war, der den Anstoß für die Zerstückelung von Ungarn gegeben hat. Er ist noch nie vorher einem amerikanischen Bürger von Angesicht zu Angesicht begegnet, und in seinem Unterbewußtsein macht er jetzt mich verantwortlich für den Verlust von Transsylvanien.« Sie hielt kurz inne. »Das ist die Provinz, die nach dem Krieg an Rumänien abgetreten werden mußte, nicht wahr?«

»Stimmt.« Mikay nickte, dann herrschte Schweigen. Er wollte sie nicht aushorchen, doch schließlich konnte er sich nicht enthalten zu fragen: »Ist das ... ich meine, sind Sie wegen Onkel Kálmáns Einstellung ausgezogen?«

»O nein.« Sie schüttelte den Kopf. »Das hatte nichts damit zu tun. Vielmehr, es war nicht der unmittelbare Anlaß. In Wirklichkeit verträgt er sich nicht mit Toni, oder Toni sich nicht mit ihm. Es ist eine bedauerliche Tatsache. Sie sind Vater und Sohn, und trotzdem hat keiner Geduld mit dem andern. Vielleicht gerade, *weil* sie Vater und Sohn sind. Sie gleichen sich leider in mehr als einer Hinsicht.«

»Was sind jetzt Ihre Pläne? Bleiben Sie in Korond? Oder gehen Sie nach Budapest oder zurück nach Paris?«

Diese Frage schien eine empfindliche Stelle berührt zu haben.

»Nicht nach Paris!« sagte sie und strich mit der Hand

über die Stirn, als versuchte sie einen Schmerz zu lindern. »Wissen Sie, als ich Toni heiratete, brach ich mit meinen Eltern. Nicht ganz, natürlich. Ich schreibe ihnen immer noch, und sie antworten mir – und doch, ein Bruch ist da, der vielleicht nie mehr gut wird.«

Sie hatte Toni bei einer fröhlichen Weihnachtsfeier im Hause einer Pariser Freundin am Boulevard Haussmann kennengelernt. Er befand sich erst ein paar Monate in Frankreich und war geblendet von der Pracht und der Freiheit des Landes. Mit Hilfe der Verwandten seiner Mutter fand er Eingang in die Kreise der Pariser Gesellschaft, und ihr Testament verschaffte ihm genug Geld für ein sorgenfreies Leben. Phyllis war einundzwanzig, hatte aber bisher nur belanglose Flirts gehabt. Die Liebe fiel über sie her wie ein hungriger Löwe und ließ sie blutend und verstümmelt und erledigt zurück. Auf seine Art erwiderte Toni ihre Liebe, nur konnten seine Gefühle nie so tief und unbedingt und allumfassend sein wie ihre. Als er vernahm, daß die Eltern Hornbeam-Wills gegen eine Verbindung ihrer Tochter mit einem stellenlosen jungen Mann aus einem bankrotten osteuropäischen Land waren, wurde ihr höflicher, aber sehr hartnäckiger Widerstand zu einem zusätzlichen Ansporn für ihn. Er verführte Phyllis an Silvester. Die beiden verließen unbemerkt die Gesellschaft der spanischen Infantin, zu der Phyllis mit ihren Eltern gekommen war, und verbrachten die Nacht in seiner Wohnung am Quai d'Orléans. Am nächsten Morgen erklärte sie ihren Eltern, sie sei entschlossen, Toni zu heiraten. Die guten Leute waren völlig ratlos, wie sie das verhindern sollten. Zu Hause in New York hätte die übliche Kur in einer solchen Lage darin bestanden, Phyllis auf eine Europareise zu schicken, aber jetzt befanden sie sich ja in Europa, deshalb war es nichts mit diesem Manöver. Während sie sich grämten, nahm Phyllis Ungarischstunden bei einem ehemaligen Professor der Universität Budapest, der Frau, Kinder und Lehrstuhl verlassen hatte, um mit einer französischen Prostituierten in zerrütteten Verhältnissen, aber ungetrübtem Glück zu leben. Er machte Phyllis nicht nur mit dem verwickelten Bau einer asiatischen Sprache vertraut, sondern bestärkte sie auch in ihrem Glauben, daß Liebe wichtiger sei als alles andere.

»Dann bleiben Sie also in Korond?« wiederholte der Leutnant seine Frage.

»Ja, vorläufig wenigstens«, antwortete sie.» Es kam alles so plötzlich. Sie – das heißt, Toni und mein Schwiegervater – hatten sich schon früher gestritten. Im Hause herrschte Spannung. Manchmal schien die Luft so dick zu sein, daß man sie hätte abschneiden können. Besonders in letzter Zeit. Mit der Gesundheit von Vater Pongrátz steht es nicht zum besten. Er hat Lebergeschichten und ein schwaches Herz. Vor zwei Monaten fuhr er nach Budapest zu einer gründlichen Untersuchung und ist seither in Behandlung von Dr. Horváth. Niemand darf es wissen. Ich stelle mir vor, eine so kraftvolle Persönlichkeit wie er kann den Gedanken nicht ertragen, krank zu sein. Er weigerte sich sogar, es uns zu gestehen. Sein Dünkel ließ es nicht zu. Der furchtbare, tödliche Pongrátz-Dünkel, der –« Jäh verstummte sie, wie entsetzt über solch beißende, bittere Worte aus ihrem Mund. Sie lächelte schüchtern und sah wiederum auf die Uhr. »Jetzt muß ich wirklich gehen«, sagte sie, und diesmal stand sie auf.

Sie gingen durch die Konditorei hinaus, die sich inzwischen gefüllt hatte, hauptsächlich mit Damen der besseren Gesellschaft aus dem Ort, die ihr Kaffeestündchen abhielten. Für Phyllis hatte die Szene etwas von einer Daumier-Lithographie: apfelbäckige, korpulente Frauen in Lodenkostümen und biederen, männischen Filzhüten, die sich mit Meringen und Schlagsahne, Schokoladentorten und Crèmeschnitten vollstopften und deren stechende Blicke Mikay und sie bis zur Tür hinaus verfolgten.

»Hoffentlich habe ich Sie nicht gelangweilt mit der Familienchronik«, sagte sie auf dem Weg zum Hotel. »Und wenn, dann ist es Ihr Fehler.« Sie lachte. »Sie gehören zu den Menschen, denen man gern seine Geheimnisse anvertraut. Sie machen einem das Reden so leicht.«

Er wußte nicht, ob er sich geschmeichelt fühlen sollte oder nicht. Es tat gut, von einer schönen Frau zu hören, daß sie ihn gern mochte – wenn es bloß nicht so schwesterlich geklungen hätte.

Sie blickte ihn an.

»Da wir ja in Korond bleiben, hoffe ich, wir sehen Sie nun öfter. Kommen Sie doch morgen zum Nachtessen, ja?«

Sie waren eben an der Bordkante stehengeblieben, um einen Wagen vorüberzulassen.

»Herzlichen Dank. Das ist überaus freundlich von Ihnen«, antwortete er mit einer steifen kurzen Verbeugung. Er wollte ihr sagen, wie sehr er die Stunde in ihrer Gesellschaft genossen hatte, fand aber die passenden Worte nicht. Sie war so ganz anders als all die übrigen Frauen, die er kannte – warm, offen, ohne Einbildung und Koketterie. Sie gab sich und sprach, als wäre sie sich überhaupt nicht bewußt, jung, schön und begehrenswert zu sein. Sie hatte die gefährliche und trügerische Gabe argloser Zutraulichkeit, etwas, das jeden Mann dazu bringen konnte, sich hoffnungslos in sie zu verlieben. »Ich bin Ihnen sehr dankbar«, sagte er.

»Wofür?«

»Für diesen Nachmittag. Korond ist ein recht öder Ort, und die Leute sind nicht sehr anregend. Besonders wenn man sie schon so lange kennt wie ich.«

»Ist denn Ihre Arbeit nicht interessant?«

»Eigentlich nicht. Kleine Verbrecher zu jagen, ist keine sehr ersprießliche Tätigkeit. Manchmal dauern sie einen mehr als die Opfer.«

»Ja.« Sie nickte. »Sie haben ein mitfühlendes Wesen. Amália hat mir das gesagt.«

»Wirklich?« fragte er. »Das überrascht mich, denn für sie habe ich nicht allzuviel übrig.«

»Ich weiß. Und sie weiß es auch. Aber sie ist eine eigenartige Frau. Sie kann sich richtig ereifern über die Probleme anderer Leute, ihre eigenen dagegen ganz unvoreingenommen und sachlich betrachten.«

»Sie scheinen sie gern zu haben«, sagte Mikay.

»Ja, tatsächlich. Sie fesselt mich irgendwie.«

»Sie ist gerissen und habsüchtig.«

»Nein, das ist sie nicht. Das heißt, in gewisser Hinsicht mag sie gerissen sein, aber sie ist auch furchtbar naiv.«

»Naiv?«

»Und das finde ich so rührend. Sie ist schließlich eine Frau in mittleren Jahren, doch manchmal redet sie wie ein romantischer Backfisch. Mit einem solchen Lebenshunger, einem solchen Verlangen nach der großen weiten Welt. Erinnern Sie sich, was sie letzthin zu Ihnen sagte? An Ihrer Stelle würde sie an die Riviera oder nach Sankt Moritz gehen und eine reiche amerikanische Witwe verführen? Sie träumt von Luxushotels und Jachten und Spielkasinos. Sie glaubt, Glück ist ein Diamanthalsband und ein Abendkleid von Poiret.«

Er runzelte die Stirn. »Wer ist Poiret?«

»Sehen Sie, Sie wissen es nicht, aber Amália weiß es. Die Hebamme von Ladány, einem Dorf mit achtzehnhundert Einwohnern, weiß, wer Poiret ist. Der Pariser Modeschöpfer Nummer eins! Seit meinem ersten Tag in Ladány ist mein Leben eine einzige Reihe von Überraschungen gewesen. Und eine der allergrößten war wohl, Amália Kovách kennenzulernen.«

Das Abendessen mit dem jungen Ehepaar Pongrátz am nächsten Abend war keine fröhliche Angelegenheit. Sowie er die Wohnung betrat, spürte er eine gewisse Kühle. Toni war allein; Phyllis ziehe sich um, sagte er. Mikay konnte durch die hohe Flügeltür zwischen den beiden Zimmern hören, wie sie umherging, Schranktüren auf- und zumachte, Schubladen herauszog, mit Dosen auf dem Toilettentisch hantierte. Toni bot ihm einen Cocktail an, aber der Leutnant nahm lieber ein Glas Schnaps, während Toni spielerisch mit verschiedenen Flaschen jonglierte, die auf einem kleinen Tisch standen, und sich schließlich für Champagner mit einem Schuß Cognac entschied.

»Bis ich endlich Eis kriegte in dieser verdammten Karawanserei! Die machten ein Theater, als wollte ich eine Schüssel voll Diamanten. Ich frage dich, wie rückständig kann man eigentlich sein?«

»Das ist nicht das Ritz in Paris, nicht einmal das Ritz in Budapest.«

»Allerdings! Ich wüßte wahrhaftig gern, wofür zum Teufel ich hier meine Zeit vergeude.«

Er war in einer seiner verdrießlichen Launen. Der Bruch mit seinem Vater hatte ihm anscheinend zugesetzt und ihm jede Sicherheit genommen. Mit seinem Diplom der Landwirtschaftsschule von Magyarovár hätte er ohne weiteres eine Stelle finden können, doch der Gedanke, für jemand Fremdes zu arbeiten und von ihm Befehle entgegenzunehmen, behagte ihm nicht besonders. Er hatte etwas eigenes Geld, aber nicht genug für die Art von Leben, an die er gewöhnt war.

»Wie ich höre, hast du Phyllis zur Konditorei mitgenommen«, sagte er ein bißchen gereizt. »Sicher war das ihre Idee. Es will ihr einfach nicht in den Kopf, daß Korond nicht New York oder Paris ist und daß man so etwas hier nicht tut.«

»Es war meine Idee. Und ich weiß nicht, was du mit ›so etwas‹ meinst. Es war hellichter Tag und wir hatten eine Tasse Kaffee in einem öffentlichen Lokal. Jetzt ist es an mir zu fragen: Wie rückständig kannst *du* eigentlich sein?«

Toni hatte sein erstes Glas geleert und goß sich ein zweites ein.

»Hol's der Teufel.« Er zuckte die Achseln. »Jedenfalls mache ich, daß ich hier wegkomme. Ich denke an Amerika, Kalifornien. Ein märchenhaftes Land. Herrliches Klima, freundliche Leute, große Möglichkeiten. Mutter Emma kam uns heute morgen besuchen. Ich habe ihr von meinen Plänen erzählt, damit sie es dem alten Herrn melden kann. Er soll wissen, daß ich fertig bin mit ihm. Ich habe die Schnauze voll. Seine Launen, seine Bosheit, seine Herrschsucht. Unter seinem Dach werd' ich nie mehr leben, geschehe, was wolle!«

Endlich erschien Phyllis. Sogleich stellte Mikay eine Veränderung an ihr fest. Sie war freundlich, aber zurückhaltend, so als versuchte sie jeder Vertraulichkeit gleich zuvorzukommen. Der Leutnant vermutete, daß Toni ihr wegen ihres gemeinsamen Nachmittags Vorwürfe gemacht hatte und sie entschlossen war, ihrem Mann keinen Anlaß zu einer neuen Szene zu geben.

»Toni hat mir erzählt, daß ihr vielleicht nach Amerika geht«, begann Mikay, nur um Konversation zu machen.

»So?« fragte sie, als hätte sie noch nichts von dem Plan gehört.

»Es ist bloß so eine Idee«, sagte Toni, während er sich ein drittes Glas einschenkte. »Und überhaupt, Mutter Emma ist ganz dagegen.«

»Sie findet, Toni soll nicht ausgerechnet jetzt weggehen, da es mit der Gesundheit seines Vaters nicht gut steht«, erklärte Phyllis. »Sie möchte, daß er in der Nähe von Ladány bleibt. Sie –«

Toni warf ihr einen giftigen Blick zu, und sie verstummte.

»Dem alten Herrn fehlt nichts«, behauptete Toni mit erhobener Stimme, »außer daß er während fünfundsechzig Jahren zuviel gegessen und zuviel getrunken und zuviel geraucht und zu vielen Frauen nachgestellt hat. Oh, er ist ein erstklassiges, einmaliges Ungeheuer.«

»Mutter Emma glaubt, in den Vereinigten Staaten wimmelt es immer noch von wilden Indianern«, sagte Phyllis, »und Toni wird in Todesgefahr schweben, sobald er das Schiff verläßt. Ich gab mir alle Mühe, sie eines Bessern zu belehren, aber sie wollte nichts davon hören. Sie ist die dickköpfigste und eigensinnigste Frau –«

»Sie will, daß ich hierbleibe, weil sie mich liebt«, fiel Toni ihr ins Wort. Er schlürfte sein viertes Glas, und sein Gesicht begann rosig zu glühen, was seine grünen Augen noch grüner und glänzender erscheinen ließ als sonst. »Ja, es gibt noch Leute, die ein bißchen Zuneigung für mich haben«, setzte er schmollend hinzu.

Der Rest des Abends wurde bei belanglosem Gespräch zugebracht. Toni füllte weiterhin die Gläser, hauptsächlich sein eigenes. Um zehn Uhr fand der Leutnant, es sei Zeit zum Aufbrechen für ihn. Weder Toni noch Phyllis machten den leisesten Versuch, ihn zurückzuhalten. Als er sich verabschiedete, lag ihre Hand kühl und schlaff in der seinen. Toni war so betrunken, daß er Mikay nicht einmal bis in den Flur begleitete.

Als der Leutnant auf die Straße trat, sah er zum Himmel hoch und entdeckte, daß die Sterne, die nicht lange vorher noch geglitzert hatten wie funkelnagelneuer Weihnachtsschmuck, sich hinter grauen Pferdedecken von Regenwolken versteckten. Der Zusatzsommer war vorüber, die herbstlichen Streitkräfte hatten seine Verteidigungslinien durchbrochen. Der nächste Tag ging in die Erinnerung ein, weil die Leute die ersten Winterfeuer in ihren Öfen entfachten.

6

Der Tod von Kálmán Pongrátz traf das ganze Komitat wie ein Schlag. Er war erst fünfundsechzig, noch kein wirklicher Greis, hatte jedoch schon so früh in seinem Leben angefangen, Gesprächsstoff zu liefern, daß selbst viel ältere Leute ihn als einen wesentlichen Teil ihrer Epoche betrachteten. Von jetzt an würde das Komitat einem Marktplatz ohne das Standbild gleichen, das ihn während Generationen geziert hatte und das man plötzlich von seinem Postament entfernte und für immer fortschaffte. Das Standbild war ein Greuel gewesen – stümperhaft, ja lächerlich –, aber Kinder wuchsen zu seinen Füßen spielend auf, Verliebte küßten sich unter seinen in patriotischer Beschwörung erhobenen Armen, Arbeiter saßen auf seinem Granitsockel und verzehrten ihr Mittagsbrot, und Fremden diente es dazu, sich in der Stadt zurechtzufinden.

Den ersten Gerüchten nach, die Korond erreichten, handelte es sich um einen Schlag oder eine Herzattacke. Dr. Horváth fuhr in seinem Automobil mit der atemberaubenden Geschwindigkeit von vierzig Stundenkilometern hinaus, was in Anbetracht des Straßenzustandes, des sintflutartigen Regens und der Tageszeit – später Nachmittag – zweifellos selbstmörderisch war. Er hatte Pongrátz am Morgen vorher noch besucht. Während der beiden letzten Wochen war er sozusagen jeden Tag wegen einer üblen Gelbsucht bei dem alten Mann im Schloß gewesen. Der Patient hatte scheinbar gut auf die Behandlung angesprochen, bis plötzlich, ohne jede Warnung, der letzte Rückfall eintrat. Dessen Heftigkeit verblüffte den Arzt. Er konnte es sich nur so erklären, daß Pongrátz, entgegen seinen Vorschriften, heimlich eine fette Mahlzeit gegessen und mit einer Flasche Wein hinuntergespült hatte. Gastroenteritis, zur Gelbsucht hinzu, durfte nicht auf die leichte Schulter genommen werden, besonders wenn der Patient fünfundsechzig war und mindestens fünfzig Jahre seines Lebens damit verbracht hatte, den fleischlichen Genüssen nachzujagen. Der Arzt blieb fast den ganzen Morgen – es war ein Dienstag – am Bett von Pongrátz und ging erst, als er annehmen durfte, daß der Brechdurchfall sich beruhigt hatte und nicht wieder auftreten würde. Der Patient war in einem Zustand völliger Erschöpfung, lag jetzt aber ganz ruhig da. Temperatur, Puls und Blutdruck waren normal. Der Arzt wollte ihn am Donnerstag wieder besuchen, da sein Mittwochnachmittag immer dem Bridge gehörte. Er hatte eben ein großartiges Blatt für einen Groß-Schlemm, als das Telephon klingelte und er vernahm, daß Kálmán Pongrátz gestorben war.

»Er schlief wie ein Säugling die ganze Nacht hindurch«, berichtete Emma Dr. Horváth, als er im Trauerhaus ankam. »Am Morgen sagte er, er hätte Hunger. Ich gab ihm eine Tasse Tee und etwas Zwieback. Er wollte Butter auf den Zwieback, aber ich erlaubte es nicht. Um Mittag aß er wieder – das gleiche. Kurz danach klagte er über Krämpfe und verlangte die Bettschüssel. Dann sagte er, es fröre ihn. Ich holte ihm noch eine Daunendecke aus der Kommode, aber da schien er schon fest zu schlafen. Ich fühlte seine Stirn, um zu sehen, ob er Temperatur hätte, doch sie war kühl, und deshalb dachte ich, ich lasse ihn einfach ruhen. Ich mußte zu den Ställen hinunter und mit dem Tierarzt reden, den ich wegen einem der Pferde herbestellt hatte. Als ich zurückkam, war es halb fünf. Ich schaute bei ihm hinein« – sie sprach nie von ›Kálmán‹ oder ›meinem Mann‹, nicht mal von ›Herrn Pongrátz‹, sondern einfach von ›ihm‹ –, »aber anscheinend schlief er so friedlich wie zuvor. Darauf werkelte ich im Haus herum, räumte die Speisekammer auf, versorgte die Wäsche, dann ging ich hinauf und warf wiederum einen Blick in sein Zimmer. Er war ganz ruhig. Ich dachte, gut, er ist überm Berg. Doch nach einer Weile fand ich plötzlich, er wär' schon allzulange ruhig gewesen. Ich ging wieder zu ihm, und dort lag er genauso im Bett wie beim letzten Mal. Nur daß er jetzt tot war.«

Dr. Horváth schlug die Decke zurück, die über Kálmán Pongrátz gebreitet war. Der Tote trug ein sauberes weißes Nachthemd. Ein weißes Seidentuch, das unter das Kinn geschoben und oben auf dem Kopf zusammengeknüpft war, hielt den Unterkiefer fest. Er sah aus wie ein Mann mit

Zahnweh. Je ein Napoleondor beschwerte seine geschlossenen Augenlider. Emma hatte die Bettwäsche gewechselt, die feinen Leintücher waren straff angezogen, und das große Kissen in dem Bezug mit dem handgestickten Monogramm lag glatt und flach unter seinem Kopf. Sein Gesicht wirkte alt und ausgemergelt in dem Rahmen aus weißer Seide. Die abgezehrten Wangen schienen ausgehöhlt zu sein, und seine große, stolze Cyrano-Nase glich dem scharfen, harten Schnabel eines Spechtes. Im Tode hatte seine Haut eine seltsame, bläulich graue Farbe angenommen.

Dr. Horváth starrte verwirrt das fremde Gesicht an, als wartete er darauf, daß sich die kalten Lippen bewegen und seine unausgesprochenen Fragen beantworten würden.

»Ich hab' ihn gewaschen und ließ das Bett neu beziehen«, erklärte Emma. »Ich wollte, daß er anständig aussieht für Toni. Er muß bald da sein. Ich hab' ihm einen Wagen geschickt.«

Sie stand im kalten Halbdunkel hinter dem Bett. Die Fensterläden waren zu, und das einzige Licht stammte von den zwei flackernden Kerzen auf beiden Seiten des Bettes. Das Zimmer war gelüftet und das Feuer in dem großen, reich verzierten Kachelofen, der in der Ecke stand, ausgelöscht worden. Dr. Horváth hob nun vorsichtig das Nachthemd des Toten hoch und glitt mit der Hand über die behaarte Brust und den Bauch. Die Haut fühlte sich kühl an, aber noch nicht kalt.

»Hatte er Krämpfe?« fragte er.

»Nein!« Die Antwort kam schnell, in scharfem Ton, und veranlaßte den Arzt, sich umzudrehen und die Frau anzusehen. Sie erwiderte den Blick; ihre Augen unter den runzligen Lidern mit den farblosen, kaum sichtbaren Wimpern waren tränenlos. »Wenn er Krämpfe gehabt hätte, wären Bett, Leintuch und Decke ganz aufgewühlt gewesen. Nein, er ist so sanft und friedlich eingeschlafen wie ein Kind im Schoß seiner Mutter.«

»Keine Krämpfe«, murmelte der Arzt vor sich hin. »Sind Sie ganz sicher, daß er in den letzten paar Tagen nur die von mir vorgeschriebene Diät gegessen hat? Und daß er keinen Alkohol getrunken hat?«

Sie dachte angestrengt nach.

»Er hielt wirklich Diät, dafür hab' ich gesorgt. Natürlich hätte er die Treppe hinunterschleichen können. Seit Toni weg war, hatte er allein den Schlüssel zum Schnapsschränkchen. Es wäre ein leichtes gewesen für ihn, sich auf ein Schlückchen hinunterzustehlen, sobald er wußte, daß ich schlafen gegangen war. Nur wir schliefen oben; die Dienstboten hätten also nichts hören können, ihre Kammern sind zu weit weg.«

Der Arzt brummte etwas Unverständliches, dann trat er vom Bett zurück.

»Glauben Sie, Toni wäre sehr betroffen, wenn ich ihm sagen würde, daß eine Autopsie erforderlich ist?« erkundigte er sich.

»Eine Auto – was?«

»Eine Autopsie – eine Leichenöffnung.«

»Sie meinen, Sie wollen ihn aufschneiden und seine Eingeweide herausnehmen lassen?« fragte sie mit schriller Stimme. Bevor er antworten konnte, fuhr sie fort: »Ich weiß nicht, was Toni sagen würde. Er ist jung. Er sieht die Dinge anders als ich. Also ist es möglich, daß es Toni gleich wäre. Aber *ihm* wäre es nicht gleich!« Ihre Stimme hob sich um eine Oktave, und ihr steif ausgestreckter Arm wies auf den Toten. »Nein, *er* würde das gar nicht schätzen! *Er* nicht. Er würde uns das nie verzeihen. Er würde uns aus seinem Grab heraus ins ewige Höllenfeuer verdammen. Na schön, fragen Sie Toni, sprechen Sie mit ihm, vielleicht gibt er seine Einwilligung. *Aber ich nicht!* Ich werde mit Ihnen kämpfen – kämpfen bis zum letzten Atemzug! Bis vors höchste Gericht im Land gehe ich, wenn's sein muß.«

Dr. Horváth hörte mit offenem Mund zu. Er kannte Emma nun schon ein Vierteljahrhundert, aber er hatte sie noch nie in einem Zustand unbeherrschter Erregung gesehen. Es war eine solch erschreckende und unerwartete Erscheinung, wie wenn sich ein friedliches Rinnsal plötzlich in einen tosenden Wildbach verwandelt.

»Du lieber Gott«, stammelte er, »*so* wichtig ist es auch nicht. Ich dachte bloß, es könnte mir ein paar Anhaltspunkte geben. Es ist mir immer noch ein Rätsel. Gott ist mein Zeuge, daß ich nicht mit seinem Tod rechnete. Er hatte Gelbsucht und dazu noch Gastroenteritis, aber wenn nicht sein Herz – ja, vielleicht hatte er einen Schlaganfall. Doch das kann ich nur nach einer Autopsie entscheiden.«

»Und kann ihn das wieder ins Leben zurückrufen?«

»Nein.«

»Wozu also?«

»Gute Frau, ich bin Arzt. Was ich aus diesem Fall lerne, rettet unter Umständen einem andern meiner Patienten das Leben.«

»Finden Sie nicht, daß es zu spät ist für Sie, mit dem Lernen anzufangen? Falls Sie sich bemüht hätten, mehr von der Medizin zu verstehen, wären vielleicht einige Tote heute am Leben. Vielleicht wäre *er* am Leben. Doch selbst wenn Sie sich entschlossen hätten, in Ihrem Alter noch ein bißchen Studien zu treiben, tun Sie das ja nicht an *seiner*

Leiche! Besorgen Sie sich die Leiche irgendeines alten Bettlers und machen Sie Hackfleisch daraus. Aber nicht aus ihm! Nein, er geht in sein Grab, so wie er jetzt ist. Unbelästigt und unverstümmelt. Sauber. Er erwartete von Ihnen und allen andern, als er lebte, daß seine Wünsche beachtet wurden. Ich sorge schon dafür, daß Sie jetzt, da er tot ist, nicht etwas entgegen seinem Willen tun.«

Der Arzt war ein großer, beleibter Mann, aber unter dem funkelnden Blick der Frau kam er sich plötzlich wie ein Knirps vor. Er zuckte die Achseln. »Na gut, Emma«, meinte er mit einem kapitulierenden Seufzer, »regen Sie sich bloß nicht so auf. Ich sag' ja, es ist nicht so wichtig.« Er setzte sich schwerfällig, als hätte die Niederlage ihm alle Kraft geraubt. »Jesus Maria, was ist eigentlich in euch Frauen gefahren? Ihr scheint ja die ganze verdammte Welt regieren zu wollen!« Er hob den Kopf, fast herausfordernd, und warf ihr unter seinen buschigen Brauen hervor einen scharfen, zornigen Blick zu. »Ich erinnere mich noch an den Tag, da ich einen Krankenbesuch bei Ihrem Vater machte und Sie mich mit einem Handkuß begrüßten. Jetzt befehlen Sie mich herum, als wäre ich ein nichtsnutziger Knecht.«

»Fünfundzwanzig Jahre ist eine lange Zeit«, stellte sie gelassen fest, dann trat sie ans Bett und deckte die Leiche zu. Die Geste besiegelte das Zugeständnis, das sie dem Arzt soeben abgerungen hatte. In der Ferne wurde ein Rattern hörbar: auf einer Straße, die mehr Löcher hatte als ein Emmentaler Käse, kam ein Wagen angefahren. »Das ist bestimmt Toni«, sagte sie mit einer Stimme, die ihr Alter, die Tatsache, daß sie vor ein paar Stunden Witwe geworden war, ihr unansehnliches Äußeres, ihre Strenge Lügen strafte. Es war die Stimme eines jungen Mädchens, das eben eine Aufforderung zum nächsten Tanz erhalten hatte.

Die Beerdigung war so eindrucksvoll, würdig und feierlich, als hätte Kálmán Pongrátz selbst ihre Durchführung überwacht. Die Möbel waren aus dem roten Salon entfernt worden, damit der Katafalk darin Platz hatte, derselbe Katafalk, auf dem vor noch nicht einem Jahr auch sein Sohn Bálint aufgebahrt gewesen war. Der Bronzesarg, mit purpurrotem Samt ausgeschlagen, hätte für eine ganze Familie gereicht. Seine Ausmaße ließen den Mann, der darin lag, auf die Hälfte seiner Lebensgröße zusammengeschrumpft erscheinen. Keiner, der in den Dämmer des roten Salons eintrat, konnte wirklich glauben, daß die friedliche Leiche mit dem Pinocchio-Kopf der mächtige und gefürchtete Kálmán Pongrátz sei.

Leutnant Mikay hatte kurz nach Dr. Horváths Abfahrt nach Ladány von dem Todesfall vernommen. In kleinen, von frühem Winternebel und ganzjähriger Langeweile eingehüllten Orten pflanzen sich Lokalnachrichten viel schneller fort als in Großstädten mit gut ausgebauten Verbindungsmitteln. Mikays erste Reaktion war ein Gefühl der Erleichterung. Phyllis würde nicht wegreisen, fuhr ihm durch den Kopf. Im nächsten Augenblick schämte er sich und gab sich, vergebens, alle Mühe, wenigstens eine Spur Bedauern für den Mann zu empfinden, der – wäre es ihm auf irgendwelche Weise möglich gewesen, davon zu erfahren – seinen eigenen Tod bitterlich beklagt hätte. Nein, Kálmán Pongrátz konnte man nicht bemitleiden, genausowenig wie er je betrauert würde. Weder von seiner Witwe, die einmal seine Angestellte gewesen und von ihm auch weiterhin als solche behandelt worden war, noch von seinem Sohn, den er verachtet und aus dem Haus gejagt hatte, noch von den Freunden, die nur Nebenrollen für ihn, den Star, gespielt hatten.

Ein schneidender Wind blies den Leuten einen eiskalten Sprühregen ins Gesicht, als der Sarg bei der Familiengruft ankam. Mikay ließ seinen Blick über die Menge gleiten und fragte sich, wie viele sich wohl am nächsten Tag mit Lungenentzündung ins Bett legen würden. Es war bezeichnend für Kálmán Pongrátz, sein Begräbnis für einen Tag auszulesen, an dem das Wetter den Trauernden möglichst viel Unannehmlichkeiten bereitete.

Nach der Zeremonie am Grab schloß sich der Leutnant der Schlange der Kondolierenden an, die an Toni und Phyllis vorbeizog. Toni war ruhig und gefaßt, auf seinem Gesicht lag ein neuer Ausdruck von Würde und – so schien es Mikay – von Eigendünkel. Phyllis sah müde und erschöpft aus und zitterte vor Kälte. Die Witwe war verschwunden und nach Hause gegangen, wohl um Vorbereitungen für den Ansturm von hungrigen und durstigen Trauergästen zu treffen.

»Bitte kommen Sie zu uns nach Hause, ja?« flüsterte Phyllis Mikay zu, als er ihr die Hand drückte. »All die fremden Leute – ich wäre so froh, wenigstens ein vertrautes Gesicht zu sehen.«

Die Einladung war ehrlich gemeint, freilich nicht gerade schmeichelhaft. Trotzdem nahm Mikay sie ohne Zögern an. Die Aussicht auf einen Abend in Gesellschaft von Phyllis war nicht der einzige Beweggrund dazu. Ihn trieb auch Neugier, ein krankhafter Wunsch, das Haus wieder zu besuchen, das von dem eben begrabenen Mann so wenig zu trennen war wie die Schale von einem Krebs.

Der Katafalk war aus dem roten Salon entfernt worden und die Möbel standen wieder an ihrem Platz; nur die Spiegel waren noch zur Wand gedreht, damit der Geist des Verstorbenen nicht sein Bild darin sehen könne. Die

Vorhänge blieben zu, genauso wie vorher, als die Leiche im Haus gewesen war. Nach dem Volksglauben zog sich nämlich jeder, der durch ein Fenster einen Toten erblickte, eine tödliche Krankheit zu.

Auf dem Wandtischchen im Flur lag ein ledergebundenes Album, in das sich die Trauergäste eintrugen. Der Leutnant kritzelte seinen Namen unten auf eine vollgeschriebene Seite, gab seinen Wettermantel und die Mütze Viki, die als Garderobefrau Dienst tat, und ging hinein. Die Türen zwischen den drei Salons – dem blauen, roten und braunen – waren weit offen und führten ins Eßzimmer, dessen eine Ecke in eine Bar verwandelt worden war. Flaschen mit Wein, Schnaps, Whisky, Cognac und Likör standen auf dem Buffet aufgereiht, und in eisgefüllten Silberkühlern wurde Champagner serviert. Die Anwesenden waren Verwandte oder Freunde, die meisten von auswärts, die sich vor dem langen Heimweg wärmen wollten. Die Unterhaltung geschah *sotto voce,* obschon fast jeder ein Glas in der Hand hielt. Die Gesichter, die während des langen Aufenthalts auf dem Friedhof dem beißenden Wind ausgesetzt gewesen waren, röteten sich jetzt. Da und dort flackerte ein Lächeln auf.

Phyllis saß auf einem Sofa und sprach mit einer großen älteren Dame, die aussah wie eine gotische Heilige in Lodenkostüm und breiten Straßenschuhen mit Gummisohlen. Toni, von einer Gruppe Männer mittleren Alters umringt, hielt im nächsten Zimmer Hof. Vielleicht lag es an seinem schwarzen Anzug mit den schmalen Schultern, vielleicht waren es seine roten Wangen, jedenfalls wirkte er jungenhafter als je. Er bemühte sich, einen geziemend ruhigen, ja betrübten Eindruck zu machen, aber der Leutnant hatte den Eindruck, daß es nicht ausschließlich die vom großen, zuverlässigen Kachelofen ausgestrahlte Hitze war, die Tonis Gesicht zum Glühen brachte, sondern Befriedigung, Sicherheit, sogar Triumph. Er hatte sich pausenlos mit einem mächtigen Gegner geschlagen, und in einem bedrohlichen Augenblick, als alle seine Siegeshoffnungen zu schwinden schienen, machte sein Widersacher einen falschen Zug und verlor den Kampf. Und da war er, Toni, nun plötzlich der Sieger, der Mann mit der Trophäe, der Überlebende.

Mikay sah, daß die Lodenfrau neben Phyllis aufstand. Er eilte hinüber und setzte sich, bevor jemand anderes ihren Platz einnehmen konnte.

»Wie geht's denn?« fragte er Phyllis. Sie hatte dunkle Ringe unter den Augen, und an ihrem Mundwinkel glaubte er einige Fältchen zu entdecken.

»Ich habe Angst«, sagte sie ganz leise. Als sie seinen verdutzten Ausdruck sah, lächelte sie. »Nicht richtig Angst«, verbesserte sie sich, »ich bin einfach bedrückt.«

»Das ist verständlich.«

»Merkwürdig«, fuhr sie gedankenvoll fort, »ich vermisse meinen Schwiegervater.«

»Auch das ist verständlich.«

»Nein, eigentlich nicht. Ich habe ihn nie gern gehabt. Nicht richtig. Aber als ich am Mittwochabend des Haus betrat, hatte ich urplötzlich das Gefühl, daß wir jetzt, da er gestorben ist, nicht hierbleiben sollten. Wie kann ich Ihnen das erklären? Er war wie ein starker Balken, der das Dach über unserem Kopf trug. Jetzt ist der Balken weg, und nichts hindert das Dach mehr am Einfallen.«

»Ich weiß, was Sie meinen, und doch –«

»Ich glaube nicht, daß Sie es wissen«, fiel sie ihm ins Wort, »denn ich weiß es selbst nicht. Es kommt bestimmt daher, daß ich aus einer andern Welt stamme und alles hier furchtbar fremd ist für mich. Und in dieser fremden Welt war er der einzige, den ich verstehen konnte. Er war ein Egoist, ein Tyrann, ein wunderlicher Kauz, aber er war menschlich. Er war ein extrovierter Mensch; und deshalb konnte ich seine scheinbar verborgenen Beweggründe erraten. Meine Schwiegermutter jedoch – sie ist sicher nicht extrovertiert. Für mich ist sie so fern und rätselhaft wie der Planet Saturn. Ich habe keine Ahnung, ob sie gescheit ist oder dumm, gut oder böse, ob sie mich gern mag oder mich haßt. Ich kann nicht einmal mit ihr reden, weil mir nichts einfallen will. Sie bewegt sich umher wie ein frostiger Luftzug, unsichtbar und schweigend, Grabeskälte verbreitend.«

»Sie ist eine ganz einfache Frau, wahrscheinlich zu scheu und gehemmt«, bemerkte Mikay. »Weshalb versuchen Sie nicht, das Eis zu brechen? Vergessen Sie nicht, was sie sich zwanzig Jahre lang alles gefallen lassen mußte. Onkel Kálmán heiratete sie und behandelte sie weiter als Dienstmädchen. Sie war weder Fisch noch Vogel. Sicher wünschte sie oft, Onkel Kálmán hätte sie nicht geheiratet. Dann hätte sie gewußt, wo sie stand. Ja, wäre sie seine Köchin geblieben, hätte er sie zwangsläufig mit viel mehr Takt behandelt, denn wenn es ihr zu bunt geworden wäre, hätte sie einfach kündigen können. Er wußte, daß er eine solch gute Köchin nicht verlieren durfte.«

Eine Gruppe von Leuten, die von Budapest zur Beerdigung gekommen waren, schickte sich zum Aufbruch an, und Phyllis mußte die Gastgeberin spielen und sie zur Tür begleiten, was ihr *tête-à-tête* mit dem Leutnant beendete. Er hatte noch nicht mit der Witwe gesprochen, deshalb machte er sich auf die Suche nach ihr und schlenderte durch die verqualmten Zimmer. Er fand Emma in der Küche, wo sie mit den Mägden und ein paar Bauersfrauen das Nachtessen zubereitete. Amália Kovách war auch da; sie schien sogar stellvertretender Küchenchef zu sein. Mikay hatte sie vorher unter den Gästen entdeckt und sich gefragt, wie sie denn zu der adligen Verwandtschaft, den Komitatsnotabeln und ihren aufgeblasenen Frauen paßte. Jetzt legte sie kaltes Huhn auf eine große Platte und schmückte sie mit Radieschen und phantasievoll zurechtgeschnittenen Karotten. Als er ihren langfingrigen, flinken Händen beim Zubereiten der Platte zusah, fiel ihm plötzlich ein, daß er schon einmal Zeuge dieser Szene gewesen war: wie eine Schar von Frauen in Trauer unter dem Kommando von Amália Kovách sich geschäftig um einen Küchentisch zu schaffen machte, der mit genug Nahrung für ein Bataillon beladen war, das ganze Bild verdüstert durch den Schatten des Todes in der Familie. Tod und Amália Kovách – da schien eine Verbindung, ein Zusammenhang zu bestehen, so daß der Leutnant beim Anblick, der sich ihm jetzt bot, ein Gefühl des *déjà vu* hatte.

Die Erinnerung an frühere Leichenfeiern fuhr dem Leutnant durch den Kopf. Er hatte an mehreren teilgenommen – an Herrn Baloghs, an Pali Reteks, am Begräbnis eines Bauern namens Timor, dessen Sohn unter ihm an der russischen Front gedient hatte, und an andern. Wie viele es gewesen waren, konnte er auf Anhieb nicht einmal sagen. Jedesmal, bei jedem Leichenschmaus, war Amália Kovách die auffallendste, aus allen herausragende Erscheinung gewesen.

Er stand, von den Frauen unbemerkt, auf der Schwelle. Dann drehte sich die Witwe um und wollte zu einer der Mägde etwas sagen. Sie sah ihn und erstarrte. Ihre ausgestreckte Hand, die nach einem Tuch langte, blieb in der

Luft hängen, ihre Augen weiteten sich und der Kiefer fiel herunter. Jetzt wurden auch die andern auf den Leutnant aufmerksam und gafften ihn an.

»Was willst du?« fragte Emma. Ihre Stimme war heiser und undeutlich, wie die eines taubstummen Menschen. Dazu klang sie erschrocken.

»Ich wollte mich nur von Ihnen verabschieden«, antwortete Mikay. »Den ganzen Tag bin ich nicht dazu gekommen, Ihnen zu sagen, wie erschüttert ich bin. Ich weiß, wie Ihnen zumute sein muß.«

»Ach so«, sagte sie mit ihrer trockenen, normalen Stimme. Ihre Züge entspannten sich, sie ergriff das Handtuch und wischte sich damit die Stirn ab. »Ja, es kam plötzlich, nicht wahr?«

»Es war Gottes Wille«, fiel die Hebamme ein. »Zum Glück hat er nicht gelitten.«

»Woher wissen *Sie* denn, daß er nicht gelitten hat?« fragte Mikay. Sein schneidender Ton bewirkte, daß sie ihm das Gesicht zuwandte, ein Gesicht von verblüffender, erregender Häßlichkeit. Plötzlich war ihm, als sähe er sie zum ersten Mal – die stechenden kohlschwarzen Augen, die lange scharfe Nase und die wulstigen Lippen über den zwei Reihen unregelmäßiger, aber sehr kräftiger und ganz weißer Zähne. Es war ein wolfsartiges Gesicht, das einen an Bilder mit Rotkäppchens falscher Großmutter erinnerte.

»Er gehörte nicht zu der Art von Menschen, die schweigend leiden«, antwortete ihm Amália. »Er hätte geflucht und gebrüllt und getobt und das Arztpersonal des hintersten Spitals im ganzen Land mobilisiert. Deshalb wissen wir, daß er nicht gelitten hat.« Sie schnitt eine verachtungsvolle Grimasse und wandte sich dann wieder ihrer Platte zu.

»Waren Sie dabei, als er starb?« wollte der Leutnant wissen. Sie antwortete nicht, und er trat zu ihr. »Ich habe Sie etwas gefragt, Amália.«

»Nein, ich war nicht dabei. Zufällig schaute ich etwas später herein. Emma kam die Treppe herunter, als ich das Haus betrat, und berichtete mir, daß sie ihn soeben tot vorgefunden hätte. Also war ich wohl im Augenblick seines Todes auf dem Weg hierher. Oder noch daheim. So, da haben Sie Ihre Antwort, Herr Leutnant. Und übrigens noch etwas anderes – ich red' Sie mit ›Herr Leutnant‹ an und Sie sagen zu mir ›Amália‹! Ich könnte Ihre Mutter sein, also hören Sie bitte von jetzt an auf, mich ›Amália‹ zu nennen, sonst sag' ich nämlich ›Rudi‹ zu Ihnen. Ich finde, ›Frau Kovách‹ wäre weitaus passender.«

»Also schön, Frau Kovách.« Mikay grinste, obwohl kochende Wut in ihm hochstieg. Er trat zur Witwe und drückte sie an sich.

»Leben Sie wohl, Tante Emma«, sagte er. »Tragen Sie Sorge zu sich und lassen Sie mich wissen, wenn ich irgend etwas für Sie tun kann.«

Sie gab keine Antwort, lächelte nur matt und nickte. Er verließ die Küche und ging den langen Korridor hinunter zum kleinen Garderoberaum im Flur, um seinen Mantel und die Mütze zu holen. Er öffnete die Tür und blieb wie festgenagelt auf der Schwelle stehen. Auf einer mit Mänteln vollgehäuften Bank lagen eng umschlungen zwei Gestalten; er konnte nicht sogleich sagen, ob sie miteinander rangen oder verkehrten. Zuerst wollte er sich rasch zurückziehen und tun, als hätte er nichts gesehen. Doch nach kurzem Überlegen trat er ein, schlug die Tür zu und drehte den Schlüssel. Er packte den Mann – es war Toni Pongrátz – bei der Schulter und stellte ihn auf die Füße.

»Hast du den Verstand verloren?« schrie er ihm ins Gesicht, auf dem sich die Sinnesglut allmählich in eine zornige Verlegenheitsröte verwandelte. Das Mädchen war Viki; aus lauter Verblüffung rührte sie sich überhaupt nicht und blieb auf dem Stoß von Mänteln ausgestreckt liegen. Ihre weiße Bluse stand weit offen über den Brüsten, ihr Rock war bis zur Taille hinaufgeschoben und entblößte die Oberschenkel. Neben dem kreideweißen Unterrock mit den vielen Rüschen wirkte ihre Haut wie schimmerndes Perlmutt. Sie starrte den Leutnant so verdrießlich an wie ein kleines Kind, das beim Spielen rücksichtslos unterbrochen wird.

»Stell dir vor, es wäre jemand anderer hereingekommen!« flüsterte Mikay heiser. »Du hättest zum mindesten die Tür abschließen können! Und wenn dich nun deine Frau gefunden hätte?«

Toni stopfte den Hemdschoß in die Hosen und knöpfte sie zu.

»Nun«, sagte er und ließ ein eisiges Lächeln aufblitzen, »dann hätte sie wenigstens eine klare Vorstellung von meinem Charakter erhalten. Was früher oder später geschehen muß. Das ist unvermeidlich. Und je eher, desto besser. Damit sie sich entscheiden kann, ob sie mir den Laufpaß geben oder mich nehmen will, wie ich bin. Mit anderen Worten, es geht dich einen Dreck an.« Er warf Viki, die sich inzwischen auf der Bank aufgesetzt hatte und ungeschickt ihre Bluse in Ordnung brachte, einen kurzen Blick zu. »Ich hab' dir doch gesagt, du sollst die Tür zuschließen. Jetzt hau ab.«

Sie stand gehorsam auf und schlich aus der Garderobe.

»Wie kannst du nur?« fuhr Mikay wieder auf Toni los. »Und mit der. Weißt du nicht, daß sie schwachsinnig ist?

Wenn du schon ein Schwein sein mußt, kannst du dann nicht wenigstens eine finden, die normal ist? Die da ist noch imstande und geht schnurstracks zu deiner Frau, um es ihr zu erzählen.«

»Laß Phyllis aus dem Spiel. Wer zum Teufel bist du überhaupt? Mein Vater? Ihr Bruder? Ihr –« Er beendete den Satz nicht. »Und wenn ich ein Schwein bin, dann bist du auch eins. Gehörst du nicht zu Flora Schneiders Stammkunden?«

»Da besteht ein großer Unterschied. Du bist verheiratet, ich bin's nicht.«

»Du lieber Himmel! Du tust ja ebenso scheinheilig wie Kaplan Tóth. Tatsächlich, das ist ein Gedanke – vielleicht tobt auch er so gegen alles Geschlechtliche, weil er in seinem Innersten ein Wüstling ist wie du.«

»Na schön, Toni. Ich bin ein Wüstling und du bist ein Ritter ohne Furcht und Tadel. Trotzdem, an deiner Stelle würde ich mich von beschränkten Dienstmädchen im eigenen Haus fernhalten. Und wäre es nur, weil ich zu den vier Trotteln, die es in Ladány schon gibt, nicht noch einen weitern aufstellen möchte. Zudem könnte die Geschichte bekannt werden, und eine Schwachsinnige verführt zu haben, wäre nicht gerade ein Ruhmesblatt für dich.«

Toni brummte einen wüsten Fluch, öffnete die Tür und verließ die Garderobe. Mikay zog Mantel und Mütze aus dem Haufen von zusammengedrückten Pelzen und Kleidungsstücken hervor und machte sich auf den Heimweg.

7

Es war ein langer, kalter Winter. Schicht um Schicht legte sich der Schnee auf Boden, Dächer und Bäume, als hätte jemand beschlossen, die zerbrechliche Welt in Watte zu packen und vor der Zerstörung zu bewahren. Es war eine stille, ruhige Welt, da die Schneedecke die Alltagsgeräusche dämpfte. Es gab viel Sonnenschein und tiefblauen Himmel und, nach kurzen Tauwettereinbrüchen, glitzernde Eiszapfen. Die Straßen waren vereist, und sooft ihr reines Weiß schmutzig wurde, sorgte ein neuer Schneefall dafür, daß sie wieder so makellos wie zuvor aussahen. In den Dörfern hielt die Kälte die Leute in den Häusern zurück, brachte entzweite Paare dazu, daß sie sich versöhnten oder einander noch gründlicher haßten, und machte Ehebruch zu einem gewagten Unternehmen. Die Sterblichkeit stieg, besonders in Ladány. Es waren vor allem die Alten und Kranken, die das Zeitliche segneten; ihr Tod wurde kaum betrauert, dafür murrten die Totengräber nicht schlecht, weil sie mit ihren Schaufeln die knochenhart gefrorene Erde ausheben mußten.

Toni und Phyllis verbrachten Dezember und Januar in Budapest. Sie trugen noch Trauer und konnten weder Tanzereien besuchen noch ins Theater gehen, aber trotzdem war es für sie eine glückliche und ausgefüllte Zeit. Tonis Verwandte mütterlicherseits gehörten alten und angesehenen Familien an und hatten ein Auge für Qualität, ob es sich nun um Kunst, Schneiderarbeit, Politik, Pferdezucht oder Frauen handelte. Sie erklärten übereinstimmend, daß Phyllis ausgezeichnet zu Toni passe, und sagten ihm das viel zu oft und viel zu deutlich. Zuerst war er geschmeichelt, doch nach einiger Zeit begannen ihn die Lobeshymnen zu ärgern. Zur Vergeltung stürzte er sich in eine kurze, aber feurige Affaire mit einer jungen Kabarettsängerin, einer dunkelhaarigen Schlampe mit dem anziehenden, wenngleich ordinären Humor der Elendsviertel, aus denen sie erst vor kurzem aufgestiegen war. Eine Venus – nicht schaum-, sondern dreckgeboren.

Vor der Rückkehr nach Ladány bestellte Toni bei der Packard-Vertretung ein achtzylindriges rotes Kabriolett. Das wurde für den Kreis Korond, was Phaëtons Wagen für das alte Griechenland gewesen war, obwohl es nie die Welt in Brand zu stecken drohte, sondern nur das Schicksal einer eindrucksvollen Zahl von Hühnern und Gänsen, zweier Kühe und eines einbeinigen Hausierers besiegelte. Die Kühe mußten abgetan werden, doch der Hausierer kam mit dem Leben davon. Er wurde mit einem gebrochenen Hüftknochen ins Spital gebracht, zu einer langen und am Ende sehr vorteilhaften Liegekur.

Leutnant Mikay hatte einen Winter voller Betrieb, aber im Grunde langweilte er sich dabei. Es gab die üblichen Familienzusammenkünfte an Weihnachten, die lärmige Silvesterfeier im Hotel Korond und die Faschingsbälle im Hauptort des Komitats. Er besuchte die Bälle nur seiner Mutter zuliebe, die nächtelang wachlag und sich über zwei Fragen Sorgen machte: über seine wahllosen Frauenbekanntschaften und über die Familienfinanzen. Sie war überzeugt, daß durch eine Heirat mit einer reichen Tochter beide Übel behoben werden könnten. Dummerweise ödete ihn nichts so sehr an wie jungfräuliche Unschuld. Mit Flora Schneiders Mädchen sich zu unterhalten – nur zu unterhalten –, machte ihm mehr Spaß, als eine ganze wohlbehütete Nacht in Gesellschaft selbst des hübschesten, naivsten, romantischsten Täubchens zu verbringen. Vielleicht hatte das seinen Grund darin, daß er in Phyllis Pongrátz verliebt war. Dessen konnte er allerdings nie völlig sicher sein. Bisher hatten Liebe und Begierde für ihn immer dasselbe bedeutet, doch der Gedanke, mit Phyllis zu schlafen, kam ihm gar nie richtig in den Sinn. Er hätte nichts dagegen gehabt, mit einem der Täubchen zu schlafen, da einige von ihnen zum Anbeißen aussahen. Nur fand er den Preis – die Ehe – zu hoch. Am Aschermittwoch kehrte er vom letzten Maskenball, an dem er als türkischer Krieger teilgenommen hatte, noch immer als freier und ungebundener Junggeselle nach Hause zurück.

Zwei Tage später kam ihn sein einstiges Kindermädchen, Klára, besuchen. In den glücklichen Vorkriegszeiten, als das Vermögen der Mikay noch unerschöpflich geschienen hatte, war die Familie viel auf Reisen gewesen, hatte die Winter in Budapest oder Wien verbracht und die Sommer an der Adria oder im Salzkammergut. Klára war immer mitgefahren. Sie war ein hübsches Mädchen, die Männer fanden sie sehr anziehend. Der Hilfsportier des Hotels Post in Ischl hielt bei Frau Mikay einmal in aller Form um Kláras Hand an. Der Antrag erheiterte sie, doch sie lehnte ihn glatt ab. Sie war schon über dreißig, als sie schließlich Tatár heiratete, einen Bauern aus Ladány mit einem Haus, einem Rebberg und zwanzig Joch Land – ein Besitz, der auf die Tochter eines mittellosen Knechts unwiderstehlich wirkte. Tatár war ein schlechter Mann, ein Placker und Leuteschinder, der sie in mehr als einer Hinsicht ausnützte. Der Leutnant sah mit Bestürzung, was zwölf Ehejahre aus ihr gemacht hatten. Als er sie an sich drückte, war sie gewichtslos wie ein Gerippe in seinen Armen.

»Was erzählt man sich so in Ladány?« fragte er im Gesprächston und hoffte, sie merke nicht, wie erschrocken er war.

»Nicht viel. Der junge Ferenc Balogh hat seine Frau wieder verprügelt. Sie rannte schreiend aus dem Haus. Und erst noch mitten in der Nacht. Die alte Frau Balogh stand einfach daneben und rührte keinen Finger. Sie soll im Sinn haben, wieder zu heiraten, diesmal einen von der Eisenbahn, der zehn Jahre jünger ist als sie. Ihr Sohn ist natürlich ganz und gar gegen die Heirat. Deshalb ergreift sie nie Lidis Partei. Sie will ihn nicht noch mehr gegen sich aufbringen.«

»Und sonst?«

»Wart mal ... ja: Teréz Kozma – auch sie will wieder heiraten.«

Er hatte mit einem Bleistift gespielt, jetzt ließ er ihn fallen und setzte sich kerzengerade auf. Klára entging es nicht, und sie lächelte.

»Immer noch eingeschnappt?« fragte sie.

»Was meinst du damit?«

»Es heißt, du wärst wütend über sie, weil sie sich nicht erwischen ließ. Aber ich weiß, daß sie ihren Mann nicht vergiftet hat. Das hat sie selbst gesagt. Sie ging für eine Weile aus dem Haus, und als sie zurückkam, lag er mausetot auf dem Bett.«

»Weshalb glauben dann die Leute trotzdem, sie hab' ihn umgebracht?«

»Sie stellen sich gern vor, daß ab und zu auch der Arme ungestraft davonkommt. Nicht nur immer der Reiche.«

»Wen will Teréz heiraten?«

»Einen Mann aus Ardó. Einen Witwer namens Mihály Vince.«

»Den alten Bock?«

»Alt, aber reich.«

»Sie macht einen Blödsinn.«

»Das hab' ich auch gemacht, als ich Tatár heiratete. Aber es hat keinen Sinn, mit Teréz reden zu wollen. Sie hört gar nicht zu.«

»Kann ich irgend etwas für dich tun?« fragte Mikay. Er wußte, daß sie ihn nicht besuchte, um Frau Balogh und Teréz durchzuhecheln.

»Ja, Rudi. Ich komme eben von Moni – ich meine, Dr. Rosenzweig. Ich war in der letzten Woche dreimal bei ihm zu Untersuchungen und so weiter. Heute fragte ich ihn nach den Ergebnissen, aber er sagte, er teile sie meinem Mann mit. Und das ist genau das, was ich nicht will. Weißt du, mein Mann wird keine zehn lumpigen Kronen ausgeben für meine Gesundheit. Im Gegenteil, er würde mich gerne los, damit er eine junge und kräftige Frau heiraten kann. Deshalb möchte ich, daß du mit Dr. Rosenzweig sprichst und mir dann die Wahrheit sagst, so schlimm sie auch sein mag. Ich muß es wissen, Rudi, ich muß. Verstehst du?«

Mikay ging hinaus und rief Moni an.

»Ich finde, sie sollte nicht die volle Wahrheit erfahren«, meinte der Arzt. »Ich persönlich bin dagegen. Aber *dir* will ich es sagen. Sie ist schwerkrank. Zunächst mal hatte sie in den ersten Ehejahren mehrere Abtreibungen. Die übliche Geschichte: ihr Mann hatte schon einen Sohn von seiner ersten Frau und wollte keine weiteren Kinder – damit sein Land nach seinem Tod nicht aufgeteilt wird. Das war in den Vor-Amália-Tagen, und Kláras Abtreibungen wurden mit entsetzlich primitiven Methoden eingeleitet, die sie verkrüppelten. Dazu hat sie Nephritis – eine ziemlich fortgeschrittene Form, bei der nicht viel zu machen ist.

Ruhe und nochmal Ruhe, strenge Diät, einige Medikamente können ihr vielleicht noch ein paar Monate verschaffen.«

›Verdammter Sándor Tatár!‹ dachte Mikay, dann fragte er: »Was schlägst du vor?«

»Sie muß unbedingt ins Komitatsspital. Es ist zwar kein Sanatorium, aber dort erhält sie wenigstens richtige Pflege. Bring sie dazu, daß sie geht. Je eher, desto besser.«

»Nun, wie lautet das Urteil?« fragte Klára, als der Leutnant ins Zimmer zurückkam.

»Alles in Ordnung.« Er versuchte einen beruhigenden Ton anzuschlagen, fürchtete aber, daß es ihm nicht gelang. »Dir fehlt nichts, was sich mit Geduld und guter Pflege nicht wieder ins Lot bringen ließe. Du mußt ins Krankenhaus und –«

»Krankenhaus?« Sie riß erschrocken die Augen auf. »Wenn ich sterben muß, sterbe ich lieber anderswo.«

Plötzlich wußte er, daß eine Welt sie trennte. Sie mußte sterben und er sollte weiterleben. Weder Liebe, Mitleid, Aufopferung noch Geld konnten jemals den Abgrund zwischen zwei Menschen überbrücken, von denen der eine sterben und der andere weiterleben sollte.

»Wer hat etwas von Sterben gesagt? Red nicht wie eine dumme Bauernfrau.«

»Ich bin eine dumme Bauernfrau.«

»Nein, das bist du nicht. Du bist die Frau, die *Madame Bovary* las, statt unsere Socken zu flicken. Jetzt paß auf, das ist ernst. Du mußt ins Krankenhaus. Nächsten Montag bin ich in Szolnok. Dann besuche ich Professor Kemény. Er wird ein Bett für dich bereitstellen und dafür sorgen, daß du die allerbeste Pflege erhältst. Du willst doch wieder gesund werden, nicht wahr, Klára?«

Sie warf ihm einen langen, eigenartigen, nachdenklichen Blick zu.

»Ja, Rudi, ich will wieder gesund werden.«

Sie vereinbarten, Klára solle ihn am Dienstag vom Postamt in Ladány anrufen, um zu erfahren, wann sie sich im Spital melden könne. Der Anruf kam nicht. Der Leutnant wartete vier Tage, dann wies er die reguläre Gendarmeriepatrouille von zwei Mann an, bei ihrem Haus vorbeizugehen und herauszufinden, was sie vom Telephonieren abgehalten hatte. Die Streife kam zurück mit der Nachricht, daß Sándor Tatár, Kláras Mann, an dem Tag, da der Leutnant in Szolnok gewesen war, an einem Schlag gestorben sei.

Als der Leutnant das nächstemal nach Ladány hinausritt, hielt er bei ihrem Haus an. Die Türen waren verriegelt, die Fensterläden geschlossen, und der Hof lag verlassen da. Die Nachbarn berichteten ihm, Klára habe das Vieh verkauft und ihre paar Sachen gepackt und sei nach Budapest gefahren. Sie hatte niemandem gesagt, was sie in der Stadt wolle. Die Leute nahmen an, sie sei dorthin gegangen, um Heilung zu finden oder in Frieden zu sterben.

Der Frühling kam mit der spielerischen Zerstörungswut eines jugendlichen Missetäters. Am zweiundzwanzigsten April war die Sonne noch hinter einem Schleier von Nebelwolken verborgen, aber am dreiundzwanzigsten zog sie in der goldenen Pracht eines barbarischen Eroberers über den Himmel. Gegen Nachmittag waren die weißen Felder schon mit großen kahlen Flecken nackter Erde übersät. Kleine Bäche wurden zu Flüssen, und am Morgen des dreißigsten wälzte sich eine reißende, tosende Flut durch das Tal der sonst so besonnenen Hamar. Eine Abteilung Soldaten wurde zur Hilfe beim Deichbau nach Ladány beordert. Aber da hatte die Überschwemmung schon zwei Opfer gefordert: einen dreijährigen Zigeunerknaben und Frau Baloghs Schwiegertochter.

Beide galten als Opfer von Unglücksfällen. Der hochgehende Fluß überraschte die Zigeunerfamilie mitten in der Nacht, und als sie sich und ihre Habseligkeiten zu retten versuchten, wurde der Junge in dem Durcheinander irgendwie übersehen und zurückgelassen. Das war es eben mit den Zigeunern: sie hatten mehr Kinder, als sie zählen konnten. Der Fall der jungen Frau Balogh lag nicht ganz so einfach. Die Tragödie ereignete sich früher am Abend, und die Schuld trug der junge Hund der Frau, der verschwunden war, gerade als das erstemal Alarm geschlagen wurde. Mehrere Leute sagten bei der gerichtlichen Untersuchung aus, Lidi Balogh sei die Straße auf und ab gerannt und habe wie wild ihrem Hund gerufen. Frau Balogh erinnerte sich, daß sie ihre Schwiegertochter gemahnt hatte, auf sicherem Grund zu bleiben, da das Wasser im Tal weiter stieg. Erst als Lidi zum Nachtessen nicht nach Hause kam, fing Frau Balogh an, sich Sorgen zu machen. Sie benachrichtigte ihren Sohn, der mit den Männern eine Gefahrenstelle durch Sandsäcke verstärkte, und er ging auf die Suche nach Lidi.

Zwei Tage später wurde die Leiche der jungen Frau am Flußufer bei Ardó gefunden, wo sie in den Ästen einer Trauerweide hängengeblieben war. Sie tat den Leuten leid, obgleich alle fanden, es sei töricht von ihr gewesen, ihr Leben für einen unnützen Köter zu opfern. Man erinnerte sich, daß sie einst den Schleier hatte nehmen wollen. So verhalf ihr, dem armen Lamm, die Überschwemmung wenigstens zu dem, wonach sie sich seit je gesehnt hatte: einem Plätzchen im Himmel. Sie verhalf auch den Baloghs,

Mutter und Sohn, zu dreißig Joch Land, zu den vierzig hinzu, die sie schon besaßen.

Als die Wasserfluten zurückgingen, wurde der junge Hund gefunden. Jemand mußte ihn aus Versehen im Werkzeugschuppen unten in Baloghs Obstgarten eingeschlossen haben, wo er dann während der Überschwemmung ertrank.

Der Frühling brachte aber nicht nur Unglücksfälle und Katastrophen. Als versuchte er die Verspätung wettzumachen, verwandelte er die Landschaft in einen einzigen üppigen Blumengarten. Zuerst blühten die Mandelbäume, dann kamen die Kirschen in ihrer weißen Pracht an die Reihe, und die Äpfel beschlossen den festlichen Aufzug.

Der Leutnant sah nicht viel von den Pongrátz. Er ging ihnen aus dem Weg. Nach ihrer Rückkehr aus Budapest schien Toni sich nun der Umgebung anpassen zu wollen. Er übernahm den landwirtschaftlichen Betrieb, und allen Anzeichen nach war er auf dem besten Weg, ein durchschnittlicher Ehemann zu werden. Zu ihrem ersten Hochzeitstag kaufte er Phyllis einen kostbaren Diamantring. Da kaum vier Monate seit dem Tode von Kálmán Pongrátz vergangen waren, feierten sie den Hochzeitstag mit einem ruhigen Essen für ein paar Leute aus der Umgebung. Mikay und seine Eltern waren eingeladen, ebenso die Simkos, Dr. Horváth und seine Frau und Dekan Markos mit seiner Ilonka. Phyllis machte einen glücklichen und gelösten Eindruck. Toni war ein aufmerksamer, liebenswürdiger Gastgeber. Ein schwarzes Samtband verbarg eine ansehnliche Beule auf Frau Simkos Stirn, und der Lehrer hatte wohl wieder eine Menge Brennholz gespalten, denn drei Finger seiner rechten Hand waren verbunden. Die acht Gänge des Essens, eines von Emmas besten, wurden unter der Leitung des neuen Butlers serviert, den Toni durch eine Budapester Agentur angestellt hatte. Der Butler war der Vorbote von kommenden gewaltigen Veränderungen im Schloß. Toni hatte großartige Pläne: fließendes Wasser und Zentralheizung sollten installiert, Zimmer neu eingerichtet, Garagen gebaut werden. Das ganze Komitat war sich einig, daß er innerhalb von fünf Jahren pleite gehen werde.

»Also ist es Ihnen schließlich gelungen, die Simkos kennenzulernen?« fragte der Leutnant Phyllis, nachdem sie vom Tisch aufgestanden waren.

»Ja. Toni gab nach und erlaubte mir, sie einzuladen. Doch ich glaube nicht, daß Herr Simko sehr begeistert ist von meinem Plan, ihm in der Schule zu helfen. Er ist der Ansicht, Fortschritt sei etwas für die Leute in der Stadt, aber nicht für Bauern. Gesundheitspflege sei schön und gut, wenn man Zeit und Geld dafür habe, aber es seien mehr Menschen an zuviel Arbeit gestorben als an zuwenig Wannenbädern, sagt er. Offen gestanden, ich glaube nicht, daß er es mit der Reinlichkeit übertreibt. Und Frau Simko auch nicht. Es ist schade, daß sie mich nicht helfen lassen wollen. Nichts ist schwerer, als Gleichgültigkeit zu bekämpfen. Und auf Gleichgültigkeit stoße ich hier überall. Oder ist es, schlicht gesagt, einfach Faulheit?«

Eines der Mädchen, die Albert, dem neuen Butler, halfen, war Viki. Mikay hatte sie seit der peinlichen Begegnung in der Garderobe nicht mehr gesehen. Es schien ihm, sie sei größer geworden; und auch fester. Wie sie da stand, ihr makelloser Umriß scharf abgehoben von der kalkweißen Wand des Speisezimmers, bemerkte er die Rundung ihres Bauches unter der schwarzen Tracht und der feschen Musselinschürze. Es hätte Babyspeck sein können, aber wahrscheinlich war es etwas anderes, entschied er.

Nach Tisch fragte Ilonka Phyllis, ob sie sich den Diamantring, der mittlerweile zum Stadtgespräch von Korond geworden war, genauer betrachten dürfe. Man saß im blauen Salon. Albert ging mit dem Servierwagen herum und bot Cognac und Likör an, und Józsi, ein zum Lakaien beförderter Hausbursche, folgte ihm mit einem Tablett Havannazigarren und ägyptischer Zigaretten. Viki, die Stirn vor Konzentration gerunzelt, steuerte den Wagen vorsichtig zwischen Sofas, Polsterbänken, Sesseln, Tischchen und Leuten durch. Als sie bei den beiden Frauen vorbeikam, von denen die eine ihre weiche, gepflegte Hand hochhielt und die andere den Ring bewunderte und leise, verzückte Gluckser ausstieß, blieb Viki, wie geblendet vom Glanz des Steines, plötzlich stehen. Sie staunte ihn an, bis ein ärgerlicher Rippenstoß und ein geflüsterter Rüffel von Albert sie antrieb. Viki antwortete mit einer mürrischen Grimasse und gab dem Servierwagen einen jähen Stoß, so daß die Flaschen und Gläser gefährlich wackelten. Toni stand ein paar Schritte davon entfernt. Als sie zu ihm kam, hielt sie wieder an und sah zu ihm auf mit dem unschuldigen, betörenden Lächeln eines zehnjährigen Kindes, das hofft, es dürfe in den Zirkus gehen.

»Wann kaufen Sie *mir* solch einen hübschen Ring?« fragte sie laut und deutlich.

Zufällig herrschte gerade eine Gesprächspause, so daß jedermann Viki hörte und verstand. Toni wurde rot – seine zarte Haut paßte schlecht zu seinem hitzigen Wesen – und verzog sich schleunigst in die andere Ecke des Zimmers. Ilonka hörte auf zu gurren. Ihre Augen wurden größer, glänzender und blauer denn je. Phyllis ließ die Hand sinken, als wäre der Diamant plötzlich zu schwer für ihren Finger. Emma erstarrte in der Tür, von wo sie die Leistung des neuen Butlers begutachtet hatte. Ein Schatten fiel über ihr Gesicht, ihre Lippen wurden schmal, und sie schleuderte Viki einen Blick zu, der mehr war als nur eine Drohung; er enthielt ein Urteil.

Entgegen den Erwartungen wurde Viki nicht entlassen, sondern zu der Jagdhütte im Gehege der Pongrátz abgeschoben, eine gute Stunde mit dem Wagen hinter Ardó. Der Wildhüter lebte mit seiner Familie im einen Flügel der Hütte. Wenn die Pongrátz und ihre Gäste während der Jagd dort weilten, besorgte die Frau des Hüters ihnen den Haushalt. Jetzt hieß es plötzlich, sie brauche eine Hilfe in der Person von Viki.

Freundliche Überredung allein genügte nicht, damit Viki die Reise antrat. Frau Torma, ihre Mutter, wurde herbeizitiert und angewiesen, sie zur Vernunft zu bringen. Die Unterhaltung fand in Emmas Gegenwart statt, hinter verschlossenen Türen in der Nähstube. Als die drei wieder erschienen, waren Vikis Wangen dick geschwollen. Die Beweisführung ihrer Mutter mußte schlagend gewesen sein, denn jetzt fügte sie sich widerspruchslos und bestieg den wartenden Wagen, der sie zur Jagdhütte bringen sollte. An ihre Stelle im Haus trat eine von Frau Baloghs Nichten. Sie hatte die fahle Haut ihrer Tante und kurze O-Beine. Dazu schielte sie auch noch. Als Toni die neue Magd zum erstenmal erblickte, bemerkte er säuerlich, sie sehe aus wie ein japanischer General.

8

»ICH WEISS, ich habe dich letztes Jahr auf eine vergebliche Jagd geschickt«, sagte Dr. Rosenzweig, als er und Leutnant Mikay an einem milden Maitag im Hotel Korond beim Mittagessen saßen, »und mich folglich bei dir nicht gerade lieb Kind gemacht. Mein Gewissen läßt mir jedoch keine Ruhe. Ich würde dich nicht damit belästigen, wenn diese Holzköpfe bei der Staatsanwaltschaft auf mich hören wollten. Leider betrachten sie mich als einen Unruhestifter mit paranoiden Tendenzen. Sie meinen, ich sei auf Dr. Horváth neidisch und wolle Amália Kovách zur Strecke bringen, weil sie eine größere und einträglichere Praxis hat als ich.«

»Komm zur Sache, Moni.«

»Die Sache ist die, daß die Sterblichkeitsziffer in Ladány wieder einmal im Ansteigen ist. Etwas ist da nicht ganz koscher, wenn du mich fragst. Zwei Sachen sind mir neulich zu Gehör gekommen, die meine ›Paranoia‹ rechtfertigen. Zuerst einmal – wie du weißt, ist meine Großmutter neunzig und lebt allein in einem großen Haus in Bér. In letzter Zeit kränkelte sie, und das ist eine große Last für meine Mutter. Oma verlangt, daß sie mehrmals in der Woche zu ihr kommt. Du kennst die Straße nach Bér. Ein Looping in einem Flugzeug würde deinem Magen weniger zusetzen als eine Wagenfahrt auf dieser Straße. Na ja, um es kurz zu machen: die Witwe Timor – sie ist Amálias Nachbarin – war letzthin im Laden. Mama war eben von Bér zurückgekommen und klagte wahrscheinlich über Omas Weigerung, nach Ladány zu ziehen, was es unendlich viel leichter machen würde, sie zu pflegen. Da sieht Frau Timor Mama sonderbar an und sagt: ›Weshalb Frau Rosenzweig plagen? Die alte Frau wird früher oder später sterben müssen, weshalb sie also nicht von ihren Leiden erlösen und es für Sie selbst leichter machen? Sprechen Sie doch mit Amália darüber.‹ Mama starrte sie sprachlos an, dann faßte sie sich nach einer Weile und fragte Frau Timor, was sie damit meine. Mittlerweile hatte die Frau wohl gemerkt, daß sie zu weit gegangen war, und verließ den Laden ohne Erklärung. Seither hat sie ihn nicht mehr betreten. Sie schickt ihren Sohn, wenn sie etwas braucht.«

Er hielt inne und wartete auf eine Bemerkung des Leutnants. Als keine erfolgte, fuhr er fort.

»Der zweite Vorfall betrifft unsere teure Frau Balogh. Sie ist bereit, wiederum den Gang zum Traualtar anzutreten. Diesmal ist es ein Mann aus Ardó, ein Eisenbahnschaffner. Nun, es scheint, daß ihr Sohn, Ferenc, nicht gerade begeistert ist über die Verbindung. Vor ein paar Wochen hatten er und der ›Bräutigam‹ seiner Mutter einen fürchterlichen Streit in Papas Wirtshaus. Zum Glück ist Samu, unser Kutscher, Komitatsmeister im Ringen, und deshalb konnte er sie trennen, bevor sie das Lokal kurz und klein schlugen. Seither wurde der Schaffner in Ladány nicht mehr gesehen. Letzthin begegnete Samu ihm zufällig hier in Korond. Er erzählte Samu, daß er mit der Balogh gebrochen hat, weil er – Anführungszeichen – keiner Frau zuliebe wegen siebzig Joch Land hängen will, selbst wenn sie Goldklumpen darauf anbauen sollte – Anführungszeichen geschlossen. Samu versuchte ihn auszuholen, aber mehr erfuhr er nicht von ihm.«

»Er hat sicher gemeint«, sagte Mikay endlich, »wenn er die Frau heirate, führe das zu einem neuen Streit mit dem

Sohn. Wahrscheinlich zu einer Messerstecherei. Was sollte er sonst gemeint haben?«

»Samu hat es nicht so aufgefaßt.« Moni schüttelte den Kopf. »Frau Balogh, so häßlich sie ist, war von jeher mannstoll. Mama entsinnt sich noch, daß sie ihr erstes uneheliches Kind mit fünfzehn hatte. Es starb schon bald nach der Geburt. Zwei weiteren erging es ebenso. Ihr erster Mann, ein Maurer, erwischte sie *flagrante delicto* mit der halben männlichen Einwohnerschaft von Ladány. Als er von einem Gerüst zu Tode stürzte, heiratete sie Ferenc Balogh, der viel jünger war als sie –«

»Ich hab' ihn gekannt. Er hatte einen Klumpfuß.«

»Und vierzig Joch Land.«

»Er ist vor ungefähr anderthalb Jahren gestorben«, sagte Mikay.

»Stimmt. Als nächstes hatte sie eine Liebschaft mit Lajos Kardos. Jetzt ist Kardos auch tot, und ebenso seine Tochter, die Frau Baloghs Sohn heiratete.«

»Sie ist ertrunken. Kein einziger hat gesehen, daß Frau Balogh ihr einen Stoß gab. Und was Kardos betrifft, so war er bis zuallerletzt in Dr. Horváths Behandlung. Dr. Horváth ist weiß Gott kein großer Diagnostiker, aber den Unterschied zwischen natürlichem Tod und Mord kann er auch noch feststellen.«

Dr. Rosenzweig zuckte die Achseln.

»Ich weiß nicht«, sagte er, »vielleicht bin ich wirklich ein Paranoiker. Vielleicht hasse ich sie einfach alle, weil ich in dem Dorf aufgewachsen bin und doch nie dazugehörte.«

Der Leutnant lachte. »Mach kein solch verdammtes Theater daraus. Es ist gut möglich, daß es so etwas wie Instinkt gibt. Und wer weiß, vielleicht hat dein Instinkt recht und ich habe die ganze Zeit nicht recht gehabt.«

Das nächstemal, als Mikay nach Ladány hinaus reiten mußte, stattete er Frau Balogh unangemeldet einen Besuch ab. Es war gemunkelt worden – man nahm es freilich nicht ganz ernst, sondern betrachtete es eher als einen Witz –, Frau Balogh wolle sich um das Amt des Dorfschulzen bewerben. Das Gerücht gab Mikay einen Vorwand für den Besuch. Seit der Hochzeit war er nicht mehr bei ihr gewesen. Damals hatte der Hof mit den brennenden Lampions und all den Tischen, Bänken und Leuten einen reizvollen und fröhlichen Eindruck gemacht. Jetzt war es einfach ein weiter, leerer Platz, der nur am Rande von einigen verwahrlosten Obstbäumen und einer alten Eiche Schatten erhielt. Der Rest bestand aus Pfützen vom letzten Regen her, Dreck und ein paar Büscheln Gras, die um ihr Leben kämpften. Als der Leutnant sein Pferd durch das Tor führte, stellte sich ihm eine Schar Gänse mit flatternden Flügeln und trotzig ausgestreckten langen Hälsen in einer schnatternden, zischenden und quakenden Schlachtlinie entgegen. Sie bewachten Frau Baloghs kleines Haus so pflichteifrig wie ihre Vorfahren vor mehr als zwei Jahrtausenden das Kapitol von Rom. Mikay band sein Pferd an einen Pfosten, verscheuchte die Gänse und klopfte an die Küchentür. Niemand meldete sich, und so trat er ein. Von irgendwoher im Haus drang die Stimme eines Mannes, der einen Psalm sang. Nach einem Weilchen hörte der Gesang auf.

Der Wohlstand, der sich im Hof nicht verriet, offenbarte sich nun in der Küche. Außer den Töpfen, Pfannen und Backschüsseln enthielten die Regale auch Porzellan, Steingut und Gläser für fünfzig Gedecke. Neben dem altmodischen Ziegelherd stand ein neuer und teurer Kochherd aus Gußeisen und Chrom. Seine Eisenteile waren sorgfältig geschwärzt, sein Chrom blitzblank poliert, und er wirkte wie das stolze Symbol von Frau Baloghs Erfolg im Leben, wie der Hausaltar, der *lar familiaris* ihres rasch groß gewordenen Reiches. Die Küche diente wie üblich auch als Vestibül. Vor einem Jahr hatte Frau Balogh an die zwei ursprünglichen Stuben eine dritte angebaut und als Salon in sogenanntem modernem Stil eingerichtet – jedes Möbelstück war scheußlich und bedrückend. Mikay sah sich um und hatte gute Lust, Kálmán Pongrátz selig zuzustimmen, der zu sagen pflegte, Bauern sollten höchstens so viel flüssiges Geld haben, daß sie sich ein Paar gebrauchter Stiefel kaufen könnten.

»Ist jemand da?« fragte der Leutnant. Im selben Augenblick ging die Tür am andern Ende des Zimmers auf und Frau Balogh, noch schwerer und häßlicher, als er sie in Erinnerung hatte, stand auf der Schwelle. Sie starrte ihn unliebsam überrascht an.

»Leutnant Mikay!« sagte sie. Der Ausruf schien jemandem in der Stube hinter ihr zu gelten.

»Ich kam eben an Ihrem Haus vorbei«, erklärte er in möglichst harmlosem Ton, »und da fiel mir ein, daß ich einige interessante Gerüchte über Sie gehört habe.«

»Was für Gerüchte?« fragte sie heiser und rührte sich keinen Fingerbreit.

»Daß Sie sich um das Amt des Dorfschulzen bewerben wollen. Stimmt das?«

»Ach das?« sagte sie offensichtlich erleichtert. Sie kam zu ihm her und streckte die Hand aus. »Setzen Sie sich, Herr Leutnant, machen Sie es sich bequem. Wie wär's mit einem Glas schönem kühlem Wein?«

»Sie haben mir nicht geantwortet. Kandidieren Sie oder nicht?«

Sie lächelte geziert. »Ich weiß nicht recht, ob ich mich

stellen soll. Eine Frau als Schulze! Manche Leute würden das einfach nicht akzeptieren.« Frau Balogh drückte sich gern gewählt aus. Sie gehörte zu Ladánys gebildeten Frauen – dank drei Jahren Mittelschule und einem zusätzlichen Jahr in einem Mädchenerziehungsheim wegen Ladendiebstahls.

»Also kandidieren Sie nicht«, sagte Mikay und hätte gern gewußt, wer im andern Zimmer war.

»Wahrscheinlich würde ich, wenn das mit meinem Jungen nicht wäre.«

»Ist er dagegen?«

»Haben Sie's nicht gehört? Er ist schwerkrank.«

Das war interessant.

»Wirklich?« fragte der Leutnant. »Was hat er?«

»Es ist der Ileus, sagt Dr. Horváth. Er mußte es mir aufschreiben, so vergesse ich das Wort nicht.«

»Ist er zu Hause?«

»Zu Hause? Er kann kaum seine Hand heben. Seit er krank geworden ist, hat er zehn Kilo abgenommen. Er ist mein einziges Kind. Wenn ich ihn verliere, bin ich mutterseelenallein auf der Welt.« Mit dem Schürzenzipfel wischte sie sich kräftig die Augen. Als sie die Schürze fallen ließ, waren die Augen rot, aber trocken.

»Wo ist er? Kann ich ihn sehen?« Mikay ging auf das Schlafzimmer zu.

Er hatte sie überrumpelt.

»Vielleicht schläft er«, sagte sie etwas nervös.

»Habe ich ihn nicht noch vor einer Minute singen hören?«

»So ist's eben mit ihm. Im einen Augenblick ist er voller Leben, im nächsten krümmt er sich vor Schmerzen.«

Sie betraten das Schlafzimmer. Der schwere, Übelkeit erregende Krankengeruch benahm dem Leutnant den Atem.

Der junge Ferenc Balogh lag stumm und reglos im Bett, sein Gesicht auf dem weißen Kopfkissen wirkte aschgrau.

»Was ist das für ein Scherz, Ferenc?« Mikay ging zu ihm hin. »Ein starker junger Bursche wie du und tut so, als wäre er krank! Gerade wenn der Mais behackt werden muß.«

Der junge Mann lächelte matt, antwortete aber nicht. Erst jetzt bemerkte der Leutnant Amália Kovách, die auf einer niedrigen Bank saß.

»Sieh mal an«, sagte er. »Unser Gnadenengel ist da, die barmherzige Samariterin von Ladány.«

»Ja, ich bin's.« Amália warf ihm einen schelmischen Blick zu. »Aber was hat *Sie* hergebracht, Herr Leutnant?«

»Man hat ihm gesagt, ich wolle bei der Schulzenwahl kandidieren«, antwortete Frau Balogh auf die Frage, bevor Mikay den Mund auftun konnte.

Eine lange, verlegene Pause trat ein. Diesmal bot Frau Balogh ihm keinen Platz an.

»Ich habe dich singen hören, Ferenc«, unterbrach der Leutnant das Schweigen. »Ich wußte gar nicht, daß du eine solch gute Stimme hast.«

»Sing dem Herrn Leutnant etwas vor. Wie wär's mit meinem Lieblingslied? *O Nacht voller Mondschein* aus der Operette *Herbstmanöver.*« Frau Balogh trat an das Kopfende des Bettes und fummelte mit den Kissen herum. »Wart, ich helfe dir auf.« Sie ordnete seine Kissen so, daß sie seinen Kopf stützten. Erst jetzt bemerkte Mikay, wie dünn und ausgemergelt Ferenc war. Der junge Mann saß eine Weile still, als müßte er sich von der Anstrengung erholen, dann begann er zu singen. Seine Stimme, ein klarer und warmer Bariton, schwang sich zuerst mühelos auf, fing dann aber nach ein paar Strophen an zu flackern und stockte knarrend, wie eine abgelaufene Spieluhr. Während des Gesangs hatte der Leutnant verstohlen Frau Balogh beobachtet. Sie sah nicht ihren Sohn an, sondern starrte in die leere Zimmerecke, als stünde dort eine nur ihr sichtbare Erscheinung.

»Es ist Zeit für seine Medizin.« Amália stand jäh auf.

»*Jetzt?*« fragte Frau Balogh bestürzt.

»Ja. Alle zwei Stunden. Das hat Dr. Horváth gesagt. Es steht auch auf dem Rezept.« Amália ging zum Nachttisch und nahm ein Arzneifläschchen mit dem vertrauten Etikett der Apotheke von Korond in die Hand. Es enthielt eine gelblich weiße Flüssigkeit. Sie goß einen Teelöffel voll, dann beugte sie sich damit über das Bett. »Mach den Mund auf, Ferenc«, befahl sie streng, wie auf Widerstand gefaßt. Der Kranke rührte sich nicht.

»Ich will das Zeug nicht«, murmelte er. »Sagt dem verdammten Doktor, er soll mir was anderes geben.«

»Red nicht so unanständig, Junge!« verwies ihn Frau Balogh lahm.

Amália schüttete die Flüssigkeit in die Flasche zurück und verließ damit die Stube. Ein paar Augenblicke später erschien sie wieder mit einem Glas; es war bis zum Rand mit etwas gefüllt, das wie Schnaps aussah.

»Jetzt schmeckt es besser«, sagte sie und hielt dem jungen Mann das Glas unter die Nase. Er roch daran und verzog das Gesicht. Amália preßte ihm das Glas an die Lippen. Er hob die Hand und kippte den Inhalt herunter.

Als der Leutnant nach Korond zurückkam, ging er geradewegs zu Dr. Horváths Haus. Er wurde in das für Freunde und zahlende Patienten bestimmte Wartezimmer geführt. Es war leer. Im Zimmer nebenan wimmelte es von Kassenpatienten und Leuten von der Fürsorge.

»Die Rückkehr des verlorenen Sohnes!« begrüßte Dr. Horváth den Leutnant. Das bezog sich darauf, daß die Familie Mikay von ihm zu Dr. Rosenzweig übergegangen war. Eigenartigerweise hatte Dr. Horváth ihnen diesen Abfall nie verübelt. Er mochte viele Fehler haben, aber Eingebildetheit gehörte nicht dazu. Er war ein anspruchsloser, gutmütiger, im Grunde gleichgültiger Mensch, mit seinem Leben vollkommen zufrieden. Seine Stellung als Kreisarzt war nicht zu erschüttern. Darüber hinaus hatte er keinen Ehrgeiz.

»Ich komme wegen einer vertraulichen Auskunft, wenn Sie erlauben, Herr Doktor«, sagte Mikay. »Was fehlt dem jungen Ferenc Balogh eigentlich genau? Mir scheint, in dieser Familie sind zu viele ganz plötzlich gestorben.«

Horváth sah ihn verschmitzt an.

»Aha. Sie geben keine Ruhe, bis Sie Ihre *cause célèbre* haben.« Er machte eine Pause und zündete seine Pfeife an, was eine umständliche Angelegenheit war. »Nun, ich fürchte, im Falle von Ferenc Balogh sind Sie wiederum auf falscher Fährte. Er ist schwerkrank, aber da gibt es nichts Verdächtiges dabei. Ich habe eine chronische Enteritis vorwiegend des Ileums diagnostiziert. Möglicherweise besteht ein Verschluß, was wir als Intussuszeption bezeichnen – das heißt, eine Einstülpung des Ileums in die Ileocoecalklappe –, und das würde dann einen chirurgischen Eingriff verlangen. Ich beschloß, noch ein paar Tage zuzuwarten und zu sehen, wie sich die Sache entwickelt. Sie kennen die Bauern. Wenn die das Wort ›Operation‹ hören, sterben sie womöglich vor Angst, bevor sie noch auf den Operationstisch kommen. Ich bin bereit, meinen Ruf für die Richtigkeit meiner Diagnose aufs Spiel zu setzen. Genügt Ihnen das?«

Mikay nickte. »Gewiß. Doch ich habe noch zwei weitere Fragen. Einmal – Sie haben ihm doch ein Mittel verschrieben, nicht wahr?«

»Stimmt. Tropfen mit Kalomel und Belladonna. Wie lautet Ihre zweite Frage?«

»Sollte das Mittel in Schnaps eingenommen werden?«

»Teufel, nein! Natürlich nicht!« rief Dr. Horváth. »Das wäre das Allerschlimmste für den verfluchten Narren!«

»Dachte ich mir doch. Aber ich habe gesehen, wie Amália Kovách es ihm auf eben diese Weise gab. Ich glaube, es war Tresterschnaps, der Farbe nach zu schließen.«

»Weshalb in aller Welt hat sie das getan?«

»Er wollte das Mittel sonst nicht schlucken.«

»Sie sollte mehr Verstand haben, die blöde Kuh! Wahrscheinlich dachte sie, was für eine Frau in den Wehen gut ist, kann auch einem Mann mit Enteritis nicht schaden. Was zum Henker doktert sie an meinem Patienten herum? Ich könnte sie wegen Kurpfuscherei anzeigen. Das tue ich natürlich nicht, aber ich versichere Ihnen, daß ich ihr das nächstemal, wenn ich sie sehe, tüchtig den Kopf wasche.«

Danach wurde Mikay ein Glas von Frau Horváths berühmtem Walnußlikör angeboten, dessen Rezept durch Generationen auf sie gekommen war. Der Leutnant machte dem Arzt und seiner Frau ein Kompliment über den ausgezeichneten Likör, schlug ein zweites Glas aus und ging noch verwirrter als zuvor davon.

Drei Tage später kam die Ladány-Streife mit der Nachricht von Ferenc Baloghs Tode zurück. Frau Balogh sei untröstlich, berichteten die Gendarmen. Drei Nachbarinnen müßten sie zurückhalten, damit sie sich nicht in den tiefen Brunnen in ihrem Hof stürze.

9

Als Phyllis Pongrátz früh an jenem Junimorgen erwachte, hatte sie keine Ahnung von der unheilvollen Bedeutung des Tages. Sie konnte nicht wissen, daß er die Lawine auslösen sollte, die bald halb Ladány begraben würde. Das Wetter war außergewöhnlich heiß geworden für diese Jahreszeit, und die Luft hatte etwas seltsam Süßes, unbehaglich Reifes. Trotzdem dauerte es noch geraume Zeit, bis die Kälte aus den muffigen Zimmern des Hauses Pongrátz mit ihren dicken Wänden wich. Dann aber schien selbst Nachtkleidung unangenehm warm zu sein, so daß Phyllis und Toni nackt schliefen. Nachdem sie sich nun monatelang in mehreren Wollschichten eingepackt hatten, kam ihnen das paradiesisch vor. Es bedeutete Sünde und Unschuld, Raffinement und Einfachheit. Es versetzte sie zurück an den Quai d'Orléans, in Tonis Pariser Wohnung, die aus einem unerfindlichen Grunde eines der bestgeheizten Schlafzimmer Frankreichs gehabt hatte, eines Landes, in dem die Öfen sonst so launisch waren wie die Hauptdarstellerinnen der Comédie Française.

Sie waren früh zu Bett gegangen, doch es wurde Mitternacht, bis ihnen nach langem und sehr befriedigendem Liebesgenuß endlich die Augen zufielen. Toni sollte vor Tagesanbruch auf sein, um das Verladen eines Transports junger Rinder für den Budapester Schlachthof zu beaufsichtigen. Kein Wunder, daß er sich verschlief. Als er nach neun Uhr zum Frühstück hinunterging, erfuhr er, daß der Wagen schon vor Stunden abgefahren war. Es hatte zum Glück keine Verspätung gegeben, weil seine Stiefmutter im

Hof gewesen war und dafür gesorgt hatte, daß alles planmäßig verlief.

»Was sollte ich auch machen ohne dich?« fragte er Emma und gab ihr einen lauten, schmatzenden Kuß auf die Wange. Sie strahlte ihn an und blieb für den restlichen Vormittag ungewöhnlich gut gelaunt. Die Mägde staunten nicht schlecht, als sie Frau Pongrátz das fröhliche Liedchen singen hörten:

Mein Schuh, der hat kein Futter mehr,
Die böse Maus ist schuld daran.
Der gute Schuster flickt ihn mir,
Doch will er einen Kuß dafür.

Phyllis nahm ihr Frühstück wie üblich im Bett ein. Es wurde ihr von der neuen Magd, Frau Baloghs Nichte Kati, gebracht. Phyllis hegte keine besondere Zuneigung zu ihr, allein schon des starken Körpergeruchs wegen, der überall hinter Kati herwehte. Sie wollte Emma längst bitten, jemand anderes mit dem Servierbrett zu schicken, schob es aber von Mal zu Mal hinaus. Obschon sie nun mehr als ein Jahr unter demselben Dach lebten, fiel es ihr immer noch schwer, auch nur das Geringste mit ihrer Schwiegermutter zu besprechen. Die Spannung zwischen ihnen machte sie nicht bekümmert, verursachte ihr nicht einmal Unbehagen. Phyllis nahm sie hin wie die übrigen Seltsamkeiten ihres neuen Daseins, einer Periode, die ohne Beziehung war zu allem, was bis zu der Begegnung mit Toni ihr Leben ausgemacht hatte. An jenem Tag begann eine Zeit unerträglichen Glücks und unerträglicher Mutlosigkeit. Sie hatte mit der Wirklichkeit nichts gemein. Es war ein Traum, ein Ausflug, eine Gefängnisstrafe unbestimmter Dauer. Selbst in Augenblicken, da sie Toni am heftigsten liebte, wußte sie, daß das Erwachen unvermeidlich war.

Manchmal dachte sie, wenn sie ein Kind bekäme, würde sie sich wieder in die eigentliche Phyllis Hornbeam-Wills zurückverwandeln. Oder sie könnte auf eine Reise gehen und würde irgendwo in einem fremden Land oder vielleicht in den Vereinigten Staaten auf ihr altes Ich stoßen und es auflesen wie einen verlorenen Gegenstand; oder einen anderen Mann kennenlernen und durch ihn zu sich selbst zurückfinden. Sie malte sich viele Möglichkeiten aus, doch so, wie es schließlich geschah, hätte sie es nie erwartet.

Sie blieb bis elf Uhr im Bett, dann zog sie sich an und ging hinunter. Aus der Küche drang das Klappern von Schüsseln und die Geräuschwoge, die die Zubereitung jedes Mittagessens begleitete. Auch die üblichen durchdringenden Gerüche fehlten nicht, dank der Entfernung zu einem köstlichen und appetitanregenden Duft gemildert. Mutter Emma kochte eine ihrer sagenhaften und kräftigen Mahlzeiten.

Es gab kalte Kraftbrühe, frische Spargel *à la polonaise,* junge gebratene Gans mit neuen Kartoffeln, frischen Erbsen und grünem Salat – das Gemüse kam aus dem Gewächshaus – und Mandelsoufflé mit Weinschaumcrème.

Gegen drei Uhr kam unerwartet Amália zu einem Besuch und nahm Phyllis auf einen Spaziergang mit. Sie schlenderten zur Zigeunermulde, wo die Hütten wieder aufgebaut worden waren und eine noch erbärmlichere Siedlung bildeten als vor der Überschwemmung, dann gingen sie über die Hamar – jetzt wiederum ein zahmes Flüßchen –, stiegen am rechten Ufer den mit Rebbergen bedeckten Hang hinauf und kehrten über die obere Brücke zum Schloß zurück. Die beiden unterhielten sich über viele Dinge und Leute; Toni gehörte nicht dazu. Am Tor trennten sie sich. Als Phyllis zum Portal hinaufging, sah sie ihre Schwiegermutter in Tonis Wagen steigen. Toni saß schon am Lenkrad. Eine kleine, in Decken gehüllte Gestalt hockte zusammengekrümmt auf dem Rücksitz. Es war Emmas bucklige Schwester.

»Die arme alte Terka hat einen Schlag«, rief Toni seiner Frau zu. »Ich fahre mit ihr und Mutter Emma nach Korond. Wir haben schon mit Dr. Horváth am Telephon gesprochen. Er besorgt einen Krankenwagen und läßt sie nach Szolnok bringen. Mutter Emma will mit und mindestens über Nacht im Spital bleiben. Ich komme zum Abendessen zurück, aber warte nicht auf mich, wenn ich zu spät bin.«

Phyllis ließ sie losfahren, dann ging sie hinein. Die Aussicht auf einen Abend ohne Emma versetzte sie in eine fast gehobene Stimmung. Zum erstenmal hatte sie das Haus für sich allein. Sie wanderte durch das Erdgeschoß und wagte sich sogar in die Küche. Das Personal war gerade bei der Jause; die Mädchen saßen auf den Tischkanten, die Burschen auf Schemeln. Auch ihnen war frei und ungehemmt zumute, es herrschte fröhlicher Lärm und ausgelassene Stimmung. Albert, der neue Butler, fehlte als einziger; höchstwahrscheinlich genoß er sein ›glorreiches Alleinsein‹ in seiner Kammer, denn der Umgang mit gewöhnlichen Dienstboten wäre unter seiner Würde gewesen. Bei Phyllis' Erscheinen erstarb das Lachen jäh. Acht Paar verblüffter Augen starrten sie an. Seit Monaten hatte sie die Küche nicht mehr betreten. Voller peinlicher Verlegenheit starrte sie ihrerseits eine ganze Weile die Angestellten an; dann, um ihr Hereinplatzen zu rechtfertigen, fragte sie Rézi, die für den oberen Stock zuständig war, ob sie das grüne Kleid gesehen habe. Rézi antwortete in freundlichem, doch gönnerhaftem Ton, das Kleid sei zum Reinigen nach Budapest geschickt worden, den hiesigen Leuten habe man es nicht zu geben gewagt. Das wußte Phyllis genau. Rézis Benehmen ließ erkennen, daß Ausländerinnen ihrer Ansicht nach eher schwer von Begriff waren.

Phyllis ging in ihr Zimmer hinauf und war nicht mehr so sicher, daß der Abend dank Emmas Abwesenheit glücklicher würde als sonst. Sie zog sich um, aber nur, weil sie sich vorher nach dem grünen Kleid erkundigt hatte, dann kramte sie eine Weile ziellos herum. Es war eine richtige Erleichterung für sie, schließlich Tonis Auto durch das Tor fahren zu hören.

Sie war schon im blauen Salon, als er hereinkam. Er klingelte Albert, der nach einer kurzen Wartepause mit einer Flasche Champagner in einem Weinkühler erschien. Phyllis trank ihn unvermischt, Toni goß Cognac dazu. Er stellte fest, daß nur noch etwa ein Viertel der Hennessyflasche übrigblieb, und sagte Phyllis, sie solle ihn doch am Morgen daran erinnern, eine neue aus dem Keller zu holen. Er habe vergessen, Mutter Emma vor der Abfahrt um den Kellerschlüssel zu bitten.

»Kommt sie morgen zurück?« fragte Phyllis.

»Ja, das hat sie gesagt. Sie nimmt den frühen Morgenzug nach Korond. Ich bot ihr an, sie abzuholen, aber das wollte sie nicht. Sie bestellte eine Kutsche an den Bahnhof. Sie habe eine Menge einzukaufen in Korond, sagte sie.«

Phyllis dachte später oft, wenn Emma in dieser Nacht zu Hause geblieben wäre, hätte sich die ganze Tragödie nicht ereignet. Daß sie froh gewesen war, ihre Schwiegermutter abfahren zu sehen, bewies, wie wenig Vorgefühl für die Zukunft man hatte. Die Menschen glichen Soldaten, die munter und ahnungslos eine offene Wiese überqueren, während im hohen Gras Heckenschützen auf sie lauern. Wenn die Heckenschützen dann das Feuer eröffnen, ist es zu spät, noch Deckung zu suchen.

Es war zum Ersticken warm im Haus, und Toni hieß Albert, die Vordertür halb offen zu lassen. Der Butler zog sich zurück, und sie waren allein. Toni las die Zeitung, die er aus Korond mitgebracht hatte. Phyllis studierte lustlos an einem Kreuzworträtsel herum.

»Prinzessin, von Perseus gerettet. Neun Buchstaben.« Griechische Mythologie war nicht ihre Stärke.

»Andromeda«, antwortete Toni.

Es überraschte sie jedesmal von neuem, wieviel Wissen in seinem Kopf aufgespeichert war. Phyllis sagte ihm immer wieder, daß er mit seinen glänzenden Gaben Wissenschaftler, Schriftsteller oder Politiker hätte werden können, wenn er bloß bereit gewesen wäre, klugen Gebrauch davon zu machen.

Gerade da erschien eine Frau in der Tür. Ohne daß die Dienstboten es bemerkt hatten, mußte sie durch den offenen Vordereingang hereingekommen sein. Sie war mittelgroß, dünn, knochig, mit einem Gesicht, dessen Schönheit weder Armut noch Alter hatten zerstören können. Sie war Anfang vierzig, ein Alter, in dem Bauernfrauen meistens aussehen, als gehörten sie nicht mehr zum weiblichen Geschlecht.

»Ich hab' ein Wörtchen mit Ihnen zu reden, Herr Toni«, sagte sie heftig keuchend, wie nach einer langen Kletterei. Die Dienstboten und Dorfbewohner nannten die Pongrátz-Jungen ›Herr Bálint‹ und ›Herr Toni‹, ›Gnädiger Herr‹ war ihrem Vater vorbehalten geblieben.

»Was soll denn das, hier so reinzuplatzen? Scheren Sie

sich zum Kuckuck, bevor ich Sie rausschmeiße!« Toni sprang auf und ging drohend auf die Frau zu. Er hatte ein rotes Gesicht und schien übermäßig erregt zu sein – seine Heftigkeit stand in gar keinem Verhältnis zu den Worten der Frau.

»O nein, Herr Toni, nicht bevor ich mit Ihnen gesprochen habe. Komm her, du dummes Luder!« rief sie ins Dunkel des Flurs, wo sich jemand hinter ihr versteckt hielt. Sie streckte die Hand aus und zerrte die Person ins Zimmer. Es war Viki. Schmutzig, zerlumpt und hochschwanger.

»Raus mit euch!« schrie Toni. »Alle beide!«

Phyllis hatte ihn noch nie in einem solchen Zustand der Panik gesehen. Sein Gesicht war verzerrt, und seine Stimme klang wie der Schrei des Raubwürgers.

»O nein, Herr Toni. Und werden Sie nur nicht grob mit mir. Ich habe nämlich keine Angst vor Ihnen, dazu bin ich zu arm. Ich habe nichts zu verlieren. Nichts mehr, da Sie ja mein einziges Kind zugrunde gerichtet haben.«

Phyllis war aufgestanden und blickte die beiden in gequältem Schweigen an.

»Was zum Teufel schwafeln Sie da?« rief Toni wie ein Ertrinkender. Albert und Rézi, offensichtlich durch das Geschrei alarmiert, kamen vom roten Salon herein. Sie hatten im Eßzimmer den Tisch gedeckt.

»Raus!« bellte Toni die Dienstboten an. Rézi drehte sich prompt um und stürzte außer Sicht. Albert dagegen, in seiner Würde verletzt, hob nur den Kopf hoch. »Hast du nicht gehört? Raus!« brüllte Toni so wütend, daß der Butler sich endlich in Bewegung setzte. Er machte langsam kehrt und schritt davon. »Du gehst auch!« schnauzte Toni seine Frau an.

»Nein, ich gehe nicht!« bot Phyllis ihm die Stirn. »Ich will die ganze Geschichte hören.«

Vikis Mutter trat einen Schritt vor. »Gehen Sie ja nicht. Eine Frau sollte die Wahrheit über ihren Mann wissen.«

»Siehst du denn nicht?« wandte sich Toni an Phyllis. »Diese Vettel versucht mich doch zu erpressen. Mit deiner Unterstützung, scheint's.«

»Lassen Sie sich nicht rausschicken!« rief die Frau. »Sie müssen uns helfen. Er hat Viki geschändet – und das arme Kind ist doch nicht bei Trost. Sehn Sie nur! Sie ist im siebenten Monat, und er hat's getan. Er mag's ableugnen, soviel er will, er hat's getan.«

»Geh, ruf die Gendarmen«, befahl Toni seiner Frau. »Ruf deinen treuen Freund Rudi, den griechischen Gott! Ich will sie wegen Erpressung verhaften lassen.«

»Toni – stimmt das, was sie sagt?« fragte Phyllis, den Tränen nahe.

»Jedes Wort!« fiel die Frau ein. »Gott ist mein Zeuge. Alle wissen's. Die Dienstboten wissen's, das ganze Dorf weiß es, die alte Frau Pongrátz weiß es auch. Deshalb hat sie Viki zur Jagdhütte geschickt, hat dem Wildhüter geschrieben, sie nachts einzuschließen wie ein Tier.«

»Glaubst du ihr?« fragte Toni Phyllis kreischend.

»Frau Pongrátz hat mir gesagt, Viki wär' faul«, fuhr die Frau fort, »sie wär' nicht hell genug für die Arbeit im Schloß. Sie hat mir nie die Wahrheit gesagt. Nie!«

Viki war die ganze Zeit neben ihrer Mutter gestanden, das Gesicht verschmiert, aber immer noch schön; unter dem dünnen Baumwollrock, der vorne zu kurz war und hinten herunterschlotterte, trat ihr Bauch in grotesker Weise hervor. Sie war barfuß, und eine ihrer schmutzigen großen Zehen blutete aus einer tiefen Schnittwunde.

»Er hat gesagt, er kauft mir einen Ring wie Ihrer mit dem großen Stein«, erklärte sie Phyllis. »Und auch Kleider. Ein weißes Seidenkleid wie Ihres aus Budapest.«

»O Toni!« rief Phyllis aus.

»Glaubst du ihr?« kreischte er wieder. »Weißt du nicht, daß sie unzurechnungsfähig ist? Und Sie, Frau Torma«, fuhr er die Frau an, »Sie platzen hier herein und beschuldigen mich, sie zugrunde gerichtet zu haben. Wenn jemand sie zugrunde gerichtet hat, sind Sie's gewesen. Sie wußten, daß sie schwachsinnig ist, aber Sie schickten sie zum Arbeiten, damit Sie ihren Lohn einstecken konnten. War Ihnen denn nicht klar, was einem solchen Geschöpf zustoßen kann, wenn Sie's aus den Augen lassen? Daß jeder besoffene Schweinehund sie unter einen Busch schleifen kann, ohne daß sie ›piep‹ sagt?«

»Das ist nicht wahr!« wehrte sich Viki. »Mich hätte keiner anrühren können. Besoffen oder nicht! Ich bin zu der Jagdhütte gegangen, weil Sie mir gesagt haben, ich soll gehen und dort auf Sie warten. Sie haben gesagt, Sie kommen und besuchen mich, wenn ich mich still halte, aber Sie sind nicht gekommen. Sie haben mich einfach beschwatzt, dorthin zu gehen – weil Sie gemeint haben, Sie könnten alles tun mit einer Schwachsinnigen! Aber ich bin nicht schwachsinnig. Sagen Sie das ja nicht. Ich kann nämlich meinen Namen schreiben, und ich kann bis hundert zählen. Hören Sie zu! Eins, zwei, drei, vier, fünf –«

»Ach, halt's Maul!« brüllte Toni, dann wandte er sich zur Frau um.

»Nun gut, Frau Torma«, sagte er, auf einmal beherrscht, »kommen wir zum Geschäft. Was verlangen Sie von mir?«

Die Frau war auf die Kapitulation des Feindes nicht gefaßt und kämpfte weiter.

»Sie haben mein Kind zugrunde gerichtet, Herr Toni –«

»Das haben wir schon erschöpfend behandelt«, sagte Toni und schenkte sich ein halbes Glas Champagner ein. Dann goß er es mit Cognac aus der Hennessyflasche voll. »Wie lauten Ihre Bedingungen für eine Regelung?« fragte er und nahm einen kleinen Schluck.

Phyllis starrte ihn entgeistert an. Er sollte ihr immer so in Erinnerung bleiben, wie sie ihn in diesem Augenblick sah: ein schlanker, gewinnender junger Mann, der mit natternhafter Anmut die Zunge in die klare Flüssigkeit tauchte. In eben diesem Augenblick starb ihre Liebe für ihn. Eine Sekunde früher hatte sie ihn mit Leib und Seele geliebt; eine Sekunde später war er ein Fremder.

»Sie trägt Ihr Kind unter dem Herzen, Herr Toni«, sagte die Frau.

»Das Problem haben Sie gestellt, reden wir jetzt über die Lösung.« Toni zog seine flache goldene Uhr aus der Westentasche und warf einen Blick darauf. »Machen Sie's kurz. Es ist schon fast Zeit zum Essen.«

»Sie müssen Ihre Pflicht tun, Herr Toni«, stotterte die Frau. Je mehr er zum Verhandeln bereit war, desto unsicherer wurde sie.

»Gut, was ist meine Pflicht?«

»Frau Torma meint wahrscheinlich, du solltest Viki heiraten«, sagte Phyllis.

Die Antwort erfolgte gleichzeitig von zwei Seiten.

»O nein, das hab' ich nicht gemeint«, protestierte die Frau.

»Das war wirklich unangebracht. Und sehr geschmacklos«, erklärte Toni streng.

Nur Viki nahm die Anregung von Phyllis wörtlich.

»Sein Vater hat eine Köchin geheiratet«, sagte sie. »Jedermann weiß, daß Emma eine ganz gewöhnliche Köchin war, bevor der alte Herr Pongrátz sie heiratete –«

Tonis Faust fuhr krachend auf den Tisch nieder.

»Siehst du jetzt, was du angestellt hast?« brüllte er Phyllis an, dann kanzelte er Viki ab: »Ich bin nicht mein Vater und du bist nicht Emma! Mein Anwalt wird irgendeinen Burschen finden, der bereit ist, dich zu heiraten und deinem Balg einen Namen zu geben.«

»Ich will niemand nicht heiraten«, entgegnete Viki. Sie war ein bedauernswerter Anblick. Ihre letzten Worte gingen in einem tiefen, rauhen Schluchzen unter.

»Was du willst, das ist mir schnuppe. Ich kaufe dir einen Mann, und damit basta. Und was Sie angeht«, wandte er sich an die Mutter, »Sie werden auch bezahlt. Vorausgesetzt, Sie halten den Mund. Und jetzt schert euch raus, bevor ich mich anders besinne!«

Phyllis erfuhr nie, wie sie gegangen waren, weil sie vor ihnen aus dem Zimmer draußen war. Sie eilte geradewegs hinauf, klingelte Rézi und ließ sich ihre Koffer bringen. Als Albert etwa zehn Minuten später an ihre Tür klopfte und meldete, das Essen sei bereit, hatte sie schon gepackt.

»Ich komme nicht zum Essen«, sagte sie. »Aber Sie könnten mir einen Gefallen tun. Richten Sie bitte im Hof aus, daß ich einen Wagen brauche, der mich nach Korond bringt.«

»Jetzt?« fragte Albert erstaunt.

»Ja, sofort. Lassen Sie es mich wissen, wenn der Wagen bereit ist. Danke.«

Bald darauf hörte sie wieder Schritte, merkte jedoch, daß es nicht der Butler, sondern Toni war. Sie versuchte die Tür abzuschließen, aber er war schneller, stieß sie mit dem Fuß auf und gab Phyllis eine grausame Tracht Prügel. Das letztemal war sie im Alter von sechs Jahren geschlagen worden, und zwar von der deutschen Magd ihrer Mutter, sonst, soweit sie sich überhaupt erinnern konnte, nie. Ihre Eltern hielten nichts von Züchtigung bei einem recht folgsamen und wohlerzogenen kleinen Mädchen und entließen die Magd auf der Stelle. Danach hatten sie Phyllis gelegentlich gescholten oder ohne Nachtisch in ihr Zimmer geschickt, manchmal mußte sie sogar in eine Ecke stehen, aber geschlagen war sie nie mehr worden. Bis Toni sie jetzt am Kragen ihres Kleides packte und erbarmungslos verprügelte. Sie versuchte sich zu wehren, doch er war viel zu stark für sie. Seine Hiebe brannten höllisch; ihre Haut wurde zuerst weiß, dann schwoll sie und nahm eine dunkle, rötlich blaue Färbung an. Es gab Augenblicke, da dachte sie, er wolle sie umbringen. Sie schrie um Hilfe, aber es kam niemand. Schließlich – ob es Sekunden oder Minuten gedauert hatte, konnte sie nicht sagen – gab er ihr einen solchen Stoß, daß sie gegen das Fußende des Bettes krachte und liegenblieb.

»Ich will dich lehren, sich hinter meinem Rücken mit dem Personal zusammenzutun«, schrie er.

»Ich habe einen Wagen bestellt, weil ich gehe.«

»Nein, das tust du nicht. Nicht jetzt. Sondern erst, wenn ich bereit bin, dich gehen zu lassen.«

Mit einem Ruck zerrte er ihre gepackten Koffer vom Bett und leerte sie auf den Boden aus. Dann trat er zu der alten Barockkommode, in der sie ihre Unterwäsche aufbewahrte, zog die Schubladen heraus und schleuderte ihren Inhalt ins Zimmer. In der untersten fand er, was er suchte: ihren dunkelgrünen ungarischen Paß und die fünfhundert Dollar, die sie vor ihrer Abfahrt aus Paris von ihrer Mutter erhalten hatte. Phyllis pflegte die Banknoten im Spaß als

Zu Großmutters Zeiten …

ihr Fluchtgeld zu bezeichnen. Jetzt steckte Toni Geld und Paß ein.

»Du hast mich verloren, Toni, und daran kannst du nichts ändern«, sagte sie. Es war ihr gleich, ob sie damit eine neue Tracht Prügel herausforderte. »Wenn ich nicht heute abend reisen kann, dann reise ich morgen oder übermorgen. Ohne Geld und Paß. Wenn's keine andere Möglichkeit gibt, gehe ich zu Fuß – einfach querfeldein, bis ich zum ersten amerikanischen Konsulat komme. Meine Eltern sind Amerikaner. Ich bin in Amerika geboren. Sie werden mir helfen.«

»Verdammt noch mal, was ist eigentlich in dich gefahren? Was hab' ich denn so Fürchterliches getan?« fragte er in klagendem, selbstgerechtem Ton.

Sie blickte ihn verblüfft an.

»Du hast das Mädchen vergewaltigt. War das nicht etwas Fürchterliches?«

»Ich habe sie nicht vergewaltigt. Wenn du's ganz genau wissen willst, sie hat mich vergewaltigt. Sie mag ein bißchen zurückgeblieben sein, aber nicht auf dem Gebiet.«

»Gott, wie kannst du nur so gemein sein? Du hast mit ihr geschlafen. Daß sie schwachsinnig ist, macht es nur noch unverzeihlicher. Du hast mit ihr in diesem Haus geschlafen. Vielleicht sogar in diesem Zimmer hier – in diesem Bett hier.«

Sie lag immer noch auf dem Boden. Vor Schmerz, Zorn und Müdigkeit konnte sie sich nicht rühren. Er kam zu ihr her, blieb stehen und sah auf sie hinab.

»Jetzt merk dir das endlich mal: ich bin keiner von euren amerikanischen Pantoffelhelden und Muttersöhnchen. Also finde dich lieber mit dem Gedanken ab, daß wir nach *meinen* Grundsätzen leben. Wozu unter anderem gehört, daß der Mann in der Ehe bedeutend mehr Freiheit hat als die Frau. Ein Naturgesetz. Jetzt komm, wir wollen essen. Ich habe Hunger.«

»Und ich nicht. Ich bleibe hier.«

»Hörst du auf mit dem Theater und kommst?«

Sie wollte antworten, doch es gelang ihr nicht. Sie konnte nur noch schreien: »Raus! Raus mit dir, bevor ich etwas Entsetzliches tue. Der Teufel soll dich holen!«

Er zögerte kurz, dann zuckte er die Achseln und ging zur Tür. Als er sie öffnete, sah Phyllis flüchtig Kati und Rézi, die im Gang draußen die Köpfe zusammensteckten. Beim Anblick von Toni rissen sie aus.

»Wenn ich euch noch mal beim Horchen erwische, dreh' ich euch den Hals um!« rief er ihnen nach.

Phyllis wußte nicht, wie lange er schon weg war. Es hätte dreißig Minuten, aber auch dreimal solange sein können. Durch die dicken Wände drangen die Geräusche aus Küche und Eßzimmer nicht bis zu ihr, und so hatte sie keine Ahnung, was drunten vorging. Das erste, was sie hörte, war Rézi, die zum Aufdecken der Betten die Treppe heraufkam. Als sie an die Tür klopfte, rief Phyllis, sie solle draußen bleiben. Das Zimmer war noch immer mit den Sachen übersät, die Toni umhergeworfen hatte. Zudem war ihr Gesicht geschwollen, der ganze Leib schmerzte, und sie wollte nicht, daß sie jemand in diesem gräßlichen Zustand sah. Damit sie auch sicher nicht gestört würde, stand sie auf, schleppte sich zur Tür und drehte den Schlüssel um.

Als Toni schließlich heraufkam, ging er stracks ins ›Nelkenzimmer‹, das wegen der Tapete mit dem Blumenmuster so genannt wurde. Toni hatte auch schon früher dort geschlafen: einmal, weil Phyllis mit einer Grippe im Bett lag, ein anderes Mal nach einem Zank.

Phyllis war erleichtert, daß er sie die Nacht über in Ruhe ließ. Sie zog sich aus und kroch ins Bett, ohne das Licht zu löschen. Schlafen konnte sie nicht, statt dessen versuchte sie Ordnung in ihre Gedanken zu bringen. Sie wollte so bald wie möglich weg, aber dazu brauchte sie ihr Geld und den Paß. Es gab einige wenige Leute – Amália zum Beispiel, wahrscheinlich die Simkos und ganz gewiß Rudi Mikay –, die ihr helfen würden, nach Budapest zu gelangen, doch die Vorstellung, vor fremden Menschen ihr Elend und ihre Schande offenbaren zu müssen, gefiel ihr gar nicht.

Sie lag lange Zeit wach und starrte an die Decke. Um Mitternacht kam sie zu einem Entschluß. Sie erhob sich, machte die Tür auf und trat barfuß in den Gang hinaus. Er war schwach beleuchtet von den Nachtlampen, die stets brannten. Auf Zehenspitzen schlich sie zum Nelkenzimmer, und zu ihrer Überraschung stand die Tür halb offen. Horchend blieb sie auf der Schwelle stehen. Nach einer Weile konnte sie Tonis Atem hören. Er schien lauter zu sein als sonst, eher ein Röcheln als ein Schnarchen. Wahrscheinlich war er betrunken zu Bett gegangen.

Die Fenster waren offen, durch die halb geschlossenen Läden sickerte von draußen Licht herein und hellte die Finsternis auf. Als sich ihre Augen an das Dunkel gewöhnt hatten und sie die Umrisse der Möbelstücke erkennen konnte, entdeckte sie einen Stuhl, der ans Bett herangezogen worden war. Vorsichtig bewegte sie sich darauf zu. Sie stolperte über einen Schuh, wartete, bis sie sicher war, daß Toni weiterschnarchte, dann trat sie an den Stuhl heran. Wie sie vermutet hatte, lagen seine Kleider darauf. Sie tastete nach dem Jackett und durchsuchte es. In der Brusttasche fanden ihre Finger den Paß. Die Dollarnoten steckten in seiner Geldbörse, zusammen mit einigen Kronen. Phyllis konnte sie von dem ungarischen Geld unterscheiden, weil sie sich anders anfühlten. Toni schnarchte immer noch, jetzt sogar lauter als vorher. Es klang fast wie Stöhnen. Vielleicht hatte ihm der Krach doch ein bißchen zugesetzt und verfolgte ihn im Schlaf. Unter anderen Umständen hätte sie ihn sicherlich wachgerüttelt. Aber jetzt dachte sie nur daran, so schnell und geräuschlos wie möglich aus der Stube zu schleichen.

Sie war fast bei ihrer Tür, da hörte sie, wie jemand die Treppe heraufkam. Zuerst wollte sie in ihr Zimmer rennen und sich einschließen. Dann wurde ihr klar, daß die Person sie bestimmt schon gesehen hatte. Sie überwand ihre Angst und blieb stehen. Als der Mann aus dem Schatten auftauchte, erkannte sie Albert. Er trug einen seidenen Schlafrock über einem dunkelblauen Pyjama mit elegantem weißem Besatz. Einen Augenblick lang fand es Phyllis ergötzlich, daß er in seinem Nachtgewand wie ein richtiger Gentleman aussah.

»Haben Sie es auch gehört, gnädige Frau?« fragte der Butler. Er machte einen verstörten Eindruck.

»Was gehört?«

»Wie Herr Pongrátz um Hilfe rief.«

»Nein«, sagte Phyllis. Sie merkte, daß sie den Paß und das Geld an die Brust preßte, und wurde verlegen. »Ich komme eben aus dem Zimmer von Herrn Pongrátz. Er hat nicht gerufen.« Sie bemühte sich, einen natürlichen und unbesorgten Ton anzuschlagen, doch das war nicht leicht, denn sie spürte den Blick des Mannes auf ihr geschwollenes Gesicht gerichtet. Sein Ausdruck verriet ihr, daß er erschrocken war über die Verheerung.

»Nun, dann habe ich mich wohl geirrt«, sagte Albert. »Ich bin davon erwacht. Ich schlafe genau unter dem Nelkenzimmer, und mir fiel ein, daß Rézi doch dort für Herrn Pongrátz das Bett aufgedeckt hat.« Er machte eine Pause. »Kann ich irgend etwas für Sie tun, gnädige Frau?«

»Nein, danke, es ist alles in Ordnung.« Es gelang ihr sogar zu lächeln, obschon ihr die Wangen weh taten.

Langsam, zögernd drehte sich der Mann um.

»Ich will mich trotzdem noch umschauen. Ganz deutlich habe ich das Wort ›Hilfe‹ gehört. Vielleicht kam es von der Straße her. Ich sehe auch noch im Park nach.«

In ihrem Zimmer packte Phyllis die Koffer wieder, die Toni ausgeleert hatte. Den Rest ihrer Sachen legte sie in die Schubladen zurück. Sie wußte, daß sie mit leichtem, vielleicht überhaupt ohne Gepäck reisen mußte. Ihr erstes Ziel war die amerikanische Gesandtschaft in Budapest. War sie erst einmal dort, würde alles übrige einfach sein. Sie hatte nicht vor, zu ihren Eltern zurückzukehren, ja nicht einmal, sie zu benachrichtigen. Es war schon schwer genug, ihre Niederlage zu überwinden, auch ohne deren Mitleid. Mitleid – das konnte sie jetzt am allerwenigsten brauchen. Im stillen wiederholte sie ein ungarisches Liedchen, das sie von Amália gelernt hatte:

Ihr habt ihn gesehen, liebe Augen,
Ihr habt ihn geliebt, jetzt weint ihr!

Niemand sollte mit ihr oder für sie weinen.

Phyllis lag in ihrem Schlafrock auf dem Bett, und als nächstes sah sie die Sonne von halb oben an der Himmelskuppel herunterscheinen. Sie setzte sich auf und schaute auf die Uhr. Es war zehn nach zehn. Als sie ihre Wange berührte, zuckte sie zusammen. Der Schmerz brachte ihr die Ereignisse des Vorabends wieder in Erinnerung. Sie stand auf und schlurfte zum Spiegel. Es war kaum zu glauben, daß das Gesicht, das sie darin anstarrte, wirklich ihr gehörte. Sie hatte ein schwarzes Auge, einige üble Schürfwunden und mehrere rote Flecken, die allmählich blau wurden. Auf ihrer rechten Wange zeichnete sich in allen möglichen Farben der unverkennbare Abdruck dreier Männerfinger ab. Die Wirkung als Ganzes war niederschmetternd. Phyllis fragte sich, ob es ihr gelingen werde, die Spuren mit Puder und Schminke zu vertuschen, oder ob sie ein paar Tage warten müsse, bis sie sich den neugierigen Blicken der Leute aussetzen könne.

Eben da wurde sie auf den Lärm aufmerksam. Zuerst wußte sie nicht recht, wo die gellenden Schreie herkamen, aber als sie am Fußgetrappel hörte, wie Leute die Treppe heraufeilten und in der Richtung des Nelkenzimmers an ihrer Tür vorbeirannten, wußte sie, daß Toni etwas Schreckliches zugestoßen war. Sie konnte später nicht erklären, woher es kam, daß sie vollkommen sicher war, weshalb sie dort stand, hinter der verschlossenen Tür, und immer wieder zu sich sagte, Toni sei gestorben. Wahrscheinlich von eigener Hand gestorben, was ihr die Schuld zuschob. Trotzdem empfand sie weder Schrecken noch Leid oder Bedauern, sondern einfach Leere.

Im Gang herrschte ein lautes Stimmengewirr. Der ganze Haushalt schien im Nelkenzimmer zusammenzulaufen. Phyllis hörte das Wort ›Doktor‹, was darauf schließen ließ, daß Toni doch nicht tot, sondern nur krank war. Er hatte schon öfters einen argen Katzenjammer gehabt. Vermutlich rächte sich sein Trinken nun doch. Da ihre Schwiegermutter wohl noch nicht zurück war, überlegte Phyllis, ob sie vielleicht hinausgehen und nachsehen sollte, was sich da abspielte, um die Sache in die Hand zu nehmen. Dann hörte sie Emmas Stimme und gleich darauf das Klopfen an der Tür.

»Aufmachen!« rief Frau Pongrátz, und jetzt schlug sie mit der Faust an die Tür.

Phyllis drehte den Schlüssel um, und sogleich sprang die Tür auf. Das Gesicht vor ihr hatte kaum mehr etwas Menschliches. Es war das Gesicht der Medusa – ein Anblick, der den Betrachter versteinert.

»Er ist tot!« heulte Emma, packte Phyllis wie mit einer Greifklaue beim Arm und schleifte sie aus dem Zimmer. »Sehen Sie ihn sich an! Sehen Sie, was Sie getan haben!«

Während sie den Gang hinunterstürzten, bemerkte Phyllis flüchtig nicht nur die Dienstboten, sondern auch einige der Frauen und Kinder aus dem Gutshof, die nebeneinander an der Wand standen und sie mit Entsetzen in den Augen anstarrten. Im Nelkenzimmer schlug ihr als erstes der ekelerregende Kotgestank entgegen. Die Bettdecken waren zerwühlt und besudelt, die Kissen auf den Boden geschleudert und die Leintücher zerknüllt. Die Gestalt, die jetzt leblos darauf lag, mußte sich in den grauenhaftesten Krämpfen gewunden haben, ehe die Erlösung durch den Tod gekommen war. Toni, in eine noch nasse, mit Erbrochenem, Schweiß und Blut getränkte Pyjamajacke gekleidet, war am Fußende des Bettes zusammengekrümmt, den Kopf zurückgeworfen, Augen und Mund weit offen. Seine weißen, gesunden Zähne standen in furchterregendem Gegensatz zu der dunkelblau angelaufenen Haut.

Phyllis stieß einen Schrei aus und rannte davon, kam aber nur bis zur ersten Ecke im Gang. Dort lehnte sie sich an die Wand und übergab sich.

Leutnant Mikay war in seinem Büro und schrieb einen Rapport über eine Reihe von Einbrüchen – der mutmaßliche Täter, ein Landstreicher, saß schon in einer Zelle im

Keller –, als der Anruf kam. Der Mann am Apparat nannte sich Albert Jellinek, und Mikay brauchte einige Zeit, bis er erfaßte, daß es sich um den Butler der Familie Pongrátz und bei dem Toten, von dem er sprach, um Toni handelte.

»Ich bin in einer halben Stunde draußen«, sagte er. »Sorgen Sie dafür, daß niemand die Leiche oder sonst was im Zimmer berührt!«

»Die alte Frau Pongrátz möchte ihn säubern«, wandte der Butler ein. »Er sieht schrecklich aus und –«

»Nein!« fiel ihm der Leutnant ins Wort. »Sagen Sie ihr, sie darf ihn nicht berühren, sie soll die Tür abschließen und den Schlüssel einstecken. Ich setze mich mit Dr. Horváth in Verbindung und bringe ihn mit.«

Er wußte genau, daß er Dr. Horváth nicht erreichen konnte, da es dessen Besuchstag in der Krankenstation von Ardó war. Die Abwesenheit des Arztes paßte ihm ausgezeichnet, denn es verschaffte ihm die Möglichkeit, Moni Rosenzweig nach Ladány mitzunehmen. Er ließ für sie beide, seinen Sergeanten und zwei Gendarmen das einzige Taxi von Korond kommen, den Vorkriegs-Fiat des Hotels. In Anbetracht des tragischen Ereignisses fuhr Herr Cinege, der Besitzer, den Wagen persönlich.

Keine zwanzig Minuten nach dem Anruf rollten sie beim Schloß Pongrátz durch das Tor. Emma erwartete sie in der Eingangshalle. Sie saß auf der untersten Treppenstufe, wie ein Hund, der den Zugang zum Zimmer seines Herrn bewacht. Mikays erster Eindruck war, daß sie den Verstand verloren hatte. Er konnte sein Gefühl nicht vernunftmäßig begründen, weil sie so sauber gekleidet und ihr Haar so glatt gekämmt war wie eh und je. Und keine Tränen in ihren Augen, keine geröteten Lider ließen darauf schließen, daß sie etwa geweint hätte. Nichtsdestoweniger waren es die Augen einer Wahnsinnigen, ihr Blick brannte wie Trockeneis.

»Was ist geschehen, Tante Emma?« fragte der Leutnant.

»Er ist vergiftet worden. O Gott, warum hab' ich ihn allein gelassen? Wie muß er nach mir gerufen haben, aber ich war nicht da und konnte es nicht hören.«

Mikay half ihr auf die Füße.

»Wo ist er? Ich möchte, daß Dr. Rosenzweig sich ihn ansieht.«

Sie führte die beiden die Treppe hoch und schloß die Tür zum Nebenzimmer auf. Der Gestank war noch ekelhafter als zuvor, doch sie ließ sich nicht das Geringste anmerken; anscheinend hatte nichts, was von Toni stammte, für sie etwas Abstoßendes. Mikay hielt den Atem an, während er zu den Fenstern hinüberging und sie öffnete, um Luft hereinzulassen und gleichzeitig Licht, so daß Moni die Leiche untersuchen konnte.

»Dr. Horváth war nicht erreichbar, Tante Emma«, erklärte Mikay, als er sah, wie ihre Augen, gläsern und gesprenkelt wie Kindermarmeln, jede Bewegung des Arztes argwöhnisch verfolgten. »Aber zum Glück war Dr. Rosenzweig bereit, mich zu begleiten.«

»Dr. Horváth ist ein Dummkopf«, bemerkte sie ruhig. »Er würde den armen Jungen anschauen und wäre nicht imstande, zu sagen, ob er tot ist oder lebendig.«

»Tot ist er bestimmt«, meinte Moni, der nicht gerade für seinen Takt bekannt war.

»Vergiftet!« behauptete Emma.

»Sieht so aus.« Moni nickte. »Natürlich müssen wir ein paar Tests machen.«

»Was für Tests?« fragte sie. »Ich sag' Ihnen, er ist vergiftet worden. Sehen Sie das nicht? Er ist ganz blau. Das ist Arsenik. Ach, er muß Höllenqualen gelitten haben. Gott im Himmel, warum bin ich nicht dagewesen?«

»Das klingt sehr fachmännisch, Frau Pongrátz«, sagte der Arzt. »Wie kommt's, daß Sie so gut Bescheid wissen über Arsenikvergiftungen? Haben Sie andere gesehen, die daran gestorben sind?«

Langsam richtete sie ihre gelb gesprenkelten Augen auf ihn.

»Haben Sie etwa?« fragte sie.

»Ja, ein paar. Auf der Universität. Und im Budapester Leichenschauhaus. Ich bin nämlich Arzt. Das gehörte zu unserer Ausbildung. Die meisten der Toten waren Selbstmörder, die Insektenvertilgungsmittel geschluckt hatten oder –«

»Toni hat nicht Selbstmord begangen!« unterbrach sie ihn. »Der Junge hatte nicht genug vom Leben.« Jetzt sprach sie zum Leutnant. »Es soll bloß keiner versuchen, einen Selbstmord daraus zu machen. Denn ich will dafür sorgen, daß das nicht gelingt.«

»Sie sagen, Sie seien gestern abend nicht hier gewesen. Wo sind Sie gewesen, Tante Emma?« fragte Mikay.

»Ich brachte meine Schwester Terka nach Szolnok ins Spital. Sie hatte einen Schlag, das dumme Ding. Und flehte mich an, sie zu begleiten. Sie hatte schreckliche Angst, sie müßt' sterben. Also bin ich mitgegangen. Jetzt ist *sie* am Leben und Toni ist tot.«

»Wer hat ihn gefunden?« wollte Mikay wissen.

»Eines der Mädchen – Rézi. Ich hatte den Frühzug nach Korond zurück genommen und traf etwa um zehn Uhr hier ein. Albert, der Luxusbutler da, den wir jetzt haben, sagte mir, Toni wär' noch nicht unten. Das kam mir etwas sonderbar vor, denn ganz so lange hatte er nie geschlafen.

Deshalb schickte ich Rézi zum Wecken hinauf, und sie hat ihn gefunden.«

»Wo ist seine Frau?« fragte Mikay.

»In ihrem Zimmer«, erwiderte Emma kurz angebunden.

»Was meinst du, wann der Tod eingetreten ist?« wandte sich der Leutnant an Moni.

»Mindestens vor sechs, sieben Stunden. Das wird natürlich erst die Sektion genau erweisen«, antwortete der Arzt.

»War das sein Schlafzimmer?« fragte Mikay.

»Nein«, sagte Emma. »Er hat gewöhnlich in *ihrem* Zimmer geschlafen.« Sie stieß das Fürwort voller Haß hervor. Der Arzt hob den Blick von der Leiche und sah Frau Pongrátz forschend an.

»Weshalb hat er dann gestern abend hier geschlafen?« bohrte Mikay weiter.

»Frag sie. Ich war nicht da«, knurrte sie.

Der Leutnant suchte sorgfältig nach Spuren, fand jedoch nichts. Das Zimmer hatte nur die eine Tür zum Gang. Der Efeu, der draußen die Mauer bedeckte, wuchs dick und üppig. Wäre jemand durch das Fenster in die Stube gestiegen, hätte man das an den zerquetschten Blättern und gebrochenen Stengeln gesehen. Es gab kein Anzeichen dafür, auch kein Möbelstück war umgestürzt oder beschädigt. Da man das Zimmer nur gelegentlich zum Unterbringen von Gästen gebraucht hatte, enthielten der Schrank und die Kommode nichts als ein paar Reservekissen und -decken. Zwei Gläser und ein Krug standen auf dem Waschtisch, alle sauber und unberührt, was bewies, daß Toni – angenommen, er war durch Gift gestorben – die tödliche Dosis geschluckt hatte, bevor er heraufgekommen war. Die Art, wie er seine Kleider auf dem Stuhl gelassen hatte –

die Jacke über die Rückenlehne gehängt, Hose und Unterwäsche ordentlich auf das Sitzpolster gelegt –, ließ darauf schließen, daß er von der Attacke überrascht worden war, nachdem er sich ausgezogen hatte. Sie mußte so jäh und so heftig gewesen sein, daß er keine Zeit mehr gehabt hatte, das Nachtgeschirr zu benützen. Die Tür der kleinen Kommode neben dem Bett war offen, der Nachttopf halb herausgezogen, aber leer.

»Albert glaubt, er hätt' Toni um Hilfe rufen hören«, sagte Emma zum Leutnant.

»Weshalb hat er ihm dann nicht geholfen?«

»Er wollte. Er kam herauf. Aber *sie* schickte ihn zurück.«

»Wer schickte ihn zurück?«

»Phyllis. Er begegnete ihr im Gang. Sie kam aus seinem Zimmer und sagte zu Albert, es wär' alles in Ordnung mit Toni, er braucht' nicht nachzusehen.«

Moni, der seine Untersuchung abgeschlossen hatte, zog Mikay zur Seite und teilte ihm im Flüsterton das Ergebnis mit. Toni Pongrátz sei von einer sehr großen Dosis Arsenik getötet worden, die er vermutlich nach dem Abendessen geschluckt habe. Auf den leeren Magen hätte das Gift nämlich viel rascher gewirkt und ihm nicht Zeit gelassen, nach oben zu kommen, sich auszuziehen und ins Bett zu legen.

»Er ist vergiftet worden, nicht wahr?« fragte Emma.

Dr. Rosenzweig hegte nicht den geringsten Zweifel, daß die Autopsie seine Ansicht bestätigen werde, vermied aber trotzdem eine eindeutige Antwort.

»Das werden wir morgen erfahren, Frau Pongrátz – nach der Sektion.«

Sie runzelte ungeduldig die Stirn.

»Seh'n Sie denn das Bett nicht? Und ihn? Gesicht und Körper ganz schwarz? Wenn das nicht Arsenik war, was sonst? Woran könnte er gestorben sein?«

»Oh, an vielerlei.«

»Zum Beispiel?«

»An Beulenpest, zum Beispiel«, antwortete der Arzt.

Emma schleuderte ihm einen vernichtenden Blick zu und drehte sich um.

Sie gingen hinunter. Mikay telephonierte mit der Staatsanwaltschaft wegen der Leichenöffnung, dann bat er Emma, alle herbeizurufen, die irgendwann im Laufe des vorhergehenden Tages im Haus gewesen waren. Bis auf Phyllis. Er beschloß, erst mit ihr zu sprechen, nachdem er die anderen vernommen hatte.

Der Leutnant richtete sich im blauen Salon ein und ließ Sergeant Iszer die Aussagen mitstenographieren.

Zuerst fragte er die Hausangestellten aus. Er rief sie der Reihe nach herein, und es gelang ihm, aus ihren Angaben, trotz kleineren Widersprüchen an einzelnen Stellen, das Puzzlespiel der rätselhaften sechzehn Stunden zusammenzufügen, der Zeit von sechs Uhr abends, als Toni – nachdem er Emma und ihre Schwester zu Dr. Horváth gefahren hatte – von Korond zurückgekommen war, bis zehn Uhr morgens, als Rézi ihn tot im Nelkenzimmer gefunden hatte. Mikay paßte es eigentlich nicht, daß Emma bei der Vernehmung dabei war, aber sie weigerte sich, den Salon zu verlassen. Mit trockenen Augen und steif aufgerichtet saß sie auf einem Stuhl mit gerader Rückenlehne, und kein Wort und kein Gesichtsausdruck entgingen ihrer raubtierhaften Aufmerksamkeit.

Nach den Dienstboten wurde Frau Torma hereingeholt. Zwei Gendarmen hatten sie und Viki ins Haus gebracht und in der Nähstube bewacht. Die Wartezeit, die sich schließlich auf mehr als zwei Stunden belief, schien Frau Torma gründlich zermürbt zu haben. Sie kam zitternd herein, wie vom Veitstanz befallen, und brach beim Anblick des Leutnants in lautes Schluchzen aus. Dann bemerkte sie Frau Pongrátz, und ihre Qual schlug in Gehässigkeit um.

»Mein armes Kind – mein schönes Kind!« schrie sie Emma an. »Ihr Leben ist zerstört, und zu allem Überfluß hetzen Sie noch die Gendarmen auf uns. Was werden die Leute wohl denken? Daß wir Huren oder Diebinnen sind? Sie sind einmal arm gewesen, so wie wir, Sie wissen, was das bedeutet, arm zu sein. Wie konnten Sie uns das nur antun?«

»Warum sind Sie zu Herrn Toni gegangen?« Emma stand auf und ging mit mörderischem Zorn auf sie zu. »Warum sind Sie nicht zu mir gekommen? Ich will's Ihnen sagen. Sie wußten, daß ich weg war, und hofften, mehr aus ihm herausholen zu können als aus mir.«

Mikay warf Moni, der in einem der Lehnstühle saß, den schmächtigen Leib tief in den Polstern vergraben, einen gereizten Blick zu, der bedeutete: Ist denn die menschliche Schlechtigkeit grenzenlos?

»Es gibt mehr Ding' im Himmel und auf Erden, als unsere Schulweisheit sich träumen läßt, Horatio!« murmelte der Arzt.

»Was war das?« fragte Frau Pongrátz scharf.

»Das tut jetzt nichts zur Sache, Tante Emma«, antwortete Mikay etwas ärgerlich, »zuerst wollen wir die Dinge klarstellen. Sie haben also die ganze Zeit gewußt, daß Viki schwanger ist, Sie haben das nicht erst jetzt herausgefunden, stimmt das?«

»Jawohl. Aber spielt das eine Rolle?«

Er antwortete ihr nicht, sondern wandte sich zu Frau Torma.

»Weshalb sind Sie nicht zuerst zu Frau Pongrátz gegangen?«

»Weil ich ihr nicht traute. Sie ist jedesmal froh, wenn sie die Angestellten um ein paar lumpige Kronen betrügen kann. Sie behauptet einfach, sie hätten etwas Wertvolles zerbrochen, und zieht ihnen den fünffachen Wert vom sauer verdienten Lohn ab. Das ist Emma Pongrátz. Sie hätte mich mit Groschen abgespeist, und dabei schwimmen sie im Geld. Er hat mein Kind geschändet. Dafür sollte er mir zahlen!«

»Deshalb haben Sie ihn vergiftet?« fragte Mikay sie scharf.

Sie stierte ihn eine Weile in sprachlosem Entsetzen an, dann stieß sie einen gellenden Schrei aus.

»Nein! Nein! Nein! Versuchen Sie das jetzt nur nicht mir anzuhängen!« Sie hätte sich auf den Leutnant gestürzt, wenn nicht Iszer dazwischengesprungen wäre. Nun griff sie den Sergeanten an und trommelte ihm mit beiden Fäusten auf die Brust. »Nein, nein!« kreischte sie. »Ich hab's nicht getan! Nein! Sie können mich grün und blau prügeln, und ich sage trotzdem, ich hab's nicht getan.«

Mikay wartete, bis sie sich etwas beruhigte.

»Von Prügeln ist keine Rede. Sie müssen mich nur überzeugen, daß Sie's nicht getan haben.«

»Das hab' ich doch gesagt. Was wollen Sie sonst noch?«

»Ein bißchen mehr. Berichten Sie mir mit Ihren eigenen Worten, was Sie und Viki getan haben von dem Augenblick an, da Sie das Haus betraten, bis zu dem Augenblick, da Sie wieder gingen.«

Die Frau holte tief Atem und gab dann eine ziemlich genaue Schilderung des Auftritts. Mikay hörte schweigend zu. Der Sergeant stenographierte mit. Emma saß reglos, mit Schweißperlen auf der Stirn, da.

»Sie oder Ihre Tochter waren also nie allein mit Herrn Toni?« fragte der Leutnant, nachdem sie geendet hatte.

»Nein, Herr Leutnant. Die junge Frau Pongrátz war die ganze Zeit dabei. Sie ging nur einen Augenblick vor uns, aber fast gleichzeitig kam Herr Albert herein und meldete, daß das Essen bereit wär'. Rézi und er hatten vorher schon hereingeschaut, aber Herr Toni jagte sie weg.«

Danach zeigte sie dem Leutnant, wo sie, Viki, Toni und Phyllis während des Auftritts gestanden waren. Da ihre Darstellung mit dem übereinstimmte, was Rézi und der Butler ausgesagt hatten, entließ Mikay die Frau.

Es war ein Uhr – Essenszeit –, aber zum erstenmal seit Jahrzehnten dampfte keine Mahlzeit auf dem gewaltigen Holzherd der Pongrátz-Küche. Nachdem die Vernehmung von Frau Torma beendet war, beschloß Mikay, eine kurze Pause zu machen. Er hatte nun eine klare Vorstellung von allen Ereignissen des verhängnisvollen Tages, ausgenommen davon, wie und durch wen das Gift – wenn es sich wirklich um Gift handelte – Toni gegeben worden war. Während des ganzen Verhörs hatte er das Gefühl gehabt, Emma Pongrátz verschweige etwas Entscheidendes.

Nach einer aus Aufschnitt bestehenden Mahlzeit, die ohne jede Förmlichkeit auf Servierbrettern aufgetragen wurde, ließ der Leutnant Viki hereinrufen. Sie sah schlampig und müde aus, schien sich aber wegen der Tragödie keine Gedanken zu machen. Ihr Blick wanderte zu einer Platte mit einigen vom Essen übriggebliebenen Scheiben Schinken.

»Alle haben gegessen, nur ich nicht«, sagte sie vorwurfsvoll und bekam große, glänzende Augen. »Und dabei hatte ich nicht einmal Frühstück heute morgen.«

Emma musterte sie voller Ekel und Verachtung.

»Du Idiotin«, murmelte sie.

Das Mädchen erwiderte den Blick gelassen.

»Auch Idioten kriegen Hunger«, entgegnete sie und entlockte dem Arzt ein unterdrücktes Wiehern.

»Also, Viki«, sagte Mikay, »gestern abend bist du mit deiner Mutter hierhergekommen. Erzähle mir, was sich dabei zugetragen hat, und dann wird dir Frau Pongrátz bestimmt etwas Schinken geben.«

»Nein, das wird sie nicht. Aber das ist mir gleich. Ich erzähl's Ihnen auch so.«

»Gut, laß hören.«

»Wir kamen her, und die Vordertür war offen, und da sagte Mama, wir gehen hinein und überraschen sie.«

»Wen meinst du mit ›sie‹?«

»Herrn Toni und die Amerikanerin.«

»Seine Frau?«

»Das hab' ich doch gesagt, oder?«

»Wie hast du gewußt, wo sie zu finden waren?«

»Sie waren vor dem Essen immer hier im blauen Salon. Weil doch Herr Toni vorher etwas trank. Das weiß ein jeder.«

»Hat deine Mutter es gewußt?«

»Nachdem sie's von mir erfuhr.«

»Na gut. Jetzt seid ihr hier drinnen. Was hast du zu Herrn Toni gesagt?«

»Nichts. Mama besorgte das Reden.«

»Was hat sie gesagt?«

»Sie brüllte ihn an, und er brüllte zurück, und zuletzt

sagte er, er findet einen Mann für mich und gibt Mama dazu noch Geld.«

»Seid ihr mit ihm allein gewesen?«

»Nein, die Ameri – das heißt, die junge Frau Pongrátz war die ganze Zeit dabei.«

»Hat sie etwas gesagt?«

»O ja«, antwortete Viki, und der Anflug eines spöttischen Lächelns erschien auf ihrem Gesicht. »Sie sagte, daß Toni mich heiraten sollte.«

»Jesus Maria!« stöhnte Emma.

»Aha – und was geschah, als Herr Toni sagte, er gebe deiner Mutter Geld?«

»Wir sind gegangen.«

»Hat euch jemand gesehen beim Weggehen?«

»Jawohl, Herr Leutnant. Der Diener kam herein und meldete, das Essen wär' bereit. Er hat gesehen, wie wir gegangen sind. Und er war auch richtig garstig. Sagte zu Mama, er klebt ihr eine, wenn er sie noch mal erwischt, daß sie hereinschleicht.«

»Wo war Herr Toni, als ihr gegangen seid?«

»Hier in diesem Zimmer. Er saß da in dem Lehnstuhl, in dem Moni jetzt sitzt.«

Für Ladány war der Arzt immer noch Moni oder bestenfalls Herr Moni, aber nie Dr. Rosenzweig.

»Gut, Viki, du kannst gehen«, sagte der Leutnant.

»Darf ich jetzt von dem Schinken haben?« fragte sie und zeigte auf das Tablett.

»Nein.« Emma schüttelte den Kopf. »Geh in die Küche und laß dir von Rézi einen Teller Suppe geben.«

»Ihre Schweinetränke will ich nicht«, sagte Viki. »Lieber bleib' ich hungrig, als daß ich Ihre Schweinetränke esse.« Damit stolzierte sie hinaus.

»Weshalb ist sie böse auf Sie?« fragte der Leutnant Emma.

»Wer weiß, was im Kopf einer Schwachsinnigen vorgeht?«

»Sie ist keine Schwachsinnige«, berichtigte der Arzt. »Viki ist geistig zurückgeblieben. Sie scheint den Verstand eines achtjährigen Mädchens zu haben. Es gibt Leute in diesem Dorf, die keinen höheren Intelligenzquotienten haben als sie und trotzdem nicht als Schwachsinnige gelten. Wissen Sie, weshalb? Weil sie zehn, zwanzig Joch Land besitzen und Viki nie mehr als das zwei auf drei Meter große Loch haben wird, in dem man sie dereinst begräbt.«

»Sind Sie etwa eine Art Bolschewik, Moni?« fragte Emma schneidend.

»Nein. Ich gehöre zu der Gattung *homo sapiens.* Fast ausgestorben in diesen Breitengraden.«

»Nach dem, was ich so über Sie höre, Moni, hätte Ihr Vater sein sauer verdientes Geld lieber anders anlegen sollen, als Ihnen damit eine Bildung zu kaufen«, knurrte Emma und kehrte ihm den Rücken zu.

»Man kann nicht gut sagen, daß er mir eine Bildung gekauft hätte, Frau Pongrátz. Das ist eins der wenigen Dinge im Leben, die man nicht mit Geld kaufen kann. Wenn das möglich wäre, hätten *Sie* dann nicht eine Bildung?«

Der Leutnant stand auf.

»Jetzt möchte ich mit Frau Phyllis Pongrátz sprechen«, sagte er, um dem Gezänk ein Ende zu machen.

»Soll ich sie hereinrufen?« fragte der Sergeant.

»Nein. Ich spreche in ihrem Zimmer mit ihr.« Er ging auf die Tür zu. »Bleib da, Moni«, setzte er hinzu. »Vielleicht brauche ich dich noch.«

Emma folgte Mikay auf den Gang hinaus.

»Ich möchte gern dabeisein, wenn du mit ihr sprichst, Rudi«, erklärte sie. Der Ton ließ erkennen, daß sie fest im Sinn hatte, dabeizusein.

»Nein, Tante Emma.« Mikay schüttelte den Kopf. »Nach den Aussagen der Dienstboten zu schließen, muß sie ja schrecklich zugerichtet sein. Ich glaube, am besten spreche ich allein mit ihr.«

»Sie wird dir nicht die Wahrheit sagen. Sie wird dir nichts als Lügen erzählen – ob jetzt oder später. Sie wird dir nichts als Lügen erzählen!« schrie Emma, und ihre trockenen, gesprungenen Lippen zuckten wütend.

Der Leutnant hatte noch nie einen von solch erbarmungslosem, leidenschaftlichem Haß besessenen Menschen gesehen. Das Blut wich aus ihrem Gesicht und die Haut wurde grün. Vielleicht war sie wahnsinnig. Vielleicht war niemand in dem ganzen verpesteten, gottlosen, verderbten Dorf geistig gesund.

»Das lassen Sie meine Sorge sein«, wies er sie ab und stieg rasch die Treppe hinauf.

Er klopfte an Phyllis' Tür und sagte, sie möge bitte die Störung entschuldigen, aber er müsse ihr dringend ein paar Fragen stellen. Als sie seine Stimme erkannte, schloß sie sogleich auf und ließ ihn ein. Obschon er darauf gefaßt war, sie in üblem Zustand anzutreffen, versetzte ihm der Anblick ihres entstellten Gesichts den Atem.

»Um Gottes willen, was hat er mit Ihnen gemacht?« Sekundenlang war er so empört über Toni, als lebte er noch.

»Ach, ich bin immerhin in weit besserer Verfassung als er«, sagte sie mit einer schwachen Grimasse. Sie knöpfte ihren Morgenrock fertig zu, in den sie geschlüpft war, als sie jemand hatte kommen hören. »Haben Sie herausgebracht, was geschehen ist? Hat er Selbstmord begangen oder... Es war Gift, nicht wahr?«

Sie sprach mit großer Mühe. Schmerz durchzuckte ihre Lippen bei jeder Bewegung. Der Leutnant blickte sich im Zimmer um und bemerkte die Koffer.

»Sie haben ja gepackt. Wollen Sie fortgehen?« fragte er.

»Ich wollte fort, gestern abend. Dann heute morgen –« Sie hielt inne. »Was haben Sie herausgefunden?«

»Dr. Rosenzweig, der mich begleitet hat, ist ziemlich sicher, daß Vergiftung durch Arsenik die Todesursache war.«

»Gott im Himmel!«

»Ich will Sie jetzt nicht ermüden. Ich weiß, wie Ihnen zumute sein muß, und trotzdem möchte ich gerne, Sie würden mir berichten, was zwischen Ihnen und Toni gestern abend vorgegangen ist. Ebenso alles andere, was Sie für wichtig erachten.«

Sie erzählte ihm die Geschichte der vergangenen Nacht und wich nur da und dort von der Wahrheit ab, um Toni in ein weniger schlechtes Licht zu stellen. Er war tot, und ihre Liebe für ihn war tot, aber er war mehr als ein Jahr ihr Mann gewesen, und sie wollte die Erinnerung an dieses Jahr nicht besudeln.

»Was sind Ihre Pläne jetzt? Gehen Sie zurück zu Ihren Eltern?« fragte Mikay zum Schluß.

Sie schüttelte heftig den Kopf. »Nein!«

»Teilen Sie ihnen nicht mit, was geschehen ist?«

»Nein. Das muß ich allein durchstehen. Ich kann sie nicht da hineinziehen. Das wäre nicht recht.«

»Aber Phyllis, Sie brauchen sie vielleicht«, sagte Mikay. Sie merkten beide nicht, daß er sie zum erstenmal beim Vornamen genannt hatte.

»Ich ziehe sie nicht in diese scheußliche Geschichte hinein! Wie dem auch sei, ich fahre gleich nach der Beerdigung weg. Jetzt, da Toni tot ist, hält mich hier nichts mehr zurück.«

Die ganze Zeit über hatte der Leutnant den Eindruck, sie sei sich des Ernstes der Lage nicht bewußt.

»Ich fürchte, Sie werden eine Weile hierbleiben müssen«, sagte er.

»Warum?«

»Weil Toni nicht eines natürlichen Todes gestorben ist. Es sieht wenigstens nicht so aus. Es wird eine Untersuchung geben. Nach uns, den Gendarmen, wird sich der Staatsanwalt einschalten und alles verwickelter machen. Der Untersuchungsrichter wird verlangen, daß Sie sich zu seiner Verfügung halten und ihm helfen. Schließlich waren Sie der letzte Mensch, der Toni am Leben gesehen hat.«

Sie hörte nachdenklich zu, dann nickte sie.

»In dem Fall ist es besser, wenn ich bleibe. Aber muß ich hier im Haus bleiben? Kann ich nicht nach Korond gehen und im Hotel warten? Das Hotel wäre mir viel lieber als dieses Haus.«

»Das überlasse ich Ihnen. Solange Sie erreichbar sind, spielt das keine Rolle.«

»Gut. Herzlichen Dank.« Es klang fast heiter. »Würden Sie mir einen Gefallen tun? Bitten Sie doch meine Schwiegermutter um einen Wagen nach Korond für mein Gepäck und mich. Aber erst nach Einbruch der Dunkelheit. Ich möchte nicht, daß mich die Leute in dieser Verfassung sehen. Falls Mutter Emma nein sagt, besorgen Sie bitte einen Wagen für mich im Dorf. Selbst ein Fuhrwerk tut's. Solange es mich nur von hier wegbringt.«

Als der Leutnant ins Erdgeschoß hinunterging und Emma den Wunsch von Phyllis ausrichtete, antwortete die Frau mit einem harten, argwöhnischen Blick.

»Du läßt sie also entkommen.«

»Um Himmels willen, Tante Emma, von Entkommen ist keine Rede. Sie möchte einfach nicht hierbleiben. Können Sie ihr das verübeln nach dem, was sie durchgemacht hat?«

»Was hat *sie* schon durchgemacht?«

»Haben Sie ihr Gesicht gesehen?«

»Hast du Tonis Gesicht gesehen? Mein Gott, wie muß er gelitten haben! Er ist wie ein Hund gestorben. Ganz allein, an seinem Erbrochenen erstickt. Und du sagst, *sie* hat gelitten!«

Ihrem wilden Schmerz gegenüber kam er sich hilflos vor. Es war Hekubas Schmerz, den nur ausgekratzte Augen und das Blut Unschuldiger lindern konnten. Oder die Flammen eines Scheiterhaufens, die die Witwe verzehren.

Mikay gab die Diskussion auf und machte mit Herrn Cinege aus, er solle am Abend zurückkehren und Phyllis im Fiat nach Korond bringen.

Es war schon mitten am Nachmittag, als der Leutnant endlich aufbrechen konnte. Tonis Leiche war in dem einstweiligen Sarg auf ein Fuhrwerk geladen und in das Leichenschauhaus auf dem Friedhof von Ladány gebracht worden, wo man später die Sektion durchzuführen gedachte. Die leeren Flaschen vom Vorabend gingen zur Untersuchung ans Staatliche Toxikologische Institut in Budapest. Wie sich der Butler erinnerte, waren vor dem Essen noch etwa drei Schluck Cognac in der Hennessyflasche gewesen, folglich hatte Toni sie wohl später noch getrunken. Die bei Tisch gebrauchten Gläser und Teller waren gewaschen und weggeräumt und damit alle Spuren oder Rückstände, die einen Anhaltspunkt hätten liefern können, entfernt worden.

Sergeant Iszer und die beiden Gendarmen begleiteten den Sarg. Mikay und Moni fuhren im Taxi nach Korond zurück.

»Was meinst du?« fragte der Leutnant. »War es Selbstmord? Ein Unglücksfall? Mord? Und wenn Mord, wer hat ihn begangen?«

Der Arzt blickte ihn amüsiert an.

»Was fragst du mich? Du bist der Polizeibeamte.«

»Ja«, seufzte Mikay. »Ich bin der Polizeibeamte, und jetzt habe ich meine *cause célèbre,* wie Dr. Horváth sich ausdrückt. Das Dumme ist nur, daß ich nicht weiß, was ich damit anfangen soll. Das ist nicht das gleiche wie einen Wilderer zur Strecke bringen oder einen Viehräuber fangen, verdammt noch mal!«

»Du hast andere Mordfälle gehabt und dich dabei bewährt.«

»Gewiß. Keilereien in Dorfkneipen; der junge Bursche, der bei einem Tanz in Ardó erstochen wurde; die Zigeunerin, die ihr Neugeborenes erstickte. Das da ist etwas anderes. Diese verdammten Pongrátze! Können die eigentlich nie mit weniger Tamtam um die Ecke gehen? Der Alte hatte wenigstens noch den Anstand, an Gastroenteritis zu sterben.«

»Darauf würde ich keine Wette eingehen«, murmelte Moni.

»Sag mir bloß nicht, es sei was anderes gewesen! Es stimmt allerdings, er sah ziemlich gräßlich aus im Sarg. Aber der Tod ist ja keine Schönheitskur. In Amerika sollen die Leichenbestatter das Gesicht der Toten kosmetisch behandeln. Der alte Thury, unser Nachbar, der zwanzig Jahre lang in den Kohlenbergwerken von Pennsylvanien gearbeitet und sich dann mit dem zusammengesparten Geld einen Hof gekauft hat, erzählte mir von einer Tochter, die er in Harrisburg beerdigen mußte. Sie sprang vom höchsten Gebäude in der Stadt, aber als sie in der Leichenhalle aufgebahrt lag, sah sie aus wie eine Puppe. Der alte Thury fand, wenn man sie im Leben so schön hätte machen können, wäre sie nie runtergesprungen.«

»Toni hat nicht wie eine Puppe ausgesehen«, sagte Moni. »Armes Schwein, er muß entsetzlich gelitten haben.«

»Hätte es ein Unglück sein können?«

»Das bezweifle ich. Nehmen wir mal an, sie hatten eine Büchse mit einem pilztötenden oder insektenvertilgenden Mittel in der Küche und verwechselten das mit Mehl oder Salz oder Zucker. Aber dann wäre jemand anderes ebenfalls vergiftet worden. Nein, als Unglücksfall kann ich mir das nicht vorstellen.«

»Das glaube ich ja auch nicht. Mit Emma in der Küche ist das ganz unmöglich. Sie hält die Vorräte in der Speisekammer unter Verschluß und mißt ab, was sie jeden Tag brauchen. Sie zählt die Eier und wiegt das Fleisch und schöpft Milch und Rahm aus.«

»Und wenn sie nun auch Arsenik ausgeschöpft hat?«

Mikay schüttelte den Kopf. »Nein, das nicht. Sie hat den Jungen geliebt. Wenn sie seine Mutter gewesen wäre, hätte sie ihn nicht heißer lieben können. Und seltsamerweise hat er sie geliebt – den einzigen Menschen auf Erden, dem er völlig treu war. Nach Onkel Kálmáns Tod wurde er doch Herr des Hauses. Das Testament seines Vaters enthielt keine Verfügungen zu Emmas Gunsten. Der ganze Besitz ging auf Toni über. Und trotzdem war ihre Stellung im Haus so fest wie zuvor. Vielleicht noch viel fester. Er hat ihr den Vorrang vor Phyllis gegeben.«

»Ich sage dir das höchst ungern, weil ich weiß, wie du –

wie soll ich' ausdrücken – in ihrem Bann bist, aber die Person, auf die am meisten Verdacht fällt in diesem Fall, ist Phyllis.«

»Nein!«

»Er hat sie betrogen«, fuhr Moni fort, »er hat sie durchgeprügelt, er hat sie erniedrigt. Sie war in seinem Zimmer zu der Zeit, da er schon Schmerzen hatte, doch sie half ihm nicht, ja sie schickte sogar den Butler weg. Es sind schon Leute gehängt worden auf Grund von weniger Beweismaterial.«

»Sie ging in sein Zimmer, um den Paß zu holen. Er schnarchte, deshalb dachte sie, er schlafe. Wenn er tatsächlich um Hilfe rief, dann hat sie's nicht gehört.«

»Der Butler hat's gehört und sie nicht?«

»Die Kammer des Butlers liegt unmittelbar unter dem Schlafzimmer, in dem Toni starb. Ihres ist im selben Geschoß, aber durch vier andere Stuben davon getrennt. Die Wände in dem verdammten Haus sind so dick, daß die Zimmer so gut wie schalldicht werden, wenn man die Türen schließt. Ich habe einen Versuch gemacht.«

»Dich hat's ja bös erwischt, alter Junge.« Moni lachte leise. »Na schön. Vergiß Phyllis. Wer sonst? Der Butler?«

»Wir müssen uns mit der Budapester Polizei in Verbindung setzen und sein Vorleben überprüfen lassen. Er ist noch keinen Monat da. Seine letzte Stellung war bei einem Grafen Széchényi. Zwölf Jahre. Bis die Gräfin starb und der Graf beschloß, ins Ausland zu gehen. Ich habe das Empfehlungsschreiben gesehen, das ihm Széchényi gab. Es ist ausgezeichnet.«

»Wer sonst? Eine der Mägde?«

»Entweder Kata oder Rézi. Die andern hatten nie etwas mit dem Essen zu tun. Eher Kata, da sie gestern kochte.«

»Sie ist die Nichte von Frau Balogh, nicht wahr?«

»Stimmt. Rézi servierte. Zusammen mit dem Butler. Zum Glück hat Jószi den Abend frei genommen, also brauchen wir uns um ihn nicht zu kümmern. Wenn Emma zu Hause gewesen wäre, hätte er nicht frei nehmen können. Ja, wenn sie zu Hause gewesen wäre, dann würde Toni noch heute leben, dessen bin ich ziemlich sicher. Das werden wir freilich nie erfahren.«

»Wie steht's mit Frau Torma und Viki?«

»Sie waren nie mit Toni allein. Du hast ja den Butler gehört. Ich fragte auch Phyllis ihretwegen«, antwortete Mikay. »Sie kamen durch die Vordertür herein, und als sie gingen, brachte der Butler sie hinaus. Er wollte sicher sein, daß sie verschwanden.«

»Das führt uns also zurück zu Phyllis.«

»Leider Gottes, ja. Aber hoffen wir, du bist nur ein lausiger Kurpfuscher und die Sektion ergibt, daß Toni an Gastroenteritis gestorben ist, genau wie sein Vater.«

»Hoffen wir's. Obwohl ich fürchte, es könnte viel eher bei einer zweiten Sektion herauskommen, daß der Alte an Arsenikvergiftung gestorben ist, genau wie Toni.«

»Grundgütiger, sag bloß das nicht. Ein Fall reicht mir mehr als genug. Ein zweiter wäre eine Katastrophe!«

10

Die Obduktion wurde im Leichenschauhaus des Friedhofs von Ladány von Dr. Havel, dem Komitatspathologen, vorgenommen. Als Todesursache stellte er akute Vergiftung durch Arsenoxyd fest. Der Magen des Toten wies Zeichen heftiger Entzündung mit mehrfachen Schleimhautblutungen auf. Nachdem mit dem Mageninhalt der Reinschtest durchgeführt worden war, kam Dr. Havel zum Schluß, daß das Opfer das Gift in flüssiger Form geschluckt hatte, und zwar kurz nach dem Abendessen, was die etwas verzögerte Reaktion erklärte, obschon die in Magen und Verdauungskanal gefundene Menge eindeutig die tödliche Dosis überstieg. Der Konsum alkoholischer Getränke wie Champagner und Cognac vor dem Essen und gleichzeitig mit der Einnahme des Giftes trug ebenfalls dazu bei, das Einsetzen der Symptome zu verlangsamen.

Einen Tag später erhielt der Gendarmerieposten Korond das Gutachten des Staatlichen Toxikologischen Instituts über die Flaschen. In den Champagnerflaschen hatte sich kein Gift gefunden, hingegen war das Innere der Cognacflasche mit Arsenoxyd überzogen.

»Damit scheidet die Selbstmordtheorie aus«, sagte Mikay zu Moni, als der Arzt sich nach dem Untersuchungsergebnis erkundigte. »Wenn einer sich mit Gift umbringen will, schluckt er es und gießt es nicht zuerst in eine Flasche und aus der Flasche in ein Glas. Die Möglichkeit eines Unglücks scheidet auch aus. Die ganze verfluchte Geschichte erinnert allmählich an den letzten Akt von *Hamlet.*«

»Wart nur, bis Phaedra von dem Bericht vernimmt«, bemerkte Moni.

»Du meinst Emma? Aber das ist ein anderes Stück. Außerdem läßt es sich nicht mit unserem Fall vergleichen. Nein, Emma ist keine Phaedra. Sie war nicht in Toni verliebt. Sie war seine Amme. Teufel, nein! Was sie für ihn empfunden hat, war Mutterliebe.«

»Die verheerendste Liebe. Hat bekanntlich mehr brave Männer zugrunde gerichtet als Absinth oder Heroin.«

»Du hast wahrhaftig eine verdrehte Art, die Dinge zu betrachten«, versetzte Mikay.

»Und für dich ist die Welt eine Leinwand mit einem schwarz-weißen Film darauf projiziert. Keine Farben, keine dritte Dimension. Blütenweiße Helden und pechschwarze Schurken. Und die Frauen! Heilige oder Dirnen. Werd erwachsen, Junge! Finde dich mit dem Gedanken ab, daß deine geheiligten Frauen unter Umständen ebenfalls einem kleinen Mord frönen können, wenn eine Möglichkeit besteht, daß sie nicht ertappt werden.«

»Würdest du mir einen Dienst erweisen?« fragte Mikay nach einer Pause. »Geh bitte zu Phyllis ins Hotel und teile ihr das Ergebnis der Sektion mit. Mach ihr klar, daß ich mich nur noch auf dem Dienstweg mit ihr in Verbindung setzen kann, was jedoch nicht bedeutet, daß ich nicht auf ihrer Seite bin. Sie muß Vertrauen zu mir haben. Es ist zu ihrem eigenen Besten, wenn ich während der Untersuchung Abstand wahre, was nicht bedeutet, daß –«

»– daß du nicht auf ihrer Seite bist. Das hast du schon gesagt.«

Es klopfte an der Tür. Sergeant Iszer streckte den Kopf herein.

»Frau Pongrátz ist da. Sie möchte Sie sehen, Herr Leutnant.«

Mikay sprang auf.

»Welche Frau Pongrátz?« In seine Augen kam ein Glanz, der weder dem Arzt noch dem Sergeanten entging.

»Die alte Frau Pongrátz.« Die Antwort des Sergeanten klang etwas entschuldigend. Es tat ihm leid, seinen Vorgesetzten enttäuschen zu müssen.

»Gut, sie soll hereinkommen«, sagte der Leutnant ernüchtert.

Der Arzt erhob sich.

»Ich gehe lieber. Die Gesellschaft von Madame Pongrátz schätze ich nicht besonders. Überdies«, fügte er hinzu, sobald der Sergeant wieder draußen war, »je eher ich deinen Auftrag ausführe, desto besser. Und mach dir keine Sorgen. Zur Abwechslung will ich mich benehmen. Ich werde die Ritterlichkeit selbst sein. Ich sage der Dame, daß sie sich jederzeit an mich wenden kann, wenn sie Hilfe braucht.«

Ohne auf Mikays Antwort zu warten, eilte er aus dem Büro. In der Tür stieß er um ein Haar mit Emma zusammen. Sie blickte ihn mißbilligend an, wie eine Lehrerin, die von einem ungezogenen Schüler gerempelt wird.

Der Leutnant wußte, weshalb Emma gekommen war. Er erzählte ihr von Dr. Havels Bericht und dem Gift im Cognac. Sie hörte schweigend zu.

»Was unternimmst du jetzt, Rudi?« fragte sie mit klangloser, ungerührter Stimme. »Verhaftest du sie?«

»Wen?«

»Phyllis. Du weißt so gut wie ich, daß sie's getan hat.«

»Nein, das weiß ich nicht. Und Sie überraschen mich. Sie müssen irgendeinen Beweis haben, sonst wären Sie nicht so sicher.«

»Beweis? Aber selbstverständlich. Sie hatte einen Streit mit ihm. Genügt das nicht als Beweis?«

»Nein.«

Sie wurde steif und preßte ihre schmalen Lippen zusammen, als müßte sie sich zurückhalten, nicht auszuspukken. Ihr Gesicht mit seiner fahlen Haut und den vielen tiefen Falten sah aus wie ein zum Dörren am Baum gelassener Pfirsich.

»Man hat mir erzählt, daß du in sehr freundschaftlicher Beziehung mit ihr gestanden bist«, sagte sie. »Ihr seid zusammen im Hotel und auch an andern Orten gesehen worden. Ist das der Grund, daß du sie straflos entkommen lassen willst?«

Mikay spürte, wie das Blut in den Adern auf seiner Stirn pochte.

»Ich bin empört über Ihre Andeutung, Tante Emma«, erwiderte er scharf. »Es wird eine Untersuchung stattfinden, und Sie dürfen versichert sein, daß wir alles tun, was in unserer Macht steht, den Fall zu klären. Aber wir verhaften niemand ohne genügenden Beweis.«

»Sie war als einziger Mensch allein mit ihm zusammen an dem Abend. Sie wußte, daß er die Gewohnheit hatte, Champagner mit Cognac zu trinken. Sie hätte jederzeit das Gift in die Flasche gießen können.«

»Gießen?« unterbrach sie der Leutnant. »Wieso wissen Sie, daß es in die Flasche gegossen worden ist? Wieso wissen Sie, daß es eine Flüssigkeit war und kein Pulver?«

Sie blickte ihn mit einem belustigten Lächeln an, das ihrem harten Mund die Strenge nahm.

»Weil man es in dieser Form kriegt. Arsenik nämlich.«

»Das stimmt nicht. Arsenik gibt es auch in fester Form oder in Kristallform oder als Pulver.«

»Nicht in Ladány. In Ladány gibt es Arsenik nur als Flüssigkeit. Wenn die Leute das Pulver sehen würden, wüßten sie nicht, was damit anfangen.«

»Und mit der Flüssigkeit wissen sie's?« fragte er entgeistert.

Sie überhörte die Frage.

»Wenn du sie nicht verhaften willst, Rudi, gehe ich mit dem Fall zum Staatsanwalt. Ich nehme mir einen Anwalt, wenn's sein muß.«

Der Leutnant begann die Geduld zu verlieren.

»Begreifen Sie doch endlich, Tante Emma, daß nicht mal der Staat jemand ohne ausreichenden Beweis verhaften kann. Also schön, Ihre Schwiegertochter hatte Grund, auf Toni wütend zu sein, aber das genügt nicht. Sie befand sich am Schauplatz des Verbrechens, aber auch das genügt nicht. Vor allem müssen wir beweisen, daß sie im Besitz des Giftes war. Sonst können wir keine Anklage gegen sie erheben.«

»Und wenn ich es beweise?«

Er blickte sie bestürzt an.

»Also los. Lassen Sie hören!« sagte er, obwohl er insgeheim wünschte, sie würde schweigen.

»Sie hat es von Amália Kovách«, antwortete sie gelassen.

»Woher wissen Sie das?«

»Amália kam an dem Nachmittag vorbei. Sie gingen zusammen weg und kehrten zurück, gerade als ich mit Toni abfahren wollte, um meine Schwester nach Korond und von dort nach Szolnok zu bringen.«

»Gut, sie verbrachten den Nachmittag zusammen. Was veranlaßt Sie zu der Annahme, daß Amália ihr das Gift gegeben hat? Weshalb Amália?«

»Sie wollte Phyllis dazu bringen, nach Amerika zurückzugehen und sie selbst mitzunehmen. Ich hörte sie einmal darüber reden. Sie waren auf der Veranda und wußten nicht, daß ich in der Nähstube saß, bei offenen Fenstern. Ich hörte Amália deutlich sagen: ›Warum ziehen Sie nicht aus diesem Nest fort und nehmen mich mit?‹ Das hat sie gesagt.«

»Und Sie haben auch gesehen, wie sie Phyllis das Arsenik gab?«

»Nein, das nicht.«

»Weshalb behaupten Sie dann, Phyllis habe es von Amália gekriegt? Weshalb? Was macht Sie so sicher?«

Eine lange, drückende Stille trat ein. Emma starrte auf das Bildnis von Reichsverweser Horthy an der Wand, als erwartete sie Anweisungen von ihm. Der Reichsverweser, mit einem düsteren und verschlossenen Ausdruck auf seinen adlerartigen Gesichtszügen, starrte auf sie zurück und wollte nichts mit der Sache zu tun haben. Emma stieß einen tiefen Seufzer aus und zuckte die Achseln.

»Sie hat es auch sonst jedermann gegeben«, sagte sie. »Frau Balogh und Frau Retek und Teréz und allen andern.«

Mikay runzelte die Stirn. Er war nicht sicher, ob er sie richtig verstanden hatte.

»Sie hat was wem gegeben?« fragte er.

»Den Frauen das Arsenik, mit dem sie ihre Männer vergifteten.«

»Augenblick jetzt mal! Sie behaupten, alle diese Frauen hätten ihre Männer vergiftet. Zu Ihrer Kenntnisnahme: es steht ohne jeden Zweifel fest, daß der Mann von Teréz eines natürlichen Todes gestorben ist.«

»Kozma ist gestorben, bevor Teréz ihm das Gift verabreichen konnte. Aber sie hatte das Arsenik bei der Hand. Sie hatten sogar Krach deswegen – Teréz und Amália. Amália wollte ihr Geld, und Teréz sagte, sie zahlt nicht, weil sie mit dem Gift ja nur ihren Kater getötet hatte. Und das war das Vermögen nicht wert, das Amália von ihr verlangte.«

Mikay machte ein paarmal die Augen auf und zu und überlegte, ob er sich nicht kneifen sollte, um sicher zu sein, daß er nicht eine wilde Geschichte zusammenträumte, weil er einen zu vollen Magen hatte.

»Tante Emma«, fragte er und versuchte dabei einen strengen Ton anzuschlagen, »Sie haben Ihre Schwiegertochter nie richtig gemocht, nicht wahr?«

»Das hat nichts damit zu tun.«

»O doch. Antworten Sie mir einfach. Weshalb haben Sie Phyllis nicht gemocht? Was hatten Sie gegen sie?«

»Nichts, außer daß sie einer herumstreunenden Katze gleicht. Keiner weiß, wo sie herkommt und wer ihre Angehörigen sind. Oh, mein verstorbener Mann hat wohl nach Paris um Auskunft geschrieben. Und die Antwort lautete, ihr Vater wäre ein ordentlicher Mann und sehr reich. Aber ein reicher Mann läßt seine Tochter nicht mit einem einzigen Koffer und ohne einen Heller eigenes Geld zum Haus hinaus. Sie kriegte fast nie Post von ihm. Entweder hat sie etwas ganz Schlimmes angestellt, oder ihr Vater ist nicht ein solch bedeutender Mann, wie man uns glauben machen wollte.«

»Gut, drücken wir's so aus – Sie haben ihr nicht getraut. Aber das gibt Ihnen nicht das Recht, sie des Mordes zu beschuldigen. Und vier andere Frauen noch dazu.«

Sie ließ ein kurzes, schrilles Lachen hören.

»Wie blöd kannst du eigentlich sein, Rudi? Frag das erste beste Kind in Ladány, und es wird dir sagen, was Amálias Gewerbe ist. Was meinst du, warum sie ›die Witwenmacherin‹ genannt wird? Ihr Haus gleicht einer Fabrik mit einem dieser neumodischen Fließbänder. Bei der Vordertür geht eine verheiratete Frau hinein, und bei der Hintertür kommt eine Witwe heraus.«

Der Leutnant ließ sich mit schwachen Knien hinter dem Schreibtisch nieder. Die Frau vor ihm war allem Anschein nach ganz normal, sogar gelöst, und im Vollbesitz ihrer geistigen Kräfte.

»Sind Sie sich der Folgen dessen bewußt, was Sie mir soeben sagten?«

»Hoffentlich hat es Folgen«, versetzte sie bissig. »Obwohl, sicher kann man nie sein. Stell dir bloß vor, was die Gendarmerie, die Notare, die Untersuchungsrichter, die Amtsärzte und die Gerichte den Steuerzahler kosten. All das Geld ist doch zum Fenster hinausgeworfen, wenn ein Mensch vor ihrer Nase umgebracht werden kann und Dr. Horváth es als Gicht bezeichnet, der Leichenbeschauer als Schlag und die Sterbeurkunde als Herzanfall. Und keiner findet was dabei. Wenn eine Frau in Ladány sagt, sie hätt' bei Amália Kovách Medizin für ihren kranken Mann geholt, fangen alle Nachbarinnen an, Kuchen zu backen und Hühnchen zu braten für den Leichenschmaus.«

»Wenn Sie das alles gewußt haben, weshalb meldeten Sie mir das nicht vorher?«

»Weil es mich nichts anging. Weil ich kein Gendarm oder Detektiv oder Untersuchungsrichter bin.«

»Und warum erzählen Sie mir's jetzt?«

»Weil es mich jetzt etwas angeht. Sie haben meinen Jungen umgebracht. Das sollen sie büßen. Und dafür will ich schon sorgen, was es mich auch kosten mag.«

Als die Frau gegangen war, blieb Mikay lange allein. Die Ungeheuerlichkeit dessen, was er soeben gehört hatte, erschloß sich ihm erst nach und nach in seiner vollen Bedeutung. Er stöhnte, schluckte zwei Aspirin, streckte sich auf dem wackligen Sofa aus, sprang auf und marschierte im Zimmer hin und her, tat einen tüchtigen Zug aus der Schnapsflasche in der Schreibtischschublade und fluchte dazu die ganze Zeit auf Tante Emma. Seine Vernunft beharrte darauf, die Frau sei wahnsinnig, während sein Gefühl ihm sagte, sie habe die Wahrheit gesprochen. Er stand so jäh auf, daß er dabei den Stuhl umwarf. Mit langen Schritten eilte er aus dem Büro, ließ sein Pferd satteln und ritt in gestrecktem Galopp nach Ladány. Amália Kovách legte in ihrem kühlen Zimmer mit der niedrigen Decke eine Patience. Sie konnte die Karten kaum erkennen, da die Fensterläden wegen der grellen Mittagssonne dicht geschlossen waren. Auf dem Tisch stand ein Korb mit Winteräpfeln, deren würziger Duft das ganze Zimmer erfüllte. Zigarettenrauch umwallte die Frau wie der giftige Dampf die Priesterin von Delphi. Sie trug einen ziemlich fadenscheinigen, aber echten japanischen Kimono aus verschossener orangefarbener Seide mit großen, zarten handgestickten Blumen, das Geschenk eines längst verschollenen Kapitäns, der ihr Liebhaber gewesen war.

»Sieh mal an«, sagte sie fröhlich, als sie auf das Klopfen an der Vordertür öffnete und den Leutnant draußen stehen sah. »Na, wie lautet diesmal die Anklage gegen mich? Sie kommen nämlich immer nur zu mir, wenn Szolnok entscheidet, daß etwas gegen den Geburtenrückgang unternommen werden sollte, und mich, den einzigen Grund dafür, im Schnellverfahren hinrichten möchte.«

Mikay beachtete die Stichelrede nicht.

»Darf ich herein?« fragte er, da sie immer noch in der Tür stand und ihr Haus bewachte wie ein munterer, aber scharfer Hund.

»Natürlich, kommen Sie herein«, sagte sie lächelnd und trat zur Seite. Sie führte ihn in das vordere Zimmer und bot ihm einen bequemen Lehnstuhl zum Sitzen an.

»Zigarette? Ein Glas kühlen jungen Wein aus dem Keller? Oder Schnaps?« Sie spielte die vorbildliche Gastgeberin. Als Mikay ablehnte, ließ sie sich am Tisch hinter ihren Karten nieder. »Womit kann ich Ihnen diesmal dienen?« fragte sie.

»Mit ein bißchen Auskunft«, antwortete der Leutnant. Er ließ eine kurze Pause eintreten, dann packte er den Stier bei den Hörnern. »Frau Kovách – stimmt es, daß Sie Frau Balogh mit Arsenik versorgten, damit sie ihren Mann vergiften konnte?«

Die Frau starrte ihn mit offenem Mund an. Ihre Augen blinzelten wie von einem überraschenden Lichtstrahl geblendet.

»Wie war das noch mal?« fragte sie. Ein halb belustigtes, halb verdutztes Lächeln zuckte um ihre Lippen.

»Haben Sie Frau Balogh das Arsenik gegeben, damit sie ihren Mann vergiften konnte?«

Plötzlich geriet sie in Wut.

»Da fangen Sie schon wieder an«, sagte sie mit ätzender Stimme. »Sie müssen einen Vergiftungswahn haben. Péter Kozma ist vergiftet worden. Toni Pongrátz ist vergiftet worden. Und jetzt ist Herr Balogh vergiftet worden. Und ich habe Frau Balogh das Gift gegeben. Weshalb ich? Nur weil ihr mir nichts anderes anhängen könnt. Weil der Staatsanwalt in Szolnok einen Ukas erlassen hat, daß ich um jeden Preis zur Strecke gebracht werden soll.«

»Zu Ihrer Orientierung, Frau Kovách: wir wissen, daß Péter Kozma nicht vergiftet wurde. Dafür wissen wir aber, daß Toni vergiftet wurde. Gestern hat eine Sektion stattgefunden.«

Amália verschlug es den Atem.

»Himmel, nein!« japste sie.

»Doch, Frau Kovách, das stimmt, und Emma Pongrátz war es, die Sie als Anstifterin zu dem Verbrechen beschuldigt hat.«

»Oh, aber Herr Leutnant, glauben Sie ihr doch nicht! Sie war besessen von dem Jungen, und jetzt nach seinem Tod ist sie wie ein tollwütiger Hund, der durch die Straßen rennt und jeden beißt, der sich gerade blicken läßt. Den armen Toni schätzte ich weiß Gott nicht besonders, aber um nichts in der Welt hätte ich ihm ein Leid zugefügt.«

»Emma behauptet, daß Sie Tonis Frau sagten, sie solle ihn loswerden, damit sie ins Ausland fahren und Sie mitnehmen könne.«

Die Hebamme erblaßte.

»Hat Emma *sie* hineingezogen?« Plötzlich war sie todernst und erschrocken. »Die alte Zange ist wirklich übergeschnappt. Dem armen Kind so etwas in die Schuhe zu schieben! Toni – Gott sei seiner Seele gnädig – hat sich eine Menge Feinde gemacht. Warum nicht unter denen nach dem Mörder fahnden?«

»Weshalb sollte Emma ihre Schwiegertochter grundlos beschuldigen?«

»Weil sie eine primitive, verbitterte Bäuerin voller Vorurteile ist. Sie ist blind vor Klassenhaß. Die Bauern behandelt sie mit Verachtung, aber im tiefsten Innern fühlt sie mit ihnen, weil es doch ihre Leute sind. Sie hat Phyllis gehaßt von dem Augenblick an, da sie ihre Schwiegertochter zum erstenmal sah. Sogar schon vorher. Als sie hörte, daß Toni eine Frau heimbringt.«

»Sagen Sie mir, Frau Kovách, haben Sie Phyllis Pongrátz eingeredet, ihren Mann zu verlassen und mit Ihnen wegzugehen, oder nicht?«

Die Frau wurde rot, das heißt, ihr Gesicht nahm eher eine gelblich braune Farbe an. Sie streckte die Hand aus, las eine Karte vom Tisch auf und legte sie an eine andere Stelle.

»Das war einfach so Geschwätz.« Sie verschob eine zweite Karte, dann sah sie auf; ihre Augen waren plötzlich voller Leben und funkelten. »Erinnern Sie sich noch, wie wir uns letzten Herbst vor der Apotheke begegneten und ich Sie neckte, Sie sollten ins Ausland gehen und sich eine reiche Ausländerin angeln? Zum Henker, ich sag' immer solches Zeug. Aus reiner Langeweile, ohne daß ich's wirklich ernst meine. Sie waren ein bißchen verschnupft, wissen Sie noch?«

Mikay gab zu, daß er sich noch an den Vorfall erinnere.

»Wenn Emma uns damals gehört hätte«, fuhr Amalia fort, »würde sie jetzt wahrscheinlich sagen, daß ich Sie verderben wollte.«

»Sie bestreiten also, Róza Balogh, Phyllis Pongrátz oder Teréz Kozma eine arsenikhaltige Mixtur gegeben zu haben?«

»Natürlich bestreite ich das! Aber haben Sie nicht eben gesagt, Kozma wär' –«

«– nicht vergiftet worden.« Mikay nickte. »Trotzdem behauptet Emma, daß Teréz zu den Frauen gehöre, die Sie mit Gift versorgten. Daß Sie sich gestritten hätten, weil sie nicht zahlen wollte.«

»Unsinn!«

»Es ist bekannt, daß Sie Leute behandelt haben, die nur von Ärzten hätten behandelt werden sollen. Sie haben ihnen Salben, Pillen, sogar Spritzen gegeben. Das bestreiten Sie doch nicht, oder?«

Die Frau stand auf und ging langsam hinüber zu dem alten Nußbaumschrank am andern Ende des Zimmers. Sie öffnete ihn. Er enthielt Dutzende von Flaschen, alle in ihrer gestochen klaren Handschrift etikettiert, und ein Sortiment von Bandagen, Watte und Spritzen. Die bauchige schwarze Tasche mit Instrumenten stand auf dem obersten Regal.

»Nein, das bestreite ich nicht«, sagte sie. »Ich weiß, daß ich gegen das Gesetz verstieß. Hätte ich sie abgewiesen, wenn sie sich an mich um Hilfe wandten, so wären sie zu der alten Frau Barna gegangen, die Entzündungen mit Breiumschlägen aus Lehm und Urin behandelt. Und Wunden mit Spinnwebebinden. Von ihren noch unappetitlicheren Tränken und Kuren ganz zu schweigen. Und ich will Ihnen etwas verraten – ich bin viel besser im Diagnostizieren als die hiesigen Ärzte. Ich arbeitete fünf Jahre unter Professor Bársony in der Budapester Universitätsklinik und verstehe mehr von praktischer Medizin als Dr. Horváth oder Dr. Pataky. Und wenn ich feststelle, daß eine Person krank ist, rate ich ihr, nach Szolnok ins Komitatsspital zu gehen und nicht zurück aufs Feld, bis ihr die Eingeweide rausfallen.« Mit einer umfassenden Handgebärde wies sie auf die Flaschen im Schrank. »Hier, das ist meine Privatapotheke. Schicken Sie alles nach Budapest. Lassen Sie jede Flasche, jede Pille analysieren. Einige enthalten möglicherweise eine Spur Arsenik, wie zum Beispiel das Eisentonikum gegen Anämie, aber das dient zum Kurieren, und nicht zum Töten der Leute. Gift werden Sie keines finden in diesem Schrank oder sonstwo in meinem Haus.«

»Also gut, Frau Kovách, das genügt mir«, sagte er nach einer Pause und stand auf. »Ich war ohnehin privat hier, nicht als Polizeibeamter. Wir wollen es für uns behalten, nicht wahr? Ich möchte nicht eine Lawine von Gerüchten auslösen.«

Sie schüttelten sich die Hand, und er ging hinaus, bestieg sein Pferd und verabschiedete sich mit einem freundschaftlichen Winken von Amália, die ihn zum Tor begleitet hatte und nun dort stand und beobachtete, wie er nach Korond davonritt. Als er den Dorfrand erreicht hatte und außer Sicht von Amália war, machte er kehrt und schwenkte in einen Fußpfad ein, der ihn zurück nach Ladány brachte.

Er wollte einen Mann besuchen, der in biblischen Zeiten

wahrscheinlich als frommer Einsiedler verehrt und im Mittelalter als Ketzer auf dem Scheiterhaufen verbrannt worden wäre. Die Leute von Ladány betrachteten ihn als einen harmlosen Narren und nannten ihn ›Rappel-Bokor‹.

Er lebte allein in einer kleinen, sauberen Hütte unweit von Amálias Haus, neben dem Sträßchen, das den Hang hinauf zur Kirche und zum Gottesacker führte. In seinem kleinen Garten zog er Karotten, Steckrüben, Pastinaken, Kohl und Obst, und all das aß er roh. Er rührte kein Fleisch an, denn er war gegen das Schlachten wehrloser Geschöpfe. Er ging nicht zur Kirche, sondern legte sich oben auf dem Friedhofshügel ins Gras, sah zum Himmel auf und verrichtete so seine Gebete. Sein Haus war mit Büchern vollgestopft. Obschon er keine gründliche Schulbildung hatte, war er erstaunlich belesen auf Gebieten wie Geschichte, Religion, Psychiatrie und Geographie – aber all das Wissen war etwas unscharf, wie Reflexe in einem gesprungenen Spiegel. Sommer und Winter trug er weißes Leinen, stets makellos sauber. Er hielt sich fern von den Leuten, selbst von Kindern, hegte jedoch eine große, tiefe Liebe für Tiere. In seinem eingezäunten Hinterhof gab es jederzeit eine Sammlung von seltsamen Haustieren: eine zahme Ente, eine Eule, zwei junge Füchse, einmal auch ein aus einer Falle gerettetes lahmes Wiesel. Sie alle lebten in paradiesischem Frieden mit seinen Hunden, Katzen und der Ziege. Das Geld für Bücher, Kleidung und Tierfutter verdiente er sich durch Gelegenheitsarbeiten, meist durch solche, die nicht einmal Zigeuner übernehmen wollten. Seine Spezialität war das Leeren von Senkgruben und Latrinen. Man mußte es gesehen haben, wie er an Ort und Stelle erschien, in fleckenlosem Weiß, ausgerüstet mit zwei blank geschrubbten Eisenblecheimern. Nach getaner Arbeit ging er so, wie er gekommen war – nicht einen Kotspritzer auf seinem Gewand oder an seinen Händen, die Eimer so strahlend wie die Kronjuwelen.

»Ich komme mit einer ganz besonderen Bitte zu Ihnen, Herr Bokor«, sagte der Leutnant, als der Mann seine Tür vorsichtig einen Spaltbreit öffnete. Sie kannten einander schon von der Zeit her, da Mikay mit den Pongrátz-Jungen durch die Wälder von Ladány gestreift war. Bokor hatte eine Schwäche für ihn, wohl wegen Mikays freundlichem und mitfühlendem Wesen, das von dem seiner Kumpane so grundverschieden war.

»Für Sie tue ich alles, Herr Leutnant«, antwortete Rappel-Bokor leutselig, forderte aber den Besucher nicht zum Eintreten auf.

»Von hier aus haben Sie einen guten Blick auf die Türkenstraße. Besonders auf den Abschnitt mit Amálias Haus. Ich möchte gern, daß Sie ein Auge auf sie hätten. Meine Leute kann ich dafür nicht einsetzen, denn das würde sie merken.«

Rappel-Bokor schüttelte den Kopf.

»Ich bespitzele meine Nachbarn nicht, Herr Leutnant. Das widerspricht meinen Grundsätzen.«

Er wollte die Tür zumachen, aber Mikay schob den Fuß dazwischen.

»Einen Augenblick bitte, Herr Bokor. Gegen Amália ist eine sehr schwerwiegende Beschuldigung erhoben worden.«

»Ich weiß«, sagte Bokor. »Sie macht Abtreibungen. Doch nach meiner Überzeugung ist es das unveräußerliche Recht jeder Frau, zu entscheiden, ob sie ein Kind in diese Welt setzen will oder nicht. Das geht die Gendarmen nichts an – so wenig wie den Staat oder gar mich.«

»Herr Bokor, davon spricht doch kein Mensch. Diesmal

handelt es sich nicht um ungesetzliche Abtreibungen. Es ist viel ernster. Sie wohnen ja gleich neben dem Friedhof. Finden Sie nicht, daß in letzter Zeit viel zu viele Beerdigungen stattgefunden haben? Daß es in Ladány viel zu viele frisch verwitwete Frauen gibt? Sie sind gegen das Schlachten von wehrlosen Tieren. Sind Ehemänner weniger wert, geschont zu werden?«

Rappel-Bokor blickte ihn lange und nachdenklich an. »Dahin ist's also gekommen?« Er nickte.

Der Leutnant fragte nicht, was er mit dieser Bemerkung meine, er wartete einfach geduldig, bis der Mann zu einem Entschluß gekommen war.

»Also gut, Herr Leutnant«, sagte Rappel-Bokor. »Ich will Amálias Haus im Auge behalten. Es wird allerdings nicht viel zu sehen geben. Die Leute gehen nicht zum Schnitter Tod. Es ist der Schnitter Tod, der zu ihnen geht. Mit der kleinen schwarzen Tasche.«

11

DER VIERZEHNTE JUNI war der heißeste Tag seit genau elf Jahren. Um Mittag kletterte die Temperatur auf sechsunddreißig Grad, was zur Folge hatte, daß die Leute die Straßen räumten und alle Fensterläden geschlossen wurden. Eine Gruppe schwitzender Presseleute traf mit dem Mittagszug aus Szolnok ein. Drei davon gehörten den Lokalzeitungen an, einer, ein schmächtiger, von Verdauungsstörungen geplagter Verfasser von endlosen Romanen und durchgefallenen Stücken, war von der Budapester Tageszeitung *Pesti Napló* und ein Photoreporter vom populären

Wochenblatt *Érdekes Ujság.* Die drei aus der Gegend und der Photoreporter spielten auf der dreiviertel Stunden dauernden Fahrt von Szolnok nach Korond *Vingt-et-un.* Der Schriftsteller blieb, im stillen seinen Auftrag verfluchend, in der glorreichen Einsamkeit eines Ersterklasseabteils. Am Bahnhof Korond belegten die vier anderen die einzige Mietkutsche mit Beschlag und ließen den Schriftsteller gestrandet zurück. Nach einer erfolglosen Verhandlung mit dem einsilbigen Bahnhofvorsteher machte er sich zu Fuß auf zum Hotel Korond, in der Hoffnung, der Concierge werde für ihn das Problem lösen. Er war noch nie zuvor in Korond gewesen, wußte aber aus Erfahrung, daß der Concierge eines Kleinstadthotels für hilflose Reisende Transportmittel, ärztliche Hilfe, Alkohol und Prostituierte zu beschaffen hatte.

Schnaubend und schwitzend langte er beim Hotel an, gerade als Herr Cinege mit dem Fiat losfuhr. Es saß nur ein Gast im Wagen, Phyllis Pongrátz; sie war auf dem Weg zum Begräbnis ihres Mannes in Ladány.

Der Concierge konnte dem Schriftsteller nicht helfen. Die Beerdigung lockte eine große Zuschauermenge von überallher an. Sogar Lastwagen und Fuhrwerke wurden von Neugierigen gemietet, die zum Friedhof gelangen wollten. Der Schriftsteller hätte sich vorne in einem Lastwagen zwischen den Fahrer und einen Roßhändler, einen Zigeuner, zwängen können, aber eine Nasevoll des stechenden Geruchs von Schweiß, Tabak, Schnaps, Zwiebeln und Pferdemist, den sie ausströmten, ließ ihn das Angebot schleunig ablehnen. Er war frühmorgens von Budapest abgefahren und hatte in Szolnok zwischen den Zügen drei Stunden gewartet. Hier war er nun, bloß neun Kilometer von seinem Bestimmungsort entfernt, aber außerstande, ihn zu erreichen. Er hatte Phyllis flüchtig gesehen, wie sie – schwarz gekleidet, einen kleinen Hut mit einem dichten Schleier auf dem Kopf – kerzengerade und tränenlos hinten im Fiat gesessen war. Er wußte auch etwas Weniges über ihre und Tonis Vergangenheit – doch das war lückenhaft und ungenau. Da er das Honorar für den Artikel dringend brauchte, ließ er sich im Hotelrestaurant nieder und schrieb, seine kärglichen Kenntnisse durch Angaben bereichernd, die er aus dem plattfüßigen alten Kellner herausholte, einen ausführlichen Augenzeugenbericht über das Pongrátz-Begräbnis. Seine Beschreibung vom Leben im Schloß beruhte vor allem auf den Auskünften des Kellners, der Ladány überhaupt nie betreten hatte. Phyllis wurde als eine schöne und geheimnisvolle Ausländerin geschildert, deren Erscheinen auf dem Schauplatz eine Reihe von Katastrophen auslöste – kurz gesagt, das Aussterben der ganzen männlichen Linie des Geschlechtes Pongrátz. Da der Schriftsteller ein alter Hase war und genau wußte, wie weit er gehen konnte, ohne sich eine Verleumdungsklage zuzuziehen, deutete er die Schuld von Phyllis nur an.

Mittlerweile wurde Tonis zusammengeflickte Leiche im Friedhof von Ladány zur letzten Ruhe gebettet. Den Traugottesdienst hielt Dekan Markos, dessen heiseres Stimmchen das Gemurmel der drängelnden, unruhigen, ehrfurchtslosen Menge nicht zu übertönen vermochte. Emma weigerte sich, in der Kirche neben Phyllis auf der Familienbank zu sitzen, und nahm in einer hinteren Reihe inmitten der Knechte Platz. Nur ein Onkel und zwei Tanten von Toni – alle drei von der Seite seiner Mutter – waren aus Budapest gekommen. Sie hatten ein paar Worte lauen Mitgefühls für Phyllis und reisten gleich nach der Bestattung wieder ab. Jedermann stellte das Fehlen von Amália Kovách fest, die sonst bei Begräbnissen zum Inventar gehörte. Auch das Verhalten der Witwe gab Anlaß zu Mißbilligung. Während der ganzen Zeremonie blieb sie gefaßt und vergoß keine einzige Träne, wodurch sie alle Anwesenden um ein erschütterndes Schauspiel brachte, das man von einer so jung und so jäh zur Witwe gewordenen Frau erwartete. Es wurde ebenfalls an ihr ausgesetzt, daß sie unter dem dichten Schleier gepudert und geschminkt war, und dabei hatte sie das doch augenscheinlich getan, um die blauen Flecke und Fingerabdrücke zu verbergen, die jedermann bei genauerem Hinsehen ohne weiteres entdecken konnte. Manche Bemerkungen waren so laut, daß sie ihr Ohr erreichten. Sie tat einfach, als hörte sie nichts, und kämpfte während der ganzen schweren Prüfung gegen bequemes Selbstmitleid an. Wieder und wieder sagte sie sich, daß diese Schreckensszene der Preis sei, den sie für eine Spanne irrsinnigen und unverschämten Glücks zahlen müsse. Es war nur von kurzer Dauer und zerbrechlich gewesen, aber es hatte himmlisch geschienen. Als Dekan Markos sie ›die Witwe des lieben Verstorbenen‹ nannte, hatte sie das Gefühl, sie sollte ihn eigentlich verbessern. Um Witwe zu werden, mußte man zuerst Ehefrau gewesen sein. Sie und Toni waren vielleicht ein Liebespaar gewesen, nie aber Mann und Frau.

Mikay nahm mit seinem Vater und seiner Mutter am Begräbnis teil. Er war hergeritten, sie hatten die Familienkutsche benützt. Nach der Feier schlossen sie sich der Schlange von Kondolierenden an, die an Phyllis vorbeizog. Sie hielten nach Emma Ausschau, entdeckten sie jedoch nirgends. Vermutlich war sie verschwunden, sobald die Totengräber sich daran gemacht hatten, die Marmorplatte über den Sarg hinunterzulassen.

Während der wenigen Sekunden, da Mikay Phyllis gegenüberstand, achtete er darauf, nicht mehr Wärme oder Gefühlsregung zu verraten, als es sich für eine oberflächliche Bekanntschaft ziemte. Nur mit seinem Händedruck versuchte er, ihr seine Treue zu bezeugen. Unter dem dichten Schleier hervor schenkte sie ihm ein flüchtiges Lächeln der Anerkennung. Dann trat er zur Seite und machte den nächsten in der Schlange Platz.

Seine Eltern wollten den Hang hinuntergehen, aber er nahm sie am Arm und führte sie von der Menge weg, die sich schon zu zerstreuen begonnen hatte. Ein Pfad zog sich den Hügel hinauf, zwischen Reihen von Gräbern; die einen schmückten mit Moos bedeckte Steine, die anderen verzogene kleine Kreuze, zum Teil mit Unkraut und Schlingpflanzen überwachsen. Die Namen klangen vertraut: Balogh, Csóka, Retek, Tatár, Kozma. In den meisten Gräbern waren ganze Familien beigesetzt, und die Todesjahre reichten zurück bis zur Mitte des vorigen Jahrhunderts. Die zuletzt Beerdigten lagen längs der Straße. Hier waren die Grabstätten liebevoll mit Rosenstöcken, Maßliebchen, Geranien und Einfassungen aus Leberbalsam bepflanzt, die Steine hatten noch keine Streifen vom Regenwasser, und das Holz der Kreuze trug noch die helle Bernsteinfarbe. 1919, 1920 und 1921 schienen so etwas wie gute Jahrgänge zum Sterben gewesen zu sein, denn diese Zahlen erschienen immer wieder auf den Grabmalen oder in verschnörkelter Schrift auf den zahlreicheren Holzkreuzen. In der dritten Reihe erhob sich ein schwarzer Marmorstein eindrucksvoll über seine weniger prahlerischen Nachbarn. Mikay konnte sich nicht entsinnen, ihn schon einmal gesehen zu haben. Er ging hinüber und las die eingemeißelte und vergoldete Inschrift: ›Pali Retek, geboren 10. Oktober

1892, gestorben 24. Mai 1921 – seine trauernde Witwe, Sári.‹

»Pali Retek«, sagte Frau Mikay. »Ich erinnere mich noch an ihn. Bei seiner Mutter habe ich oft wilde Erdbeeren gekauft. Er war ein blonder, blauäugiger Junge. Seine Nase lief die ganze Zeit. Und jetzt ist er tot und begraben.«

»Ja, das ist er«, stimmte der Leutnant zu. Er blickte rasch zur Pongrátz-Gruft zurück. Nur ein paar wenige Neugierige trieben sich noch dort herum, gafften die Sarkophage an und versuchten die Aufschriften auf den Schleifen der Kränze und Trauergebinde zu entziffern.

»Wartet hier auf mich«, sagte er zu seinen Eltern, »ich muß mit jemand sprechen. Ich bin gleich wieder da.«

Hinter der Friedhofsmauer gab es einen Weg, der zur Hütte von Rappel-Bokor führte. Der Mann hatte Mikay wohl durch das Fenster erspäht, denn er öffnete die Tür, bevor der Leutnant anklopfen konnte. Sie begrüßten einander, und diesmal lud Bokor ihn ins Haus ein.

Mikay hatte das Innere noch nie gesehen. Es war ein ziemlich großes Zimmer mit Regalen ringsum. Sie enthielten Bücher, Zeitschriften, Zeitungen, Kochgeräte, Topfpflanzen, Arzneiflaschen, Hundefutter, Vasen mit frischen wildwachsenden Blumen, Gläser mit Eingemachtem – alles mit militärischer Ordentlichkeit aufgestellt und abgestaubt. Das schmale Eisenbett mit schneeweißen Kissenbezügen und Leintüchern stand beim Fenster. Der dickbäuchige Ofen war glänzend schwarz, die Dielen und Wände wiesen keinen einzigen Fleck auf. Über dem Bett hing eine kolorierte Photographie in einem schweren, überladenen Rahmen. Von weitem sah sie aus wie das übliche Heiligenbild, doch sie stellte einen Hund dar – nicht einmal ein Rassetier, sondern unverkennbar eine Promenadenmischung. Ein

Tisch und ein Stuhl, ein großer Globus auf einem Ständer und eine himmelblau gestrichene Sitzbadewanne aus Zink vervollständigten die Einrichtung. Die beiden polierten Eimer, Bokors Arbeitsgeräte, befanden sich ebenfalls da, und zwar auf einem Bücherbord gleich neben einer dreibändigen Enzyklopädie.

»Was gibt's Neues in Ladány?« fragte der Leutnant, nachdem er sich in dem Zimmer umgesehen hatte.

»Eine Menge. Und ich brauchte nicht mal ins Dorf runterzugehen, um es zu erfahren. Das Dorf kam zu mir herauf. Übrigens, ist die Beerdigung von Herrn Toni nicht ein tolles Ding gewesen? Die größte und lärmigste seit Menschengedenken.«

»Was ist mit Amália?« wollte Mikay wissen.

»Sie ist etwas unruhig gewesen in den letzten Tagen. Blieb nie lange zu Hause. Wie ich hörte, war sie gestern in Korond. Sie begleitete Pali Reteks Witwe zum Steinmetzen, wo sie die Ablieferung des Grabsteins besprachen.«

»Der große schwarze Stein? Soll das heißen, daß er erst gestern aufgestellt worden ist?«

»Jawohl, Herr Leutnant, am späten Nachmittag. Der Wagen des Steinmetzen langte kurz vor Sonnenuntergang hier an. Sári Retek und Amália kamen vor ihm herauf, um die Grabstätte bereitzumachen.« Er gackerte. »Nur eins war komisch dabei. Sie ließen den Stein auf dem falschen Grab aufstellen!«

»Sie haben sich also geirrt?« fragte Mikay.

»Ich glaube nicht. Es ist das Grab von Sári Reteks Vater. Pali liegt im übernächsten Grab dahinter. Dort steht jetzt dem alten Fodor, ihrem Vater, sein Holzkreuz. Er ist ungefähr drei Monate vor Pali gestorben. Jawohl, Herr

Leutnant, bei seiner Beerdigung letztes Jahr hatten wir noch Schnee. Der junge Retek ist im Mai gestorben. Ich möchte nicht sterben, wenn der Flieder blüht. Sie doch auch nicht, Herr Leutnant? Oder wenn die Kirschen reifen?«

»Herr Bokor, sind Sie sicher? Ich meine, wegen der umgestellten Grabkreuze?«

»Ich glaube schon. Wissen Sie, wie ich zu dem Friedhof sage? Ich bezeichne ihn als meinen Hinterhof. Ich verbringe so viel Zeit darin, als wäre ich schon hier beerdigt. Nennen Sie mir ein Grab, und ich führe Sie mit verbundenen Augen dorthin. So gut kenne ich den Ort. Das Kreuz von Sári Reteks Vater ist übrigens nicht das einzige, das spazierengegangen ist.«

»Was soll das heißen?«

»Es sind noch vier andere Kreuze versetzt worden. Ich will Ihnen sagen, wie ich das herausgefunden habe. Es war vorgestern abend. Sie hatten mich am frühen Nachmittag besucht und mich gebeten, das Kovách-Haus zu beobachten. Deshalb ließ ich mich nach dem Abendessen hier auf dem Vorplatz nieder. Es war eine sternklare Nacht, aber ohne Mond. Es gab einigen Betrieb um Amálias Haus, doch das war nichts Ungewöhnliches. Dann erlosch das Licht bei ihr, und nach einer Weile kamen Schritte den Hang herauf. Es waren sechs oder sieben Leute. Alles Frauen. Ich erkannte es am Geräusch. Sie gingen an der Kirche vorbei und hielten geradewegs auf den Friedhof zu. Ich wollte mich nicht bewegen, obschon ich sie von meinem Platz aus nicht sehen konnte. Deshalb horchte ich nur. Sie begaben sich zum neuen Teil des Friedhofs, vermieden möglichst jeden Lärm und sprachen ganz leise. Ich hörte, wie sie scharrten und gruben und etwas über den Kies schleiften. Dabei muß eine gestolpert sein und sich weh getan haben, denn sie fluchte laut, und die andern machten pst! Sie blieben etwa eine Stunde, dann verzogen sie sich so still, wie sie gekommen waren. Bei Tagesanbruch ging ich nachsehen, was da gespielt worden war. Sie hatten vier Kreuze ausgegraben und auf Gräber gesetzt, wo sie nicht hingehörten. Der alte Imre Mora liegt jetzt unterm Kreuz von János Csóka. Ihr Leben lang waren sie geschworene Feinde gewesen – einmal prozessierten sie sogar, weil einer angeblich dem andern eine Egge gestohlen hatte.«

»Welche Kreuze sind versetzt worden?«

»Die von Sándor Sipos, Károly Lesták, László Tabody und das von Csóka.«

Der Leutnant schrieb sich die Namen auf. Ihm drehte sich der Kopf. Er hoffte, das Schwindelgefühl komme von der Bestrahlung durch die heiße Nachmittagssonne während der endlosen Bestattungsfeier, und nicht von der entsetzlichen Auskunft. Er hatte einen tüchtigen Schluck dringend nötig.

»War Amália Kovách mit dabei?« fragte er.

»Das könnte ich Ihnen nicht sagen. Es ist gut möglich, weil das Licht bei ihr ausging, kurz bevor sie den Hügel heraufkamen. Es wäre verdammt schade, wenn Sie Amália verhaften müßten, Herr Leutnant. In den zehn Jahren, die sie jetzt hier ist, hat sie es verstanden, den Frauen beizubringen, daß sie nicht oben wie Karbolsäure und unten wie reifer Bierkäse riechen.«

12

Leutnant Mikay sagte seinen Eltern am Kirchhoftor auf Wiedersehen, stieg auf sein Pferd und galoppierte los. Er ritt durch die Türkenstraße, am Kovách- und am Balogh-Haus vorbei, dann über die Hauptgasse zur Bemstraße, wo er sein Pferd in einen gemächlichen Schritt fallen ließ. An gewöhnlichen Tagen wären die Straßen um diese Zeit leer gewesen, aber Tonis Begräbnis hatte die Bauern von den Feldern nach Hause gebracht, und nun standen sie in Gruppen herum, gelangweilt und ziellos wie Tiere in einem Zoo, und beäugten die auswärtigen Besucher, die teilweise sogar von Szolnok gekommen waren. Die Einwohner ließen es sich angelegen sein, den Leutnant beim Vorüberreiten nicht zu beachten, aber ihre Gesichter verdüsterten sich. Der Haß umgab ihn wie ein dichter, beißender Nebel auf allen seinen Wegen in Ladány. Die Feindseligkeit richtete sich auch gegen andere. Unter der Tür von Dr. Havel, dem Komitatspathologen, der zum Sezieren von Tonis Leiche gekommen war und in einem Bauernhaus übernachtet hatte, waren sogar von ungelenker Hand geschriebene Drohbriefe durchgeschoben worden.

Als er zum Kozma-Haus kam, stellte Mikay überrascht die offenen Türen und Fensterläden fest. Er wußte, daß Teréz nach ihrer Hochzeit auf den Hof ihres neuen Mannes nach Ardó gezogen war. Dann entdeckte er Teréz selbst. Sie stand vor dem Tor, an den Pfosten gelehnt, und sah die Straße hinauf, als erwartete sie jemanden. Ihr Anblick weckte die gleiche unbändige Erregung in ihm wie bei jeder ihrer früheren Begegnungen. Eine Spur Unwille war dabei, und auch eine Prise Selbstverdammung, weil er das Gefühl nicht zu beherrschen vermochte. Sein Typ waren schlanke, langbeinige Frauen mit durchscheinender Haut, gewölbten Brauen und dem gelben Kettenraucherfleck zwischen dem zweiten und dritten Finger der rechten Hand. Aber jetzt zog sich sein Hals zusammen, als wären die Mandeln plötzlich riesig geschwollen und drückten auf seinen Kehlkopf. Er drehte den Kopf weg und gab vor, Teréz nicht gesehen zu haben.

»Immer noch böse auf mich?« rief sie ihm zu.

Mit einem jähen Ruck zügelte er sein Pferd. Es bäumte sich leicht, dann tänzelte es noch ein bißchen. Der Leutnant tätschelte ihm beruhigend den Hals und preßte ihm die Knie in die Flanken. Zitternd und schnaubend blieb es vor dem Tor stehen.

»Weshalb nehmen Sie an, ich sei böse auf Sie?« fragte Mikay.

Teréz sah mit einem nervösen kleinen Lachen zu ihm auf.

»Sie kommen mich nie besuchen.«

Ihre Augen waren halb geschlossen vor den letzten stechenden Strahlen der untergehenden Sonne, die ihr Gesicht wie mit einem Scheinwerfer beleuchteten. Als sie näher herantrat und in seinen Schatten kam, bemerkte er erstaunt, daß ihre Augen blaß wie Veilchen waren. Er hatte gemeint, sie seien dunkel.

»Sie haben mich nie eingeladen«, sagte er und überlegte, ob er absteigen solle. Ihr umgänglicher Ton unterschied sich beträchtlich von den Unfreundlichkeiten, die sie ihm im letzten Jahr an den Kopf geworfen hatte. Statt darüber erfreut zu sein, wurde er wachsam und argwöhnisch.

»Ich habe Sie auf dem Friedhof gesehen und dachte, gut, ich rede lieber mit Ihnen und erspare mir so eine Fahrt nach Korond.« Sie sprach mit atemloser Eile, als befürchte sie, er würde davonreiten, ohne sie bis zu Ende anzuhören. »Ich hatte das Haus abgeschlossen, als ich nach Ardó zog, und kam jetzt zurück, um nachzusehen, ob alles in Ordnung ist. In den Schuppen ist eingebrochen und eine Menge Zeug gestohlen worden.«

»Was für Zeug?«

»Rechen und Schaufeln und anderes Gerät. Ich könnte eine Liste aufstellen und sie Ihnen morgen auf den Posten bringen.« Sie ließ eine kurze Pause eintreten. »Oder sie gleich jetzt aufstellen, wenn Sie Zeit haben zu warten.«

Er stieg langsam ab.

»Ich hab's nicht besonders eilig«, meinte er.

Sie hielt das Tor offen für ihn, während er sein Pferd hineinführte. Ihr Blumengarten, im Vorjahr noch so üppig, war jetzt ein Gewirr von ausgedörrten, mit Unkraut überwucherten Pflanzen.

»Ist das nicht eine Schande?« sagte sie, als sie merkte, daß er es gesehen hatte. »Und dabei kaufte ich dem Nachbarjungen ein Paar Stiefel zum Blumengießen. Manchmal wünsche ich, ich wäre nie von hier weggezogen.«

Er band sein Pferd an einen Baum.

»Gefällt es Ihnen nicht in Ardó?«

Sie zuckte die Achseln. »Ich weiß nicht. Vermutlich kann ich mich einfach nicht an die Fremde gewöhnen.« Sie ging voran ins Haus.

Er mußte lachen.

»Es ist ja nur acht Kilometer von hier. Als was würden Sie zum Beispiel Rußland bezeichnen, wenn Ihnen Ardó schon als ›Fremde‹ erscheint?«

Teréz antwortete ihm mit einem Anflug ihrer alten Frechheit. »Wahrscheinlich sind acht Kilometer für mich dasselbe wie achttausend für Sie. Ich bin eben eine dumme Bäuerin.«

Sie standen jetzt in der vorderen Stube. Die Fenster waren geschlossen und die durchsichtigen weißen Vorhänge zugezogen.

»Ich wollte Sie nicht kränken«, beschwichtigte der Leutnant.

»Sie haben sich über mich lustig gemacht.« Sie lächelte und schien nicht mehr verstimmt zu sein.

»Nein, das wissen Sie doch«, sagte er, streckte die Hand aus und tätschelte ihr versöhnend die Schulter. Ihr Fleisch fühlte sich heiß und fest an unter dem gestärkten Leinen des Ärmels, und als der Druck seiner Finger fester wurde, gab ihr Körper ein ganz klein wenig nach. Es war ein fast unmerkliches Lockern ihrer Muskeln, nicht die weiße Flagge der Kapitulation, nur das Versprechen eines Waffenstillstandes. Sein männlicher Instinkt antwortete darauf mit einem Auflodern von Begierde, die durch seine Lenden schoß.

Sie wandte ihm das Gesicht zu. Ihre Augen waren jetzt mehr grau als violett, ihre Lippen öffneten sich ganz leicht, als ob sie sprechen wollte, aber sie blieb stumm. Als er sie an sich zog, versteiften sich ihre Muskeln sekundenlang, dann entspannten sie sich. Er tastete nach dem obersten Knopf ihrer Bluse. Zögernd kam ihre Hand seinen aufgeregten, ungeduldigen Fingern zu Hilfe. Er streifte ihr die Bluse ab und hakte das Leibchen auf, das sie darunter trug. Auch dann blieb noch eine Leinenschicht übrig – ihr altmodisches Hemd, tief ausgeschnitten, ärmellos, die Träger auf den Schultern geknöpft. Nun war er schon so erhitzt, daß er sich um Knöpfe nicht mehr kümmerte und das Band mit einem Ruck zerriß. Das Hemd glitt von ihrer Schulter und entblößte eine Brust, die so fest und rund war wie ein großer Apfel. Er stutzte überrascht bei dem Anblick. Die Sonnenbräune von Gesicht und Armen stand in einem beinahe erschreckenden Kontrast zu der marmorgleichen Blässe des übrigens Leibes. Kopf und Rumpf schienen nicht zueinander zu gehören – fast so, als wären Teile zweier verschiedener Personen als Fastnachtsscherz zusammengesetzt worden. Mikays Finger suchten an ihrer Taille nach der Rockschließe. Er fand sie, machte sie auf und löste die Schleife, die den Unterrock festhielt. Beide Hüllen, die rosarote und die weiße, sanken auf den Boden wie die Blütenblätter einer Päonie. Er griff nach dem Träger, an dem das Hemd noch hing, aber sie fing seine Hand ab. Da hob er sie aus dem Kreis hoch, den die Röcke zu ihren Füßen bildeten, und trug sie zum nächsten Bett, wo hoch aufgehäuft die Decken und Kissen ganzer Generationen von Kozma-Frauen lagen. Er warf Teréz darauf, und sie versanken in den weichen Eiderdaunen.

Als er Stunden später sein Pferd losband und sich hinaufschwang, fiel ihm plötzlich ein, daß sie ihm die Liste der gestohlenen Werkzeuge ja gar nicht gegeben hatte. Zuerst wollte er umkehren, dann ließ er es sein und galoppierte in Richtung Korond davon.

13

Der Artikel des von Verdauungsstörungen geplagten Schriftstellers erschien in der Sonntagsausgabe des *Pesti Napló* und lag am Montagmorgen auf dem Schreibtisch des Leutnants. Er las ihn wutschnaubend. Sein Leben lang hatte er eine naive Hochachtung vor der Budapester Presse gehabt, mit Ausnahme der sozialistischen *Népszava* und der rechtsstehenden *Uj Nemzedék*. Jetzt fand er in dem sonst zuverlässigen *Pesti Napló* einen Bericht, der von A bis Z erlogen war. Die Herren Pongrátz mochten reiche Schweinehunde gewesen sein, aber als ›Oligarchen‹ konnte man sie nicht bezeichnen, ihr Schloß war kein ›Malmaison‹ und die arme, hilflose Phyllis keine *›femme fatale‹*.

Es klopfte an der Tür, und der diensttuende Gendarm meldete, Kaplan Tóth und die alte Frau Pongrátz stünden draußen. Sie wünschten den Leutnant zu sprechen.

»Schicken Sie die beiden herein.« Mikay stöhnte. Das war eine neue Kombination, Kaplan Tóth und Emma. Soviel er wußte, hatte der junge Priester bisher von den Pongrátz angelegentlich Abstand gehalten. Ja, er hatte sie in seinen Predigten angegriffen, denn er ließ kaum einen Zweifel aufkommen, daß er sie meinte, wenn er von ›Angehörigen der privilegierten Stände‹ sprach, ›die der ganzen Gemeinde ein trauriges Beispiel geben‹.

Die beiden Besucher kamen finster und steif herein, wie Inquisitionsbeamte, die ein Autodafé leiten. Als Mikay aufstand, um sie zu begrüßen, zog Emma ein Exemplar des *Pesti Napló* aus ihrer großen schwarzen Handtasche und schleuderte es auf den Schreibtisch.

»Da«, sagte sie, »selbst die wissen, daß sie's getan hat, und du willst mir einfach nicht glauben!«

Mikay nahm die Herausforderung nicht an.

»Was kann ich für Sie tun, Hochwürden?« wandte er sich an den Priester.

Die kleinen, tiefliegenden Augen von Kaplan Tóth bohrten sich in die seinen.

»Ich bin gekommen, Herr Leutnant, um dieser armen Frau zu helfen, für ihre Sünden Buße zu tun. Sie ist wahrhaftig eine große Sünderin, aber, Gott sei Dank, eine reuige. Sie hat mir gegenüber ihr Gewissen erleichtert, und ich machte ihr klar, daß sie sich zuerst der irdischen Gerechtigkeit unterwerfen und die Folgen ihrer Missetaten tragen muß. Erst dann darf sie von der Kirche Absolution und von ihren himmlischen Richtern Nachsicht erhoffen.«

Die Worte sprudelten ihm von den Lippen wie Blasen aus einem kochenden Kessel. Er holte tief Atem und stieß langsam die Luft aus. Es hätte Mikay nicht verwundert, wenn heißer Dampf aus seinen Nasenlöchern geströmt wäre. Der Leutnant wandte seinen Blick der Frau zu. Sie saß hölzern und mit geradem Rücken auf der Stuhlkante, so wie Leute vom Land dasitzen, wenn sie sich photographieren lassen.

»Ich hab' meinen Mann umgebracht, und ich hab' meinen Stiefsohn umgebracht«, sagte sie tonlos, fast ohne die Lippen zu bewegen.

Mikay lehnte sich vor. Er wollte sprechen, aber es kam nur ein rauhes Ächzen aus seiner Kehle. Endlich faßte er sich wieder.

»Sie haben Toni vergiftet?« fragte er.

Das brachte sie zum Leben.

»Nein!« kreischte sie. »Ihn nicht! Jesus Maria, sag bloß

nicht so etwas! Der Bub war alles, was ich in dieser elenden Welt hatte. Sie hat ihn umgebracht! Ich hab's dir doch gesagt!«

Der Priester bedachte sein Bußkind mit einem Blick strengen Tadels. Mikay rieb sich nervös die Stirn. Kaplan Tóth stand auf und trat zu Emma. Er legte ihr die Hand auf die Schulter.

»Nehmen Sie sich zusammen, Frau Pongrátz. Verlieren Sie nicht die Beherrschung. Das Schlimmste ist überstanden. Die Gnade Gottes ist jetzt mit Ihnen. Beruhigen Sie sich und erzählen Sie Leutnant Mikay alles, was Ihr Gewissen belastet.«

Sie begann mit ihrem Geständnis, wobei sie ausdruckslos, leise und eintönig sprach, als betete sie ihren Rosenkranz. »Ich habe meinen Mann vergiftet, indem ich Arsenik in sein Essen gab. Das tat ich zu vier verschiedenen Malen, bis die letzte Dosis zu seinem Tode führte. Ich hab's getan, weil er Toni ständig plagte. Zweimal hat er ihn aus dem Haus getrieben. Der Junge war so verbittert, daß er daran dachte, nach Amerika zu gehen. Ich wußte, wenn er erst mal fort war, hätt' ich ihn nie mehr gesehen.«

Der Priester strahlte jetzt beifällig. Es machte fast den Eindruck, er stimme nicht nur dem Geständnis selbst zu, sondern auch den Verbrechen, die sie gestand.

»Jetzt wegen Bálint«, spornte er sie an, genau wie ein kleiner Knabe, der seine Lieblingsgeschichte noch einmal hören möchte.

»Ach ja, Bálint.« Sie nickte gehorsam. »Ich habe Bálint vergiftet, indem ich Arsenik in sein Essen gab – zu drei Malen.« Sie lehnte sich vor und sagte plötzlich lebhaft und eindringlich: »Ich hab's getan, um seinem Leiden ein Ende zu setzen. Er hatte furchtbar zu leiden, und der Professor aus Budapest meinte, nicht mal ein Wunder könnt' ihn retten. Gott ist mein Zeuge, daß ich ihn von seiner Qual erlösen wollte.«

Das Wohlwollen schwand aus Kaplan Tóths Gesicht.

»Ihre Gründe spielen keine Rolle. Einem Menschen das Leben zu nehmen, ist eine Todsünde, Frau Pongrátz.«

»Ich weiß, ich weiß«, sagte sie eine Spur ungeduldig. Nachdem die ersten Schwierigkeiten des Geständnisses überwunden waren, hatte sie anscheinend nicht mehr viel Verwendung für Kaplan Tóth.

»Sie sagen, Sie hätten Ihren Mann wegen Toni umgebracht?« Mikay sprach stockend, er hatte sein Gleichgewicht noch nicht ganz wiedergewonnen. »Das bedeutet – in seinem Fall –, daß es nicht das war, was man einen Gnadentod nennen würde.«

»Nein«, sagte sie scharf. »Ich wollt' ihn einfach aus dem Wege haben. Genau wie die andern.«

»Welche andern?« fragte Mikay mit gerunzelter Stirn.

Kaplan Tóth mischte sich ein. Er spielte von neuem den eifrigen Souffleur.

»Sie haben noch nicht erzählt, wo das Arsenik herkam, Frau Pongrátz.«

»Ach ja«, sagte sie fast heiter. »Amália Kovách hat mir das Arsenik gegeben. Beide Male brachte sie es mir in Arzneiflaschen. Eine weiße Flüssigkeit, wie verdünnte Milch. Sie sagte mir, wieviel ich geben soll. Das erstemal nicht mehr als einen Eßlöffel voll, damit es nicht zu stark und plötzlich wirkte. Dann vierundzwanzig Stunden später zwei Eßlöffel, und dann, nach einem weiteren Tag, wieder zwei Eßlöffel. Für die vierte Dosis drei Eßlöffel. Aber bei Bálint war die nicht nötig. Er starb nach der dritten.

»Und Onkel Kálmán?« wollte Mikay wissen.

»Es sah aus, als wären selbst viermal nicht genug. Aber am Ende doch. Und Toni konnte nach Hause kommen.«

»Sie haben noch nicht erklärt, weshalb Sie sich für das Gift an die Hebamme wandten.« Damit unterbrach der Priester die lange, schwere Stille, die sich nach Emmas letzten Worten über das Zimmer gesenkt hatte.

Sie zuckte die Achseln.

»Weil das die andern auch taten. Alle die Frauen. Ich hab's dir gesagt, Rudi, aber du wolltest mir nicht glauben. Was meinst du denn, woran all die Männer gestorben sind? Zweiunddreißig insgesamt in Ladány seit Kriegsende. Lauter Ehemänner und Liebhaber, ausgenommen ein paar Väter und Frau Baloghs Junge. Und ein paar alte Leute, die es sonst vielleicht noch einige Jahre gemacht hätten. Und die Kranken. Die hab' ich nicht gezählt. Das überlaß ich dir.«

»*Wozu denn?*« fiel der Priester ein. »Wozu die Plackerei? Wenn Ladány sich je ein Wappen zulegen sollte, müßte darauf stehen ›*Wozu denn?*‹ Wozu einen eifersüchtigen Mann erdulden? Einen Trunkenbold? Einen Schürzenjäger? Einen Geizhals? Einen Krüppel? Wozu noch Jahre auf eine Erbschaft warten? Wozu den Kranken die Leintücher waschen und die Nachttöpfe leeren? Wozu die Plackerei, wenn Amália Kovách die Medizin hat, die alle Beschwerden kuriert? Billig ist sie nicht, Amálias Medizin, aber sie wirkt unfehlbar.«

»Ja, alle nennen's Medizin«, fuhr Emma fort. »Das hat Phyllis von ihr gekriegt. Eine Flasche Medizin! Nur hat sie die Anweisung nicht befolgt. Sie hatte es eilig. Sie hat Toni alles aufs Mal verpaßt. Sie wollte, daß er tot war, bevor ich von Szolnok zurückkäme. Wenn ich bloß daheim geblieben wäre! Gott im Himmel, wenn ich daheim geblieben wäre, er lebte heute noch!«

»Beherrschen Sie sich, Frau Pongrátz«, sagte der Geistliche. »Gott wird Ihre Schwiegertochter bestrafen. Sie dürfen keinen Haß gegen sie hegen. Beten Sie, daß sie bereut.«

Darauf antwortete Emma mit einem Blick, der den Priester das Thema wechseln ließ.

»Berichten Sie Leutnant Mikay über die andern«, sagte er. »Das ungeheuerliche Ausmaß ihrer Verderbtheit ist nicht zu glauben, Herr Leutnant!«

»Also, da ist Frau Balogh – sie hat ihren Mann und ihren Jungen und auch Lajos Kardos vergiftet. Sári Retek hat ihren Mann vergiftet. Margit Csóka ihren Mann. Anna Csóka ihren Mann. Die Timor – ihr Vorname fällt mir jetzt nicht ein – ihren Mann und den Witwer Iharos, weil er sie nicht heiraten wollte. Mári Sipos ihren Mann und ihren jungen Knecht. Bei ihr war's gerade umgekehrt – sie brachte diesen Knecht um, weil er wußte, daß sie Sipos beseitigt hatte, und drohte, sie anzuzeigen, wenn sie ihn nicht heiraten und ihre zehn Joch auf seinen Namen überschreiben lassen würde.« Sie hielt kurz inne. »Laß sehen, wer sonst noch? Ach ja, Róza András – zwei Männer, ihre beiden Eltern und einen Onkel. Der Onkel war ein hilfloser Krüppel und tat ihr leid.«

Der Leutnant stand langsam auf.

»Tante Emma – das ist alles viel zu phantastisch. Sie wollen mir doch nicht weismachen, diese Leute seien alle vergiftet worden, ohne daß jemand Verdacht geschöpft hätte. Wieso wußten eigentlich *Sie* darüber Bescheid?«

Sie lächelte mild.

»Jedermann wußte darüber Bescheid. Alle Frauen. Sogar ein Teil der Männer. Nämlich die betreffenden, die in die Sache verwickelt waren.«

»Und niemand ließ eine Bemerkung fallen oder verpfiff die andern? Jeder hat doch Feinde. Nach jedem Diebstahl oder Raubüberfall kriegen wir Briefe, in denen Leute denunziert werden. Hätte nicht jemand Amália Kovách angezeigt, wenn wirklich all das Arsenik von ihr stammte?«

Der Priester erhob sich.

»Frau Pongrátz hat zwei Morde begangen. Sie ist zu Ihnen gekommen und hat sich freiwillig gestellt. Hat eine Anzahl von anderen Leuten begangener Verbrechen gemeldet. Es ist *Ihre* Pflicht, nun irgendwie zu beweisen, ob sie recht hat oder nicht. Ich bin nur ein einfacher Landpfarrer. Meine Pflicht ist es, sie zu Gott zurückzuführen. Es ist Gottes Gnade, die –«

»Hoffentlich verhaftest du sie jetzt, Rudi!« unterbrach Emma ihn ungeduldig.

»Wen?«

»Phyllis! Wen sonst?« schrie sie. »Ist sie erst außer Landes, fängst du sie nie mehr. Ich will hängen für das, was ich dir erzählt habe. Aber wenn du sie entwischen läßt –« Sie brach ab und suchte in ihrem Beutel nach einem Taschentuch. Zum erstenmal liefen ihr Tränen über die Wangen herunter. Es waren nicht Tränen der Zerknirschung, sondern der Wut.

»Hören Sie mal, Tante Emma«, sagte Mikay müde, »wenn sie schuldig ist, kommt sie nicht davon. Aber zuallererst wollen wir Ihr Geständnis schriftlich festhalten und von Ihnen unterschreiben lassen. Dann, es tut mir leid, muß ich Sie in Haft nehmen.«

»Klar.« Die Frau nickte ohne jegliches Zeichen von Gemütsbewegung.

14

Es WAR SECHS UHR ABENDS, als Sergeant Iszer und seine Gendarmen – vierzehn, um genau zu sein – in Ladány einfielen. Sie pirschten sich auf einem Fußpfad über den von Rebbergen bedeckten Holló-Hügel an das Darf heran, überquerten die Hauptgasse und drangen durch das hintere Tor in Amálias Garten ein. Mittlerweile war schon die Hälfte der Hunde von Ladány alarmiert. Doch ihr empörtes Gebell lockte nur ganz wenige Neugierige aus ihren Häusern, da die meisten Leute noch auf den Feldern schufteten. Es war die schlimmste Zeit des Jahres – nur zwei Wochen vor Peter und Paul, dem traditionellen Beginn der Weizenernte. Bis dahin mußten die übrigen dringenden Arbeiten wie das Bestellen der Weinberge, das Heumachen und -aufschobern, das Behacken von Mais und Kartoffeln, ungeachtet des Wetters, erledigt sein.

Die Gendarmen fanden das Haus der Hebamme verschlossen vor; der Schlüssel lag auf der schmalen Leiste über dem Rahmen der Vordertür. Ein Nachbarjunge, der einem früheren russischen Kriegsgefangenen wie aus dem Gesicht geschnitten war, verriet ihnen bereitwillig, daß ›Tanti Amália‹ drüben bei ›Tanti Balogh‹ sei, etwa fünf Häuser weiter.

Sergeant Iszer ließ zwei Mann zurück mit dem Befehl, das Haus zu durchsuchen und alles an Flaschen, Gläsern, Pillenschachteln, was ihnen zwischen die Finger gerate, zu beschlagnahmen. Er selbst ging mit den andern zum Balogh-Haus. Dort saßen Amália, Frau Timor, Frau Csóka und die Gastgeberin im kühlen, überladenen Salon, eine dampfende Kaffeekanne und einen schweren Rosinenkuchen vor ihnen auf dem Tisch mit der Spitzendecke – ein Tableau, das man mit der Unterschrift hätte versehen können: ›Witwen, ihre Unabhängigkeit und Muße genießend‹.

Die Csóka und die Timor waren Schwestern, beide Anfang Fünfzig, hager und reizlos; Sonne und Wind hatten ihre Haut ausgetrocknet, und ihre Stirnen waren von Furchen lebenslänglicher Armut gezeichnet. Sie sahen so geschlechtslos aus wie zwei enthülste, stehengelassene Maisstengel auf einem winterlichen Feld. Frau Balogh war seit dem Tode ihres Sohnes noch schwerer geworden. Sie trug ein graues Alpakakleid, in dem sie einem stämmigen Mecklenburger Zugpferd glich. Nur das Bierfuhrwerk fehlte. Neben den dreien hatte Amálias Häßlichkeit beinahe schon etwas Elegantes.

Die Ankündigung des Sergeanten, daß er sie verhaften und nach Korond bringen werde, nahmen sie zuerst mit ungläubiger Benommenheit auf. Dann wandten sich ihre Augen ratsuchend langsam Amália zu.

Sie überlegte kurz. »Wie lautet diesmal die Beschuldigung? Wie immer?« fragte sie lässig. Als der Sergeant ihr sagte, sie werde es zu gegebener Zeit erfahren, zuckte sie die Achseln. »Euer Leutnant will einfach nicht aufgeben, was? Das ist das achte Mal, daß ich verhaftet werde. Und zum achten Mal wird man mich freilassen. Mich nimmt nur wunder, wofür zum Kuckuck er diese armen Frauen braucht. Damit sie gegen mich aussagen? Das werden sie nicht tun, denn sie wissen, daß ich ihr einziger Freund bin auf dieser Welt.«

Der Sergeant war nicht auf den Kopf gefallen. Er vermutete, die kleine Ansprache sollte die Frauen daran erinnern, den Mund zu halten.

»Auf, los«, sagte er und gab Amália einen nicht allzu sanften Stoß. Die Gendarmen waren nicht gerade für ihre freundliche Behandlung der Verdächtigen bekannt, und Sergeant Iszer galt als einer der schlimmsten. Wegen seiner Roheit hatte er schon mehrere kleine Zusammenstöße mit Mikay gehabt. Freilich keinen richtigen Streit, da Mikay ihn wirklich gern hatte und der Sergeant zu seinem Vorgesetzten eine aufrichtige, wenn auch etwas gönnerhafte Zuneigung empfand.

Als er die anderen vier Frauen aus den Häusern herausholte, hatte sich die Nachricht von den Verhaftungen schon im ganzen Dorf verbreitet. Seit dem Sturz des roten Regimes von Béla Kun waren nie mehr so viele Leute an einem Wochenabend auf den Straßen gewesen, und wie 1919 hatte auch diesmal die Abwesenheit von einigen eine bestimmte Bedeutung. Nach dem Zusammenbruch des Kommunismus waren die Männer daheim geblieben, die Notar Hauser auf die Weide getrieben hatten. Jetzt duckte sich manch eine Frau hinter einer verschlossenen Tür, in der Hoffnung, sie könnte übersehen werden, wenn sie sich nur nicht blicken lasse. Hastige Vorkehrungen für das Melken der Kühe, das Füttern der Hühner und die Betreuung der Kinder wurden getroffen, falls das Unvermeidliche geschehen sollte. Der kleine Retek-Junge, der in Wirklichkeit gar kein Retek war, stand vor seinem Tor und heulte wie ein Schloßhund. Niemand von den Leuten, die vorbeigingen, hielt an und fragte, was ihm fehle. Sie sahen ihn entsetzt an, als wäre er aussätzig.

Die vierzehn Gendarmen mit den acht Frauen erreichten Korond kurz vor zehn Uhr nachts. Vier der Verhafteten,

Margit Csóka, Sári Retek, Mári Sipos und Róza András, waren gerade nach ihrer Rückkehr von den Feldern festgenommen worden. Die Gendarmen hatten ihnen nicht erlaubt, sich umzuziehen, zu waschen, auszuruhen oder etwas zu essen, und sie waren vollkommen erschöpft nach dem neun Kilometer langen Marsch von Ladány her. Der Leutnant befand sich immer noch auf dem Posten. Er hatte nach dem Abendessen ein wenig geschlafen und war bereit für eine Nachtschicht. Als er die Frauen das Gebäude betreten hörte, ging er in den Gang hinaus, um sie sich anzusehen.

»Was zum Teufel wollen Sie von uns?« schrie Amália, sobald er aus seinem Büro kam. Sie war in weit besserer Verfassung als die anderen und ließ kein Zeichen der Bestürzung, nur der Empörung, erkennen. »Diese Frauen sind seit Tagesanbruch auf den Beinen. Und dazu mußten sie noch den ganzen Weg von Ladány her marschieren. Das sind keine Zigeuner oder Verbrecher. Das sind gute Bürger. Sie können sie nicht wie Vieh behandeln!«

Ihr Geschimpfe wirkte belebend auf die Frauen. Es rüttelte sie aus ihrer Verzweiflung auf. Amália war ihre Führerin und bewies es wieder einmal durch ihren Mut und ihre Zähigkeit. Unversehens hallte der Gang von dem Geschrei der Frauen wider. Wenn die Gendarmen sie nicht zurückgehalten hätten, wären sie auf Mikay losgefahren und hätten ihn wahrscheinlich in Stücke gerissen. Nur Sári Retek fiel nicht in das Gezeter ein. Sie stand abseits und lehnte sich müde gegen die Wand. Als sie ihre geröteten Augen schloß, glitzerten Tränen auf ihren langen dunklen Wimpern.

»Lassen Sie sie hinunterschaffen und einsperren, Sergeant«, sagte Mikay.

Die Frauen stimmten ein Protestgeheul an. Mikay beachtete sie nicht und deutete auf Sári Retek.

»Sie – wie heißen Sie? Sie kommen mit mir!«

Sári erstarrte, und ihr entsetzter Blick suchte auf dem Gesicht der Hebamme Hilfe. Zum erstenmal verriet Amália Unruhe.

»Geh mit dem Leutnant, Sári«, sagte sie. »Er frißt dich nicht.« Ihre Stimme klang heiser und unsicher. »Du hast nichts zu befürchten. Du hast nichts angestellt. Laß dich nur nicht reinlegen von ihm, gib nichts zu, was du nicht –«

Sie konnte nicht ausreden, weil Sergeant Iszer sie beim Arm packte und sie auf die Treppe zustieß, die zu den Zellen in den Keller führte. Bevor sie um die Ecke verschwand, gelang es Amália noch zu rufen:

»Unterschreib ja nichts! Hörst du?«

Ein Gendarm führte Sári in Mikays Büro. Als er wieder draußen war, setzte sich der Leutnant hinter seinen Schreibtisch, drehte eine Lampe über seinem Kopf an und richtete sie auf ihr Gesicht. Er bot ihr keinen Stuhl an, sondern ließ die verängstigte und hilflose Frau in dem hellen Licht stehen. Er stellte die üblichen einleitenden Fragen – Name, Alter, Adresse. Mit Überraschung hörte er, daß sie schon achtundzwanzig war. Er hatte sie viel jünger geschätzt, wohl wegen ihrer zerbrechlichen, mageren Figur und dem faltenlosen, sommersprossigen Gesicht. Ihr Haar war rötlich blond und kraus, ihr Mund ein langer bleicher Schlitz. Sie hatte große hellgraue Augen. Sie war nicht schön, und Armut stand deutlich in ihren Zügen geschrieben.

»Frau Retek«, fragte der Leutnant, »stimmt es, daß Sie 1917, während Ihr Mann an der Front kämpfte, geschlechtliche Beziehungen mit einem gewissen Leonid Nikolajewitsch Schuwalow hatten?«

Sie stierte ihn fassungslos an. Diese Frage hatte sie nicht erwartet. Das Blut stieg ihr in die Wangen. Die Sommersprossen sah man nicht mehr, weil ihr Gesicht ganz mit Rot übergossen war.

»Stimmt es?« drängte Mikay, als sie stumm blieb.

»Ja, es stimmt«, flüsterte sie. Es hatte keinen Sinn gehabt, die Sache abzustreiten, denn jedermann in Ladány war darüber im Bilde.

»Sie hatten ein Kind von dem Russen, nicht wahr?«

»Ja.« Sie nickte. »Einen Sohn.«

»Als Sie das Verhältnis mit Schuwalow anfingen, war da Ihr Mann noch an der Front, im Kampf fürs Vaterland?«

»Nein!« widersprach sie mit ungewohnter Lebhaftigkeit. »Das nicht. Er war vermißt gemeldet worden. So war's. Das Verteidigungsministerium hatte mich davon benachrichtigt. Ich hab' den Brief noch. Darin stand – vermißt. Für mich gab's keinen Zweifel, daß er tot war.«

»Und auf der Stelle fingen Sie ein unerlaubtes Verhältnis mit einem Russen, einem Feind, an? Sagen Sie mir, Frau Retek, haben Sie Ihren Mann nicht geliebt?«

Sie starrte ihn an, und all das Elend der Vergangenheit überfiel sie wieder.

»Ich hatte meine Kleine verloren«, sagte sie.

»Was für eine Kleine?« fragte Mikay. In dem schnell zusammengestellten Bericht über Frau Retek stand nichts von einem zweiten Kind.

»Meine Kleine. Sie war drei Jahre alt. Wär' drei geworden in dem Sommer. Ich mußte den Hof ganz allein besorgen, ich konnte mir keinen Knecht leisten. Es gab ja sowieso keine zum Anstellen. Den Tag über ließ ich die Kleine bei meiner Tante. Eigentlich ist es eine Großtante, die Schwester meiner Großmutter. An dem Morgen ging sie zum Laden, und dabei hatte ich ihr eingeschärft, das Kind nie allein zu lassen. Als sie zurückkam, fand sie es nirgends. Einige Zeit später holte sie Wasser aus dem Ziehbrunnen. Da hat sie's gefunden.«

»Ich habe nach dem Russen gefragt, Frau Retek.«

Ihr Blick bedeutete: Aber ich erzähle Ihnen ja von ihm! Sie hob die Faust an den Mund und biß auf die Knöchel. Mikay hatte ihren Gedankengang unterbrochen, und sie war so müde und verwirrt, daß sie den Faden verlor.

»Der Russe«, murmelte sie, dann fand sie den Faden wieder. »Ach ja, er arbeitete nebenan bei den Rónas. Er schnitzte oft Puppen und Puppenwagen für meine Kleine und spielte mit ihr. Die Russen, die liebten ja alle Kinder. Und die Kinder liebten sie. Er weinte wie eine Frau, als er das von meiner Kleinen hörte.« Sie hielt inne.

»Weiter!«

Sie wollte weitererzählen, konnte aber nicht. Als sie das schöne Patriziergesicht des Leutnants ansah, erkannte sie, daß es ihr nie gelingen würde, ihm die volle Wahrheit zu vermitteln, dazu fehlten ihr die Worte. Ihr Töchterchen lag damals tot im Schlafzimmer, und der Brief vom Ministerium steckte noch in ihrer Schürzentasche, und um sie herum war die schreckliche Leere, und dann kam plötzlich der große, traurige Mann durch das Scheunentor herein und legte ihr seine schwere, schwielige Hand auf die Schulter. Später fragte sie sich oft, weshalb und wie es eigentlich geschehen sei, und dazu noch an eben dem Tag, an dem sie ihre Kleine aus dem Brunnen gezogen hatten. Sie versuchte sich selbst zu sagen, es sei unrecht gewesen, aber im Grunde ihres Herzens wußte sie, daß das nicht stimmte. Sie hätte einfach nicht weiterleben können – nicht ohne den langsamen, stillen, unglaublich zarten Liebesgenuß. Es bedeutete Wärme, Güte, Mitgefühl, einen Schluck klares, frisches Wasser für einen verdurstenden Menschen.

»Was hat Ihr Mann gesagt, als er nach vier Jahren Kriegsgefangenschaft zurückkehrte und den Sohn eines Fremden im Haus fand?« fragte Mikay.

Der Klang seiner Stimme brachte sie zurück.

»Es hat ihm nicht gefallen«, antwortete sie verlegen. Sie war weder gescheit, noch wußte sie sich gewandt auszudrücken.

»Das kann ich mir gut vorstellen.« Mikay vermochte ein Lächeln nicht zu unterdrücken. Sie begann ihm leid zu tun, und das beunruhigte ihn. »Wie hat er sich denn verhalten?« Er bemühte sich, ungeduldig und barsch zu wirken. »Reden Sie! Ich kann nicht die ganze Nacht mit Ihnen vergeuden.«

»Zuerst sagte er, es wär' in Ordnung. Ich schlug ihm vor, ich wollte mit dem Bub gehen, damit er sich scheiden lassen könnte, aber er sagte, wir dürften bleiben. Er erlaubte auch, daß der Bub den Namen Retek behielt, so wie es auf seiner Geburtsurkunde stand. Aber er haßte ihn. Der Kleine konnte ihm nichts recht machen.«

»Hat er das Kind mißhandelt?«

»Nein, nie. Er sah den Bub einfach angewidert an. Dann sagte er eines Tages, ich müßt' ihn wegschicken. Er würd' ihn nicht ertragen im Haus.«

»Und deshalb haben Sie ihn vergiftet?« stieß Mikay zu.

Ein wilder Schrei war die Antwort.

»Nein, nein! Ich hab's nicht getan!« Sie schwankte, wie von einem jähen, heftigen Windstoß überrascht. Mikay stand auf, ging zu ihr hin, nahm sie beim Arm und führte sie zu der Bank.

»Hören Sie, Sári, wir wissen, daß Sie ihn umgebracht haben. Es hat keinen Zweck zu leugnen, denn wir brauchen ihn bloß auszugraben und seine Eingeweide nach Budapest ins Toxikologische Institut zu schicken. Sie werden das Arsenik in ihm finden.«

»So grabt ihn doch aus!« sagte sie eine Spur herausfordernd.

»Das werden wir auch, Sári. Aber *nicht* die Leiche unter dem wunderschönen schwarzen Marmorstein mit der Inschrift ›Seine trauernde Witwe‹!«

Sie erblaßte, und der Leutnant fuhr fort.

»Weil wir dort nicht Ihren Mann finden würden. Pali Retek liegt unter dem Kreuz Ihres Vaters, auf dem ›Imre Fodor‹ steht.«

Sie klappte zusammen wie eine Stoffpuppe und wäre zu Boden gesunken, wenn er sie nicht rechtzeitig gepackt hätte. Er klingelte, gab dem diensttuenden Gendarmen Geld und befahl ihm, über die Straße in den ›Braunen Hirsch‹ zu gehen, den Wirt zu wecken und eine Portion Gulasch, etwas Brot und einen Liter roten Wein zu bringen.

»Sie haben sicher Hunger«, sagte er zu der Frau, als sie die Augen aufschlug. »Essen Sie jetzt, und dann erzählen Sie mir alles.«

Sie nickte müde.

»Jawohl, Herr Leutnant.«

»Nur noch eins, Sári«, fragte er in möglichst unverfänglichem Ton, »wieviel haben Sie Amália Kovách für das Arsenik bezahlt?«

»Ich weiß nicht mehr –« entschlüpfte es ihr, bevor sie überlegen konnte. Als ihr klar wurde, daß sie eine Mittäterin verraten hatte, fiel sie wieder zusammen. Mit einem Seufzer vergrub sie das Gesicht in den Händen.

»Natürlich wissen Sie das noch. So etwas vergißt man nicht.«

Der Leutnant war freundlich und geduldig, und sie bemühte sich, behilflich zu sein, nur wünschte sie, es ginge nicht auf Kosten anderer.

»Ach, aber ich weiß nicht gut mit Zahlen umzugehen«, sagte sie kläglich. »Nicht mit den großen von heutzutage. Hunderttausend – zweihunderttausend – eine Million! Wieso können wir nicht das gleiche Geld haben wie vor dem Krieg?«

»Nichts ist mehr so wie vor dem Krieg, Sári.«

»Ich bin nie über die dritte Klasse in der Volksschule hinausgelangt. Ich ging nur winters zur Schule. Den Rest des Jahres hütete ich bei Pongrátzens die Gänse.« Sie schwatzte weiter, in der Hoffnung, den Fragen des Leutnants ausweichen zu können.

Er blätterte in den Papieren auf seinem Schreibtisch.

»Hier heißt es, daß Ihr Mann Ihnen das Haus und die fünf Joch Land hinterlassen hat. Letzten Juli verkauften Sie ein Joch und ein weiteres vor zwei Monaten. Hat Amália das ganze Geld bekommen?«

»Nur was ich für das erste Joch kriegte. Nicht mal alles. Ich kaufte dem Bub ein Paar Schuhe und mir einen Rock. Den Rest hab' ich ihr gegeben. Mit dem zweiten Joch bezahlte ich den Grabstein.«

»Weshalb haben Sie einen solch teuren Stein angeschafft?«

Sie schien über die Frage verblüfft zu sein.

»Das war das mindeste, was ich für meinen Mann tun konnte!« weinte sie. »Er war kein übler Mann. Es gab viel üblere.«

Sie wird hängen, dachte der Leutnant und sah ihren

dünnen Hühnerhals unter dem lose gewickelten Knoten an. Sie hatte die gleiche Haarfarbe wie der Junge mit dem breiten slawischen Gesicht. Er erinnerte sich recht gut an ihn, obschon er ihn nur einmal gesehen hatte, als er von Sergeant Iszer in der Türkenstraße in Ladány auf ihn aufmerksam gemacht worden war. Jetzt fragte er sich, was mit dem Jungen und all den anderen Kindern geschehen sollte, und wünschte, er wäre nach dem Krieg auf die Universität gegangen und hätte Rechtswissenschaft studiert wie sein Vater, so daß er jetzt Leute verteidigen würde, statt sie zur Strecke zu bringen.

Mikay schloß die Vernehmung von Frau Retek nach Mitternacht ab, schlief – unruhig – ungefähr sechs Stunden, kam um acht Uhr wieder in sein Büro und verbrachte den größten Teil des Vormittags damit, von der Staatsanwaltschaft in Szolnok telephonisch die Erlaubnis zur Massenexhumierung der Leichen zu erhalten, die in den letzten fünf Jahren in Ladány beigesetzt worden waren. Der Staatsanwalt weilte in Budapest bei einer großen Hochzeit, und in seiner Abwesenheit nahm keiner seiner Mitarbeiter gern die Verantwortung auf sich, einen ganzen Dorffriedhof umgraben zu lassen. Nach einer Reihe von fruchtlosen Diskussionen mit verschiedenen Kanzleibeamten legte Mikay angewidert auf. Er verwünschte Szolnok und griff wieder nach dem Hörer. Diesmal rief er das Hotel Korond an und verlangte Phyllis Pongrátz. Das Hotel, mit keinem der Ritz-Paläste zu vergleichen, hatte nur ein Telephon, das sich im Büro des Direktors hinter der Halle befand. Dazu gab es noch einen Anschluß am Empfangspult. Phyllis, die noch im Bett gewesen war, brauchte ungefähr fünf Minuten, um sich anzukleiden und die zwei Treppen bis ins Erdgeschoß hinunterzugehen.

»Es tut mir leid, daß ich Sie gestört habe«, sagte Mikay, als er ihre schwache Stimme vernahm. Er wußte nicht, ob die Verbindung schlecht war oder ob sie geweint hatte. »Aber ich muß Sie bitten, Korond nicht zu verlassen, bis Sie von mir hören. Die Untersuchung über den Tod von Toni ist noch immer im Gange, und möglicherweise haben wir Ihre Hilfe beim Klären bestimmter Punkte nötig.«

Es gab eine lange Pause.

»Oh«, war alles, was sie sagte. Dann, nach erneuter Stille: »Ich hatte nicht vor zu verreisen. Sie baten mich zu bleiben, und so bin ich geblieben. Obschon es kein Vergnügen ist, hier eingesperrt zu sein. Ich kann nicht einmal einen Spaziergang machen oder im Speisezimmer essen, weil die Leute mich angaffen. Es ist wirklich zum Verrücktwerden.«

»Es wäre mir fast am liebsten, wenn Sie das Hotel überhaupt nicht verließen.« Mikay sprach absichtlich in kühlem und unpersönlichem Ton, für den Fall, daß jemand am Anschluß mithörte.

»Es gehen anscheinend wilde Gerüchte in der Stadt um«, sagte Phyllis. »Der Zimmerkellner erzählte mir, meine Schwiegermutter sei verhaftet worden. Das stimmt doch nicht etwa?« Ihre Stimme verriet Bestürzung.

Mikay zögerte einen Augenblick.

»Nein – nicht genau«, erwiderte er vorsichtig. »Sie – sagen wir mal so – sie leistete Hilfe bei der Untersuchung.«

Phyllis zog erschrocken die Luft ein.

»Und was ist mit den übrigen Verhaftungen? Der Kellner sagte, es seien Dutzende von Frauen aus Ladány hergebracht worden.«

»Der Kellner hat eine sehr lebhafte Phantasie. Ich würde nicht alles für bare Münze nehmen, was er sagt.« Der

Leutnant wünschte das Gespräch zu beenden. »Ich werde Sie heute nachmittag oder morgen früh besuchen, Frau Pongrátz. Dann erzähle ich Ihnen alles.« Er dankte ihr für ihr Verständnis und legte rasch auf, bevor sie weitere Fragen stellen konnte.

Danach rief er noch einmal das Hotel an und fragte diesmal nach Herrn Cinege, dem Besitzer. Als sich der Mann meldete, trug ihm Mikay auf, Phyllis Pongrátz im Auge zu behalten und ihn zu benachrichtigen, falls sie versuchen sollte abzureisen. Es war für Kleinstadtgastwirte wie Cinege nichts Außergewöhnliches, von der Polizei oder der Gendarmerie derartige vertrauliche Aufträge zu bekommen. Und Cinege war sowieso recht geschickt darin, seinen Gästen nachzuspionieren. Er tat das die meiste Zeit, auch ohne behördliche Aufforderung.

»Jetzt lassen Sie mal Frau Balogh heraufbringen«, sagte Mikay zu Sergeant Iszer. Sein Gespräch mit Phyllis hatte ihn aufgeregt und in eine elende Laune versetzt. Er haßte den Vergiftungsfall, der immer weitere Kreise zog, die Frauen, die dafür verantwortlich waren, die Opfer, die sich massenweise hatten umbringen lassen, den Staatsanwalt, der die ganze scheußliche Geschichte in seiner unerfahrenen Hand ließ.

»Nun, Frau Balogh«, fragte er die Frau, nachdem sie hereingeführt worden war, »was glauben Sie, weshalb Sie hier sind?«

Sie durchbohrte ihn mit ihren Blicken.

»Ich weiß es nicht, aber eins sag' ich Ihnen, Herr Leutnant« –das ›Herr‹ betonte sie höhnisch –, »lange bleiben Sie nicht mehr hinter dem Schreibtisch da. Das zahle ich Ihnen zurück, daß ich die Nacht in dem schmutzigen Keller verbringen mußte – mit Wanzen und Schaben!«

»Verglichen mit Ihnen sind das süße, liebenswerte Geschöpfe. Sie bringen wenigstens nicht ihresgleichen um.« Er trat ans Fenster und schaute hinaus. Unter dem Dachtrauf der Veranda klebte ein Schwalbennest. Die jungen Vögel waren am Tag vorher ausgeschlüpft und benahmen sich wie alle Kinder, ob Mensch oder Tier – laut, ungeduldig, fordernd, ihren Eltern keinen Augenblick Ruhe gönnend. Fortwährend schwirrten Flügel und pfeilten kleine dunkle Schatten am Fenster vorbei. »Sehen Sie sich mal diese Vögel an, Frau Balogh. Da, das ist jetzt die Mutter. Den ganzen Tag ein einziges Gehetze. Eben brachte sie einen Wurm, und schon ist sie wieder weg. Sie würde eher sterben als zulassen, daß den kleinen Kerlen etwas zustößt. Aber eben, das ist nur ein dummes Tier. Menschenmütter sind klüger. Die vergiften ihr Kind, wenn es ihnen den Spaß zu verderben droht.«

Die Frau drehte ihm ihr schwammiges Mondgesicht zu.

»Ich weiß nicht, wovon Sie reden, und es ist mir scheißegal, aber ich warne Sie, ich stecke nicht bis zum Hals in Schulden, wie Ihr Papa, und ich kann mir den verdammt besten Anwalt im ganzen Komitat leisten. Also nehmen Sie sich in acht!«

Mikay ging zur Tür und rief Sergeant Iszer herein.

»Sergeant! Frau Balogh führt unanständige Ausdrücke im Mund. Und eben hat sie meinen Vater verunglimpft. Was meinen Sie, was wir mit ihr machen sollen?«

Der Sergeant bekam große, runde Augen, dann verzog sich sein Gesicht zu einem breiten Grinsen.

»Das wird doch nicht etwa heißen, Herr Leutnant, daß Sie sich zu meiner Auffassung bekehrt haben? Ich hab' Ihnen von jeher gesagt, es gibt keine nützlichere Methode bei der Behandlung von verstockten Verbrechern als das, was diese Schnüffler von Reportern ›Polizeibrutalität‹ nennen.«

»Fragen Sie Frau Balogh, ob es stimmt, daß sie ihren Mann, ihren Liebhaber, Lajos Kardos, und ihren Sohn Ferenc getötet hat, indem sie ihnen mehrmals Arsenik gab.«

Frau Balogh kreischte vor Wut.

»Nein! Das stimmt nicht! Ich will doch auf der Stelle tot umfallen, wenn ich je einem von ihnen ein Leid getan habe. Ich hab' meinen Mann geliebt, und ich hab' meinen Sohn geliebt. Und wozu sollte ich Lajos vergiftet haben? Sein Tod hat mir nichts eingebracht. Wer Ihnen das erzählt hat, der lügt. Die Leute sind neidisch, das ist alles. Sie hassen mich, weil ich besser gestellt bin als die meisten von ihnen. Warum auch nicht? Ich habe schwer gearbeitet, im Schweiße meines Angesichts, genau wie's in der Bibel steht. Tag für Tag, von Sonnenaufgang bis Sonnenuntergang. Es ist nur –«

Sie kam nicht weiter, weil der Leutnant Iszer zunickte und der Sergeant auf sie zutrat und ihr eine harte, schmerzende Ohrfeige gab. Ihr Mund klaffte auf, und ein gurgelnder Laut drang aus ihrer Kehle. Iszer bewegte sich ein bißchen zur Seite und schlug sie auf die andere Wange. Sie stieß einen lauten Schrei aus. Der Sergeant ging zum Fenster, schloß es und zog das Rouleau herunter.

»Frau Balogh«, fragte Mikay, ohne von den Streichen Notiz zu nehmen, »erinnern Sie sich an meinen Besuch? Ihr Sohn lag krank im Bett, und Amália Kovách flößte ihm Medizin ein. Was für eine Medizin war das?«

Die Frau betupfte mit einem zerknüllten Taschentuch ihre blutende Nase.

»Wie soll ich das wissen?« sagte sie undeutlich, von Schluchzen unterbrochen. »*Sie* hat's ihm gegeben.«

»Also war es nicht das, was Dr. Horváth verschrieben hatte?«

»Vielleicht schon. Verschrieben hat er ihm nämlich was.«

»Aber Sie müssen doch wissen, ob Ihr Sohn Dr. Horváths Medizin oder etwas anderes erhalten hat. Immerhin war Amália nicht die ganze Zeit da.«

»Sie war sehr oft da.«

»Wäre es Ihrer Ansicht nach möglich, daß sie ihm das Gift hinter Ihrem Rücken gegeben hat? Er ist an Arsenikvergiftung gestorben, müssen Sie wissen. Das steht fest.«

Sie blickte auf. Ihre Augen waren glasig vor Schreck.

»Wieso steht das fest?« fragte sie.

»Seine Leiche ist gestern abend ausgegraben und seziert worden. Eben habe ich das medizinische Gutachten erhalten.«

Das stimmte natürlich nicht. Kein Grab, nicht einmal das der beiden Pongrátz, Bálint und Kálmán, war berührt worden.

»Ich will tot umfallen, wenn ich meinem Kind je ein Leid getan habe!« flüsterte die Frau.

»Und Ihr Mann, was ist mit dem?«

»Ich hab' ihn geliebt. Er war ein guter Mann, nicht wie die meisten andern. Ich hab' ihn von ganzem Herzen geliebt. Aber er war krank. Zwei Monate vor seinem Tod sind wir zu Professor Korányi in Budapest gegangen. Der Professor sagte mir, es gäbe keine Hilfe für ihn. Er wär' mysteriös.«

»Was war er?« fragte Mikay verwundert.

»Ein mysteriöser Fall, das hat ihn der Professor genannt. Als wir nach Hause kamen, ging es ihm schlechter und schlechter. Dann eines Morgens fand ich ihn tot im Bett. Er war im Schlaf gestorben.«

»Womöglich, weil er mysteriös war«, schnaubte Mikay wütend.

Die Frau erfaßte seine sarkastische Bemerkung nicht. Sie glotzte ihn dumm an, ihre Lippen und ihr Doppelkinn bebten, ihre Fischaugen hatten die Farbe von trübem Wasser. Ein solches Gesicht unbedeckt zu lassen, grenzte schon an Verletzung des öffentlichen Anstandes, dachte der Leutnant.

»Zurück zu Amália – pflegte sie zu Ihnen ins Haus zu kommen, als Ihr Mann krank lag?«

»Sie ging die ganze Zeit im Haus ein und aus«, antwortete Emma bereitwillig.

»Brachte sie ihm von ihrer Medizin?«

»Sie brachte etwas in einer Flasche. Auf dem Schildchen stand ›Alkohol zum Einreiben‹, aber das war es nicht. Es sollte seinen Appetit anregen, sagte sie.«

»Haben Sie ihm davon gegeben?«

»Ja, damit er wieder zu Kräften käme.«

»Hat Ihnen Amália gesagt, wieviel Sie ihm geben sollten?«

»Ja. Zuerst einen Eßlöffel voll –«

»Dann nach vierundzwanzig Stunden zwei Eßlöffel voll und einen Tag später zwei weitere.«

Ihr Gesicht leuchtete auf.

»Stimmt. Genau das hat sie mir gesagt.«

Mikay trat vor sie hin.

»Warum haben Sie ihn umgebracht? Warum?« brüllte er, so laut er konnte.

Ob des unerwarteten Donnerwetters wurde sie bleich. Sie wich zurück.

»Ich hab' nicht ... ich hab' nicht gewußt ... ich ...«

Mikay wandte sich zu Iszer um.

»Ich lasse Sie jetzt allein. Rufen Sie mich, wenn sie bereit ist zu reden.«

»Nein, nein, tun Sie das nicht!« schrie sie. »Ich will Ihnen die Wahrheit sagen. Ich wußte, was in der Flasche war, aber ich bat sie, es meinem Mann nicht zu geben. Ich hab' ihn geliebt! Wirklich! Wir alle, jede einzelne von uns, sind ihre Opfer!«

Der Leutnant ging langsam zu seinem Schreibtisch zurück und ließ sich auf den Stuhl fallen. Urplötzlich war er furchtbar müde. Der Kopf schwindelte ihm ob der Ungeheuerlichkeit des Falles. Die Aussicht, eine der Frauen nach der anderen hereinrufen und von jeder ein Geständnis erzwingen zu müssen, so daß sie nach Szolnok übergeführt, vom Untersuchungsrichter vernommen, vor Gericht gestellt und zum Tode durch Erhängen verurteilt werden konnte, erschien ihm wie ein Albtraum ohne Ende.

»Frau Balogh, was in aller Welt hat Sie dazu getrieben, das zu tun?«

»Ich sag' ja, es war Amália, die –«

»Lassen wir Amália beiseite! Ich spreche jetzt zu Ihnen von Mensch zu Mensch. Ich möchte Sie verstehen und imstande sein, Ihnen und wohl auch den andern zu helfen. Was bringt eine Frau dazu, so etwas zu tun? Wie kommt sie zu dem Entschluß, es auszuführen?«

Sie starrte ihn an, den schönen jungen Mann, der in sanftem, fast flehendem Ton zu ihr sprach, und ein wohlbekannter Schauer durchrieselte sie. Die Stimme, das Lächeln, selbst der Blick eines Mannes konnte sie entflammen. Ihr wurde schwach, sie streckte die Hand nach einer Stütze aus. Der Sergeant schob ihr einen Stuhl zu, auf den sie hinsackte.

»Er war ein Krüppel«, sagte sie. »Er hatte einen Klumpfuß. Seinen Schritt konnte ich immer schon von weitem erkennen. Ein Schlurfen – ein Bums – ein Schlurfen – ein Bums – durch das Tor – die Stufen hoch – über die Veranda. Zwanzig Jahre lang. Es war zum Verrücktwerden.« Sie blinzelte und setzte rasch hinzu: »Aber ich hab' ihn geliebt, wirklich.«

»Und doch hatten Sie Liebhaber. Sie hatten ein Verhältnis mit Lajos Kardos. Kein Knecht war vor Ihnen sicher. All das, als Ihr Mann noch lebte.«

»Ich konnt's nicht ändern.« Sie zuckte die Achseln. »Das liegt im Blut. Es gibt Frauen, die haben Glück. Die sind von Natur aus kalt. Andere wiederum, die sind mit solchem Blut gestraft wie ich.«

Mikay beobachtete sie gefesselt. Ein Nashorn, dachte er. Ein heißblütiges Nashorn. Auch die paaren sich, genauso wie Gazellen.

»Nach unseren Informationen haben Sie Ihren Sohn vergiftet, weil er dagegen war, daß Sie einen Mann, kaum älter als er, heiraten wollten.«

»Amália hat meinen Jungen vergiftet! Oh, sie ist eine Teufelin. Wie die es versteht, sich die Leute gefügig zu machen!«

»Was für ein Interesse hatte sie daran, ihn umzubringen?«

»Keine Ahnung. Niemand weiß, was in ihrem Kopf vorgeht. Das war so – sie kam mich eines Tages besuchen, und da weinte ich gerade wegen dem Jungen. Er hatte getrunken und gespielt und Geld verjubelt, als würd's auf Bäumen wachsen. Das nächstemal brachte sie eine Flasche von dem Zeug mit. ›Wozu denn sich mit ihm abplagen? Er ist hoffnungslos‹, sagte sie. Ich schöpfte eben die Suppe aus, und sie goß etwas davon in seinen Teller.«

»Haben Sie sich nicht gewehrt?«

»Schon, aber sie hatte alle möglichen Begründungen.«

»Zum Beispiel?«

»Daß keiner beim Vater etwas geahnt hat, weshalb sollte man dann beim Sohn Verdacht fassen?«

Sie sprach jetzt frisch von der Leber weg und fast mit Hochgenuß, wie Leute, die aufmerksame Zuhörer haben.

»Hat Ihr Sohn die Suppe gegessen?«

»Jedes Tröpfchen. Er hat meine Küche von jeher geschätzt.«

Die Männer wechselten einen entgeisterten Blick.

»Was für eine Wirkung hatte es auf ihn?« fragte Mikay.

»Es war ihm schon vorher nicht wohl gewesen. Er hatte Bauchschmerzen. Er sagte, durch die Suppe wär' ihm nicht besser geworden.«

»Das kann ich gut verstehen«, brummte Sergeant Iszer.

»Was geschah danach?« fuhr der Leutnant fort.

»Amália fand, wir sollten ein paar Tage warten mit der zweiten Portion. Sie riet mir, den Jungen in der Zwischenzeit von Dr. Horváth untersuchen zu lassen. Sie zog bei ihren Fällen immer gern einen Arzt bei. Um gedeckt zu sein, sagte sie. Dr. Horváth verschrieb dem Jungen Tropfen, aber Amália gab ihm statt dessen ihr Zeug. Die Tropfen vom Doktor schüttete sie den Abtritt runter.«

»Immer nur Amália«, fauchte Mikay.

Sie blickte ihn gekränkt an.

»Sie haben selbst gesehen, wie sie ihm das Zeug eingab.«

»Was haben Sie ihr bezahlt?«

»Einen Haufen. Zwei Millionen Kronen für den Jungen. Für meinen Mann verlangte sie zwanzig Zentner Weizen.

Das war zu der Zeit, wo die Krone Mal für Mal abgewertet wurde. Zu guter Letzt einigten wir uns auf fünfzehn Zentner.«

»Und für Kardos?«

Sie schwieg. Wahrscheinlich merkte sie, daß sie schon zuviel gesagt hatte.

»Er war ein schwerkranker Mann«, antwortete sie schließlich. »Früher oder später wär' er sowieso an seinem Geschwür gestorben. Seine Tochter – Gott hab' sie selig – hatte alle Hände voll mit ihm zu tun. Sie dachte wohl, es wär' in jeder Beziehung schmerzloser, wenn er schnell hinübergehen würde.«

»Wollen Sie sagen, seine Tochter habe ihn vergiftet?«

»Wie soll ich das wissen? Sie ist tot.«

»Ja, sie ist tot. Ihr Sohn ebenfalls. Und Sie sind wieder frei und haben dazu eine Mitgift von zweiundsiebzig Joch Land.«

Der Leutnant war ausgepumpt und erschöpft, doch vor Faszination konnte er nicht aufhören.

»Ferenc war das einzige Kind, das Ihnen geblieben ist. Hat er Ihnen nicht leid getan?« fragte Mikay.

»Ich hab' den Jungen geliebt! Wahrhaftigen Gottes«, plärrte sie, »wenn er in der Kirche sang, hab' ich jedesmal vor Freude geheult.«

»Ja, Sie drängten ihn noch zu singen, als er im Sterben lag«, brauste der Leutnant auf. »Haben Sie da auch vor Freude geheult?«

»Ich ließ ihn singen, weil ich ihn so in Erinnerung behalten wollte. Was konnte ich dafür, daß er ein solcher Lump geworden war? Schlechte Gesellschaft war dran schuld. Ich sag' Ihnen, Herr Leutnant, es gibt Leute in Ladány, die gehören nicht in eine gottesfürchtige, ordentliche Gemeinde. Die hätte man schon längst fortjagen sollen. Dann wär's nie soweit gekommen.«

Der Leutnant wandte sich an den Sergeanten.

»Lassen wir heute nachmittag ein paar Mitglieder des Gemeinderates kommen. Frau Balogh und Frau Retek sollen ihre Geständnisse vor ihnen wiederholen.« Dann sagte er zu der Frau: »Ich hoffe, Sie enttäuschen mich nicht, Róza. Es wird zu Ihren Gunsten sprechen, wenn Ihr Fall in Szolnok zur Verhandlung kommt.«

Sie nickte eifrig.

»Ich will mein Bestes tun, Herr Leutnant. Gott ist mein Zeuge, ich kann Amália für meinen ganzen Kummer die Schuld geben. Ich bin ihr Opfer. Sie ist eine Teufelin. Wir alle sind ihre Opfer, glauben Sie mir, Herr Leutnant.«

Die beiden Frauen und Emma Pongrátz wiederholten also ihre Geschichten vor den Gemeinderäten. Der Leutnant traf diese Vorsichtsmaßregel, damit sie nicht in einem späteren Zeitpunkt ihr Geständnis widerrufen würden. Nachdem ihnen der Entwurf vorgelesen und nachdem er abgeschrieben, unterzeichnet und beglaubigt worden war, schickte er die Frauen in ihre Zellen zurück und ließ Amália Kovách bringen. Wortlos überreichte er ihr die Kopien der Aussagen von Frau Retek und Frau Balogh, dann lehnte er sich in seinem Stuhl zurück und wartete auf ihre Reaktion.

Sie überflog teilnahmslos die Seiten und warf sie dann auf seinen Schreibtisch.

»Sie wissen ebensogut wie ich, daß sie lügen«, sagte sie mit beherrschter, fester Stimme.

»Die Frauen haben gestanden. Ihre Schuld zugegeben. Wozu sollten sie denn Sie belasten, wenn Sie nicht in die Sache verwickelt wären?«

»Ich weiß Ihnen keine Antwort.« Sie zuckte die Achseln. »Vielleicht ist es mein Fehler. Ich gewöhnte sie daran, daß sie sich zu stark auf mich verließen, mit all ihren Schwierigkeiten zu mir kamen. Zum Kuckuck, an wen hätten sie sich sonst wenden sollen? An Dr. Horváth? An Dekan Markos? An Herrn Hauser? Oder Herrn Simko? Keiner der Herren macht sich auch nur das geringste aus ihnen. Diese beiden, Sári und Róza, dachten wahrscheinlich, wenn sie mich in die Sache hineinzögen, müßte ich ihnen helfen – um meinen Kopf zu retten, würd' ich auch ihren retten.«

In der folgenden Stunde stellte Mikay ihr Frage um Frage, und sie stritt beharrlich ab, etwas von den Vergiftungen gewußt zu haben. Sie blieb kühl und vollkommen beherrscht und hatte eine einfache und einleuchtend klingende Erklärung für jeden einzelnen Umstand, der sie zu belasten schien. Ja, sie habe geholfen, die Balogh-Männer zu pflegen, so wie alle Kranken in Ladány. Sie sei mit Frau Retek zum Steinmetzen gegangen, um dafür zu sorgen, daß sie nicht übers Ohr gehauen werde. Nach langem, ergebnislosem Hin und Her beschloß Mikay, seinen Trumpf auszuspielen, und las ihr Auszüge aus Emmas Geständnis vor. Amália hörte aufmerksam zu, einen ungläubigen Ausdruck auf ihrem Gesicht. Als Mikay fertig war, zuckte sie die Achseln.

»Genau, wie ich Ihnen sagte«, meinte sie ruhig, »die arme Frau ist nicht bei Troste. Sie ist darauf aus, ihre Schwiegertochter zu erledigen, koste es, was es wolle. Sie geht sogar zum Galgen, wenn das der Preis dafür ist. Warum lassen Sie nicht Bálint und Kálmán ausgraben? Ich bin sicher, daß bei der Untersuchung nicht ein Milligramm Arsenik in den beiden gefunden wird. Du lieber Himmel, wozu hätte sie Bálint vergiften sollen? Beide Beine waren brandig, und schon eine Woche vor seinem Tode war er eine verwesende Leiche. Oder Kálmán? Ich argwöhnte die ganze Zeit, er hätte Krebs, ich sagte das sogar zu Dr. Horváth. Er tat mich natürlich geringschätzig ab. Wer war ich denn schon, seine Diagnose anzuzweifeln?«

Einen Augenblick erwog der Leutnant, Sergeant Iszer zu rufen und ihm Amália zu übergeben, doch dann besann er sich anders. Irgendwie hatte er den Eindruck, rohe Gewalt könne ihren Widerstand nicht brechen; im Gegenteil, wahrscheinlich würde sie dadurch nur noch widerspenstiger. Deshalb ließ er sie in ihre Zelle zurückbringen und meldete sich telephonisch in Szolnok bei Imre Hedry, dem Staatsanwalt, an. Er war überzeugt, daß er auf Grund der drei Geständnisse nun endlich die Erlaubnis bekommen werde, die Leichen aller mutmaßlichen Opfer exhumieren zu lassen.

15

»Ich fürchte, wir haben es mit einem Ausbruch von Massenhysterie zu tun«, entschied der Staatsanwalt, nachdem er die Aussagen überflogen hatte. »Ich glaube es einfach nicht, daß diese Frauen ihre Männer tatsächlich vergiftet haben. Das ist alles durch die Ermordung von Toni Pongrátz ausgelöst worden. Es muß einen bestürzenden Eindruck auf die Gemeinde gemacht haben. Wir wissen doch, daß bei vielen dieser Bauernweiber in gefühlsmäßiger Hinsicht der Kreiselkompaß nicht in Ordnung ist. Ein leichter Stoß genügt, und schon trudeln sie ab.«

Im Kriege hatte der Staatsanwalt kurze Zeit bei der deutschen Luftwaffe gedient, und er flocht immer noch gern Fliegerausdrücke in seine Rede ein.

»Nun, auf mich machen sie einen durchaus normalen Eindruck«, sagte Leutnant Mikay.

»Normal?« Hedrys Brauen schossen in die Höhe. »Sie behaupten zum Beispiel, diese Balogh habe zwei Männer und dazu noch ihren eigenen Sohn vergiftet, und trotzdem betrachten Sie die Frau als normal?«

»Ganz gewiß. Obschon ich sie sogar verdächtige, unter Umständen noch ein viertes Opfer auf dem Gewissen zu haben. Ihre ertrunkene Schwiegertochter. Das ist nur eine Vermutung von mir. Beweis habe ich keinen.«

»Ich muß schon sagen, Sie haben eine sehr lebhafte Phantasie, Herr Leutnant.« Der Staatsanwalt grinste. Mikay begann sich zu ärgern über Hedrys Einstellung.

Mikay hielt den Staatsanwalt für einen aufgeblasenen Blender und einen Streber. Seine Familie gehörte zum unteren Mittelstand und hatte einen leicht anrüchigen Ruf. Es war das Geld seiner Frau, das ihm zu einer Machtstellung im Komitat verholfen hatte. Die Mikay hatten kein Geld, dafür konnten sie ihren Stamm zurückführen auf den Wesir Huba, der zusammen mit Árpád, dem Gründer der Nation, in das heutige Ungarn eingedrungen war. Selbst einem solch gefühllosen, krankhaften Selbstling wie Hedry mußte dieser streitbare Vorfahre Ehrfurcht einflößen. Der Geist des Wesirs schwächte seine Widerstandskraft und machte ihn gegen seinen Willen nachgiebig.

»Wir können die Sache nicht mehr länger verschleppen«, fuhr Mikay beharrlich fort. »Der Fall Toni Pongrátz ist kein Einzelmord. Er ist Teil eines großen und gefährlichen Komplexes. Wir werden ihn nie lösen, wenn wir nicht das ganze Netz entwirren.«

Hedry stöhnte und kratzte sich nervös den Kopf.

»Aber wenn Sie nun recht hätten und alle diese Männer wirklich ermordet wurden? Sind Sie sich der Folgen bewußt? Des Skandals? Der Reaktion der Öffentlichkeit? Der Reaktion der Presse? Die werden uns kreuzigen! Das ganze Komitat! Da werden mehr Köpfe rollen als in den blutigsten Tagen der Französischen Revolution.«

»Das ist möglich.« Mikay nickte. Gelassen musterte er Hedrys Eierkopf, der ein bißchen zu groß war für seinen kurzen Rumpf. Der Kopf war es nicht wert, gerettet zu werden.

»Ich will Ihnen sagen, was wir machen«, erklärte Hedry in einem Ton, der einen Kompromiß ahnen ließ. »Wir graben eine Leiche aus, und wenn sie eine tödliche Menge Arsenik enthält, dann graben wir den Rest auch aus. Was meinen Sie dazu als Anfang? Wir gehen möglichst ohne großes Trara vor, sonst steigt uns die ganze Budapester Presse auf die Bude. Inzwischen würde ich an Ihrer Stelle die Frauen freilassen. Wenigstens diejenigen, die nicht gestanden haben. Es kann nicht schaden, die Sache vorläufig nicht an die große Glocke zu hängen.«

Es wurde Mikay anheimgestellt, welche Leiche er ausgraben lassen wollte. Er entschied sich für den jungen Ferenc Balogh. Von den drei geständigen Giftmörderinnen schien ihm Frau Balogh diejenige zu sein, bei der am wenigsten Wahrscheinlichkeit bestand, daß sie geistesgestört war. Wenn sie ein Verbrechen bekannte, dann hatte sie es bestimmt auch begangen.

Die Leiche war noch nicht stark verwest. Leber, Magen und ein Teil der sonstigen Eingeweide wurden nach Budapest ins Toxikologische Institut geschickt. Mikay kümmerte sich nicht um den Rat, die Frauen auf freien Fuß zu setzen. Er behielt alle neun im feuchten, übelriechenden Keller des Postens hinter Schloß und Riegel. Amália Kovách und Emma Pongrátz waren in Einzelhaft, die anderen zu dritt und zu viert in je einer Zelle.

Das Toxikologische Institut benötigte zwei Tage für die Analyse. Während dieser Zeit wurden die Frauen in Ruhe gelassen, kein Mensch, nicht einmal jemand von der Wachmannschaft, sprach mit ihnen. Am zweiten Tag schlugen die beiden Schwestern, Anna Csóka und Frau Timor, ihre Zellengenossin, Frau Balogh, grün und blau. Mitten in der Nacht bekam Mari Sipos – die verdächtigt wurde, ihren Mann, einen Kriegsveteranen, vergiftet zu haben – einen epileptischen Anfall. Ihre Schreie weckten ihre Mitgefangenen, die prompt einen solchen Höllenspektakel vollführten, daß man es in der ganzen Nachbarschaft hören konnte.

Am dritten Morgen kam das toxikologische Gutachten mit Eilboten aus Budapest. Darin stand, daß der Tod des jungen Ferenc Balogh durch ›die Aufnahme von Arsentrioxyd herbeigeführt wurde, wovon allein schon die vorgelegten Organe ungefähr dreißig Prozent mehr enthielten als die kumulative letale Menge von hundertundzwanzig Milligramm‹. Der Leutnant gab die Nachricht sofort telephonisch nach Szolnok durch. Vierundzwanzig Stunden später erhielt er vom Staatsanwalt die Ermächtigung für die Massenausgrabung auf dem Friedhof von Ladány.

Dr. Imre Berczik, Professor der Pathologie an der Universität Debrecen, wurde vom Gericht mit der Exhumierung betraut. Die Verteidigung hatte Dr. Tibor Benedek geschickt, einen Toxikologen von europäischem Ruf, obwohl viel jünger als der Professor. Da die Ausgrabungen voraussichtlich mehrere Wochen in Anspruch nahmen, mußte für beide Ärzte Unterkunft besorgt werden, was sich als ein schwieriges Unterfangen herausstellte. Das ganze Dorf befand sich in hellem Aufruhr gegen ›die Schändung geweihter Erde‹, wie Dekan Markos es in seiner Sonntagspredigt nannte. In Ladány gab es weder Hotel noch Gasthof. Die Gendarmerie wollte in einem der Häuser, die seit der Verhaftung ihrer Eigentümerinnen leerstanden, für die Pathologen Zimmer mieten, doch die Frauen verweigerten ihre Zustimmung. Schließlich ließ sich Frau Balogh erweichen und gestattete, daß jeder der Ärzte in ihrem Haus eine Stube erhielt. Kati, ihre Nichte, der im Schloß gekündigt worden war, übernahm die Bedienung. Im selben Haus zu wohnen, erwies sich nicht als ideale Lösung, da die beiden Herren gegnerische Lager vertraten: die Staatsanwaltschaft und die Verteidigung. Im Laufe der Exhumierungen kam es zu verschiedenen heftigen Zusammenstößen, besonders weil der Professor es als persönliche Beleidigung betrachtete, daß der Doktor, zwanzig Jahre jünger als er und obendrein ein Jude, nicht mit ihm übereinstimmte. Am Anfang speisten sie gemeinsam in Frau Baloghs Salon, und am Schluß sprachen sie überhaupt nicht mehr miteinander. Daß sie unter einem Dach lebten, hatte trotzdem einen Vorteil: ein einziger vor dem Haus postierter Gendarm konnte sie beide vor allfälligen Angriffen feindlich gesinnter Dorfbewohner schützen. Der Leutnant traf noch eine andere Vorsichtsmaßregel: vor jeder Mahlzeit mußte Kati in Gegenwart der Wache das Essen kosten, bevor sie es den Herren auftrug.

Von den ersten neunzehn der exhumierten Leichen wurde bei achtzehn Arsenikvergiftung als Todesursache festgestellt; die Ausnahme war der erste Mann von Berta András, beerdigt am 20. Juni 1918.

In der Hauptstadt war das erste Blatt, das die Geschichte

brachte, die Mittagszeitung *Az Est.* Sie gab die Namen der verhafteten Frauen an und erwähnte, daß weitere Exhumierungen und Festnahmen bevorstünden.

Am folgenden Morgen erschien ein zweiter Artikel im *Pesti Napló,* gestützt auf die Auskünfte, die der von Verdauungsstörungen geplagte Schriftsteller vom Kellner des Hotels Korond erhalten hatte. Der Schriftsteller, der unversehens zur höchsten Autorität über Ladány geworden war, ließ durchblicken, daß die Gendarmen im Fall Toni Pongrátz bewußt Spuren nicht beachteten, die auf die Schuld der jungen Witwe hinwiesen. Als Mikay sich weigerte, der Presse mitzuteilen, was die drei verhafteten Frauen, darunter Emma, eigentlich genau gestanden hatten, behalfen sich einige Reporter mit wilden Spekulationen über Hexensabbate, Schwarze Messen, lesbische und sadistische Orgien. Die Zeitschrift *Erdekes Ujság* veröffentlichte Schnappschüsse, die sie von den Verwandten der Frauen gekauft hatte. Auf den von Jahrmarktsphotographen aufgenommenen Bildern sah man eine Gruppe von abgearbeiteten, unscheinbaren, gewöhnlichen Frauen mittleren Alters; ihr angegrautes Haar trugen sie in einem strengen Knoten, ihre schwarzen, formlosen Kleider reichten bis zu den Knöcheln, ihre glanzlosen Augen blickten starr und befangen in die Linse. Keine Andeutung von Sinnlichkeit oder bösem Geist war in ihren leeren, langweiligen Gesichtern zu entdecken. Statt der Öffentlichkeit Aufschluß zu geben, verwirrten die Portraits sie nur.

Am Tage, nachdem die Schlagzeilen erschienen waren, setzte die Invasion von Korond durch die Reporter und die sensationslüsternen Neugierigen ein. Von morgens bis zum Sonnenuntergang lagerte über der nach Ladány führenden ungepflasterten Straße eine graue Staubwolke, aufgewirbelt durch den unaufhörlichen Strom von Kutschen, Lastwagen, Fuhrwerken und Automobilen, der sich dem Schauplatz des ›Verbrechens des Jahrhunderts‹ zuwälzte.

Das Auftauchen des ersten Reporters fiel mit dem Verschwinden zweier vertrauter Gesichter aus Korond zusammen. Dr. Horváth hatte seinen Rücktritt als Kreisarzt eingereicht und fuhr zu einem ausgedehnten Aufenthalt bei Verwandten nach Budapest. Die andere Abreise fand eines Abends spät statt und ging so unauffällig vor sich, daß sie geradezu nach Flucht aussah. Nach zwanzig Jahren aufopfernden Dienstes verließ Ilonka die Gemeinde ihres Onkels Berti auf immer. Ihre Mutter sei leidend und habe sie nötig, lautete die Erklärung, die Dekan Markos den wißbegierigeren Freunden gab. Es war das erstemal, daß die Leute je etwas von einer Mutter Ilonkas hörten.

Leutnant Mikay versuchte unterdessen, sich die Presse vom Leibe zu halten, und trieb die Ermittlungen weiter. Während er auf die toxikologischen Gutachten aus Budapest wartete, ging er Phyllis im Hotel besuchen. Um sich gegen Lästermäuler abzusichern, nahm er Sergeant Iszer mit. In den anderthalb Jahren seit Phyllis' Auftreten auf der örtlichen Szene hatte er sich nur einmal allein mit ihr in der Öffentlichkeit gezeigt, aber dieses einzige und ganz harmlose Begebnis haftete unvergeßlich in der Erinnerung von Korond. Mikay fürchtete sich vor der Begegnung, wegen der grausamen und quälenden Fragen, die er Phyllis stellen mußte, und gleichzeitig sehnte er sich danach.

Phyllis sah müde und blaß und viel dünner aus als früher. Sie hatte ihr großes, hohes Zimmer seit fast einer Woche nicht verlassen, außer wenn sie sich hinausstahl, meist nachts, um in dem einzigen Badezimmer, am anderen Ende des Ganges, ein Bad zu nehmen. Abgesehen von

Moni Rosenzweig, der getreulich jeden Nachmittag zu ihr gekommen war, hatte sie niemand besucht; sie erhielt nur ganz wenige Briefe und schrieb noch weniger. Ihre Eltern waren in die Staaten zurückgekehrt und hatten keine Ahnung von der Tragödie, die ihrer Tochter zugestoßen war. Phyllis brachte den Mut nicht auf, ihnen Tonis Tod zu kabeln, weil sie fand, die Umstände seien so grausig, daß sie ihre Eltern nicht damit belasten dürfe.

Als sie das Klopfen an der Tür hörte und die Stimme des Leutnants erkannte, dachte sie, er komme sie aus ihrem Hausarrest erlösen, und geriet in freudige Erregung. Dann trat er ein, und seine Miene zerstörte ihre Hoffnungen.

»Was gibt's diesmal Schlechtes?« fragte sie etwas feindselig.

»Gut ist es tatsächlich nicht«, sagte Mikay, dann stellte er den Sergeanten vor. Phyllis bot ihnen Sherry an, und sie nahmen ihn an, lediglich um ihr zu verstehen zu geben, daß es sich noch nicht um einen hochoffiziellen Besuch handle. Der Sergeant, sonst kein Mann von guten Manieren, führte sich jetzt so sittsam auf wie eine Anstandsdame in einem Tanzkurs für junge Mädchen.

»Ihre Schwiegermutter hat uns eine schöne Überraschung bereitet«, kam Mikay gleich zur Sache. »Sie hat gestanden, sowohl ihren Mann als auch ihren Stiefsohn, Bálint, vergiftet zu haben.«

»Das ist ja entsetzlich!« stammelte Phyllis, dann schüttelte sie den Kopf. »Ich kann nicht glauben, daß sie das getan hat. Sie ist bestimmt von Sinnen.«

»Wir haben die Leichen exhumieren lassen und warten jetzt auf das toxikologische Gutachten«, sagte Mikay. Er berichtete ihr von den drei Geständnissen, in denen Amália Kovách als die Quelle des Arseniks genannt wurde.

Phyllis saß steif und reglos da, dann hob sie langsam die Hände und vergrub das Gesicht darin. Sie schauderte, und Mikay sah, daß ihre Arme mit Gänsehaut überzogen waren.

»Was sind das für Leute? Dämonen, Wahnsinnige, Ungeheuer? Was ist das für ein Ort? Ach bitte, Rudi, lassen Sie mich weg! Lassen Sie mich gehen, bevor ich den Verstand verliere!«

»Ich kann Sie leider nicht gehen lassen. Noch nicht.« Mikay schüttelte den Kopf und erzählte ihr von Emmas Anklage. Sie hörte versteinert zu.

»Aber Sie wissen doch, daß es nicht stimmt«, sagte sie schließlich. »Die ganze Beschuldigung ist so unsinnig, daß ich nicht einmal glaube, ich müßte mich dagegen zur Wehr setzen. Wer einigermaßen bei Verstand ist, muß merken, daß sie mich auf diese Weise zu bestrafen sucht. Fragen Sie mich nicht, wofür, denn das weiß ich nicht. Ich habe sie nie verletzt oder beleidigt, jedenfalls nicht mit Absicht. Ich kann mir nicht erklären, weshalb sie mich so haßt.«

Mikay wartete schweigend, bis sie sich beruhigt hatte.

»Hat Amália Sie je dazu aufgestachelt – offen oder andeutungsweise –, Toni umzubringen?«

»Du lieber Himmel, nein!« erwiderte sie, dann lachte sie ganz unverhofft. »Das ist wie ein böser Traum. Sie fragen mich, ob ich etwas mit Tonis Ermordung zu tun hätte, und ich bespreche es in aller Ruhe mit Ihnen, statt zu schreien oder Ihnen die Augen auszukratzen oder mich aus dem Fenster zu stürzen.«

Mikay stand auf und trat zu ihr. Er faßte sie bei den Händen und zog sie aus dem Sessel hoch.

»Hören Sie, Phyllis, ich glaube Ihnen, und Sergeant Iszer glaubt Ihnen ebenfalls, aber damit sind wir im Augenblick die einzigen in Korond. Sie sind ohne Ihr Verschulden in dieses ungeheuerliche Verbrechen verwickelt worden, und bis wir die Umstände von Tonis Tod geklärt haben, müssen Sie geduldig sein und sich zusammennehmen. Ich darf Sie nicht aus der Stadt lassen, weil Emma gegen Sie ausgesagt hat. Ich könnte das einfach nicht beachten, aber es würde Ihnen nicht helfen, denn sie wird – außer sie besinnt sich unerwartet anders – das vor dem Untersuchungsrichter, dem Staatsanwalt und dem Gericht wiederholen, wenn ihr Fall zur Verhandlung kommt. Also, bitte, begreifen Sie, daß wir auf Ihrer Seite sind und unser Bestes tun werden, Sie vom Verdacht zu befreien. Bekämpfen Sie uns nicht, sondern helfen Sie uns, soviel Sie nur können.«

Sergeant Iszer beobachtete die beiden nachdenklich. Jetzt wußte er, was er vorher nur geahnt hatte, nämlich, daß der Leutnant in die Frau verliebt, aber auch, daß die Frau nicht in den Leutnant verliebt war, und das tat ihm für beide leid.

Der kleine Zuspruch verfehlte seine Wirkung nicht. Phyllis beruhigte sich und konnte nun gleichmütig die Ereignisse von Tonis letzter Nacht nochmals durchgehen, obwohl sie sich an keine Einzelheit erinnerte, die sie nicht schon vorher erwähnt hatte.

Als die beiden Beamten sich verabschiedeten und die Treppe hinunterstiegen, brach der Sergeant sein langes Schweigen.

»Schade, daß sie nicht dort geblieben ist, wo sie hingehört. Bei ihrer Familie und ihren Bekannten nämlich. In ihrer Lage zu sein, obendrein noch als Fremde, ist bestimmt schwer. In Anbetracht der Umstände ist sie verdammt tapfer, finden Sie nicht, Herr Leutnant?«

»Doch, ich finde auch.« Mikay nickte. Er war Iszer dankbar für seine Besorgtheit, aber einfach zu müde, es ihm zu sagen. Er hatte nächtelang nur sehr schlecht geschlafen, und Phyllis wiederzusehen, erschütterte und erschöpfte ihn. Die Geschehnisse der vergangenen Woche hatten seine Nerven angegriffen und abgenützt wie eine Klinge, die ständig gewetzt wird. Dazu war sein Glauben an das Menschengeschlecht, besonders an dessen weibliche Hälfte, erschüttert worden. Die primitive barbarische Grausamkeit der Frauen, die munter ihre Männer, ihre Bettgenossen zum qualvollsten Tod verurteilten, nahm ihm alle Illusionen und entsetzte ihn. Es gab Augenblicke, da war er überzeugt, alle Frauen, Phyllis nicht ausgenommen, seien durch und durch verderbt. Als er nach Hause kam und seine Mutter ihm die Wange zum gewohnten Kuß bot, schrak er zurück.

»Mama«, fragte er, »hast du je gewünscht, Papa wäre tot?«

Sie sah ihn betroffen an.

»Bist du nicht bei Sinnen?« Dann lachte sie. »Solch ein blöder Witz!«

»Es ist mir ernst. Denk mal gut nach. Hast du das je gewünscht?«

Sie hörte auf zu lachen.

»Man sollte dir diesen schrecklichen Fall wegnehmen. Es scheint dein Hirn angegriffen zu haben.«

»Du bist jetzt fast dreißig Jahre mit ihm verheiratet. Ihr hattet manchmal Streit miteinander. Ich erinnere mich noch an ein paar Gelegenheiten. Hast du je gewünscht, er wäre tot?«

Sie runzelte die Stirn.

»Nein, nie.« Es klang gekränkt, aber nicht völlig überzeugend. »Jetzt laß mich gehen. Ich hab' einen Kuchen im Ofen.«

Sie versuchte sich ihm zu entziehen, doch er ließ ihren Arm nicht los.

»Mama, als er im Krieg einberufen wurde und anderthalb Jahre wegblieb und 1918 entlassen wurde, bereitete es dir da keine Mühe, dich damit abzufinden, daß er wieder zurück war? Du bist sehr gut ohne ihn zurechtgekommen, das haben mir alle bestätigt. War es nicht schwierig, sich wieder an ihn zu gewöhnen? Und obendrein kam auch ich zurück. Ohne uns hattest du es viel leichter. Du hast eine Menge Arbeit mit dem Haushalt und –«

Sie riß sich los und drehte sich mit einem Ruck um; ihr Gesicht war rot, und ihre weit offenen Augen blitzten.

»Hör auf! Willst du? Ganze Stunden lag ich auf den Knien und betete zu Gott, daß er euch zu mir zurückkommen lasse, dich und deinen Vater!«

»Aber als wir dann zurückkamen, war es da keine Enttäuschung?«

»Mutter Gottes, du hast wirklich den Verstand verloren.« Plötzlich begann sie zu schluchzen. »Rudi, wie kannst du mir das antun? Weißt du nicht, wie sehr ich dich liebe? Du bist alles, was ich auf dieser Welt habe!«

Genau das hatte Frau Balogh von *ihrem* Sohn gesagt.

»Es tut mir leid, Mama«, murmelte er und wünschte, er hätte seine dummen Fragen für sich behalten. »Es war idiotisch von mir, verzeih.«

Sie hörte so jäh auf zu weinen, wie sie angefangen hatte, und tätschelte ihm sanft die Wange.

»Schon recht, Lieber. Ich versteh's. Geh, wasch dich. Wir essen gleich. Es gibt Gänsekleinsuppe und Entenbraten. Was möchtest du gern in der Suppe? Reis oder Klöße?«

›Was du willst, nur nicht Arsenik‹, dachte er. Laut sagte er: »Es ist mir gleich.« Seine Mutter hätte den Witz wohl nicht lustig gefunden.

16

»NUN, FRAU BALOGH«, sagte der Leutnant, »Sie haben zwei Morde gestanden, also ist es am besten, Sie machen reinen Tisch und geben auch den dritten zu. Hängen können Sie nur einmal, wissen Sie«, fügte er bei und sah mit Genugtuung, daß sie zusammenzuckte. Bisher hatte er mutmaßliche Täter stets milde angefaßt, aber der Anblick der bebenden Frau, deren Gesicht noch von den Schlägen geschwollen und voller Flecken war, erfüllte ihn mit Ekel, nicht mit Erbarmen.

»Ich hab's getan, Herr Leutnant«, flüsterte sie. »Ich hab' den armen Lajos getötet.« Sie schnupfte, dann fuhr sie lebhaft fort. »Das war so. Lajos wurde betrunken an der Hochzeit und quasselte allen möglichen Unsinn. Daß er jetzt an der Reihe wär' zu heiraten, aber nicht so eine alte Hexe wie mich – irgendein junges Küken. Deshalb schüttete ich etwas von dem Zeug in seinen Wein. Ich schwör's, ich wollte ihn nicht töten, nur ihm Angst einjagen. Es sollte ihm übel werden davon, so daß er wieder zur Vernunft käme. Aber das Zeug war zu stark für ihn, von wegen seinem Geschwür.«

»Gut, Frau Balogh, das genügt mir. Jetzt sagen Sie mir etwas anderes. Weshalb haben die Frauen Sie verprügelt?«

In ihrem linken Auge flackerte es boshaft auf. Das rechte war geschlossen von der Schwellung. »Weil ich ihnen sagte, daß ich mich entschlossen hätt', von jetzt an das Richtige zu tun. Daß ich für Gerechtigkeit wär'.«

»Was heißt das?«

»Das heißt, wenn ich schon sterben muß, sollen sie auch nicht davonkommen. Weil sie ebenso schuldig sind wie ich. Weil nicht nur wir acht das Zeug gebraucht haben. Es gibt noch viele mehr. Frauen machen einander alles nach, wissen Sie. Eine kriegt 'nen Mantel aus Seehundfell, und binnen kurzem sieht man ein halbes Dutzend Mäntel aus Seehundfell in der Kirche. Eine kauft ein Klavier, und binnen kurzem kauft ihre Nachbarin auch eins.«

»Eine füttert ihrem Mann Arsenik, und binnen kurzem füttern alle ihrem Mann Arsenik.«

»Ja, Herr Leutnant, so geht das.«

»Geben Sie mir die Namen an. Wer noch?«

»Mein Gedächtnis ist nicht mehr so gut wie früher. Möglicherweise vergeß ich ein paar.« Sie schloß die Augen und stellte sich vor, sie ginge durch die Straßen von Ladány. »Zuerst nehm' ich die Hauptgasse dran«, erklärte sie, dann ließ sie ihre Phantasie von einem Haus zum andern wandern und machte eine Bestandsaufnahme der Leute, die darin wohnten. Sie nannte vier Frauen in der Hauptgasse, drei in der Bemstraße und fünf in der Türkenstraße, wo Amália wohnte. Frau Balogh gluckste. »Die hatten nicht weit, das merkt man.« Sie machte eine Pause, während Mikay und Sergeant Iszer die Namen und Adressen aufschrieben. »Da ist noch eine«, fuhr sie fort. »Ich weiß nicht, ob ich's Ihnen sagen soll –«

»Raus mit der Sprache!«

»Na schön, aber steigen Sie mir nicht aufs Dach, wenn Sie erschrecken.« Ihr Gesicht verzog sich zu einem verschlagenen Grinsen. »Klára Tatár, Ihr Kindermädchen.«

Mikay war überzeugt gewesen, daß die Geschehnisse der vergangenen Wochen ihn gegen neue Schläge unempfindlich gemacht hatten. Jetzt wußte er, daß das nicht stimmte.

»Unsere Klára?« fragte er mit viel zu hoher Stimme. Er hatte Mühe, Luft in seine Lungen zu bekommen.

»Jawohl, Herr Leutnant, Klára Tatár, Ihr Kindermädchen. Eine Mörderin, genauso wie wir andern.«

Zwei Tage später saß Klára auf demselben Stuhl, auf dem Frau Balogh sie angegeben hatte.

»Warum, Klára, warum?« fragte Mikay. Er, der Polizeibeamte, war verkrampft und aufgeregt, und sie, die Verdächtige, gelassen und wohlgemut. »Wie konntest du nur? Ausgerechnet du?«

»Das war nicht schwer.« Sie lächelte. »Es ist nicht schwer, einen umzubringen, den man haßt, Rudi. Viel mehr Leute würden das tun, wenn sie nicht Angst vor der Strafe hätten. Wenn's so wäre wie im Krieg, wo's dazugehört. Ich wäre nie auf den Gedanken gekommen, wenn ich nicht andere dabei beobachtet hätte. Andererseits hat Sándor Tatár es verdient. Glaub mir, Rudi, das hat er. Ich sollte sterben und er leben. Ich verlangte nur von ihm, daß er mich in Frieden und Ruhe sterben lassen, mir einen guten Doktor, schmerzstillende Mittel verschaffen würde – die Schmerzen wurden zuviel –, aber dazu war er nicht bereit. Ich nützte ihm nichts mehr, deshalb hatte er nicht im Sinn, noch mehr Geld für mich auszugeben. Wahrscheinlich bedauerte er, daß er mich nicht erschießen konnte wie seinen Hund, als der zu alt zum Jagen geworden war. Deshalb schüttete ich vier Eßlöffel von dem Zeug in seinen Schnaps, und am folgenden Morgen war er tot. Und jetzt kann ich in Frieden sterben.«

»Du wirst im Gefängnis sterben, Klára.«

»Ach nun, selbst das ist mir noch lieber, als ihn am Leben zu wissen. Und das Geheimnis ist ja nur durch reinen Zufall ans Licht gekommen.«

»Das Geheimnis?«

»So haben's alle genannt – das Geheimnis. Mit einem Quentchen Glück und Dr. Horváths Hilfe wär's vielleicht unaufgedeckt geblieben.« Plötzlich fragte sie: »Wenn man krank ist im Gefängnis, wird man doch ins Spital gebracht, und wenn die Schmerzen unerträglich werden, geben sie einem Mittel, oder?«

»Ja, natürlich«, antwortete Mikay, dann kam er wieder auf die Sache zurück. »Du hast das Gift von Amália gekauft, nicht wahr?«

»O nein, ich hab's in Szolnok in einer Samenhandlung gekauft. Es war ganz gewöhnliches Rattengift.«

»Aber alle anderen bezogen es von ihr.«

»Das ist ihre Angelegenheit. Davon weiß ich nichts. Ich hab' dir die Wahrheit gesagt über mich, Rudi. Die andern gehen mich nichts an. Ich bin keine Angeberin.«

Mikay stieß einen Seufzer aus.

»Wir haben genug Beweismaterial, um die Frauen an den Galgen zu bringen. Und Amália auch. Aber ich verstehe sie immer noch nicht. Was hat sie veranlaßt, damit anzufangen? Was hat sie veranlaßt weiterzufahren? Wie konnte sie eine solche Macht ausüben über ein ganzes Dorf? Ist sie eine Hexe, eine Zauberin, eine Hynotiseurin, eine mordlustige Irre oder –«

Klára unterbrach ihn. »Sie ist eine enttäuschte, verbitterte Frau. Unzufrieden und verängstigt.«

»Verängstigt? Doch nicht sie!«

»O ja. Wir standen uns einmal ziemlich nahe. Damals

war sie neu in ihrer Stelle, und ich hatte eben Tatár geheiratet. Sie wollte die ganze Zeit von den Reisen hören, auf die ich mit dir und deinen Eltern gegangen war. Sie hätte schrecklich gern selbst Reisen unternommen und die Welt gesehen, aber – wie soll ich's erklären –, aber sie scheute sich davor, sich vor der Welt zu zeigen. Sie hielt sich für häßlich und minderwertig. Deshalb hat sie sich nur unter Bauern wohl gefühlt. Als sie von Ladány nach Budapest ging, war sie achtzehn. In den zwanzig Jahren, die sie dort lebte, heiratete sie zweimal, aber beide Ehen hielten nur ganz kurz. Vom ersten Mann wurde sie geschieden. Was mit dem zweiten geschehen ist, weiß ich nicht. Vielleicht ist sie immer noch mit ihm verheiratet.«

»Weißt du ihre Namen?«

»Nein, sie hat sie mir nie verraten. Der eine war ein Pfleger in der Klinik, wo sie arbeitete. Der andere war Bote bei einem Börsenmakler.«

»Das ist seltsam. Wir haben ihr Vorleben – mit Einschluß der Jahre in Budapest – überprüfen lassen, aber in dem Bericht stand nichts von einer Ehe.«

»Vielleicht hat sie die einfach erfunden«, bemerkte Sergeant Iszer.

Mikay nickte. »Möglich.«

»Sie hat mir allerdings Bilder von sich mit den beiden Männern gezeigt«, fuhr Klára fort. »Sie waren in Budapest aufgenommen. Auf einem Rummelplatz, außerdem am Strand, in den Bergen, und mit dem zweiten Mann auf der Rennbahn Alag.«

»Wie haben sie ausgesehen, die Männer?«

»Der Pfleger war groß und stämmig, der andere klein und recht flott. Sie sind ihr beide davongelaufen, hat sie mir gesagt. Mit ihren Liebhabern hat sie auch nicht mehr

Glück gehabt. Nur ein Mann in ihrem Leben hat sie nicht enttäuscht. Ein Schiffskapitän aus Fiume. Aber er ist in Indien an den Pocken gestorben. Das war natürlich lange vor dem Krieg.«

»Vielleicht hat sie den auch erfunden«, brummte Iszer. »Schiffskapitän! Indien!«

»Hat sie in Ladány mit Männern zu tun gehabt?« wollte Mikay wissen.

»Nein. Die würden nach Mist stinken, sagte sie. Sie bezeichnete sie als dumme Viecher. Tölpel. Holzköpfe. Sie verachtete sie.«

»Hat ihr nie einer davon leid getan?«

»Du meinst, wenn einer starb? Ich glaube nicht. Sie sagte immer, die hätten's schöner so. Ihr einziges Vergnügen auf der Welt wär' ab und zu eine Keilerei unter Besoffenen am Samstagabend, und dafür zu leben, würd' sich nicht lohnen, sagte sie.«

Mikay nickte. »Männer sind überflüssig. Kinder sind überflüssig. Die Menschenrasse ist überflüssig!« Er stand auf und ging mit langen Schritten ans Fenster. »Nun, ich sag' dir eins, Klára, je länger ich mich mit diesem Fall abgebe, desto mehr glaube ich, daß sie recht hat!«

Amália wurde jeden Morgen aus dem Keller heraufgeholt und nach Vernehmungen von verschiedener Dauer wieder zurückgebracht. Ihre Antwort auf Mikays Fragen war beharrliches und trotziges Schweigen. Einmal ließ er Emma und Frau Balogh ihre Anschuldigungen vor Amália wiederholen. Sie starrte die beiden eine Zeitlang ausdruckslos an und ließ sich nicht dazu herab, ihre Anklagen zu bestreiten, dann verlor sie miteins die Geduld und fiel über die Frauen her.

»Bringt mich nicht zum Lachen«, rief sie. »Jedermann kann in den Laden gehen und Meilen von Fliegenfängern und Tonnen von Rattengift kaufen. Dafür hättet ihr nicht zu mir zu kommen brauchen. Ich weiß nicht, was euch solch dummes Zeug behaupten läßt. Wer immer euch erzählt hat, es würd' euch helfen, war ein verfluchter Lügner.« Und sie schleuderte dem Leutnant einen wütenden Blick zu.

Mittlerweile waren sechsunddreißig weitere Gräber im Friedhof von Ladány geöffnet worden – darunter die Familiengruft der Pongrátz –, und in achtundzwanzig Leichen, zusätzlich zu Bálint und Kálmán, hatte sich eine tödliche Menge von Arsentrioxyd gefunden, wodurch sich die Zahl der Opfer auf achtundvierzig erhöhte. Einige der Toten lagen schon über sieben Jahre im Boden und waren stark verwest. Trotzdem ergab die Analyse von Fett, Muskeln, Nägeln und Haar das Vorhandensein von Gift. Dr. Benedek focht dieses Ergebnis für die Verteidigung an, mit der Begründung, daß die Friedhoferde vielleicht einen großen Prozentsatz Arsenik enthalte, das von den Leichen absorbiert worden sei. Diese Theorie wurde widerlegt, als von verschiedenen Stellen stammende Erdproben keine giftige Substanz aufwiesen.

An dem Tag, da Mikay den Befehl zur Exhumierung der sechsunddreißig Leichen erhalten hatte, war der Gendarmerieposten Korond einem Obersten unterstellt worden. Er brachte einen Stab von zwei Hauptleuten und mehreren Unteroffizieren mit sich. Diese Maßnahme erfolgte, als klar wurde, daß Leutnant Mikay der ständig wachsenden Arbeitslast allein nicht gewachsen war.

Da in der Volksschule von Korond die Sommerferien schon begonnen hatten, verwandelte man vier Klassenzimmer in Schlafsäle für die verhafteten Frauen. Die ursprünglich neun Beschuldigten wurden dorthin verlegt samt den zwölf anderen, die Frau Balogh namhaft gemacht hatte. Ein paar Tage später wurden sechs weitere festgenommen. Ladány entvölkerte sich. Schwere Vorhängeschlösser erschienen an Türen und Toren, Vieh verschwand aus Scheunen und Ställen, Kinder wurden zu Tanten, Großeltern oder in Pflegeheime gebracht. Selbst Leute, die mit der Lawine von Verbrechen nichts zu tun hatten, mußten darunter leiden. Scharen von Schaulustigen überschwemmten das Dorf. Sonntags glich die Szene einem bunten Jahrmarkt: Würstchenstände, Bonbon- und Postkartenverkäufer tauchten aus dem Nichts auf. Aus gemeinschaftlicher Scham hielten sich die Einwohner zu Hause still, und die Kirchenbänke blieben leer. Ein Bahrtuch von Düsterkeit senkte sich nach jeder neuen Verhaftung auf Ladány. ›Alle haben getötet – jetzt werden alle getötet!‹ flüsterte man sich hinter den schimmeligen Mauern zu, während draußen in den sonnigen Straßen habsüchtige alte Männer als Fremdenführer mit Touristen an den Häusern vorbeizogen und krächzten:

»Hier wohnte die Frau, die zwei Männer und einen Liebhaber vergiftet hat! Hier die Frau, die ihre Eltern umgebracht hat! Das ist das Haus, in dem vier Menschen gestorben sind! In dem hier zwei! Und hier ein blinder Kriegsversehrter!«

Die Witwe des Blinden sah von all den Frauen am besten aus – verführerischer als selbst Teréz Kozma. Teréz machte den Eindruck von Kraft und Erdverbundenheit; Juli Merczel war schlank, zart und hatte ein liebliches, blasses Trecento-Gesicht. Bauernfrauen altern in der Regel sehr rasch, doch mit ihren sechsundzwanzig Jahren schien Juli keinen Tag älter als achtzehn zu sein. Am Freitag wurde sie verhaftet, und am folgenden Montag gestand sie.

»Wir waren nur zwei Monate verheiratet, als er eingezogen wurde«, berichtete sie von ihrem Mann. »Das war im Oktober 1914. Zuerst kam er an die serbische Front, dann an die russische. Kurz nach Weihnachten 1916 kriegte ich einen Brief von ihm, den er diktiert hatte – darin stand, er hätt' eine Kopfwunde und wär' in einem Budapester Spital. Also nahm ich den Zug nach Budapest und ging ins Spital. Als ich ins Krankenzimmer kam, saß er im Bett; er sah ganz so aus wie früher, sogar noch besser, weil er im Spital zugenommen hatte, obschon ich nicht weiß, wie er das zustande brachte bei dieser Kost. Ich versuchte sie und fand sie abscheulich. Ich trat an sein Bett, aber er schien mich nicht zu erkennen. Deshalb sagte ich: ›Feri – ich bin's – Juli – du hast doch nicht vergessen, wie ich ausseh', oder?‹ Er wandte sich mir mit einem breiten Lächeln auf dem Gesicht zu und sagte zu der Krankenschwester, die neben dem Bett stand: ›Die haben wir aber schön angeführt, was?‹ Und da sah ich, daß er künstliche Augen hatte, aus Glas.«

»Was geschah dann?« fragte Mikay.

»Er war von einem Schrapnell getroffen worden und hatte beide Augen verloren – deshalb sollte ich ihn nicht früher sehen, sagte er, nicht bevor er die neuen Augen bekommen hatte. Und ob er nicht ein Glückspilz wär', daß ihm das Schrapnell nicht gleich den Kopf abgerissen hätte. Da sagte ich zu ihm: ›Wenn es das bloß hätte.‹ «

Oberst Somlay, der bei der Vernehmung dabei war, sprang auf.

»Und das zu einem Mann, der seine Augen im Kampf fürs Vaterland verloren hatte«, blubberte er.

Juli lachte schrill.

»Vaterland? Was für ein Vaterland ist das schon, das

einen gesunden jungen Mann wie Vieh an die Front verfrachtet und ihn zum Krüppel schießen läßt? Und ihn als nutzlosen Haufen Nichts zurückschickt, der nicht arbeiten kann, sich nicht mal selbst sauber halten kann, nichts tun kann als essen und schlafen! Und von seiner Frau erwartet man, daß sie ihn für ihr restliches Leben pflegt. Und wenn sie das nicht tut oder ihm davonläuft, dann ist sie ein gemeines Luder, die Spucke nicht wert. Jetzt werd' ich gehängt, aber das ist mir schnuppe. Das ist immer noch besser, als bis an mein Lebensende Krankenschwester und Arbeitsgaul und Blindenhund, alles in einem, zu spielen!«

Sie sprach in kaltem und bitterem Ton.

»Eine Schande!« sagte der Oberst, nachdem die Frau aus dem Büro geführt worden war. »Das sind nicht nur Mörderinnen, sondern auch noch Bolschewikinnen! Die haben weder Achtung vor den Behörden noch Liebe für ihre Familien. Das ist der Einfluß der verfluchten jüdischen Presse. Wenn's nach mir ginge, ich würd' alle die Liberalen, Demokraten, Sozialisten aufknüpfen! Juden – das sind die wahren Schuldigen. Die haben aus einer Schar ehrbarer, gottesfürchtiger, patriotischer ungarischer Frauen und Mütter Mörderinnen gemacht!«

Mikays Nerven waren gespannt wie die Saiten einer Harfe. Bei der leisesten Berührung erzitterten sie.

»Sie waren arm und hungrig und elend«, explodierte er, »und hatten allmählich die Nase voll von ihrem erbärmlichen Leben. Schließlich ist ihnen ihre ganze Welt überm Kopf zusammengestürzt. Plötzlich gab's keinen König, kein Heer mehr. Geld verwandelte sich in einen wertlosen Fetzen Papier. Das halbe Land wurde abgetrennt und happenweise gefräßigen Nachbarn vorgeworfen. Die Vergangenheit galt nichts mehr, und die Zukunft sah hoffnungslos aus. Das ist alles. Es tut mir leid, aber ich muß einen Augenblick raus. Diese Verhöre schlagen mir auf den Magen. Ich kriege wohl ein Geschwür oder so was.«

Er eilte aus dem Zimmer. Der Oberst guckte ihm verdutzt nach.

»Nehmen Sie's dem Leutnant nicht übel, Herr Oberst«, sagte Sergeant Iszcr. »Die Sache wird zuviel für ihn. Sehen Sie, Herr Oberst, er ist unter diesen Leuten aufgewachsen. Er hat sie sein Leben lang gekannt. Und jetzt soll er ihnen die Schlinge um den Hals legen. Das setzt ihm arg zu. Er wird's nicht zugeben, aber so ist's. Er sollte wirklich von der Aufgabe befreit werden. Aber das will er nicht, weil er befürchtet, daß sein Nachfolger mit diesen Hexen viel zu streng verfahren könnte.«

»Aber das sind es doch. Hexen!«

»Ja, Herr Oberst. Aber wie gesagt, er ist unter ihnen aufgewachsen. Das macht eben einen Unterschied.«

17

»Wie hat es angefangen? Können Sie mir sagen, wie es angefangen hat?«

Frau Pobuda, die auf dem nie lange leerbleibenden Stuhl gegenüber dem Schreibtisch des Leutnants saß, hatte freundliche Apfelwangen, war pummelig und in den Fünfzig. Ihre dunklen Augen sahen aus wie zwei in dem weichen Fleisch unter ihren buschigen Brauen eingebettete Käfer. Sie trug düsteres Schwarz und, dem warmen Tag zum Trotz, einen gehäkelten Schal über den Schultern. Um ihre Lippen spielte ein demütig entschuldigendes Lächeln, und nur ihre Finger, die unablässig mit einem spitzenbesetzten Taschentuch spielten, verrieten, wie aufgeregt sie war.

»Wie sollte ich das wissen, Herr Leutnant?« Ihre Stimme war sanft und leise. »Angeblich hat's durch Zufall angefangen. Mit der Mutter von Rózsi András. Sie war schon seit Jahren gelähmt. Rózsi ist nicht gerade die sauberste im Haushalt, und ihre Mutter war die ganze Zeit von Millionen Fliegen belagert. Amália kam ein paarmal in der Woche vorbei und hängte Fliegenfänger neben ihrem Bett auf, aber selbst das half nichts. Entweder kamen die Fliegen hinter den Trick, oder das Papier war nicht klebrig genug. Daher legte Amália es in Milch ein, süßte die Milch mit Honig und stellte kleine Teller damit auf den Nachttisch. Die Fliegen gingen nicht drauf, jedenfalls nicht allzu viele, dafür verendete die Katze. Deshalb sagte Amália das nächstemal, als Rózsi sich darüber beklagte, daß ihre kranke Mutter eine solche Bürde für sie wär': ›Weshalb die Schererei? Wozu denn?‹, und gab der alten Frau ein wenig von der Milch. Die Leute behaupten, so hätt's angefangen, aber vielleicht stimmt's nicht.«

»Wann soll das gewesen sein?«

»Im ersten Jahr nach Amálias Rückkehr aus Budapest. 1910 oder 1911 herum.«

»›Wozu denn?‹ Das hör' ich nicht zum erstenmal.«

»Aber können Sie's ihnen verübeln, Herr Leutnant? Die Armut war schrecklich damals. Im Winter täglich nur zwei Mahlzeiten. Einmal in der Woche oder einmal in zwei Wochen Fleisch. Morgens ein wenig Suppe, um sechs Uhr abends Kartoffeln oder Nudeln. Und all die Kranken! Zwei, drei in jedem Haus. Arbeiten konnten sie nicht, aber essen schon.« Sie machte eine kurze Pause. »Die Frauen hatten Vertrauen zu Amália und –«

»Warum nicht?« unterbrach Mikay sie. »Sie war eine verdammt gute Abtreiberin.«

»Das ist sie immer noch, Herr Leutnant. Und das ist recht so. Niemand will heutzutage eine große Familie. Wozu auch? Wenn ein Bauer ein paar armselige Joch Land hat, möchte er sie nicht zwischen einem halben Dutzend Kindern verteilen. Folglich sorgt er dafür, daß er nicht mehr als ein Kind hat. Vor Amálias Zeit wurde alle paar Monate eine junge Frau beerdigt. Jetzt gehen sie zu ihr und sind im Nu wieder auf den Beinen, fast so frisch wie zuvor.«

»Na schön, Amália wußte, wie man die Kranken heilt und wie man die Welt vor Übervölkerung bewahrt. Aber wie ist sie auf die Ehemänner gekommen?«

»Oh, aber das war einfach, Herr Leutnant. Als die Männer aus dem Krieg zurückkehrten, wollten sie das Steuer wieder ergreifen. Aber die Frauen waren so viel besser gefahren allein. Sie verdienten beträchtlich mehr. Niemand brauchte mehr zu hungern.«

»Natürlich nicht!« brauste Mikay auf. »Durch den Krieg entstand eine Lebensmittelknappheit, und die Leute in den Städten zahlten euch ohne Murren Wucherpreise für Eier und Milch und Butter. Und jetzt herrscht Inflation, und das macht die Landwirtschaft noch lukrativer.«

»Lukrativer?« wiederholte die Frau stirnrunzelnd.

»Einträglicher, lohnender«, erklärte Mikay.

Sie lächelte süß. »Das behaupten die Männer, aber in Wahrheit wissen sie nicht mit dem Geld umzugehen. Sie geben es für Wein und Schnaps aus und lassen die Familie Hunger leiden. Das wollen die Frauen eben nicht mehr. Schuften wie ein Pferd und verprügelt und gebraucht werden von einem Mann, der die ganze Zeit besoffen ist.«

»War Ihr Mann, Frau Pobuda, die ganze Zeit besoffen?« fragte Mikay.

»Nein, Herr Leutnant«, sagte sie leise. »Er war ein guter Mann, er ruh' in Frieden.«

»Warum haben Sie ihn dann vergiftet?«

Ihre kurzen, abgearbeiteten Finger rissen das Taschentuch fast in Stücke, doch das unschuldige Großmütterchenlächeln schwand dabei nicht aus ihrem Gesicht.

»Entschuldigen Sie bitte, Herr Leutnant, aber das hab' ich nicht getan. Ich hab' meinen Mann geliebt. Wirklich. Sieben Jahre ist er jetzt tot, aber ich lasse keine Woche vergehen, ohne sein Grab zu besuchen.«

»Sind Sie diese Woche dort gewesen?« fragte Mikay.

»Wie sollte ich denn, Herr Leutnant? Sie ließen mich letzten Mittwoch festnehmen!« Ihre Stimme klang vorwurfsvoll.

Mikay griff in eine Schublade und zog eine kleine, schmutzige Arzneiflasche hervor. Auf das Schildchen hatte einmal jemand ›Alkohol zum Einreiben‹ geschrieben, aber jetzt waren die Buchstaben verschmiert und kaum mehr lesbar.

»Kennen Sie das?« fragte er.

Sie beugte sich mit offenem Mund vor.

»Mutter Gottes!« japste sie. »Die Flasche!«

»Ja, Frau Pobuda. Sie war im Sarg Ihres Mannes. Wir haben ihn nämlich mit den andern ausgegraben. Haben *Sie* die Flasche in seinen Sarg gelegt?«

Sie schwankte so stark, daß sie vom Stuhl zu kippen drohte. Sergeant Iszer sprang hinzu und hielt sie an den Schultern fest. Sie dankte ihm artig, dann wandte sie sich an Mikay.

»Ich kann mich nicht erinnern, Herr Leutnant.«

»O doch, Frau Pobuda. Sie haben die Flasche erkannt. Sie haben sie also schon mal gesehen, was?«

Sie nickte gehorsam. »Ich nehm's an, ja.« Sie holte tief Atem. »Ich dachte, es wär' das sicherste Versteck. Der Sarg... sechs Fuß unter dem Boden... sieben Jahre war sie dort... Ich dachte, es wär' das sicherste Versteck –«

»Wir machen alle Fehler, Frau Pobuda. Jetzt sagen Sie mir, was Sie dazu gebracht hat, Ihren Mann zu vergiften. Es heißt allgemein, er sei ein rechter Mann gewesen. Schaffig, ausgeglichen, mäßig.«

»Das war er, Herr Leutnant.«

»Warum dann?«

Langsam stieg ihr das Blut ins Gesicht.

»Das ist schwer zu erklären.« Sie senkte die Augen und sah ihren Fingern zu, die das Taschentuch zusammen- und auseinanderfalteten. »Ich hab's getan... ich mußte einfach. Es war wegen seiner Nana – seiner Mutter...« Alte Mütter und Großmütter wurden in den meisten Familien Nana genannt. »Ich weiß nicht, wie ich's Ihnen sagen soll...« Ihr Gesicht war jetzt dunkelrot. »Ich schäme mich so...«

Mikay nickte. »Das begreife ich. Trotzdem, es ist zu Ihrem eigenen Vorteil, die Wahrheit zu sagen. Sie haben Ihren Mann umgebracht, und falls nicht ein mildernder Umstand gefunden wird – ein Umstand, der Ihr Verbrechen weniger verwerflich erscheinen läßt –, müssen Sie es vielleicht mit dem Leben büßen.«

»Also, wie gesagt, es geschah wegen seiner Nana. Sein Vater war schon tot damals, und die neun Joch und das Haus gehörten ihr. Sie hatte zwei Söhne, meinen Mann und seinen jüngeren Bruder. Der Bruder war verheiratet und seine Frau in anderen Umständen. Mein Mann und ich, wir sollten keine Kinder haben, damit die neun Joch nicht verteilt werden müßten. Wir versprachen, vorsichtig zu sein, und seine Nana richtete uns eine schöne Hochzeit. Mein Schwager und seine Frau hatten das vordere Zimmer, wir, mein Mann und ich, kriegten ein Bett im hinteren Zimmer. Seine Nana war im anderen Bett. Selbst in unserer Hochzeitsnacht, als die Gäste gegangen waren und ich zum erstenmal mit meinem Mann schlief, lag seine Nana dort, unter ihrem Federbett vergraben. Das gefiel mir nicht, aber wir waren nicht das erste Paar, das ein Zimmer mit einer dritten Person teilen mußte. Ich bat daher meinen Mann, sich zu gedulden, aber er war erregt. Als das Bett anfing zu knarren, kam vom andern Bett her die Stimme seiner Nana, ganz laut und deutlich: ›Denk dran, Jani, du sollst ihr kein Kind machen!‹ Und in den nächsten zwanzig Jahren, jedes liebe Mal, wenn ich mit meinem Mann schlief, war's das gleiche: ›Denk dran, Jani, du sollst ihr kein Kind machen!‹ Oh, ich flehte meinen Mann an, aus Ladány wegzuziehen, aber er mochte einfach nirgendwo anders leben. Er meinte, seine Nana wär' alt, würd's nicht mehr lange machen. Also warteten wir. Die alte Frau brauchte zwanzig Jahre, bis sie starb. Aber schließlich war's soweit. Dann, in der ersten Nacht nach der Beerdigung, als wir das Zimmer für uns hatten und ich dachte, jetzt käm' alles in Ordnung –« Sie verstummte, und schwere Tränen rollten ihr über das Gesicht.

»Weiter«, half der Leutnant nach.

Sie wischte sich die Augen und schneuzte sich.

»Also, da waren wir ganz allein in dem Zimmer und mein Mann wie ein junger Bulle, aber wiederum brach er ab, so wie jedesmal vorher. ›Was ist los, Jani? Stimmt was nicht?‹ fragte ich. Und er sagte: ›Weißt du denn nicht, Nana möchte nicht, daß ich dir ein Kind mache!‹ Ich fing an zu schreien und zu heulen, und er sagte, ich wär' verrückt. Und in der nächsten Nacht war's das gleiche, und von da an jede Nacht.« Sie ließ wiederum eine Pause eintreten. »Sooft ich eine schwangere Frau sah, kriegte ich einen Anfall. Deshalb hab ich's getan, Herr Leutnant.« Sie seufzte, und ihre Finger ließen das Taschentuch in Ruhe.

Der Gendarmerieposten Korond ging daran, die Vernehmung der achtundzwanzig im Schulhaus eingesperrten Frauen abzuschließen. Von den ersten acht waren lediglich Sári Retek, Frau Balogh, Mari Sipos und Anna Csóka geständig, wogegen Amália Kovách, Frau Timor und Rózsi András ihre Schuld ableugneten. Es lag jedoch so viel Belastungsmaterial gegen sie vor, daß es gerechtfertigt war, sie in Haft zu behalten. Margit Csóka mußte wegen Mangels an Beweisen entlassen werden. Von den dreizehn, die Frau Balogh angegeben hatte, blieben sechs – darunter Klára Tatár, Frau Pobuda und Juli Merczel – auf Grund ihrer Geständnisse in Gewahrsam, fünf wurden ihrem Leugnen zum Trotz gefangengehalten und zwei auf freien Fuß gesetzt. Gegen vier der übrigen wurde Anklage erhoben, und zwei durften nach Hause gehen.

Eines Tages, nicht lange nach Oberst Somlays Ankunft, ließ er Leutnant Mikay in sein Büro kommen.

»Sagen Sie, Herr Leutnant«, begann Somlay, »was ist das mit der Witwe von Toni Pongrátz?«

»Was meinen Sie, Herr Oberst?« fragte Mikay. Er spürte, wie das Blut in den Adern an seinen Schläfen pochte.

»Weshalb ist sie nicht verhaftet worden?« Die Stimme klang scharf und tadelnd.

Seit Tagen schon hatte Mikay befürchtet, daß das Thema früher oder später zur Sprache kommen würde.

»Weshalb hätte sie verhaftet werden sollen, Herr Oberst?«

»Wir haben die Aussage von Emma Pongrátz. Ist das nicht belastend genug?«

»Mit Verlaub, Herr Oberst, für mich nicht.« Er bemühte sich, in unbefangenem Ton zu sprechen, wußte aber, daß es ihm nicht gelang. »Ganz offensichtlich haßt ihre Schwiegermutter sie und möchte sie zugrunde richten. Daher war ich einfach nicht der Ansicht, daß wir ihr den Gefallen tun sollten.«

»Das ist eine höchst nachlässige Dienstauffassung, Herr Leutnant. Auf diese Weise könnten wir keine der Frauen, die sich weigern zu gestehen, in Haft behalten. Einschließlich der Hebamme.«

»Oh, aber bei denen liegt der Fall ganz anders«, wandte Mikay ein. »Wir haben mehrere Zeugenaussagen und genügend belastendes Material gegen sie, besonders gegen Amália Kovách. Aber es gibt nichts, was Phyllis Pongrátz mit den Verbrechen in Verbindung bringt, außer den Anschuldigungen der Alten, die von einem fast psychopathischen Haß zu zeugen scheinen.«

»Psychopathischer Haß? Na hören Sie mal, Sie glauben doch nicht etwa an diesen Unsinn? All diese Modewörter sind nur zur Verschleierung des wahren Sachverhalts erfunden worden. Unser Gebiet ist das Verbrechen, nicht Psychologie. Halten wir uns also an die Tatsachen. Außer den Anschuldigungen der alten Frau Pongrátz gibt es noch genug, um die Schwiegertochter an den Galgen zu bringen. Ich hab' die Akten durchgesehen. Allein schon die Aussage des Butlers bietet uns ausreichenden Grund zu ihrer Festnahme. Er hat gesehen, wie sie aus dem Zimmer ihres Mannes kam, während der arme Teufel im Sterben lag. Sie hat das nie abgestritten, oder?«

»Nein, Herr Oberst, und deshalb glaube ich, daß sie die Wahrheit sagt, wenn sie behauptet, sie sei in sein Zimmer gegangen, um ihren Paß zu holen, und habe nichts Verdächtiges bemerkt.«

Der Oberst blickte ihn verschmitzt an.

»Sie soll verflucht hübsch sein.«

»Das ist sie, Herr Oberst«, sagte Mikay hölzern.

Phyllis Pongrátz erhielt die Vorladung auf den Gendarmerieposten am folgenden Tag. Sie wurde von Oberst Somlay in Anwesenheit seiner Hauptleute vernommen. Das Verhör dauerte den ganzen Morgen. Am Mittag fand der Oberst, er wolle eine Pause einschalten, und begab sich zum Essen ins Hotel Korond. Er befahl Phyllis, auf der Wache zu bleiben und auf seine Rückkehr zu warten. Gegen drei Uhr wurde sie es gründlich müde, allein in dem leeren Büro zu sitzen, und entschloß sich, dem Obersten zum Trotz zu gehen. Zu ihrer Bestürzung versperrte ihr der Gendarm im Vorzimmer den Weg und eröffnete ihr in unmißverständlichen Worten, sie dürfe sich nicht mehr frei bewegen. Der Oberst kam kurz danach zurück, setzte das Verhör fort und verhaftete sie am Schluß.

Mikay hatte den ganzen Tag die Abschrift von Vernehmungsprotokollen durchgesehen, die für den Staatsanwalt in Szolnok bestimmt war. Sooft er an der geschlossenen Tür des Obersten vorbeikam, mußte er sich zurückhalten, nicht wie ein mittelalterlicher Ritter hineinzustürzen und Phyllis aus den Klauen des Obersten zu befreien. Um die Mittagszeit erreichte ihn gerüchtweise die Nachricht, daß das Verhör für Phyllis nicht sehr günstig auszugehen drohe. Er zweifelte nicht daran, daß ihn der Oberst absichtlich von dem Zimmer fernhielt, und seine Beunruhigung wuchs, als sich die Sitzung in den Nachmittag hinein erstreckte.

Er wußte, daß Phyllis kurz nach ihrer Heirat mit Toni ihre amerikanische Staatsbürgerschaft aufgegeben und die ungarische angenommen hatte, deshalb sah sich die Gesandtschaft der Vereinigten Staaten nicht veranlaßt, sich um sie zu kümmern. Die Tatsache, daß ihre Familie sich zurückhielt und sich nicht um sie bemühte, war mehr als seltsam. Es bestand die leise Möglichkeit, daß ihre Eltern nichts von ihrer üblen Lage wußten, und diese Erwägung veranlaßte Mikay, die Abschrift Sergeant Iszer zu überlassen, zum Postamt zu gehen und die amerikanische Gesandtschaft in Budapest anzurufen. Nach einigem Warten wurde er schließlich mit dem Generalkonsul verbunden, den er in stockendem Französisch – der Konsul sprach kein Ungarisch und Mikay kein Englisch – bat, einen gewissen Robert L. Hornbeam-Wills, Bankier mit Wohnsitz in New York City, ausfindig zu machen und ihm zu melden, daß seine Tochter dringend seine Hilfe nötig habe. Der Konsul versprach, sein Bestes zu tun, und Mikay, nicht völlig beruhigt, trabte zurück zu seiner Abschrift.

Phyllis wurde mit dem Dienstwagen des Obersten, einem österreichischen Steyr, zum Schulhaus gefahren. Man stellte ein Feldbett für sie in das Lehrerzimmer, und es wurde ihr gestattet, eine Liste von persönlichen Artikeln aufzuschreiben, die sie aus dem Hotel wünschte. Sie durfte das Zimmer nicht verlassen, außer für einen gelegentlichen Gang zur Toilette, und auch dann nur, wenn ein Gendarm sie begleitete. Auf einem dieser Ausflüge begegnete sie Amália Kovách, die eben aus dem Haus geführt wurde.

»Sie hier?« rief Amália überrascht. Sie war viel magerer geworden, und ihre Haut hatte die Farbe nassen Sandes. Ihre Augen, immer noch funkelnd und jung, schienen nicht zu dem verhutzelten Gesicht zu passen.

Phyllis nickte beinahe fröhlich. »Ja, ich bin hier.« Sie war verblüfft, wie wenig die letzte Wendung der Ereignisse ihr zusetzte. Sie mußte über den Punkt hinausgelangt sein, wo es sie etwas anging, dachte sie. Zuweilen konnte sie ein spöttisches Lächeln nicht unterdrücken, besonders wenn der Oberst solch offensichtliche Fangfragen stellte, daß sie ihre Intelligenz beleidigten. Ihre Selbstsicherheit machte einen sehr schlechten Eindruck auf ihn, da er von einer Frau in ihrer Lage erwartete, sie müsse niedergeschmettert und eingeschüchtert sein – doch sie konnte ihn nicht ernst nehmen, weder ihn noch seine Beschuldigungen.

»Oh, aber das ist ja furchtbar! Wie wagen sie, Ihnen das anzutun!« rief Amália.

»Mach vorwärts, Kovách!« Der Gendarm gab ihr einen Stups. »Du hast nichts mit der Gefangenen zu reden.«

Amália stieß ihn beiseite.

»Laß mich in Ruhe!« Zu Phyllis sagte sie: »Sie müssen sich einen Anwalt nehmen, aber keinen von hier. Das sind entweder korrupte Hunde oder Trottel. Früher gab's mal einen guten, den Vater von Leutnant Mikay, aber der praktiziert nicht mehr. Besorgen Sie sich einen Anwalt aus Budapest.«

»Machen Sie sich keine Gedanken um mich, Frau Kovách«, versuchte Phyllis sie zu beruhigen. »Mir kann nichts zustoßen. Wirklich nicht. Die Wahrheit setzt sich immer wieder durch. Das wird sie auch in meinem Fall tun.«

Ihre erste Nacht in der Haft verlief nicht ungemütlich. Jemand – und sie konnte sich recht genau vorstellen, wer – hatte dafür gesorgt, daß ihr ein gutes Abendessen und eine Flasche Wein aus dem Hotel gebracht wurden. Die Wachen waren aufmerksam und ehrerbietig, zum Teil geradezu unterwürfig. Zu den privilegierten Ständen zu gehören, bedeutete selbst im Gefängnis einen Vorteil. Sie schlief tief und ungestört. Am Morgen wachte sie ausgeruht auf, so frisch wie noch nie seit Tonis Tod.

Am Mittag begann sie sich Sorgen zu machen. Bald nach dem Frühstück, wiederum aus dem Hotel, hatte man sie ins Büro des Obersten gebracht, wo ihr die gleichen Fragen gestellt wurden, die sie am Vortag ausführlich und hinreichend – nach ihrem Dafürhalten jedenfalls – beantwortet hatte. Die Vernehmung plätscherte so eintönig dahin wie Wellen, die an eine Kaimauer schlagen. Gegen Abend wurde sie müde, gereizt und schließlich von panischem Schrecken ergriffen. Sie spürte, wie ihr der Schweiß den Rücken hinunterlief und ihr Kleid durchweichte. Dem Obersten dagegen machte die Luft in dem stickigen, heißen Zimmer offensichtlich nichts aus. Seine Haut blieb trocken wie Pergament, und nicht einmal der hohe, steife Kragen seiner makellosen Uniform schien ihn zu stören. Phyllis begann ihn zu hassen.

Die Anstrengung schaute ihr wohl aus dem Gesicht, als sie im Gang Amália traf. Sie wurden beide in ihre Zimmer zurückgebracht, Phyllis nach der langen Vernehmung durch ihren Inquisitor, Amália nach einem Verdauungsspaziergang im Hof.

»Sie sehen müde aus, mein liebes Kind.« Amália warf ihr einen forschenden Blick zu. »Haben sie Ihnen hart zugesetzt?«

Phyllis versuchte zu lächeln.

»Das Ganze ist so albern!« sagte sie und konnte eine gewisse Bitterkeit in ihrem Ton nicht unterdrücken. »Es ist widersinnig, vollkommen widersinnig!«

»Weitergehen, Kovách!« befahl Amálias Wache aufgeräumt. Fast alle Gendarmen auf dem Posten hatten insgeheim Mitgefühl mit den Frauen. Sie erinnerten sie an ihre eigenen abgearbeiteten, vorzeitig gealterten Bauernmütter mit den schwarzen Kopftüchern.

Die Hebamme brachte die Wache mit einer Handbewegung zum Schweigen. »Oh, mein liebes Kind«, wandte sie sich wieder an Phyllis, »ich habe ein furchtbar schlechtes Gewissen. Wegen mir werden Sie gefoltert.«

»Ach Unsinn, niemand foltert mich.« Phyllis schüttelte den Kopf. »Wie gesagt, das Ganze ist ein schreckliches Mißverständnis. Am Ende muß die Wahrheit an den Tag kommen. Das tut sie immer. Und bis dahin bleibt uns nichts anderes übrig, als den Verstand beieinander zu behalten.«

Hinter der Ecke im Gang ertönten Schritte, und die Gendarmen trennten hastig die beiden Frauen und brachten sie zu ihren Zimmern zurück.

18

Während der monatelangen Exhumierungen und Vernehmungen war Imre Hedry, Staatsanwalt des Komitats Jász-Nagy-Kun-Szolnok, ein Mann mit schweren Sorgen. Er konnte die Tatsache nicht leugnen, daß die Welle von Verbrechen nur entdeckt worden war, weil ein bescheidener Leutnant des Gendarmeriepostens Korond sich kühn über seine Einwände hinweggesetzt und auf eigene Faust eine Untersuchung angefangen hatte. Hedry mußte irgendeinen Weg finden, den Schaden auszubessern. Die Gelegenheit bot sich, als ein an ihn gerichteter anonymer Brief durchblicken ließ, daß Euthanasie im Ladány-Stil auch in mehreren Nachbardörfern betrieben worden sei. Hedry rief sogleich Oberst Somlay an und wies ihn an, seine Ermittlungen auf den ganzen Kreis Korond auszudehnen und besonders aufzupassen, wenn ein Familienmitglied einer vor kurzem verstorbenen Person zufällig aus Ladány stammte.

Eine Woche später präsentierten die Mitarbeiter des Obersten Imre Hedry fünf Fälle aus Bér und vier aus Ardó. In beiden Dörfern wurden Exhumierungen angeordnet. Zwei weitere Klassenzimmer der Schule von Korond mußten als Schlafsäle für die frisch Festgenommenen eingerichtet werden. Das geschah zu einer Zeit, da einige der Frauen aus Ladány schon nach Szolnok ins Komitatsgefängnis geschafft und ihre Fälle dem Untersuchungsrichter übergeben worden waren.

»Sag mal, Rudi«, fragte Hauptmann Ripka eines Tages Leutnant Mikay beim Essen im Hotel Korond, »ist die Witwe Vince nicht die Frau, die du letztes Jahr verhaftet und dann freigelassen hast, weil sich herausstellte, daß ihr erster Mann eines natürlichen Todes gestorben war?«

Das geschah ganz am Anfang des neuen Feldzuges, und Ripka war gerade mit einer Liste möglicher Opfer aus Ardó zurückgekommen. Er war ein kleiner Mann mit langem Rumpf und kurzen O-Beinen, wodurch er aussah wie ein großer Zwerg. Dazu hatte er einen mächtigen Kopf mit groben Zügen. Er war einer der meistdekorierten Kriegshelden und sorgte dafür, daß man es nicht vergaß. Er glaubte fest an die Nützlichkeit der Todesstrafe und hatte einst eigenhändig an der serbischen Front siebenundzwanzig Komitadschi-Freischärler hingerichtet.

»Frau Vince?« wiederholte Mikay stirnrunzelnd. Er brachte den Namen nicht sofort mit Teréz Kozma in Zusammenhang. »Ja, das ist sie«, sagte er nach einer Pause.

»Aber sie ist nicht Witwe. Sie hat ihren zweiten Mann erst vergangenes Frühjahr geheiratet.«

»O doch, sie ist Witwe«, entgegnete Ripka.

Mikay erstarrte. Er hatte Teréz nicht mehr gesehen seit dem Abend, da er in ihrem vorderen Zimmer mit ihr geschlafen hatte. Wenn er danach dienstlich nach Ladány gekommen war, hatte er ein paarmal nach ihr Ausschau gehalten, aber ihr Haus verlassen und mit Vorhängeschlössern an den Türen vorgefunden. Irgendwie war er darüber eher erleichtert als enttäuscht gewesen. Das ganze unerwartete Abenteuer hatte bei ihm einen Nachgeschmack hinterlassen wie von einem Schluck leicht verschmutzten Wassers.

»Willst du sagen, daß der alte Vince tot ist?« fragte er. Ripka nickte. »Wann ist er denn gestorben? Und woran? War er krank? War er in ärztlicher Behandlung?« Die Fragen purzelten von Mikays Lippen wie Zapfen aus einer vom Wind geschüttelten Tanne.

»Er ist vor ungefähr zwei Monaten gestorben. Erste Hälfte Juni. Ich habe die Umstände seines Todes geprüft, weil er noch nicht lange zurücklag und seine Frau aus Ladány stammte. Aber ich habe nichts Verdächtiges gefunden. Er war kein gesunder Mann, hatte schon vorher ein paar leichte Schlaganfälle. Dr. Horváth hatte ihn gegen hohen Blutdruck behandelt und setzte Gehirnblutung als Todesursache in die Sterbeurkunde ein.«

»Erste Hälfte Juni?« fragte Mikay. »Hast du die Frau festgenommen?«

»Nein. Wie gesagt, ich habe keine Veranlassung dazu gefunden.«

»Wo lebt sie jetzt?«

»In Ardó, auf ihrem Hof. Ihr Mann hat ihr den Hof vermacht.« Er schmunzelte. »Sie sieht verflucht gut aus.«

Mikay hatte an dem Abend Dienst. Am nächsten Morgen ritt er nach Ardó hinaus. Er entdeckte Teréz auf dem Kartoffelacker. Ein stämmiger, etwa zwanzigjähriger Bursche mit strähnigem blondem Haar und einem flachen Mondgesicht arbeitete mit ihr zusammen. Der Leutnant beobachtete sie ein Weilchen hinter der Buschreihe hervor, die den sauberen, bekiesten Vorplatz einfaßte. Die beiden werkten schweigend. Er grub die Pflanzen aus, und sie schüttelte die Knollen ab und tat die Kartoffeln in einen Sack. Das Bild einträchtiger Harmonie machte Mikay wütend. Er zwängte sich durch das Gesträuch und ging zu ihnen hin. Bei seinem Nahen richteten sie sich auf und blickten ihm entgegen, der Junge ausdruckslos, Teréz finster.

»Ich hab' ein Wort mit Ihnen zu reden«, sagte er zu ihr.

Sie starrte ihn kurz an. »Ich hab' jetzt zu tun«, erwiderte sie mit dumpfer Stimme und bückte sich, um eine Handvoll Kartoffeln aufzulesen. Der Junge, als hinge sein Körper mit ihrem zusammen, stieß sogleich seinen Spaten in die nächste Furche.

»Sie kommen besser mit mir, Teréz«, sagte Mikay und ging, ohne auf ihre Antwort zu warten, zum Hof zurück. Er drehte sich erst um, als er die lange Bank erreichte, die vor der Scheune stand. Teréz und der Junge folgten ihm beide dichtauf.

»Er soll zurück«, sagte Mikay. »Ich möchte allein mit Ihnen reden.« Als der Junge keine Anstalten machte, sich zu entfernen, setzte er hinzu: »Ich kann auch vor ihm sprechen, aber das werden Sie nicht gern haben.«

»Geh schon, Sanyi«, sagte sie zu dem Burschen. Er drehte sich um und trottete gehorsam auf den Acker zurück.

»Ich sehe, Sie haben sich einen neuen Roboter angeschafft. Ist er ebensogut wie seinerzeit Ihr Russe?«

»Nicht ganz, aber er lernt's noch.«

»Er scheint schon gut dressiert zu sein.«

»Ich zahl' ihn gut.«

»Und Sie behandeln ihn gut.«

»Warum sollte ich nicht? Er ist schaffig.« Ein Ausdruck wachsamen Trotzes lag auf ihrem Gesicht. »Sie wollten mit mir reden. Hoffentlich dauert es nicht zu lange. Ich hab' eine Menge Arbeit.« Sie ging auf das Haus zu.

»Wir können hier draußen reden.« Damit brachte er sie zum Stehen. »Wo ist Ihr neuer Mann, Teréz?«

Ihre prompte Antwort verriet, daß sie die Frage erwartet hatte.

»Tot und begraben. So neu war er eigentlich gar nicht. Ich war schön blöd, daß ich ihn heiratete. Jeden Morgen beim Erwachen, wenn ich sein leeres Bett neben mir sehe, möchte ich Gott danken, daß er ihn abberufen hat.«

Mikay beobachtete sie gespannt.

»Er war schon tot, nicht wahr, als wir uns das letztemal gesehen haben?«

»Ich nehm's an.«

»Aber Sie haben sich gehütet, mir das zu sagen.«

»Sie haben mir keine Zeit gelassen, Ihnen was zu sagen.«

»Sie wußten, der Tod von Toni Pangrátz würde es an den Tag bringen, daß ihr Frauen von Ladány Fliegenfänger nicht nur gekauft habt, um Fliegen zu töten. Sie hatten gerade Ihren Mann beerdigt, deshalb steckten Sie in der Tinte. Das war ein sauberer Streich, den Sie mir gespielt haben. Ich bin drauf reingefallen, das muß ich zugeben. Aber Sie irren sich gründlich, wenn Sie meinen, das rette Ihnen den Hals. Das wird's nämlich nicht.«

Sie runzelte die Stirn und legte den Kopf schief, als versuchte sie eine Weise zu erkennen, die eine Musikkapelle in der Ferne spielte.

»Ich weiß nicht, wovon Sie reden. Ich wollte Ihnen einen Diebstahl melden, und als ich Sie ins Haus einließ, packten Sie mich und mißbrauchten mich. Wenn ich den Mund aufmache, kostet es Sie ihren Rang und noch viel mehr, setzen Sie mir also nicht zu hart zu. Ich kann Ihnen sehr ungemütlich werden. Sie haben sich schon mal die Finger verbrannt mit mir, denken Sie daran.«

»Haben Sie Ihren Mann vergiftet?« fragte er.

»Die Frage hör' ich nicht zum erstenmal von Ihnen.« Sie sah ihn unendlich gelangweilt an.

»Haben Sie ihn vergiftet oder nicht?«

»Ich habe früher nein gesagt. Jetzt sag' ich wiederum nein. Los, lassen Sie den auch wieder ausscharren. Machen Sie sich ein zweites Mal zum Gespött.«

»Haben Sie's allein getan oder mit dem Knecht zusammen?«

Ihr gelangweiltes Wesen wich plötzlich einem heftigen Zornesausbruch.

»Er ist ein guter Junge und schaffig. Ziehen Sie ihn ja nicht da hinein!« Ihre Wut verrauchte so schnell, wie sie entbrannt war. Sie ließ sich auf die Bank fallen und lehnte den Kopf an die Ziegelmauer hinter ihr. »Warum lassen Sie mich nicht in Frieden? Ich meinte, Sie wären ein Freund.« Sie lächelte ihn an. »Zumindest haben Sie sich wie ein Freund aufgeführt. Was hab' ich getan, daß Sie ein Feind geworden sind? Ich hatte kein leichtes Leben, mußte mir alles erarbeiten, was ich besitze. Jetzt bin ich noch jung genug, es zu genießen. Warum wollen Sie mir das nehmen: Vince ist an einem Schlag gestorben. Warum lassen Sie's nicht dabei bewenden, wie Hauptmann Ripka?«

Er wußte, daß sie drauflosschwatzte, um ihre steigende Angst zu verbergen. Längst bevor sie Hauptmann Ripkas Namen ausgesprochen hatte, war eine Änderung in ihm vorgegangen. Zum erstenmal sah er sie nicht als die bäuerliche Circe mit der unerklärlichen und unwiderstehlichen Anziehungskraft, sondern als eine jüngere und hübschere Ausgabe von Frau Balogh. Er haßte sie und verachtete sich selbst, daß er ihr ins Garn gegangen war.

»Gut für Sie«, sagte er. »Jetzt wollen wir sehen, ob Sie auch Oberst Somlay überzeugen können.«

Die Sonnenbräune ihres Gesichtes nahm eine gräuliche Färbung an.

»Sie wollen doch nicht etwa den Oberst auf mich hetzen?« fragte sie heiser.

»O doch, das will ich«, antwortete er mit kaltem Sadismus, dessen er sich früher nie für fähig gehalten hätte. »Wir lassen Vince ausgraben, genauso wie vorher Kozma. Dann sehen wir ja, ob Ihr Glück hält.«

Er drehte sich auf dem Absatz um und ging zu seinem Pferd, das er an den Torpfosten gebunden hatte. Er spürte, wie ihr Haß seinen Rücken versengte, so glühend wie geschmolzenes Erz, das aus einem Hochofen fließt.

Ihre nächste Begegnung fand im Gang des Postens Korond statt. Mihály Vinces Leiche war ausgegraben worden. Das toxikologische Gutachten führte seinen Tod auf die kumulative Wirkung von Arsentrioxyd zurück, das ihm über einen Zeitraum von mehreren Wochen zu verschiedenen Malen verabreicht worden war. Der Steyr hatte gerade Teréz und fünf andere Frauen aus Ardó hergebracht, und jetzt wurde sie zur Vernehmung in das Büro des Obersten geführt. Sie war von Kopf bis Fuß in schwarzen Taffet gekleidet und trug ihre glänzenden, hochhackigen Lackschuhe. Zufällig trat der Leutnant aus seinem Zimmer, als sie, mit raschelndem Rock und einen Duft von Rosenwasser um sich verbreitend, vorbeikam. Sobald sie ihn erblickte, blieb sie jäh stehen und blitzte ihn an.

»Gott verfluche Sie!« schrie sie. »Fahren Sie zum Teufel, Sie gemeiner, geiler Schweinehund!«

Die Gendarmen, die sie begleiteten, waren so verdutzt, daß sie mit offenem Mund dastanden und glotzten. Dann erholte sich einer von dem Schreck, streckte den Arm aus und gab Teréz einen Stoß. Sie stolzierte davon, und ihre hohen Absätze klapperten herausfordernd auf den Steinfliesen des Ganges.

19

Der Leutnant war dabei, die Witwe Nagy zu vernehmen, die unter der Anklage des Giftmordes an ihrem Mann und ihrer kranken Tante stand. Sie gehörte zu der Gruppe von Frauen, die zuletzt verhaftet worden waren. Mitten im Verhör betrat ein Gendarm das Zimmer und legte einen Zettel auf Mikays Schreibtisch.

›Amália möchte Sie sprechen‹, stand auf dem Stück Papier.

Mikay las die Mitteilung und runzelte die Stirn. Seit Tagen hatte er Amália nicht mehr gesehen. Das letztemal, da sie in sein Büro gebracht worden war, hatte sie sich aufgeführt wie eine Herzogin, die eine Anstalt für jugendliche Straffällige besucht. Sie war besorgt, gönnerhaft und unverkennbar gelangweilt gewesen.

»Hören Sie auf mit dem Theater, Amália!« hatte er sie

angefahren. »Ich weiß, daß Sie schuldig sind wie der Teufel, und Sie wissen, daß ich's weiß, also bringen Sie mich nicht auf, sonst sorge ich dafür, daß es Ihnen noch leid tut.«

Sie hatte ihm einen langen, belustigten Blick zugeworfen.

»Sie haben Ruhe nötig, Herr Leutnant. Seit Sie unter der Fuchtel des Obersten stehen, sind Sie griesgrämig wie ein Bär.«

Wütend hatte er sie in ihre Einzelzelle zurückgeschickt. Sie sollte keinen Menschen sehen und mit niemandem sprechen dürfen. Er hatte sich gedacht, daß eine so ruhelose Person wie sie vielleicht schneller klein beigeben würde, wenn man sie schmoren ließe, statt sich in einen geistigen Wettkampf mit ihr einzulassen.

Nachdem er die Mitteilung gelesen hatte, gab Mikay den Befehl, die Witwe Nagy ins Schulhaus zurückzubringen und ihm Amália vorzuführen. Eine schwarz gekleidete Frau in Begleitung von zwei Gendarmen, das Kopftuch tief in die Stirn gezogen, damit es Schatten über ihr Gesicht warf, war inzwischen auf der kurzen Strecke zwischen Schulhaus und Gendarmerieposten ein alltäglicher Anblick geworden. Die staubige Kleinstadtstraße, die melonenartigen Tschakos der Gendarmen – die mit ihren Hahnenfedern sehnsüchtige Erinnerungen an das neunzehnte Jahrhundert weckten –, die in der Sonne funkelnden Spitzen aufgepflanzter Bajonette, der improvisierte Geleitzug von kleinen barfüßigen Jungen und struppigen Kötern war ein Bild, das den Lesern von Illustrierten in aller Welt vertraut wurde. Die Frauen, besonders die älteren, sahen alle so ähnlich aus, daß es schwierig war, sie auseinanderzuhalten, und die Leute am Wege schenkten ihnen selten mehr als einen flüchtigen Blick. Einzig Amália erregte Aufmerksamkeit. Ihr folgte jedesmal eine Menschenmenge, es gab Gejohle und Pfiffe, hier und da flog ein Stein durch die Luft und verschaffte irgendeinem Gerechten die bebende Befriedigung, wie sie in vergangenen Zeiten die Leute bei einer Steinigung empfanden.

Amália begegnete diesem fragwürdigen Tribut mit zur Schau gestellter hochmütiger Verachtung. Im Innersten schmeichelte es ihr. Mikay hatte richtig geraten, wie sie auf Langeweile und Einsamkeit reagieren würde. Sie zog die feindselige Haltung des Straßenpöbels der öden Stille ihrer Zelle vor.

»Nun, was gibt's Gutes, Amália?« fragte Mikay sie, als sie sein Büro betrat.

»Für Sie ist es schon was Gutes«, sagte sie, »für mich weniger.« Sie ließ eine sekundenlange Pause eintreten, um die Spannung zu verlängern. Wie müde und abgekämpft sie auch war, der zweifelhaften Genugtuung, die Szene zu beherrschen, konnte sie nie widerstehen. »Ich bin bereit, die weiße Flagge zu hissen. Sie können ruhig gleich einen Stenographen kommen lassen, der mein Geständnis aufnimmt.«

Mikay warf ihr einen spöttischen Blick zu.

»Hören wir's uns erst mal an, dann sehen wir immer noch wegen eines Stenographen.« Er erwartete irgendeinen Schwindel und blieb auf der Hut.

Amália holte tief Atem. Sie sah Mikay mit dem erwartungsvollen Schmunzeln eines Spaßvogels an, der explodierende Scherzzigarren verteilt.

»Ich habe Toni Pongrátz getötet«, sagte sie gelassen. »*Ich* habe das Gift in seinen Cognac gegossen.« Sie wartete. Niemand rührte sich im Zimmer. Der Leutnant betrachtete sie weiterhin mit ausdruckslosen, schläfrigen Augen. Sergeant Iszer starrte sie kurz an, dann wanderte sein Blick, ohne daß er den Kopf bewegte, zu einer Fliege, die an der Fensterscheibe surrte. Amália hob die Stimme: »Ich hab' ihn getötet, weil er seine Frau schlecht behandelte. Sie war zu gut für ihn. Er verdiente sie nicht. Zum Teufel, wie kam er dazu, sie zu heiraten? Er hatte kein Recht, sie in das verrückte Haus zu bringen und dort leben zu lassen, zusammen mit seinem eingebildeten Vater und der eifersüchtigen, vertrockneten alten Schachtel von Stiefmutter.«

»Ach so, Sie haben also Toni umgebracht, weil seine Frau Ihnen leid tat«, sagte Mikay. »Haben Sie's mit ihrem Wissen und ihrer Einwilligung getan?«

»Ihrer Einwilligung?« kreischte sie. »Wenn sie den leisesten Verdacht gehabt hätte, wäre sie schnurstracks zu Ihnen gerannt und hätte mich angezeigt. Sie ist die gütigste, die herrlichste Person, die je in diesem elenden Ort gelebt hat!« Ihre Stimme war laut und schrill, wie das Kratzen eines Messers auf einem Schleifstein. Sie sprach schneller und schneller, als erteilte sie ihnen aus dem Fenster eines abfahrenden Zuges noch letzte Anweisungen. »Und sie ist nicht nur lieb, sondern auch gescheit und gebildet. Sie hat doch eines der teuersten Mädchenpensionate der Schweiz besucht. Und hat Vorlesungen an der Sorbonne gehört und vier Sprachen gelernt und in den besten internationalen Kreisen verkehrt und ist in London bei Hof vorgestellt worden. Das hat sie mir nie erzäht, ich hab's nach Tonis Tod in einem Artikel im *Pesti Napló* gelesen. Es ist eine große Auszeichnung für eine Amerikanerin, bei Hof eingeführt zu werden. Der König und die Königin sitzen auf dem Thron, und die Leute, die vorgestellt werden, ziehen in einer Reihe an ihnen vorbei und machen einen tiefen Knicks. Das ist eine tolle Zeremonie; all die Mädchen tragen eine besondere Frisur mit drei Straußenfedern.« Sie machte eine Pause. Ihre Augen waren weit aufgerissen und starr, als bestaunte sie das Schauspiel von drei Straußenfedern, die vor einer Königin auf- und abhüpften. »Aber ihr Mann, der verfluchte Idiot, hat sie nicht zu schätzen gewußt. Er schlief mit kleinen Tänzerinnen, Bauernschlunzen, Flora Schneiders Huren, selbst mit einer Dorftrottelin!« Sie hielt wiederum inne und blickte den Leutnant mit funkelnden Augen an. »Sie sind ein Mann, nun sagen Sie mir, könnten Sie eine andere anrühren, wenn Phyllis Ihre Frau wäre?«

Mikay schielte zu Sergeant Iszer hinüber und sah, daß er dem ungestümen Ausbruch mit kühl abschätzender Miene zuhörte.

»Halten wir uns an Tatsachen, Amália.« Mikay richtete seinen Blick wieder auf die Frau. »Sie geben zu, Toni vergiftet zu haben, weil seine Frau Ihnen leid tat.«

»Das hab' ich doch gesagt, oder nicht?«

»Ja, mehr oder weniger. Doch muß ich leider festhalten, daß Ihre Besorgtheit ihr Los nicht gerade erleichtert hat. Ich glaube, sie ist jetzt schlimmer dran als vorher.«

»Vorher?«

»Vor Tonis Tod.«

»Das weiß ich.« Sie sah ihn boshaft an. »Aber schieben Sie die Schuld nicht mir zu. Nehmen Sie sich selbst bei der Nase.«

»Mich?«

»Jawohl. Sie hätten sie aus dem Land lassen sollen, bevor Oberst Somlay sie verhaftete. Aber nein, Sie haben sie unter Aufsicht gehalten und ausgeliefert.«

»Hören Sie, Amália, sie stand unter Mordverdacht –« Kaum war ihm das entschlüpft, wünschte er, er hätte den Mund gehalten. Ein Polizeibeamter hatte einer unter Verdacht stehenden Person seine Handlungsweise nicht zu erklären oder sie zu verantworten. Er spürte Iszers Augen auf sich ruhen, was sein Unbehagen noch vertiefte. »Sie haben an dem verhängnisvollen Nachmittag mit Phyllis einen Spaziergang gemacht«, sagte er, den Faden wieder aufnehmend. »Danach haben Sie sich am Tor von ihr verabschiedet. Der Cognac wurde im blauen Salon in einem Schränkchen aufbewahrt. Wie und wann ist es Ihnen bloß gelungen, ihn in die Finger zu kriegen?«

»Vor dem Spaziergang, klar.« Sie zuckte die Achseln. »Phyllis ging nach oben, um ein Kopftuch zu holen. Ich wartete im blauen Salon auf sie. Zufrieden?«

»Und ganz zufällig hatten Sie eine Flasche Arsenik dabei. Sind Sie immer mit einer Flasche Arsenik in der Tasche zu Besuch gegangen?«

»Haben Sie mich nicht dessen beschuldigt? Daß ich überall, wo ich hinginge, Arsenikmuster austeilen würde?«

»Sie versorgten die Frauen – samt und sonders – mit dem Gift, womit sie ihre Opfer getötet haben. Das geben Sie doch zu, nicht wahr?«

»Den Teufel geb' ich das zu!« brauste sie auf. »Ich habe Toni umgebracht, aber mehr geb' ich nicht zu!«

»Und wie steht's mit den Frauen, die gestanden haben, daß das Gift von Ihnen stammte?«

»Die haben gelogen.«

»Wozu sollten sie lügen? Die werden sicher des Mordes schuldig befunden. Und wenn sie nun Sie anklagen, hilft ihnen das nichts.«

»Das beweist, wie dumm sie sind. Die hätten überhaupt

nicht zu gestehen brauchen. Es gab keinen Zeugenbeweis gegen sie. Durch ihr Geständnis haben sie sich selbst den Strick gedreht.«

»Sie haben ihnen gesagt, sie sollten nicht gestehen, oder?«

»Ich hab' ihnen nichts gesagt. Aber Sie wissen ebensogut wie ich, wie's herauskommen wird. Die Närrinnen, die gestehen, hängt man, und die Schlauen, die den Mund halten, gehen frei aus.«

»Weshalb haben *Sie* dann gestanden?«

»Das ist meine Angelegenheit.« Mit gekreuzten Armen und eingefallenen Schultern saß sie da, plötzlich müde und teilnahmslos. »Haben Sie mir eine Zigarette?« fragte sie nach einer langen Stille. »Ich hab' wohl eine verdient, finden Sie nicht?«

Beide Männer griffen in die Tasche. Mikay holte ein silbernes Etui hervor, der Sergeant eine flache Schachtel mit Papier und Tabak. Amália bediente sich aus dem Etui.

»Ich nehm' eine von denen.« Sie lächelte den Sergeanten an. »Zufällig ist es meine Marke.«

Mikay gab ihr Feuer, und sie tat ein paar Züge.

»Warum rufen Sie nicht den Stenographen?« fragte sie, dem Rauch nachsehend. »Bringen wir die Sache hinter uns.«

Mikay überlegte einen Augenblick.

»Ich möchte lieber, Sie würden die ganze Geschichte Oberst Somlay wiederholen.«

»Warum?« fragte sie stirnrunzelnd.

»Weil er den Fall Toni Pongrátz an sich gezogen hat. Es sind ungefähr vierzig Ermittlungsverfahren, die gleichzeitig laufen. Jeder Offizier hat seine Fälle zugeteilt. Im Grunde hatte ich kein Recht, Sie anzuhören. Ich könnte dafür einen Verweis kriegen.«

Ganz kurz erschien das alte listige, schiefe Grinsen auf Amálias Gesicht.

»Und das möchten wir doch nicht, hm? Tun wir also, als wär' ich heut nicht in diesem Büro gewesen.«

»So weit brauchen wir nicht zu gehen«, sagte Mikay. »Wir erzählen ihm bloß nicht, wie lange Sie hiergewesen sind.« Er drehte sich zum Sergeanten um. »Ich gehe jetzt zum Obersten. Bleiben Sie mit Amália hier, bis ich zurückkomme. Übrigens, sagen Sie der Wache, daß Amália von jetzt an Raucherlaubnis hat.«

»Die zum Tode Verurteilten dürfen sich ihre Leibspeisen wünschen, meinen Sie das?« fragte sie mit einer Grimasse. Dann stand sie auf. »Danke, Herr Leutnant. Ich weiß es zu schätzen.« Als Mikay außer Hörweite war, wandte sie sich an den Sergeanten. »Schade, daß er nicht Anwalt geworden ist wie sein Vater. Dann könnte ich ihn jetzt zum Verteidiger bestellen. Natürlich würd' er meinen Fall verlieren, weil er nicht so auf Draht ist wie sein alter Herr. Aber es wäre schön, ihn auf meiner Seite zu haben.«

20

Es war spät am Nachmittag, als Leutnant Mikay an die Tür des Lehrerzimmers klopfte. Das »Herein!« klang gedämpft und kaum vernehmlich. Er trat ein. Phyllis lag zusammengekuschelt auf dem Sofa, ihr Gesicht war ganz blaß, mit Ausnahme einer leichten Röte um ihre Augen. Sowie sie ihn erkannte, setzte sie sich rasch auf.

»Sie sind frei«, sagte er. »Wir wollen Ihre Sachen zusammenpacken und Sie hier rausbringen.«

Sie starrte ihn ein Weilchen ausdruckslos an.

»Was ist geschehen?«

Die Tür stand offen, und draußen im Korridor gingen Leute vorbei.

»Ich erzähl's Ihnen später. Beeilen wir uns jetzt. Ich möchte Sie hier rausbringen, bevor die Reporter von Ihrer Entlassung Wind bekommen. Hinten in der Gasse wartet eine Kutsche auf uns.«

Sie stand auf. Ihre Toilettenartikel – Kämme, Bürsten, Kölnischwasser, Puder, Crèmedosen und ein Spiegel – waren auf einem kleinen Tisch. Sie machte sich daran, sie in einen Handkoffer zu packen.

»Ich möchte nicht zurück ins Hotel«, sagte sie. »Das wäre mir äußerst zuwider.«

»Meine Mutter wird Sie gerne bei uns aufnehmen.«

Sie dachte kurz darüber nach, dann schüttelte sie den Kopf.

»Besten Dank. Vielleicht ein andermal. Im Augenblick wäre ich kein sehr erfreulicher Hausgast. Ich glaube, vorläufig wäre ich in Ladány am besten aufgehoben.«

»In Ladány?« Mikay sah sie überrascht an.

Sie lächelte.

»Oh, ich weiß, es gehen dort Geister um. Aber ich fürchte mich nicht vor ihnen. In meiner gegenwärtigen Stimmung fürchte ich mich nur vor den Lebenden. Ich möchte einfach gern im Freien sein, unter einem großen schattigen Baum im Gras liegen. Der Park ist herrlich um diese Jahreszeit, gerade weil es kein richtiger Park ist, sondern nur ein großes Stück unberührter Natur.«

Es gab keinen Schrank im Zimmer, und ihre Kleider hingen an einem Ständer in der Ecke. Sie stopfte sie in einen schweinsledernen Koffer.

»Ich bin bereit«, sagte sie. »Ich hatte gar nicht alles ausgepackt. Ich versuchte mich einfach an die Vorstellung zu klammern, daß ich nur vorübergehend hier sei.« Sie zog einen schwarzen Wollmantel über ihr hellblaues Sommerkleid an. »Also, gehen wir.«

»Wird Ihnen nicht zu warm sein in dem Mantel?«

Sie lächelte. »Ja, wahrscheinlich – aber ich möchte nicht als dirnenhaft gelten, nur weil ich nicht Trauer trage.«

Der Gang war jetzt leer, mit Ausnahme der Wachposten an beiden Enden. Männerlachen und lautes Reden kam von der Hausmeisterloge her, die von der Presse mit Beschlag belegt worden war, da kein Reporter ohne Sonderbewilligung ins Haus eingelassen wurde. Ein ungewöhnlich starker Trupp hielt seit dem frühen Morgen die Stellung, weil das hartnäckige Gerücht umging, daß die Überführung von Amália in das Komitatsgefängnis in Szolnok unmittelbar bevorstehe.

Mikay gelang es, Phyllis durch den Hintereingang hinauszuschmuggeln. Er hatte seinen Vater gebeten, ihm die Familienkutsche zu leihen, eine Art Kalesche, deren Verdeck jetzt offen und die mit zwei wohlgenährten, aber in die Jahre gekommenen Braunen bespannt war.

»Nimm die Seitenstraße nach Ladány, Pista«, befahl Mikay dem Kutscher. Er wandte sich an Phyllis. »Selbst wenn die Reporter herausfinden, daß Sie weg sind, können sie uns auf dieser Straße nicht folgen. Sollten sie es versuchen, dann bleibt ihr Automobil im Sand stecken und kommt erst mit Hilfe von sechs Ochsen wieder heraus.«

Phyllis antwortete nicht, sie schien mit ihren Gedanken woanders zu sein.

»Meine Schwiegermutter«, sagte sie plötzlich beunruhigt, »sie ist doch nicht etwa in Ladány?«

»Nein, sie ist in Szolnok. Sie wurde dem Untersuchungsrichter übergeben. Wenn er findet, daß sie sich strafbar gemacht hat, wird Anklage gegen sie erhoben und ihr Fall kommt vor das Gericht in Szolnok.«

»Oh –« Sie sagte nicht, daß ihr das leid tue oder daß sie erleichtert sei oder was sie über den ganzen Sumpf von Morden dachte. Sie kamen an einer Reihe von niedrigen, unschönen Häusern am Stadtrand vorbei. Durch gewölbte Tordurchfahrten sah man in schattige Hinterhöfe mit rohen Tischen und Bänken unter Geißblattlauben. Die Sonne war gerade hinter den Hügeln untergegangen; es waren die zauberhaften Minuten zwischen Tag und Dämmerung, wenn das Rot der Geranien in den Blumenkästen wie Feuer glüht und die purpurnen Petunien einen wahrhaft königlichen Anblick bieten. »Ist das nicht herrlich!« Phyllis lächelte und deutete auf einen Strauch von Stockrosen auf einem schmalen Rasenstück, das auf beiden Seiten von kleinen, buckligen Häusern bedrängt wurde. Plötzlich sah sie Mikay an. »Ich habe Ihnen nicht einmal gedankt.«

»Wofür?«

»Daß Sie sich um mich gekümmert haben. Sie wissen gar nicht, was für einen moralischen Halt mir das gab.«

»Ich wünschte, es wär' so. Aber ich mußte mich von Ihnen fernhalten.«

»Ja, ich weiß. Dr. Rosenzweig hat es mir erklärt. Doch das wäre nicht einmal nötig gewesen, denn ich habe Ihre Gründe verstanden. Und ich wußte auch, daß Sie alles taten, was in Ihrer Macht stand, mich freizubekommen. Wie ist es Ihnen gelungen?«

»Ich möchte das Verdienst gern für mich in Anspruch nehmen, aber ich kann nicht. Der Oberst sah ein, daß er einen Fehler machte, und ließ Sie gehen.«

»Ich soll die Wahrheit also nicht erfahren.«

»Die Wahrheit? Ich fürchte, keiner wird je die volle Wahrheit über Ladány erfahren. Es wird immer wieder Opfer geben, die wir übersehen haben, und Motive, die wir nicht erkannten. Unschuldige, die festgenommen, und Schuldige, die freigelassen wurden. Sie sollten wirklich außer Landes gehen und wegbleiben, bis sich die Dinge hier beruhigen«, sagte er, ohne sie anzublicken.

»Ach so. Ich war eine zu große Belastung. Sie wollen mich loswerden.« Sie lachte dabei.

Er drehte ihr das Gesicht zu.

»Sie wissen, daß das nicht stimmt. Ich liebe Sie. Ich glaube, das tat ich von dem Augenblick an, da ich Sie zum erstenmal gesehen habe.« Bis zu dieser Minute war er seiner Liebe zu ihr nicht sicher gewesen. Es hatte immer ein ›vielleicht‹ und ein ›möglicherweise‹ und ein ›wenn‹ gegeben, indes keine unbedingte Gewißheit. Aber jetzt war er sicher.

Phyllis hatte ein überraschtes Lächeln als Antwort.

»Seltsam«, sagte sie. »Ich dachte, ich täte Ihnen leid, das sei alles. Wenn man sich selbst nicht gern hat, dann denkt man wohl nicht, daß andere einen gern haben könnten.« Das klang traurig und fast bitter.

»Sie haben eine Menge durchgemacht. Ich wünschte, ich könnte Ihnen helfen, alles zu vergessen.« Er schwieg ein Weilchen. »Ich kann Ihnen nicht viel bieten. Ich bin nicht reich. Ich habe auch keine sehr glänzende Zukunft. Das Leben eines Gendarmerieoffiziers ist nichts Großartiges. Das brauche ich Ihnen nicht zu sagen. Aber ich wäre Ihnen ein guter Mann. Ich bin nicht sicher, ob ich einer anderen Frau ein guter Mann sein könnte. Aber Ihnen gewiß.«

Während er sprach, ruhten ihre Augen auf ihm. Was

für ein schöner Mann, dachte sie, dieses scharfgeschnittene Gesicht, der wohlgebaute, schlanke und kräftige Körper. *Mens sana in corpore sano!* Keine Schliche, keine Lügen, kein Betrug. Ein Mann, dem man unbedingt trauen, den man vorbehaltlos achten und bewundern kann. Ein Mann ohne die seelischen und geistigen Pickel einer nie ausgewachsenen Pubertät. Ein ehrlicher, mutiger, verläßlicher, rücksichtsvoller, rechtschaffener Mann.

Sie antwortete nicht. Ab und zu geriet die Kutsche durch die Straßenunebenheiten ins Schwanken und Schlingern und warf Phyllis gegen ihn. Er machte keinen Versuch, sie zu stützen, nicht einmal, sie beim Arm zu fassen. Sie fuhren schweigend dahin. Nach geraumer Zeit, als sie schon die ersten Häuser von Ladány erreicht hatten, wandte sie sich ihm zu.

»Ich bin verwirrt«, sagte sie. »Sie müssen Geduld mit mir haben. Meine Gefühle sind ganz durcheinander, ich muß sie zuerst ordnen. Ich bin furchtbar müde, so müde, daß ich mir selbst leid tue, was in meinen Augen das übelste Zeichen von Schwäche und Feigheit ist. Seit je verachte ich Leute, die sich selbst bemitleiden. Wenn ich jetzt eine Entscheidung treffen würde, könnte es die falsche sein. Ich muß mich erst mal richtig ausruhen, dann bin ich wieder ich selbst.« Sie lächelte ihn an. »Ich habe Sie schrecklich gern, das wissen Sie bestimmt.« Sie hielt ihm die Hand hin, und er küßte sie. Die Kutsche rollte nun durch die Hauptgasse. Sie kamen zum unteren Tor des Pongrátz-Gutes.

»Am besten fahren wir zuerst bei Herrn Pataky vorbei«, sagte Mikay zum Kutscher. Pataky war der Verwalter des Hofes und wohnte in einem Haus am Rande des Parkes, unweit der Stallungen. Nach Emmas Verhaftung hatte Pataky das Schloß zugemacht, die meisten Dienstboten entlassen und nur das nötigste Personal behalten.

Er saß mit seiner Familie beim Abendessen, als Mikay an die Tür klopfte. Die dreißig im Dienste von Kálmán Pongrátz verbrachten Jahre hatten den von Natur aus schon kleinen Mann fast zu einem Zwerg gemacht. Jetzt, im Alter, mahnte sein Gesicht an eine gedörrte Kopftrophäe der Papua. Die Leute behaupteten, durch den Ärger mit seiner Arbeit sei er zusammengeschrumpft. Er litt schweigend und zog zehn schöne Kinder auf, die ihn alle wie junge Pappeln überragten. Als er hörte, daß Phyllis draußen in der Kutsche sei, sperrte er den Mund auf. Das ganze Komitat hatte es schon als selbstverständlich betrachtet, daß Anklage gegen sie erhoben würde.

»Ich fürchte, Frau Pongrátz wird es im Schloß nicht sehr gemütlich finden«, sagte er, nachdem er sich von der Überraschung erholt hatte. »Nach der Festnahme der alten Frau Pongrátz schickte ich den großartigen Luxusdiener nach Budapest zurück und entließ die andern, bis auf Rézi und Józsi, den Hausburschen. Aber ich weiß nicht, ob sie gerade jetzt daheim sind oder nicht. Sie kennen das ja auch. Ist die Katze aus dem Haus, tanzen die Mäuse. Aber wir wollen sehen. Wenn sie weg sind, soll die Frau von einem der Knechte heute im Schloß schlafen, damit Frau Pongrátz nicht allein ist.«

Wie sich herausstellte, war keine der Frauen bereit, im ›Haus der Morde‹, wie das Schloß von den Zeitungen bezeichnet worden war, zu übernachten. Zum Glück kam Józsi, der Hausbursche, heim, gerade als Herr Pataky die Vordertür öffnete. Der Verwalter befahl dem großen, stämmigen Kerl von achtzehn Jahren, eine Decke und ein Kissen aus seiner Kammer zu holen und sich auf dem

Sofa im blauen Salon einzurichten, damit er in der Nähe wäre, falls Phyllis etwas brauchte. Pataky wollte ihr auch Essen herüberschicken lassen, aber sie lehnte dankend ab und bat nur um ein Glas Milch, das ihr Józsi eilends aus der Speisekammer holte.

Mikay merkte, daß sie es kaum erwarten konnte, alleingelassen zu werden, deshalb wünschte er ihr eine angenehme Nachtruhe und verabschiedete sich zusammen mit Herrn Pataky, nachdem er Józsi noch gemahnt hatte, alle Türen abzuschließen. Statt nach Korond zurückzukehren, ließ er sich vom Kutscher bei Rosenzweigs absetzen und schickte ihn nach Hause. Mikay ging nicht in die Kneipe, sondern klopfte an die Wohnungstür.

»Können Sie mich für die Nacht unterbringen?« fragte er Frau Rosenzweig, als sie durch das Fenster spähte, um zu sehen, wer so spät noch komme. Seit Ladány seine traurige Berühmtheit erlangt hatte und von Fremden überlaufen worden war, lebten die Dorfbewohner in ständiger Furcht vor ungebetenen Besuchern, und Frau Rosenzweig bildete da keine Ausnahme.

»Aber gerne«, sagte sie. »Ich finde es immer wieder traurig, daß das Bubenzimmer jetzt so selten mehr benützt wird.« Sie nannte es immer noch Bubenzimmer, obwohl ein Bub in einem unbekannten Grab in Rußland lag und der andere als Arzt in Korond praktizierte. Es fiel ihr überhaupt nicht ein, den Leutnant zu fragen, weshalb er in ihrem Heim Unterkunft suche. Die Leute von Ladány ließen sich durch die stillschweigende Anwesenheit eines Gendarmen in ihrer Mitte nicht mehr aus der Fassung bringen.

Nachdem der Leutnant und Pataky sie verlassen hatten, stieg Phyllis in den ersten Stock hinauf. Der Bursche ging mit der Lampe voraus. Sie trat in ihr Zimmer, aber schon auf der Schwelle schreckte sie vor der stickigen Luft zurück. Sie bat Józsi, alle Fenster und Läden zu öffnen, nicht nur in ihrem Zimmer, sondern auch in der Stube auf der gegenüberliegenden Seite des Ganges. Ein leises Lüftchen regte sich draußen, und der Durchzug fegte bald die dumpfen Gerüche von Tod, Moder und Mottenkugeln hinaus. Phyllis entließ den Burschen und schloß die Tür ab. Von der Straße hörte sie Stimmen, und bevor sie sich auszog, machte sie die Läden zu. Sie konnte die Augen fast nicht offen halten, doch kaum lag ihr Kopf auf dem Kissen, wurde sie hellwach. Es war bestimmt nach Mitternacht, als sie endlich einschlummerte. Sie schlief unruhig und wurde geplagt von Träumen mit Begräbnissen, Gefängniszellen und einer Frau in wallendem schwarzem Kleid, die sie über eine kahle Ebene verfolgte. Die Ebene verwandelte sich in eine Bühne, auf deren Brettern die hohen Absätze der Frau einen lauten Wirbel trommelten.

Plötzlich erwachte sie von einem Klopfen an der Tür. Sie setzte sich benommen auf und blickte sich um. Tageslicht sickerte durch die Schlitze der geschlossenen Fensterläden, und ihre Uhr auf dem Nachttischchen zeigte ein Viertel nach sechs. Wahrscheinlich hatte sie vergessen, die Uhr aufzuziehen, dachte sie.

»Wer ist da?« fragte sie.

»Ihr Frühstück, gnädige Frau«, antwortete eine weibliche Stimme. Phyllis nahm an, es sei Rézi, und war versucht, ihr zu sagen, sie solle sie schlafen lassen und das Frühstück später bringen. Aber da sie von Natur aus auf die Gefühle ihrer Mitmenschen Rücksicht nahm, stand sie auf, ging zur Tür und öffnete sie.

Die Magd, die mit dem Frühstückstablett eintrat, war

nicht Rézi, sondern Viki, aber nicht das hübsche, blühende Mädchen in sauberer Tracht und schneeweißer, gestärkter Schürze, wie Phyllis es in Erinnerung hatte. Es war eine hochschwangere Viki mit strähnigem Haar, aufgedunsenem Gesicht, rauhen, schmutzigen Händen und abgenagten Fingernägeln.

»Guten Morgen, gnädige Frau«, sagte sie höflich und deutete einen Knicks an. »Ich hörte, Sie wären zurück, deshalb kam ich rüber, um Ihr Frühstück zu machen. Ich suchte Butter und Marmelade, aber ich fand keine.« Auf dem Tablett waren nur eine Tasse Tee und zwei Scheiben dunkelbraun geröstetes Roggenbrot.

»Wo ist Rézi?« fragte Phyllis.

»Ich weiß nicht, gnädige Frau. Ich hab' sie nicht gesehen. Sie ist wohl ihre Mutter besuchen gegangen. Möchten Sie Ihren Tee im Bett oder am Tisch trinken?« Vikis sorgfältige Sprechweise stand in seltsamem Widerspruch zu ihrer aufgelösten Erscheinung.

»Stell ihn einfach auf den Tisch. Danke.«

»Trinken Sie ihn lieber, solang er noch heiß ist«, sagte das Mädchen. Ihre Stimme hatte jetzt einen harten, scharfen Beiklang. Sie stand an der Tür und machte keine Anstalten hinauszugehen. »Das Brot wird auch kalt.«

Phyllis trat gehorsam an den Tisch und langte nach dem Tee. Sie hob die Tasse, stellte sie aber sofort wieder ab, als sie die ölige Schicht bemerkte, die auf der hellgelben Flüssigkeit schwamm. Dazu befand sich auf dem Boden der Tasse irgendein Satz, was den Tee noch unappetitlicher machte. Phyllis war recht heikel, was die Zubereitung von Tee betraf – das hatte sie von ihrem Vater, einem gebürtigen Engländer, geerbt. Sie verlangte immer eine Tonkanne, bestand darauf, daß das Wasser in einem besonderen Kessel gekocht, das Teegeschirr für sich gewaschen wurde, die Kanne zum Kessel und nicht der Kessel zur Kanne kam, und was der Regeln mehr sind.

»Sie sollten ihn trinken, solang er heiß ist«, wurde sie von Viki gedrängt, die sich nicht von der Tür rührte. Ihre Augen, groß und starr, waren erwartungsvoll auf Phyllis gerichtet. Sie machte nervös die Hände auf und zu. Weder Schelten noch Schläge hatten ihr während all der Monate ihres Dienstes im Schloß abgewöhnen können, ständig mit ihren Händen zu spielen.

»Wie spät ist es?« fragte Phyllis. Sie hatte das Gefühl, es sei tatsächlich ein Viertel nach sechs, wie ihre Uhr anzeigte, also noch längst nicht Frühstückszeit.

»Wissen Sie nicht, daß ich die Uhrzeit nicht lesen kann?« antwortete Viki bissig. Sie hatte ihren Namen schreiben gelernt, aber die Uhrzeit konnte sie nicht lesen. Dieses Versagen wurmte sie, wohl weil das Personal sie oft deswegen aufgezogen hatte. »Warum trinken Sie nicht Ihren Tee?« fragte sie mit schriller Stimme. Ihr Gesicht glühte jetzt.

Endlich begriff Phyllis. Der Tee enthielt Gift, höchstwahrscheinlich Arsenik, das gleiche Gebräu, das Toni und eine Unzahl anderer Menschen getötet hatte. In einem Dorf, wo man Gift so allgemein und unbedenklich anwandte wie Aspirin oder Rizinusöl, war es keineswegs erstaunlich, daß selbst eine Schwachsinnige sich welches verschaffen konnte. Sie, Phyllis, war die Frau des Mannes gewesen, dessen Kind Viki trug. Grund genug für das Mädchen, sie zu hassen. Daß der Tod von Phyllis ihr keinen Vorteil einbrachte, machte ihr nichts aus. Ihre Tat entsprang dem Wahnsinn, nicht der Überlegung.

»Eigentlich mag ich jetzt gerade kein Frühstück«, sagte

Phyllis vorsichtig. »Laß es einfach da. Ich nehme es später. Ich habe kalten Tee gern.«

»Sie müssen ihn jetzt trinken!« ließ Viki nicht locker und trat einen Schritt vor.

Phyllis wich zum Tisch zurück. »Wo ist Józsi?« fragte sie und bemühte sich, mit ruhiger Stimme zu sprechen. Sie hatte noch keine Angst, sie wußte nur nicht recht, was sie tun solle.

»Drunten. Er schläft wie ein Klotz. Seine Mutter sagt, man könnt' eine Kanone neben seinen Ohren abfeuern, selbst das würd' ihn nicht wecken.«

»Um so besser für ihn«, sagte Phyllis. Aber um so schlimmer für mich, dachte sie. Allmächtiger, was nun? Einen Augenblick kam ihr die ganze Situation albern vor. Das Mädchen stand jetzt neben ihr, so nahe, daß sie die scharfe Ausdünstung des ungewaschenen Körpers riechen konnte. Mit einem jähen Entschluß nahm Phyllis das Tablett auf. »Ich gehe ins Bett zurück und esse das Frühstück dort, schön warm und gemütlich.« Sie machte einen Schritt, dann tat sie so, als ob sie stolperte, und ließ das Geschirr vom Tablett gleiten und zu Boden fallen. Der verschüttete Tee wurde von dem persischen Läufer vor dem Bett langsam aufgesogen.

»Was haben Sie angestellt?« kreischte Viki. »Ich hab' das Frühstück für Sie gemacht, und jetzt werfen Sie's auf den Boden! Und ich hab' doch nichts mehr von dem Zeugs!«

Sie kniete nieder und untersuchte die gespaltene Tasse.

»Jetzt heißt's dann wieder, ich hätt' sie zerbrochen. Ich werd' wieder Schläge kriegen, und dabei war's ganz allein Ihre Schuld.« Viki stand auf, mit einer Scherbe von dem zerbrochenen Teller in der Hand. Sie hatte eine scharfe, zackige Kante.

»Ich sage schon, daß es meine Schuld war. Niemand wird dich schlagen«, erklärte Phyllis und bewegte sich rückwärts auf den Ausgang zu. Viki stellte sich vor der Tür auf. »Geben Sie mir den Ring!« sagte sie. »Ich will meinen Ring!«

»Was für einen Ring?« fragte Phyllis, dann dämmerte ihr, daß Viki sicher den Ring meinte, den Toni ihr zum Hochzeitstag geschenkt hatte. »Er ist nicht hier«, sagte sie. »Ich habe ihn mit nach Korond genommen. Er ist immer noch im Hotelsafe.«

»Hotelsafe?« Viki runzelte die Stirn. »Was ist das?«

»Dort hinterlegt man seinen Schmuck, damit ihn nicht Diebe aus den Zimmern stehlen können. Aber ich will ihn holen und ihn dir geben.«

Viki beachtete die Erklärung nicht. »Ich will meinen Ring!« wiederholte sie drohend. Das Blut war aus ihrem Gesicht gewichen, sie hatte große und glasige Augen bekommen. Sie hob die Hand mit der Scherbe und kam langsam auf Phyllis zu.

»Józsi! Józsi!« schrie Phyllis. Sie rief noch dreimal. Dann kreischte sie, aber niemand eilte herbei. Ihre wilden Schreie brachten jedoch das Mädchen zum Stehen. Dann hörte Phyllis endlich jemanden die Treppe heraufsteigen und auf ihre Tür zukommen. Es klopfte, und Phyllis antwortete mit einem wilden »Herein!«

Sie erwartete Józsi zu sehen, doch statt dessen trat Herr Pataky ein.

»Es tut mir leid, daß ich Sie so früh störe«, begann er, dann verstummte er. Sein Blick wanderte von Phyllis zu Viki und zurück zu Phyllis. »Was ... was ist geschehen ... was ist los?« stotterte er. »Was tust du hier?« fragte er schließlich Viki.

»Sie hat mir das Frühstück gebracht, aber dummerweise ließ ich es auf den Boden fallen. Deshalb habe ich nach Józsi gerufen«, sagte Phyllis rasch.

»Sie haben gerufen?«

»Haben Sie mich nicht gehört?« Phyllis versuchte zu lächeln.

»Nein, ich habe nichts gehört. Das Haus ist wie eine Festung. Die Mauern sind so dick, daß sie sozusagen schalldicht sind. Ich bin rübergekommen, weil ein Kabel aus Amerika für Sie eingetroffen ist. Ich dachte, es wär' wichtig. Deshalb hab' ich mir die Freiheit genommen, Sie zu dieser unmenschlichen Zeit zu wecken.«

»Ja, wieviel Uhr ist es denn?«

»Halb sieben. Ich fand den Schlüssel nicht am gewohnten Platz – und jetzt dämmert's mir, weshalb.« Er warf Viki einen Blick zu. »Daher war die Haustür offen. Und ich dachte schon, Józsi hätt' vergessen abzuschließen.«

Er gab Phyllis das Kabel, und sie riß es auf. Es lautete:

KOMMEN MIT DER ILE DE FRANCE NACH EUROPA. ÜBERNACHTEN AM 26. IM RITZ PARIS. WEITERFAHRT NACH KOROND AM 27. LIEBEN DICH UND HALTEN ZU DIR. KOPF HOCH. MAMA UND PAPA.

»Was ist los, Frau Pongrátz? Schlechte Nachrichten?« fragte Pataky bestürzt, als er sah, wie Phyllis sich schluchzend auf einen Stuhl fallen ließ.

Sie hob den Kopf.

»Nein, gute Nachrichten. Deshalb heule ich.«

21

Sie waren allein im blauen Salon – Leutnant Mikay und Viki.

»Sie dürfen meiner Mama nicht verraten, daß ich das Zeugs in den Tee der gnädigen Frau getan hab'«, sagte Viki in vertraulichem Flüsterton zu ihm. »Mama würd' mich dafür schlagen. Ich hab' ihr nämlich versprochen, ich würd' das Zeugs nie mehr anrühren.«

»*Nie mehr?*« hakte er sogleich ein. »Also hast du's vorher schon gebraucht. Wann, Viki, wann?«

Sie machte ein finsteres Gesicht.

»Eben das soll ich nicht verraten. Meine Mama sagte, sie würd' mich windelweich schlagen, wenn ich's verrate.«

»Bist du sehr oft geschlagen worden?«

»Nicht allzuoft. Nur wenn ich etwas Böses getan habe.«

»Aber hast du immer sagen können, was gut und was böse war?«

»Wenn ich dafür geschlagen wurde, wußte ich, daß es böse war.«

»Aber nicht, bevor du geschlagen wurdest.«

»Natürlich nicht. Wüßten Sie das?«

»Aber hast du nicht gewußt, daß es etwas Böses war, das Zeug jemand in den Tee zu tun?«

»Vorher war's nichts Böses, aber jetzt ist's böse, weil Sie die Leute dafür ins Gefängnis schicken.«

»Mit andern Worten, du weißt also, daß es etwas Böses ist?«

Sie fuhr sich aufgeregt mit den Händen an den Kopf, und ihre Finger gruben sich in das schmutzige Haar.

»Na ja«, sagte sie achselzuckend, »schicken Sie mich jetzt ins Gefängnis?«

»Nicht, wenn du ein braves Mädchen bist und meine Fragen beantwortest. Hast du von dem Zeug in die Cognacflasche von Herrn Toni geschüttet?«

Jählings geriet sie in Wut.

»Wissen Sie denn nicht, daß ich Ihnen das nicht sagen soll? Wollen Sie, daß ich verprügelt werde wie noch nie?«

»Nein, Viki, das will ich nicht.«

Er verließ das Zimmer und befahl dem an der Tür Wache stehenden Gendarmen, ein Auge auf Viki zu haben, dann ging er hinüber zum braunen Salon, wo die Mutter des Mädchens wartete, bis sie mit der Vernehmung an die Reihe kam.

»Frau Torma«, fragte Mikay sie, »weshalb haben Sie uns nie gesagt, daß es Ihre Tochter war, Viki, die Herrn Toni vergiftet hat?«

Die Frau saß auf dem Fensterbrett. Jetzt sprang sie auf und warf die Arme hoch wie eine Filmtragödin, die Verzweiflung mimt.

»Himmlischer Vater, hilf mir! Jetzt ist's meine Viki! Das unschuldige Kind, das keiner Fliege was zuleide täte.«

Der Leutnant machte einen Schritt auf sie zu, hob den Arm und gab ihr einen harten Schlag mit dem Handrücken quer über das Gesicht. Sie schrie auf, und sogleich sickerte aus ihrem rechten Nasenloch ein dünner Blutfaden. Er hatte noch nie eine Frau geschlagen. Wenn ihm jemand gesagt hätte, er werde eines Tages nicht nur solch schändlich brutale Maßnahmen anwenden, sondern auch noch Freude und Genugtuung darüber empfinden, wäre er entrüstet gewesen. Er hatte die Schwachen und Wehrlosen von jeher als unantastbar betrachtet; er war selbst zu gefangenen feindlichen Soldaten, die ein paar Minuten vorher noch ihre Waffen auf ihn gerichtet hatten, freundlich gewesen. Durch die Ereignisse der vergangenen Wochen war jedoch die Ritterlichkeit, von der er gemeint hatte, sie gehöre untrennbar zu seinem Charakter, langsam abgeschliffen worden. In ihm nagte eine Wut, die er – das wußte er genau – nie gänzlich aus seinem Organismus würde herausschaffen können. Indem er Frau Torma schlug, rächte er sich nicht für Toni, sondern für sich selbst, für sein Sündigwerden.

»Sie sagen mir, wann und wie Viki es getan und wo sie das Arsenik her hat, oder ich nehm' Sie mit nach Korond und laß jeden Knochen in Ihrem Leib brechen!« schrie er sie an.

»Sie können mich nicht einschüchtern«, sagte Frau Torma, aber ihre Hand zitterte heftig, als sie mit dem Schürzenzipfel das Blut abwischte.

»O doch, das kann ich.«

»Ich nehme mir einen Anwalt!«

»Dazu kommen Sie gar nicht. Wenn wir mit Ihnen fertig sind, brauchen Sie keinen Anwalt, sondern einen Leichenbestatter. Jetzt raus mit der Sprache!«

»Ich kann nicht«, schluchzte sie. »Ich bin ihre Mutter. Sie können mich nicht dazu zwingen, sie an den Galgen zu bringen.«

»Das ist doch lächerlich. Sie wissen haargenau, daß sie nicht mal vor Gericht kommt. Viki ist schwachsinnig. Sie wird in eine Anstalt gesteckt, und dort hat sie's viel besser als bei Ihnen.« Er wartete einen Augenblick. »Ich höre Sie nicht.«

»Was soll ich sagen?«

»Die Wahrheit. Haben Sie das Kind dazu angestiftet?«

»Nein, nein! Gott ist mein Zeuge, das hab' ich nicht getan. Wir kehrten vom Schloß nach Hause zurück und blieben daheim. Ich merkte nicht, daß sie wieder wegging. Sie muß davongeschlichen sein, während ich die Schweine fütterte. Erst am nächsten Morgen, als wir die Nachricht von Herrn Tonis Tod hörten, da führte sie sich recht sonderbar auf. Ich schöpfte Verdacht und fragte sie, und sie gestand es mir sofort.«

»Was genau hat sie Ihnen erzählt?«

»Daß sie zurückging. Weil sie im Schloß gearbeitet hatte, wußte sie, daß die beiden im Eßzimmer sein würden. Sie wußte auch, daß Herr Toni regelmäßig nach dem Abendessen Cognac trank. Die Vordertür war offen, sie ging einfach hinein, suchte die Flasche heraus und –« Jetzt schluchzte die Frau. »Wenn sie mir's bloß an dem Abend noch gesagt hätte! Ich wäre schnurstracks ins Schloß gegangen und hätte sie gewarnt. Gott ist mein Zeuge, das hätt' ich getan! Aber als ich's erfuhr, war Herr Toni schon tot, und ich konnte nichts mehr machen.«

»O doch! Sie hätten die junge Frau Pongrátz vor dem furchtbaren Verdacht bewahren können, der auf sie fiel. Fühlten Sie sich nicht verpflichtet, sich zu melden und die Wahrheit zu sagen, als Sie hörten, daß sie festgenommen worden war? Denn gehört haben Sie das doch?«

Sie sah Mikay mit kalter Feindseligkeit an.

»Ja, ich hab's gehört, aber ich machte mir keine Gedanken um sie. Ich wußte, daß man sie freilassen würde. Sie ist reich, und den Reichen stößt nie was Schlimmes zu. Die nehmen sich einen teuren Anwalt, und der hilft ihnen aus der Patsche. Sie können stehlen, schänden oder morden und werden nie bestraft.«

»Das stimmt nicht.«

»Sie ist freigelassen worden, oder etwa nicht?« fragte die Frau mit einem unverschämten, schlauen Lächeln.

Mikay hatte keine Lust, weiter über Geld kontra Gerechtigkeit zu diskutieren, deshalb wechselte er das Thema.

»Wo hatte Viki das Arsenik her?« fragte er.

Die Frau zögerte kurz.

»Sie hat's eben gefunden«, antwortete sie achselzuckend.

»Wo hat sie's gefunden? Auf der Straße? In einem Abfalleimer? Wahrscheinlich in Ihrem Speiseschrank!«

»Nicht in meinem Speiseschrank! Ich bin Kriegerwitwe. Mein Mann – Gott hab ihn selig – ist an der Front gefallen. Das kann Ihnen jeder bestätigen!«

»Wo hat sie's gefunden?«

»Bei meiner Mutter.«

»Und Ihre Mutter – wo hatte die's her?«

»Ach ... sie hatte welches ... für ... ich meine ... einfach für den Fall. Die Leute hatten immer welches im Haus, selbst wenn sie's nicht brauchten. Ich glaube, sie hat's gekriegt, als mein Vater vor zwei Jahren krank war. Er hatte furchtbare Krämpfe, und Dr. Horváth sagte, es wär' Krebs und er müßte operiert werden. Aber man weiß ja, Operationen helfen nichts, wenn jemand Krebs hat. Das ist bloß Zeit- und Geldverschwendung.«

»Daher dachte Ihre Mutter – wozu denn?« sagte Mikay und hatte beste Lust, sie wiederum zu schlagen.

»O nein, er hat ihr leid getan. Es ist besser für einen Menschen, schnell zu sterben, als jahrelang zu leiden.«

»Wie kommt es denn, daß Ihr Vater trotz der gütigen Besorgtheit seiner Frau noch am Leben ist?«

»Meine Mutter besorgte damals den Rosenzweigs die Wäsche. Als Frau Rosenzweig hörte, daß mein Vater krank wär', sorgte sie dafür, daß Moni sich ihn anschaute. Moni gab ihm irgendein Mittel und eine Diät, und seither ist mein Vater keinen einzigen Tag mehr krank gewesen.«

»Was beweist, daß die Leute zu Dr. Rosenzweig hätten gehen sollen, statt zu Dr. Horváth.«

»Ja, wenn er Kreisarzt gewesen wäre. Aber Dr. Horváth war Kreisarzt, und wenn man zu ihm ging, kostete es nichts, wogegen Moni zwanzigtausend Kronen für einen Besuch verlangte. Folglich gingen die Armen zu Dr. Horváth, auch wenn er sie umkommen ließ.«

»Wir wollen nicht abschweifen, Frau Torma. Wir sprachen über Ihre Mutter. Wo hatte sie das Arsenik her? Von Amália Kovách?«

»Ich weiß es nicht.«

»Haben Sie nicht gefragt?«

»Nein.«

»Dann frage ich sie.«

Die Frau lächelte ihn triumphierend an.

»Sie kommen zu spät, Herr Leutnant. Vor zwei Wochen haben wir sie begraben. Es stellte sich heraus, daß *sie* Krebs hatte.«

»Na gut. Noch eine Frage. Nachdem Sie herausgefunden hatten, wie gefährlich Viki war, haben Sie ihr da nicht das übriggebliebene Arsenik weggenommen?«

»Ich wußte nicht, daß sie welches übrig hatte. Du lieber Himmel, ich hätt's ihr schon zu meinem eigenen Schutz weggenommen. Ich würd' ihr glatt zutrauen, daß sie *mich* vergiften möchte. Sie sollten sehen, wie sie mich anfaucht, sooft ich ihr Schläge gebe.«

»Was vermutlich viel zu oft geschieht«, murmelte Mikay. Er stand auf und ging in den blauen Salon zurück. Viki lag, in tiefem Schlaf, auf dem Sofa ausgestreckt. Er weckte sie.

»Warum hast du's getan, Viki? Warum hast du Herrn Toni vergiftet?« fragte er.

Das Mädchen setzte sich auf.

»Er hat gesagt, ich wär' halbschlau.« Sie gähnte. »Schwachsinnig. Und er sagte, ich würd' mich von Besoffenen ins Gebüsch schleppen lassen. Und daß er mir einen Mann kaufen würd', wenn ich doch keinen Mann wollte –«

»Und warum wolltest du Frau Pongrátz umbringen? Sie hat dich immer gut behandelt.«

Sie zuckte die Achseln.

»Ich hatte noch was von dem Zeugs übrig. Es war auf dem Dachboden versteckt, und ich fürchtete, Mama würd's finden – «

»Du hättest es in den Straßengraben schütten können.«

Sie schüttelte den Kopf.

»Das konnte ich nicht. Wenn nun eine Katze oder ein Hund es aufgeleckt hätte? Ich wollte nicht ein Tier töten. Ich liebe Tiere. Ich mag sie nicht leiden sehen. So wie der schwarze Kater von Teréz. Der hat stundenlang geschrien, bevor er gestorben ist. Ich konnte das Zeugs nicht in den Straßengraben schütten!«

»Trotzdem hättest du's nicht Frau Pongrátz zu geben brauchen.«

Sie sah ihn mit der gerechten Empörung mißbrauchter Unschuld an.

»Sie hatte meinen Ring. Er versprach, mir diesen Ring zu kaufen. Sie hatte so viel, Geld und Kleider und Armbänder. Meinen Ring brauchte sie nicht zu behalten!«

Mikay antwortete nicht, weil er wußte, daß es keinen Sinn hatte, mit ihr zu rechten. Phantasie und Wirklichkeit waren in ihrem Kopf untrennbar vermengt. Sie war keine Verbrecherin, sie war krank. Aber alle die anderen verhafteten Frauen? Waren die auch verrückt? Oder nur verderbt? Was war Amália, die zuerst bestritt, den ganzen Greuel entfesselt zu haben, und dann einen Mord gestand, den sie gar nicht begangen hatte?

Als Leutnant Mikay an dem Nachmittag nach Hause kam, saßen seine Eltern beim Tee. Die Nachricht von der Festnahme der Tormas war schon bis zu ihnen gedrungen.

»Du siehst einfach gräßlich aus«, sagte seine Mutter, als er zu ihnen auf die Terrasse trat. »Ach, ich bin so froh, daß der ganze Albtraum bald vorüber ist. All die Sektionen und Exhumierungen und Leichenschauen! Viel zu grauenhaft!«

»Das gehört alles zu meiner Arbeit, Mutter. Leute mit einem empfindlichen Magen sollten nicht Gendarmen werden«, sagte er. In der Tat fühlte er sich gräßlich, und ihn plagte die Ahnung, daß seine Nerven nicht mehr lange durchhalten würden.

»Aber diese schrecklichen Frauen! Ihren Männern und Kindern und Eltern Gift zu verabreichen. Da kann man wirklich den Glauben an das Menschengeschlecht verlieren!«

Mikay wünschte, seine Mutter würde über etwas anderes sprechen als ausgerechnet über Ladány.

»Gehen wir doch nächsten Sonntag hinüber nach Szolnok, Vater«, sagte er. »MAV spielt gegen MTK. Ich hab' seit einer Ewigkeit kein Fußballspiel mehr gesehen.«

Seine Mutter blickte ihn gekränkt an, weil er so rücksichtslos das Thema gewechselt hatte. Mit der grimmigen Konzentration eines Chirurgen, der eine Operation auf Leben und Tod durchführt, schnitt sie sich ein Stück Napfkuchen ab.

»Ja, fein«, sagte Herr Mikay ohne große Begeisterung. Dann wandte er sich an seine Frau. »Warum mußt du immer so melodramatisch werden? Und solche Gemeinplätze brauchen? Den Glauben an das Menschengeschlecht verlieren! Warum? Nur weil ein paar unglückliche, einfältige Geschöpfe, um ihre Existenz zu verbessern, zu Mord Zuflucht nahmen?«

Der Leutnant wußte, daß die Worte seines Vaters in Wirklichkeit ihm galten. Er stieg von seinem Elfenbeinturm herunter, um ein Linderungsmittel für den gefühlsmäßigen Brechreiz seines Sohnes anzubieten.

»Ist Mord so furchtbar, so unnatürlich?« fuhr Herr Mikay fort. »Vor vier Jahren war Mord eine Heldentat, Bürgertugend, eine zum Ruhme von König und Gott erfüllte Pflicht.«

»Das ist etwas anderes«, sagte seine Frau. »Im Krieg tötet man den Feind, und nicht sein eigenes Fleisch und Blut.«

»Und wenn man entdeckt, daß sein eigenes Fleisch und Blut der Feind ist?«

»Jetzt übertreibst du aber. Sein eigenes Kind töten! Mutterliebe ist ein natürlicher Instinkt. Nur Perverse und Ungeheuer gehorchen ihm nicht.«

»Nun – und die spartanischen Mütter, die ihre schwachen und verkrüppelten Säuglinge auf dem Taygetos-Gebirge aussetzten? Und um dir ein umgekehrtes Beispiel zu geben: wie steht's mit den primitiven Stämmen, bei denen es gang und gäbe ist, die Eltern, wenn sie alt werden, mit Knüppeln zu erschlagen? Einen solch absoluten Begriff wie gut oder böse gibt es nicht. Das Gesetz des Stammes ist immer der Maßstab.«

»Es gibt das Gesetz Gottes«, rief sie.

»Bitte, meine Liebe, lassen wir das beiseite. Wir haben dreißig Jahre lang eine leidlich befriedigende Ehe geführt, obschon du an Gott glaubst und ich Atheist bin. Es ist schlimm genug, daß es manchmal Zank geben muß um den Haushaltsplan, also wollen wir uns nicht über eine so abstrakte Frage wie Gott in die Haare geraten. Du sagst, Gott schuf den Menschen ihm zum Bilde, und ich sage, *der Mensch* schuf Gott *ihm* zum Bilde. Du mußt zugeben, wenn man versucht, das unberechenbare Verhalten des Menschen zu verstehen, dann ist meine Theorie ein weit besserer Schlüssel zum Geheimnis als deine. Der Gott der Frauen von Ladány war ein plumpes Weib, eine Art magyarische Pallas Athene, halb nymphoman, halb lesbisch, Kastriererin der Männer und Befreierin der Frauen, mit einem Verhütungsmittel in der einen Hand und einem Fläschchen Arsenik in der anderen.«

Der Leutnant grinste. »Komisch, Vater. Eben hast du ein getreues Bild von Amália Kovách entworfen.«

Eine Stunde später, frisch gebadet und rasiert, kam Mikay in seiner besten Gabardineuniform aus seinem Zimmer.

»Wo gehst du hin?« fragte seine Mutter.

»Nach Ladány«, antwortete er.

»Schon wieder? Du solltest daheim bleiben und früh ins Bett gehen. Du hast Ruhe nötig. Wie jedermann. Glaub nicht, du könntest deinem Körper zuviel zumuten, nur weil du jung bist.« Sie sprach immer von der Jugend, als wäre das eine latente Krankheit, die, wenn nicht richtig diagnostiziert und behandelt, ernsthafte Komplikationen hervorrufen würde.

»Ich bleibe nicht lange«, versprach er und eilte davon, um weiteren Diskussionen zu entfliehen.

Seit dem Morgen hatte er Phyllis nicht mehr gesehen. Als er mit der Vernehmung von Mutter und Tochter Torma fertig geworden war, hatte sie sich im oberen Stockwerk ausgeruht, und er wollte sie nicht stören. Obwohl sie ihn nicht darum gebeten hatte, fühlte er die Verpflichtung, zu ihr zurückzukehren, und wäre es nur, um sich zu vergewissern, daß sie sich von dem Schreck mit Viki erholt hatte.

Die Dämmerung war schon hereingebrochen, als er zum Schloß kam. Er traf Phyllis im blauen Salon an, wo sie mit einem Buch in der Hand zusammengekuschelt auf dem Sofa lag.

»Oh, das ist aber lieb von Ihnen, daß Sie nochmals den ganzen Weg bis hierher kommen.« Sie sprang auf, um ihn zu begrüßen. »Es tat mir so leid, daß ich Sie heute nachmittag verpaßte. Rézi berichtete mir, Sie hätten nach mir gefragt. Ich rannte die Treppe hinunter, aber da waren Sie schon weg.«

Sie streckte beide Hände aus, und er zog sie langsam an sich. Sie ließ sich umarmen und lehnte den Kopf an seine Schulter, so wie ein Wanderer sich am Straßenrand an einem Meilenstein ausruht.

»Ich wollte Sie anrufen«, sagte sie, nachdem sie sich gesetzt hatten. »Weil ich beschlossen habe, morgen nach Paris zu fahren. Ich möchte dort sein, wenn meine Eltern aus Amerika eintreffen.«

Sein Atem stockte.

»Werden Sie zurückkommen?« fragte er.

»Natürlich. Meine Pläne sind noch ungewiß, aber ich bin sicher, daß ich zurückkomme –«

»Haben Sie über das nachgedacht, was ich Ihnen gestern sagte?«

»Ich habe an nichts anderes gedacht.« Sie griff nach seiner Hand. »Ich bin nie einem Menschen wie Ihnen begegnet. Sie sind wie ein Fels. So unbedingt verläßlich. Ein Ehrenmann. ›Sein Herz so fern von Trug wie der Himmel von der Erde.‹ «

»Sie machen sich über mich lustig«, sagte er und wurde rot.

»Nein. Es gibt ein Wort, das mir in den Sinn kommt, sooft ich an Sie denke. Das Wort heißt: sauber. Als Sie vorhin durch die Tür hereinkamen, war mein erster Eindruck wieder, wie sauber Sie sind.«

Er grinste. »Ich habe eben ein Bad genommen. Ich fürchte, ich muß Sie enttäuschen – ich bin kein Gralsritter. Ich komme sehr oft vom geraden und schmalen Pfad ab. Erst neulich hat mich eine Frau als gemeinen, geilen Schweinehund bezeichnet und mich zur Hölle verflucht. Und sie wußte, wovon sie sprach.«

»Haben Sie die Frau verführt?«

»Nein, sie hat mich verführt.«

Sie lachte. Zum erstenmal, seit er sie kannte, war sie wirklich gelöst. Sie war eine andere Frau, fröhlich und sorglos und herzlich. Sie klingelte nach Józsi und sagte ihm, der Leutnant werde zum Essen bleiben. Das tat sie, ohne Mikay erst zu fragen, ob er frei sei oder nicht. Sie ließ den Burschen einen kleinen Tisch im blauen Salon decken, nicht den großen Familientisch im kalten, freudlosen Speisezimmer. Sie aßen bei Kerzenlicht und tranken eine Flasche Châteauneuf-du-Pape dazu. Rézi war beileibe keine großartige Köchin, doch sie genossen beide die wässerige Suppe, das durchweichte Backhuhn und den klumpigen Pudding viel mehr als die sagenhaften Gerichte, die Emma Pongrátz jeweils aufgetischt hatte. Nach dem Mahl bat Phyllis den Leutnant, eine neue Flasche Cognac zu öffnen.

Sie hob ihr Glas vor die brennende Kerze, und die Flamme brachte die klare goldene Flüssigkeit zum Aufleuchten.

»Es sieht ungefährlich aus«, sagte sie, und plötzlich schien sie nicht mehr fröhlich und unbeschwert zu sein. »Ich sollte nie mehr Cognac trinken. Es erinnert mich immer an Toni und an Tod.« Sie schauderte.

Mikay legte seine Arme um sie. Sie hob den Kopf und bot ihm ihre Lippen.

»Ich bin so froh, daß Sie da sind. Ich glaube nicht, daß ich einen Abend allein in dem Haus ausgehalten hätte.«

Es war zehn Uhr. Die Dienstboten waren in ihre Kammern gegangen. Ein leichter, kühler Regen setzte ein, und ab und zu wehte ein Lüftchen durch das Gesträuch unter dem Fenster. Das herbstliche Rascheln von dürren Blättern, die über Gartenpfade gewirbelt werden, war zu hören.

»Jetzt gehe ich wohl besser. Sie sind gewiß müde«, sagte Mikay, aber es war ihm im Grunde nicht ernst damit.

Sie saß neben ihm auf dem Sofa und schmiegte sich eng an ihn.

»Verlassen Sie mich nicht, bitte nicht!«

Er fühlte die Wärme ihres Körpers durch das dünne Wollkleid hindurch und spürte den weichen Druck ihrer Brust. Trotzdem rührte er sich nicht. Er befürchtete, eine jähe Bewegung oder ein ungeschicktes Wort könnten den Zauber des Augenblicks zerstören.

»Soll ich bleiben?« fragte er mit schwerer Zunge.

»Ja, bitte«, flüsterte sie.

Als seine Lippen ihre Wange berührten, schmeckte er Tränen.

»Weine nicht. Es wird alles gut.«

»Ich weiß«, wisperte sie.

Er hob sie auf und staunte, wie leicht sie in seinen Armen war – nicht schwerer als eine schmächtige Zwölfjährige. Die Lampen in der Eingangshalle und im oberen Gang brannten. Schweigend stieg er die Treppe hinauf, von einem Glücksgefühl erfüllt, das so überwältigend war wie der heftigste Schmerz.

Das Schlafzimmer lag im Dunkeln. Das Rauschen des Regens draußen vor dem Fenster wurde lauter. Er setzte sie auf dem Bett ab, legte sich neben sie und schloß sie in die Arme. Sie weinte immer noch, die Tränen netzten ihr loses, seidiges Haar, das ihr Gesicht einrahmte. Lange Zeit blieben sie so umschlungen wie zwei Kinder. Dann überflutete ihn die Begierde, und er nahm sie.

22

Die Nachricht von Amálias Entlassung erreichte sie am nächsten Mittag. Sie saßen im Park beim Essen, am Tisch unter der großen Eiche. Der Regen hatte am Morgen aufgehört, und die Sonne kam hervor, hell und warm. Phyllis hatte ihre Koffer gepackt und war bereit für die Abfahrt mit dem Nachmittagspersonenzug von Korond. In Szolnok mußte sie in den Budapester Zug umsteigen und dann den Orientexpreß nach Paris nehmen.

Herr Simko, der Lehrer, war der Bote mit der Nachricht über Amália. Er befand sich auf dem Heimweg von Korond, und als er am Pongrátz-Tor vorbeikam und das Pferd des Leutnants sah, beschloß er, hineinzugehen und seiner gerechten Empörung Luft zu machen. Er hatte die Nachmittagsausgabe der Szolnoker Zeitung in der Hand und schwenkte sie aufgeregt. Sein unerwartetes Erscheinen war ein Zeichen für die Veränderungen, die der Tod der Herren Pongrátz hervorgerufen hatte. Zu ihren Lebzeiten hätte er nie gewagt, unaufgefordert ihren Besitz zu betreten.

»Eine Schande ist das!« rief er. »Sie ist schon wieder frei! Seit gestern abend ist sie daheim. Sie brauchte sich bloß einen Anwalt zu nehmen!«

In gewisser Hinsicht hatte Simko recht. Amália verdankte ihre wiedergewonnene Freiheit ihrem Anwalt, Dr. Ivan Hajos, den sie gleich nach ihrem Geständnis mit ihrer Verteidigung betraut hatte. Die neueste Entwicklung, die Aussagen von Mutter und Tochter Torma, befreite Amália von der Schuld an Tonis Tod. Dr. Hajos überzeugte den Untersuchungsrichter davon, daß ihre Selbstbezichtigung auf die Mißhandlungen durch die Gendarmen zurückzuführen sei. Ein anderer wichtiger Umstand, der zu ihrer Entlassung beitrug, war das Ergebnis der psychiatrischen Untersuchung von Emma Pongrátz. Der Komitatspsychiater entdeckte Symptome von Verfolgungswahn in ihrem Verhalten und beantragte, sie zur genaueren Beobachtung in eine Nervenklinik einzuweisen. Mehrere Frauen, die vorher die Hebamme beschuldigt hatten, zogen ihre Geständnisse zurück. Auch sie behaupteten, sie seien bedroht, ja sogar geschlagen worden. Fälle, die in Korond einfach und klar geschienen hatten, wurden zu einem Gespinst von Lügen und Mißdeutungen, nachdem eine Gruppe von eifrigen und reklamehungrigen Verteidigern in Szolnok aufgekreuzt war.

»Geld! Das ist der Schlüssel zu allen Türen in diesem Land«, fuhr Simko fort. »Ich wette mit Ihnen, die werden selbst Frau Balogh nicht schuldig finden, wogegen ich, der ich nicht das geringste mit den Morden zu tun habe, Tag für Tag angeprangert werde!«

»Was meinen Sie damit?« fragte Mikay.

Der Lehrer wies mit dem verbundenen rechten Zeigefinger auf den Leitartikel des Blattes.

»Da! Zum sechstenmal werde ich für die Verworfenheit von Ladány verantwortlich gemacht. Fünfmal in den Budapester Zeitungen, und nun zum sechstenmal in der da. Hier steht, die Lehrer seien die eigentlichen Schuldigen, weil sie versäumt hätten, die Leute zu erziehen. Die Lehrer! Ich frage Sie – wie viele Lehrer gibt es in Ladány? Nur einen. Mich. Folglich meinen sie wahrscheinlich, ich sollte festgenommen, verurteilt und gehängt werden, während Amália frei ausgeht.«

»Bist du arg enttäuscht?« fragte Phyllis den Leutnant, nachdem Simko und seine Entrüstung sich endlich verzogen hatten.

»Über was enttäuscht?«

»Über die Freilassung von Amália. Schließlich hast du schwer und lange an ihrem Fall gearbeitet. Du warst so sicher, daß sie angeklagt würde.«

»Ich habe lange und schwer gearbeitet, brachte aber nichts aus ihr heraus. Sie wollte nicht gestehen.«

Phyllis hob die Zeitung auf, die Simko liegengelassen hatte, und überflog sie. Plötzlich wurde sie bleich.

»Da ist etwas, das ich nicht begreife. Es steht hier, daß sie den Giftmord an Toni zugegeben habe. Das stimmt doch nicht?«

Mikay war verlegen. Er hatte Phyllis nichts von Amálias Geständnis gesagt.

»Nun, es stimmt. Sie hat's tatsächlich gestanden.«

Phyllis sah verwirrt drein.

»Aber wie konnte sie das, wenn es in Wirklichkeit Viki gewesen ist –«

»Sie sagte, du habest sie im blauen Salon allein gelassen«, fiel der Leutnant dazwischen, »und sie habe das Arsenik in Tonis Cognac geschüttet, während du nach oben gegangen seist, um ein Kopftuch zu holen.«

Phyllis runzelte die Stirn. Jäh sprang sie auf und brachte dabei den Tisch gefährlich zum Wackeln.

»Aber sie ist an dem Tag gar nie im blauen Salon gewesen! Wir sind zusammen nach oben gegangen. Das habe ich dir erzählt, weißt du noch? Ich habe es auch Oberst Somlay erzählt. Die ganze Geschichte mit allen Einzelheiten. Wie ich am Fenster stand, als sie am Haus vorbeikam, und wie sie mir rief und fragte, ob ich Lust auf einen Spaziergang hätte. Ich öffnete ihr die Tür, und wir gingen zusammen nach oben und machten uns dann auf den Weg. Das hast du auch gewußt, weil ich es dir erzählt habe.«

»Ja, ich hab's gewußt. Aber sie war Anstifterin zu annähernd fünfzig Morden gewesen und weigerte sich, das zuzugeben, weil sie andere deckte. Daher konnten wir nicht allzu gewissenhaft sein, wenn wir endlich ein Geständnis von ihr hatten.«

»Obschon ihr gewußt habt, daß es nicht stimmte?«

»Jawohl.«

»Aber wenn man sie auf Grund dieses Geständnisses verurteilt hätte, wäre es ein Fehlspruch gewesen«, rief sie.

»In gewisser Hinsicht ja, in anderer nein.«

»Gott, wie kannst du das nur so zynisch betrachten?«

Es dauerte einige Zeit, bis sie sich beruhigte. Sie setzte sich wieder.

»Ich begreife es immer noch nicht. Weshalb gestand Amália einen Mord, den sie nicht begangen hatte?«

»Weißt du das nicht?« Mikay blickte sie lange und forschend an. »Sie wollte dich retten.«

»Sie dachte, ich hätte Toni umgebracht?«

»Wahrscheinlich.«

Phyllis stieß einen Schrei aus.

»Und du auch. Gib's zu. Du hast es auch gedacht!«

»Nein. Du weißt, daß ich das nicht gedacht habe.«

»Oh, aber du konntest nie ganz sicher sein. Nicht hundertprozentig sicher. Nach dem, was du mit all diesen Frauen erlebt hast, nicht!« Unvermittelt wurde ihre Stimme weich. »Und doch hast du mir einen Antrag gemacht. Du wolltest mich heiraten – eine Lucrezia Borgia heiraten.«

»Das will ich immer noch«, sagte Mikay. »Selbst wenn du keine Lucrezia Borgia bist.«

»Nein, nur Phyllis Hornbeam-Wills.« Plötzlich sah sie drein, als hätte sie eben eine erfreuliche Nachricht erhalten. »Ich *bin* Phyllis Hornbeam-Wills«, wiederholte sie mit starker Stimme, die jeden möglichen Einwand entkräften und ausschließen sollte. Sie erhob sich. »Ich glaube, es ist Zeit, daß ich mich umziehe.«

»Gehst du wirklich?« Mikay machte einen letzten Versuch, sie zurückzuhalten. »Besinnst du dich nicht anders und bleibst?«

»Ach, ich kann doch nicht. Ich habe meinen Eltern schon ein Telegramm geschickt. Und für zwei Uhr eine Kutsche bestellt, die mich zum Bahnhof bringt. Du fährst doch mit mir und schickst einen Stalljungen mit deinem Pferd nach Hause, nicht wahr?«

Um zwei Uhr rollte die Kutsche durch das Tor. Phyllis blickte zurück auf das Haus. Es war groß, weitläufig, klobig und unzerstörbar – und gehörte schon zur Vergangenheit. Sie winkte ein letztes Mal Herrn Pataky, den Knechten und deren Familien, die in einer Reihe vor den Ställen standen, dann schlossen sich die Torflügel hinter ihr.

Mikay begleitete sie. Ihr Gepäck war auf einem Fuhrwerk vorausgeschickt worden und erwartete sie schon am Bahnhof. Als sie zur Kreuzung der Kirchgasse und der Hauptgasse kamen, wandte sie sich zu Mikay.

»Amália ist doch schon seit gestern zu Hause. Ich frage mich, weshalb sie mich nicht besucht hat. Sie muß bestimmt gehört haben, daß ich abreise. Hier spricht sich alles so rasch herum. Ich glaube, ich fahre bei ihr vorbei und sage ihr auf Wiedersehen.« Als der Leutnant nichts dazu bemerkte, fragte sie: »Findest du nicht, daß ich ihr das schuldig bin?«

Er zuckte die Achseln. »Nein, aber schaden wird es nicht.«

Es war nur eine kurze Strecke auf der Kirchgasse bis zur Einmündung der Türkenstraße. Amálias Haus war das dritte von der Ecke aus. Sie sahen die Menge – hauptsächlich Frauen und Kinder, nur vereinzelt ein paar alte Männer –, sobald sie in die breite, ungepflasterte, von Bäumen gesäumte Straße einbogen.

»Was ist los?« fragte Mikay eines der Mädchen, als sie vor dem Tor zum Kovách-Haus anhielten.

»Tante Amália ist wohl krank geworden«, erwiderte das Mädchen. »Tante Margit ging sie besuchen und fand sie auf dem Küchenboden, mit Schaum vor dem Mund, wie von Tollwut. Und sie hatte schreckliche Schmerzen. Tante Margit fiel ein, daß sie Herrn Moni gesehen hatte, als sie heute morgen in den Laden zum Einkaufen gegangen war, daher rannte sie zu Rosenzweigs rüber und holte den Doktor. Das ist jetzt etwa eine Stunde her. Er ist immer noch drin.«

Das Tor wurde von zwei Gendarmen bewacht, der täglichen Streife, die immer gegen zwölf Uhr in Ladány eintraf und bis zum Abend blieb.

»Gehen wir hinein!« Phyllis sprang aus der Kutsche, bevor jemand sie aufhalten oder ihr herunterhelfen konnte. Widerwillig gaben die Leute eine Gasse für sie und Mikay frei. Wieder einmal spürte der Leutnant haßerfüllte Blicke auf sich gerichtet. Ein kleiner Junge machte ein ungezogenes Geräusch und streckte ihm die Zunge heraus, dann drehte er sich um und jagte wie ein erschrockener Hase außer Sicht.

Sie gingen durch den Vorgarten und betraten das Haus. Die Tür von der Diele zur Küche stand offen. Drinnen sahen sie Moni Rosenzweig und eine Frau, wie sie sich über ein Bündel beugten, das zwischen Tisch und Herd auf dem Boden lag. Als der Arzt sie bemerkte, richtete er sich auf und kam heraus, wobei er die Tür hinter sich zuzog. Er hatte ein weißes Taschentuch um seine rechte Hand gewikkelt.

»Es ist vorbei«, sagte er. Sein Gesicht war zu einer Grimasse verzogen, in der sich Niederlage und Erschöpfung ausdrückten. »Sie muß einen ganzen Liter Lauge geschluckt haben. Dumme Närrin. Wenn sie sich umbringen wollte, hätte sie auch einen weniger schmerzhaften Weg finden können.«

Lange Zeit herrschte Schweigen. Einmal bewegte sich Phyllis, als wollte sie in die Küche gehen, aber sie verlor offenbar den Mut und blieb an Mikays Seite. Der Arzt lehnte sich an die Wand; die Betrübnis über das Mißlingen lockerte seine Züge.

»Was hast du mit deiner Hand gemacht? Sie blutet ja«, sagte Mikay. Er hatte den roten Fleck auf dem Taschentuch, der sich langsam ausbreitete, entdeckt.

»Sie hat mich gebissen, als ich ihr mit Gewalt den Mund öffnen wollte. Ich hab' von jeher gewußt, daß sie mich eines Tages beißen würde.« Er gluckste freudlos. »Ich versuchte ihr den Magenschlauch durch die Kehle hinunterzustoßen, aber sie wehrte sich wie eine Rasende. Ich wünschte sie zwar aus Ladány weg, doch nicht auf diese Weise. Noch im Sterben hat sie mich verflucht, weil ich ihr verdammtes Leben zu retten suchte. Sie wollte einfach nicht gerettet werden. Sie hatte sich entschlossen zu gehen, und sie ging.«

»Es ist alles Imre Hedrys Fehler!« Mikay hämmerte wütend mit der Faust an die Wand. »Er ist der beschränkteste, eingebildetste, unfähigste Esel, den es gibt! Zuerst weigert er sich, eine Untersuchung einzuleiten, dann läßt er Amália frei, so daß sie sich umbringen kann. Jetzt werden wir die volle Wahrheit nie erfahren. Nie! Wir können ebensogut alle Frauen entlassen. Es kommt genauso heraus, wie sie gesagt hat. Wer gesteht, wird gehängt, wer nicht gesteht, kommt ohne Strafe davon.«

Phyllis stand steif da, ihre Augen hingen an der geschlossenen Küchentür.

»Es war ihr letzter wohlüberlegter Zug zum Schutz ›ihrer‹ Frauen«, sagte sie. »Keinem Untersuchungsrichter, Staatsanwalt oder Folterverhör sollte es gelingen, ein Geständnis von ihr zu erzwingen, das die Frauen verraten würde. Amálias Schweigen wird sie beschützen wie ein undurchdringlicher Wall. Kein Mensch wird je den Schlüssel zu ihrem ›Geheimnis‹ finden, weil sie ihn mit ins Grab genommen hat.«

23

Die keuchende und schnaufende kleine Lokomotive kam kreischend zum Stehen. Die Wagen schwankten wie betrunken, und dicker, schwarzer Rauch, dessen eigentümlicher, nicht unangenehmer Geruch Mikay an frühere Reisen erinnerte, stieg in Ringen himmelwärts und breitete sich wie ein zerfetzter Witwenschleier vor dem klaren Mittagsblau aus. Die dritte Klasse war zum Bersten voll, wie immer, die zweite Klasse fast und die erste ganz leer. Letztere bestand nur aus vier Abteilen, der hinteren Hälfte eines Wagens.

Es gab das gewohnte lärmige und aufgeregte Geschrei und Gedränge, wie stets bei Reisenden, die nur kurze Strekken fahren. Die Leute stürmten die Wagen, als wäre es der letzte Zug, der vor dem Einmarsch des Feindes abfahren würde. Der Wagen erster Klasse, am Schluß des Zuges, stand ganz am Ende des Bahnsteiges. Der Unterschied zwischen den Fahrpreisen erster und dritter Klasse hielt die Menge wie ein unsichtbarer Zaun in ehrfürchtigem Abstand.

In Korond hatte der Zug zehn Minuten Aufenthalt. Da ihr Gepäck schon verladen worden war, blieb Phyllis bei Mikay auf dem Bahnsteig. Sie spazierten auf und ab und vollzogen das übliche Ritual des Abschiednehmens. Keines von beiden sprach Amálias Namen aus, obschon sie da war und auf Schritt und Tritt neben ihnen herging.

»Wann sehe ich dich wieder?« fragte er.

Sie lächelte. »Bald. Ich schreibe dir, sobald ich mir über meine Pläne im klaren bin.«

»Könnte es sein, daß du nicht zurückkommst?« wollte er wissen und versuchte seine Angst zu verbergen.

»Natürlich komme ich zurück. Aber vieles hängt davon ab, was meine Eltern unternehmen wollen. Vielleicht beschließen sie, einige Zeit in Paris oder in London zu bleiben oder den Kontinent zu bereisen. Sie sind meinetwegen gefahren, folglich ist das mindeste, was ich tun kann, meine Pläne den ihren anzupassen.« Als sie die Besorgnis in seinen Augen bemerkte, hob sie die Hand und streichelte sanft sein Gesicht. »Sorge dich nicht, wir sehen uns schon wieder. Wenn nicht hier, dann anderswo.«

Die schrille Pfeife ertönte.

»Du lieber Himmel, ich muß einsteigen«, sagte sie. Schnell umarmte sie ihn und küßte ihn hastig. Ihre Lippen streiften seine Wange.

Sie trat ans nächste Fenster und lehnte sich hinaus, während der Zug anfuhr.

»Auf Wiedersehen und behüt dich Gott«, rief sie ihm zu. Ihre Stimme war herzlich und warm, ihr Lächeln ebenfalls. Das Lächeln irritierte Mikay. Lächeln paßte zu Ankünften, nicht zu Abfahrten. Wenn man von einem Menschen Abschied nimmt, den man liebt, lächelt man nicht.

Er blieb auf dem Bahnsteig und sah den Zug in der Ferne verschwinden. Er hatte ein Gefühl der Leere und Kälte.

»Ich habe sie verloren«, murmelte er für sich, als er sich umdrehte und ging. Er begegnete dem Bahnhofsvorsteher und wechselte ein paar Worte mit ihm. Er war überrascht, daß es ihm gelang, eine nichtssagende Unterhaltung zu führen.

Als Mikay auf den Platz vor dem Bahnhof hinaustrat, sprang der Kutscher der Pongrátz vom Bock.

»Wohin, Herr Leutnant?« fragte er.

»Fahr nach Haus, Junge, ich gehe zu Fuß«, rief Mikay ihm zu.

Auf halbem Wege zum Posten kam er an einem Gasthaus vorbei und blieb stehen.

»Ich habe sie verloren – ich habe sie verloren«, wiederholte er einmal über das andere für sich, als wäre es der Kehrreim eines Liedes.

Er ging hinein und bestellte einen doppelten Schnaps. Nach dem dritten blickte er zum pausbäckigen Kellner auf und fragte:

»Ist es möglich, etwas zu verlieren, das einem nie gehört hat?«

Ende